Morgane Pinon

Loi d'attraction vers toi

© Morgane Pinon, 2023.

ISBN : 979-8356673702

*Existe en version numérique.*

*Le Code de la propriété intellectuelle interdit les copies ou reproductions destinées à une utilisation collective. Toute représentation ou reproduction intégrale ou partielle faite par quelque procédé que ce soit, sans le consentement de l'auteur ou de ses ayants cause, est illicite et constitue une contrefaçon, aux termes des articles L. 335-2 et suivant du Code de la propriété intellectuelle.*

# Envie de fuir

Un rayon de lumière caresse ma peau. C'est agréable. Je pourrais presque rester ici, alanguie, au creux de ce lit... mais la réalité me rattrape ! Ce lit, ce n'est pas le mien. Et même si je m'y sens bien, je ne désire pas y demeurer enfouie. Pourtant, je ne me suis pas retrouvée là contrainte et forcée. Non. Mais hier... c'était hier !

J'ouvre un œil, puis un deuxième. Tout est calme. J'entends un souffle régulier à côté de moi. Je n'ai clairement pas envie de perturber ce rythme soporifique. Le but du jeu est donc de m'extraire de ces draps sans pour autant réveiller celui qui se voit comme le prince charmant. Charmant, ça lui arrive de l'être. Mais pour l'instant, il préfère les bras de Morphée, et cela me va très bien !

Pourquoi est-ce que je réagis comme ça ? Cette nuit, c'était plaisant. Pourtant, c'est plus fort que moi. Il faut toujours que je joue les anguilles insaisissables...

Mode ninja activé ! Je repousse délicatement le drap, sors une jambe à l'air libre, puis une autre. Je m'effondre sur le plancher en me laissant glisser contre le bord du matelas. Je marque une pause. Il ne bouge pas. Je suis de toute évidence très douée à ce jeu-là ! Je reprends mon mouvement de fuite... Heureusement que la lumière du jour s'infiltre à travers les volets. Cela m'offre une parfaite visibilité pour repérer mes vêtements qui parsèment le sol de manière désordonnée, témoignage de l'euphorie qui nous a gagnés hier soir.

À quatre pattes, plus comme un félin qu'un véritable ninja, je m'avance vers la porte de la victoire pour échapper à cet antre de la luxure qui ne me correspond en rien. Je suis vraiment tombée bien bas ! Et c'est nue comme un ver, un bras chargé de mes habits, que je m'évade en sentant le parquet rugueux sur mes genoux rougis par le frottement. J'atteins enfin le salon et remets de l'ordre dans toutes mes étoffes pour retrouver une part de ma dignité à mesure que je recouvre mon corps. Ce n'est pas ma faute si j'en suis arrivée là, cette petite robe noire fait mouche à tous les coups !

Même si ce vêtement souligne parfaitement ma ligne, je n'ai aucune idée de ce à quoi ressemble ma tête qui va avec. En temps normal, je suis incapable de sortir sans m'observer dans un miroir, mais aujourd'hui fera exception. J'ai à cet instant bien plus envie de fuir que de rester en prenant le risque qu'il se lève et me rejoigne... Je fouille dans mon sac à main et me pare de ma paire de lunettes solaires aux verres teintés. Ainsi, je me sens protégée d'éventuels regards que je pourrais croiser en chemin.

Bien trop pressée de quitter les lieux, mon pied heurte la table basse du salon, répandant un bruit sourd qui me donne l'impression de résonner sur plusieurs étages ! Je me mords les joues pour contenir ma douleur et éviter de pousser une série de jurons dont j'ai le secret. Bien évidemment, je ne porte pas encore mes chaussures pour rajouter plus de violence à ce supplice. Étonnamment, tout semble calme dans la chambre. La chance serait-elle avec moi ?

J'enfile mes escarpins, non sans serrer des dents à cause de mes orteils meurtris. J'effectue mes derniers pas sur la pointe des pieds pour ne pas faire résonner mes talons au sol. J'ouvre délicatement la porte en savourant déjà ma liberté...

— Bonne journée, Charline ! entonne une voix ensommeillée derrière moi qui s'échappe de la pièce des songes.

Je soupire en plissant les yeux. Tout ça pour ça ! Sans un regard, je franchis le seuil et claque le battant derrière mon passage.

Je ne suis pas fière de mon comportement, mais il s'en remettra. Son ego de mâle dominant saura encaisser !

Je descends les escaliers en dévalant les marches aussi vite qu'on se rue dans une boutique en pleine période de soldes. Je veux établir de la distance avec tout ça. Oublier cet écart.

Sur le parking extérieur, je m'avance vers ma Mini Cooper bleu Islande. Il s'agit du modèle sport John Cooper Works. Une petite bombe dont je ne suis pas près de rembourser le crédit ! En cet instant, c'est mon refuge. Je m'y installe avec bonheur. Je soupire. Je m'y sens presque comme dans un cocon de douceur et de sécurité. Lentement, je me retrouve peu à peu.

Je dérègle le rétroviseur intérieur pour le diriger vers moi. Relevant mes lunettes, je peux enfin observer les dégâts... Mon mascara n'a pas coulé.

*Encore heureux, vu le prix de ce truc, ça me ferait mal de ressembler à un panda !*

Mes cils sont joliment ourlés et particulièrement longs. Cela met mes yeux de biche en valeur. Mes prunelles vertes sont immanquables !

J'essaye d'ordonner mes mèches blondes pour retrouver un semblant de coiffure. Je préfère ne pas m'attarder sur mes cernes. Sans lâcher mon reflet du regard, je plonge la main dans mon sac pour en extraire un tube de rouge à lèvres que je devine rien qu'à sa forme. Ce geste à l'aveugle, je l'ai fait un millier de fois. Bouchon ôté, stick dévissé, je m'applique maintenant à colorer ma bouche pour lui redonner de l'éclat. Sans cela, j'ai l'impression qu'elle est invisible !

Ça y est ! Je commence à me reconnaître... Bon, il y a encore du boulot, mais je verrai tout ça chez moi. Même si je sais que ma couche de maquillage n'est pas au top, je n'aime pas mon regard dans ce petit miroir. Il est terne, triste et dévoile un « je ne sais quoi » qui me gêne. Étrangement, je n'arrive plus à soutenir mes yeux. Je les baisse et fronce les sourcils en essayant de comprendre ce qui cloche. Je tente de refouler cette vague morose qui s'invite dans ma tête. J'imagine que ça ira mieux lorsque j'aurai pris une bonne douche. J'ai besoin de me chouchouter. Prendre soin de moi. Peut-être qu'un massage pourrait faire l'affaire ?

Il ne sert strictement à rien de rester garé sur ce parking. Il ne manquerait plus que mon hôte vienne me retrouver pour me proposer de jouer un match retour...

*No way!*[1]

Même si cette partie est agréable, cela ne m'attire plus. J'ai besoin d'y voir plus clair.

Allez ! Je mets le contact. Le dernier son d'Ellie Goulding chante dans mes enceintes.

*Easy lover! Keep it cool on me. Don't be cruel to me...*[2]

Je fredonne l'air sans même y penser. Avec ces paroles, je me sens pitoyable.

C'est décidé. Je vais mettre un terme à tout ça. Une fois pour toutes.

Je m'engage sur la route qui me mènera chez moi. Mon petit nid me manque, et vu l'heure, je suis attendue...

---

[1] Hors de question ! – en anglais.
[2] Doucement, l'amant ! Reste cool avec moi. Ne sois pas cruel avec moi... – en anglais. Extrait du morceau *Easy Lover* d'Ellie Goulding feat Big Sean.

# Flash

Les kilomètres avalés, j'arrive maintenant dans ma résidence. Je m'engage dans le parking sous-terrain pour y loger ma petite voiture que j'aime d'amour ! J'emprunte l'ascenseur. Je ne suis pas d'humeur à affronter les escaliers. Une fois au deuxième étage, je longe le couloir pour ensuite déverrouiller ma porte d'entrée. Je scelle le battant derrière moi. Ça y est ! Je me sens déjà mieux.

— Flash ?

Je sais pertinemment qu'il ne me répondra pas, mais j'entonne tout de même son nom plus pour faire connaître ma présence qu'autre chose. Je ne suis pas comme tout le monde. En règle générale, les personnes adoptent des chiens ou des chats. Pour ma part, mon compagnon a quelque chose de plus... exotique ! Oui, je crois que c'est le bon mot. Pas de miaulement ou d'aboiement ne viendra réagir à mon appel. Si cela devait arriver, il faudrait que je consulte ou que je me fasse interner, au choix !

Je m'avance dans le salon et, sans surprise, je découvre le vaste aquarium complètement vide. De toute évidence, mon ami a décidé de partir en vadrouille... J'imagine qu'il boude puisque je l'ai laissé seul toute la nuit. Je suis certaine qu'il est susceptible. Mes parents m'ont prise pour une folle lorsque j'ai énoncé cette particularité. Uniquement ma grand-mère semblait approuver mes propos. Toujours est-il que mon animal de compagnie n'est pas du genre à apprécier la solitude. Il aime quand il y a de l'animation dans l'appartement. Pour l'instant, je n'ai pas envie de lui courir après. Il me faut une douche, et vite.

Démaquillage de ce qui reste accroché à mon visage, vêtements fourrés dans le panier à linge, et c'est parti pour me réfugier sous un jet d'eau délassant. Bon sang que ça fait du bien ! Avec cette chaleur estivale, se glisser sous une cascade rafraîchissante est plus synonyme d'un besoin vital qu'autre chose. Pourtant, je ne peux pas y demeurer jusqu'à la tombée de la nuit. Ma facture d'eau va exploser, et je ne serai plus en mesure de changer l'aquarium de Flash. Et là, il aurait de réelles raisons de m'en vouloir !

Lavée des pieds à la pointe des cheveux, je m'enroule dans une serviette. Je démêle mes mèches humides et les enferme également dans une serviette-éponge en attendant la suite. J'ouvre la porte de la salle de bain et me fige en observant mon compagnon gambader tranquillement dans le couloir. D'une démarche chaloupée, ma tortue s'avance à bonne allure pour un animal plutôt réputé pour sa lenteur. Flash marque une pause, redresse vers moi sa tête au nez allongé et me dévisage un instant. Le duel de regard peut commencer ! Je n'entends pas me laisser intimider. C'est vrai, quoi ! J'ai vingt-huit ans, je suis assez grande pour ne plus rendre de compte à mon colocataire au sang froid. L'échange dure une poignée de secondes. Puis ma tortue se détourne, dans une attitude que je qualifierais de snob, pour ensuite poursuivre ses foulées en direction du salon.

J'avance à mon tour en sens opposé pour gagner ma chambre où je pars en quête d'une tenue décontractée. Une petite robe mauve, des sous-vêtements accordés, et le tour est joué. De retour dans la salle d'eau, je me concentre sur ma chevelure à sécher. Crème hydratante, maquillage léger... je prends même le temps de boucler certaines mèches pour obtenir un peu de mouvement dans toute cette pagaille blonde.

Lorsque je m'estime enfin présentable, je gagne le salon. Flash est en train de nager joyeusement dans son aquarium. Avec les spots de lumière, ses couleurs exotiques sont immanquables : une carapace vert-marron à brun, des rayures jaunes et vertes sur le corps, ainsi que deux taches rouges sur les tempes. Une espèce en provenance du Mississippi. Un animal qu'il est devenu interdit de posséder en France. Mais que pouvais-je faire ? C'était légal de l'avoir comme compagnon domestique durant ses jeunes années... Eh oui ! Les gens ont tendance à oublier qu'une tortue peut facilement dépasser les cinquante ans de vie ! Flash, c'est toute mon enfance. Et j'ai bien l'intention de le choyer sur les longues années qui lui restent à vivre. Ce qui est surtout devenu interdit, c'est de relâcher ces animaux dans la nature, car leur seul prédateur n'est autre que l'alligator, qui se fait plutôt rare dans nos contrées françaises ! S'il n'y a pas de croco, les tortues prolifèrent à folle allure, apportant un dérèglement notable dans la biodiversité environnante puisqu'elles sont omnivores... Mais peu importe, je n'ai pas l'intention d'abandonner mon reptile préféré.

Assise en tailleur sur mon canapé, j'ouvre mon ordinateur portable pour me plonger dans l'une de mes activités quotidiennes : écrire mon journal. J'aime y déverser toutes mes pensées fugaces ainsi que les réflexions qui me viennent sur ma vie en général. J'ai parfois l'impression de tourner en rond. Un peu comme en ce moment. Pourtant, il m'arrive assez souvent de me retrouver ainsi face à moi-même, ce qui est bien pratique pour prendre d'importantes décisions. Aujourd'hui, je relate les idées qui s'invitent dans ma tête à propos de l'homme que j'ai lâchement abandonné ce matin.

*Vis-à-vis de lui, ce n'est pas cool. Mais vis-à-vis de moi, que cela peut-il bien laisser planer ? À chaque fois que je tombe dans ses draps, je sais que c'est une erreur. Et pourtant, c'est plus fort que moi, j'y retourne à tous les coups. Ai-je si peu d'amour propre pour me conduire de cette façon ?*

Jeter ces mots sur le clavier pour me délester de toute pensée parasite m'apaise sur l'instant. Cependant, je vais avoir besoin d'un avis extérieur...

Mon esprit chemine tout naturellement vers ma collègue et amie : Mya Rameaux. Même si nous nous croisons tous les jours, j'aime nos échanges délurés pour pimenter nos vies parfois bien mornes. Aujourd'hui dimanche, nous nous retrouverons immanquablement demain...

Mon estomac m'interrompt dans ma réflexion. Je me lève pour m'avancer vers la cuisine. Du coin de l'œil, je vois Flash sortir la tête de l'eau pour analyser mon déplacement. Il espère sans aucun doute que je lui prépare de quoi se sustenter.

Voyons voir... Avec cette chaleur proche de la canicule, je n'ai envie que d'une salade. C'est parfait, cela nous conviendra à tous les deux. Pourtant, on ne peut pas dire que mon ami à carapace soit difficile. Il mange presque tout ce qui peut s'avaler ! Je préfère tout de même éviter la viande rouge qu'il a du mal à déchiqueter, mais sinon, le choix est vaste.

Pour ce midi, ce sera bâtonnets de surimi, feuilles de laitue, maïs... et pour moi je rajouterai de la tomate, des cœurs de palmier, du melon et quelques tranches de jambon de Bayonne. Enfin, s'il me fait les yeux doux, je pourrai lui partager d'autres choses !

Lorsque tout est prêt, je sors mon grand bac de dix litres dans lequel Flash a l'habitude de venir prendre ses repas. Il faut au moins ça pour qu'il soit à l'aise avec ses vingt-cinq centimètres de diamètre ! Je pourrais tout à fait lui donner à manger directement dans son aquarium, mais les petits aliments finiraient par salir l'eau, ce qui à terme pourrait être source de mauvaises odeurs pour mon appartement. C'est toute une stratégie d'entretenir ce genre d'animal ! Alors on trouve des astuces pour limiter la corvée de nettoyage...

Les réflexes sont bien ancrés ; Flash s'est déjà hissé hors de l'eau en escaladant son ponton de bois pour gagner sa zone de « plage » sous les spots d'une lumière presque brûlante. En général, il aime s'y prélasser pour se réchauffer. Mais pour l'heure, il a un estomac à contenter. Il quitte cet espace détente aménagé pour sa personne au profit de la cuisine où il plonge spontanément dans le bac que je viens de remplir. Monsieur est prêt, je n'ai plus qu'à le servir. Je laisse flotter les différents aliments sélectionnés avec soin, et il commence à les mâchouiller avec bonheur. Si seulement la vie pouvait être aussi simple que de grignoter un bout de salade...

En attendant, Flash sait me redonner du baume au cœur. Ce n'est pas le genre d'animal que l'on câline ou à qui l'on gratouille la tête sans risquer de se faire mordre, mais ce reptile a quelque chose d'attachant dans sa façon de se comporter. Parfois, je pourrais presque deviner un sourire sur sa bouche anguleuse. Et dans ces moments-là, j'oublie tout le reste...

# Vers l'infini et au-delà !

Déjeuner terminé, vaisselle faite, bac à tortue nettoyé. Je me retrouve seule avec moi-même. Et voilà que mon esprit repart dans une morne ritournelle.

Il est à peine 13 h. Je sens que le reste de cette journée va être long. Je craque ! Sur un coup de tête, j'envoie un message à Mya pour savoir ce qu'elle a prévu de faire cet après-midi. Sa réponse fuse aussi vite que Flash sur un morceau de jambon !

> **Mya**
> Je pensais aller au ciné avec Théo. Tu veux venir avec nous ? Séance à 15h.

Bonne idée ! Ça fait longtemps que je n'y ai pas mis les pieds. Et puis en ce moment, il est difficile de refuser quelques heures dans une salle climatisée ! Je lui retourne ma réponse positive et nous prévoyons de nous retrouver directement là-bas. Ce n'est pas très loin ; pas besoin de prendre le volant, c'est à quelques minutes à pieds de chez moi.

Petit tour dans la salle de bain. Certainement l'une des pièces dans laquelle je passe le plus de temps éveillée dans mon appartement ! Comme toujours, j'aime être au top avant de mettre le nez dehors. Ce matin, bah, c'était l'exception qui confirme la règle !

L'heure avance et j'entends une nouvelle sonnerie chantée par mon téléphone. Un message...

> **Mya**
> Grosse galère ! Ma voiture ne veut pas démarrer 😢

Je saute sur mon clavier pour la rassurer :

> **Charline**
> T'inquiète ! Je passe vous prendre 😊

Plus de temps à perdre, je dois partir maintenant pour qu'on ne manque pas le début de la séance. Flash ne semble pas se morfondre. Il est comme tout le monde : une fois l'estomac plein, tout va bien !

De nouveau derrière mon volant, je m'engage vers un quartier dans lequel je n'aimerais pas laisser ma voiture sans surveillance. C'est triste, mais c'est comme ça. Mya n'a pas les moyens de se sortir de cette zone douteuse. Pourtant, malgré les apparences, il ne lui est jamais rien arrivé de fâcheux. La seule ombre dans sa vie se trouve être son ex...

Lorsque je me gare sur le parking où réside de nombreux bris de verre, je repère une petite brune qui ne doit pas dépasser les 1m60. Je ne lui ai d'ailleurs jamais demandé sa taille exacte. Du haut de mes 1m75, j'ai pour habitude de baisser la tête pour la regarder dans les yeux, qui sont en outre particulièrement beaux. Un marron presque noir enivrant. Si elle prenait le temps de se mettre un trait de liner, elle ferait des ravages ! À chaque fois que je le lui dis, elle rigole en repoussant cette idée de la main. Impossible de la convaincre. C'est incroyable ce que les gens sont durs envers eux-mêmes...

À ses côtés se tient un jeune garçon d'une dizaine d'années qui lui ressemble sans aucun doute. Mère et fils s'approchent de ma *Mini* pendant que je déverrouille la porte passager. Je rabats le siège pour permettre à Théo de venir s'installer à l'arrière. Eh oui, quand j'ai acheté cette auto, je ne voyais pas l'intérêt d'investir dans une cinq portes. Mais même si le jeune homme est désormais aussi grand que sa mère, cela ne le gênera pas pour se glisser sur la banquette.

— Salut, Charline ! Je suis vraiment désolée de te pousser à sortir ta voiture... commence Mya qui laisse filer tout son désarroi du moment.

— T'inquiète pas, ça me fait plaisir de vous retrouver.

Mon amie referme la porte ; nous pouvons démarrer.

— Je ne t'ai pas entendu dire bonjour ! fait-elle remarquer plus sèchement à son fils qui va bientôt flirter avec l'âge rebelle...

— Bonjour, Charline, lâche-t-il d'une voix qui manque clairement d'entrain.

— Salut, beau gosse !

Il libère une moue amusée, puis replonge le nez sur son smartphone. J'aime bien taquiner les gens pour détendre l'atmosphère.

— Ma voiture qui me fait un caprice, résume Mya d'un air dépité. J'avais vraiment besoin de ça... Je ne sais pas comment je vais faire pour le boulot demain.

— Dois-je te rappeler qu'on travaille au même endroit ? Je n'ai pas de rendez-vous client. Je passerai te prendre !

— T'es sûre que ça ne t'ennuie pas ? demande-t-elle malgré tout en portant l'un de ses ongles à ses lèvres pour sauvagement le ronger.

Je profite d'être à un feu rouge pour lui couler un regard qui laisse clairement entendre que je ne répondrai pas à cette question ridicule.

— OK. Je retire ce que j'ai dit, fait-elle en abandonnant son doigt pour mettre fin à son acte de maltraitance. Bon, et toi ? Comment tu vas ?

J'inspire profondément avant de libérer un « ça va » peu convainquant.

— Ouais, c'est ça ! rumine-t-elle, bien trop perspicace. Au point de venir voir *Buzz l'éclair* au ciné avec nous...

Elle affiche un air malicieux. Je me rends soudainement compte que je n'ai même pris la peine de demander sur quel film le choix s'était porté.

— Bah quoi... il est sexy dans sa combinaison d'astronaute !

Là, c'est moi qui ai les yeux fuyants. Et heureusement que je conduis, cela se discerne moins que d'habitude !

— C'est pas vrai ! s'exclame Mya dont je devine le regard outré. Tu as remis ça avec Gabriel !

Je plisse le nez. Elle est beaucoup trop futée pour son propre bien. Ou alors je suis désespérément prévisible. Peut-être un mélange des deux... Dans tous les cas, mon absence de réponse équivaut à tous les aveux.

— Charline ! T'avais dit que c'était fini !

— Ouais, bah... ça a dérapé !

Elle lève les yeux au ciel. Elle a raison. Je n'ai pas d'excuse. Et quelque part, si je voulais la voir, c'était aussi pour recevoir mon sermon. De prime abord, observer un petit bout de femme comme elle s'énerver, cela peut sembler risible. Pourtant, Mya est capable de faire baisser les yeux de bien des colosses ! Oui, oui... j'en ai été témoin ! Et le plus fou dans tout ça, c'est qu'elle ne mesure pas l'impact qu'elle a autour d'elle. Elle conserve constamment l'impression d'être une pauvre petite chose fragile.

— Je ne suis pas fière de moi. Et encore moins de la façon dont je me suis sauvée ce matin avant qu'il ne se réveille...

Mya glousse. Elle doit sans doute s'imaginer la scène.

— J'ai vraiment agi comme une garce...

— Pas sûr, contredit-elle. Il a eu ce qu'il voulait. Tu lui as juste simplifié la tâche !

Son rire chante dans la voiture en réponse à ma grimace.

— En tout cas, cette fois c'était la dernière !

— On en reparlera...

Visiblement, je n'ai pas réussi à la convaincre. En même temps, j'ai déjà du mal à me persuader toute seule.

Nous arrivons près du cinéma. Je pars en quête d'une place de stationnement que je trouve relativement vite. Nous sortons du véhicule et nous avançons vers l'antre des salles obscures. Nous amorçons notre attente pour acheter nos billets. Théo nous a précédées, le nez constamment vissé sur son téléphone. Il nous suit habilement comme s'il était guidé par une balise GPS. Incroyable.

— Tu ne veux pas lâcher ce truc ? s'exaspère Mya.

— Attends, je dois répondre aux commentaires...

Une fois le paiement effectué, nous continuons notre course vers l'étage inférieur. À la descente des escaliers, Théo m'impressionne toujours en avalant les marches sans la moindre gêne avec les yeux rivés sur son écran. Puis avant d'entrer dans notre salle, il relève la tête, comme sorti d'un état de transe :

— Je dois aller aux toilettes.

Sans attendre de réponse, il se dirige vers la zone désirée en nous laissant en plan.

— Qu'est-ce qu'il me fatigue avec ce truc ! peste Mya. Il passe tout son temps sur les réseaux sociaux. Va savoir avec qui il discute comme ça. Je n'y comprends rien et ça me fait peur...

— Ça fait longtemps qu'il a ce téléphone ?

— Cadeau de son très cher père. Classique. Il passe pour le mec cool qui fait des présents de dingue. Par contre, pour ce qui est de surveiller. Là, il n'y a plus personne ! Tu t'y connais sur TikTok, toi ?

— Pas vraiment.

— Il faudra que je demande à Cédric ce qu'il en pense.

Cédric Aubier. C'est notre informaticien au boulot. En gros, tout ce qui se branche et se connecte à Internet, c'est son rayon. Il pourra certainement lui partager des astuces intéressantes...

Une question me vient à l'esprit.

— Mais au fait, on est en juillet. C'est les grandes vacances. Je pensais que tu n'avais Théo que pendant le mois d'août.

— Oui. Ça, c'est dans un monde parfait sur décision du juge. Mais dans la vraie vie, Monsieur a choisi de me confier notre fils pour partir durant ce week-end de fête nationale avec sa *pouffe*.

— Et tu le laisses faire ?

— Bah... Quelque part, je suis contente de passer du temps avec mon fils.

— Mais...

— Mais son père exigera certainement de le récupérer durant le week-end du 15 août pour équilibrer, avoue

Mya avec une moue contrariée. Je voulais descendre dans le Sud. Ça va écourter notre séjour si je dois revenir à la mi-août...

— Franchement, il abuse. Tu ne devrais pas te laisser faire !

Je tiens ma langue. Théo s'approche de nous. Pas facile de composer avec un pervers narcissique qui se croit tout permis. Malheureusement, dès qu'il y a un enfant dans l'équation, il est pratiquement impossible de couper les ponts avec un ex...

Je conserve mes pensées pour moi. Je ne veux pas dire du mal de son père devant Théo. Il est encore à un âge où l'on imagine nos parents comme des héros. En attendant, nous pénétrons dans la salle obscure pour découvrir les aventures d'un astronaute, jouet pour enfant !

# Le sucre, c'est la vie !

Après ce voyage spatial qui ne manque pas d'humour, nous retrouvons la lumière du jour. Au grand enthousiasme de Théo, je les invite à manger une glace chez *l'Artisan Chocolaté* du coin. Mya est un peu réticente, mais elle finit par accepter. Il n'est jamais trop tard pour un goûter. Le sucre, c'est la vie !

Nous débattons sur les rebondissements du film. Mon amie semble soulagée de voir son fils laisser de côté son téléphone pour quelques minutes supplémentaires.

— Ça ne t'a pas donné envie d'adopter un chat ? demande-t-elle alors pour me taquiner en faisant référence à un personnage secondaire du film d'animation visionné.

— Il était marrant, mais c'était un robot... Un félin, ça met des poils partout. Et je ne suis pas sûre que l'un d'eux s'entende avec Flash...

— Un chat et une tortue, tu pourrais faire le buzz ! soulève Théo en sortant machinalement son appareil de sa poche pour prendre son dessert glacé en photo.

— Et toi, tu arrives à faire le *buzz* ?

Je pose cette question en haussant un sourcil de défi. Le garçon se pare d'un sourire assuré en me confirmant que son compte fonctionne plutôt bien sur un réseau social... Je ne sais pas trop quoi en penser. Il est encore tellement jeune. Moi, à dix ans, je jouais dans l'herbe avec mes Playmobiles !

Mya m'explique brièvement que son fils est toujours aussi féru de pâtisserie. Il passe beaucoup de temps à explorer de nouvelles recettes et se filme à chaque préparation pour partager sa passion sur le net.

— Le problème, c'est qu'après il faut manger. Et c'est tellement bon qu'il est difficile d'être raisonnable...

Théo semble apprécier le compliment, et Mya se penche vers lui pour lui faire une bise bruyante sur la tempe.

*Ils sont trop mignons tous les deux.*

— C'est pas grave, tu ne prends jamais un seul gramme ! souligne l'adolescent en devenir. Et je te rappelle que j'ai une pâte à cookies dans le frigo qui ne demande qu'à cuire ! Je vais te préparer ça avant de partir tout à l'heure...

Le sourire de Mya s'étiole. Raviver le fait que son ex passera récupérer leur fils lui broie le cœur. Je la comprends. Je l'appellerai ce soir pour lui changer les idées.

Ça n'a pas été simple ces derniers mois. Mon amie s'est battue pour garder ses droits parentaux sur Théo. Le père a saisi la justice. Il estime que l'endroit où ils vivent n'est pas convenable. Pour lui, c'est facile. Avec le salaire qu'il se fait, il peut s'offrir ce qu'il y a de mieux. La vérité ? C'est qu'il n'a pas digéré que Mya finisse par ouvrir les yeux et trouver le courage de le quitter. Il ne lui a jamais tapé dessus. Mais parfois, les mots font bien plus mal que les coups. Il voulait tout contrôler, jusqu'à ses tenues. Opposé à ce qu'elle soit même libre de travailler. Le genre d'homme convaincu que la place d'une femme doit rester dans une cuisine. Suffisamment manipulateur pour lui faire croire à chaque fois que le problème venait d'elle et qu'elle devait s'estimer heureuse qu'il veuille bien d'elle. Une relation toxique qui l'a profondément marquée. Encore aujourd'hui, cette belle demoiselle est rongée par les doutes.

Un jour, elle m'a demandé si elle était une bonne mère. Je lui ai répondu que les mauvaises mères ne se posaient pas ce genre de question ! Ça l'a fait rire sur l'instant, mais elle a compris où je voulais en venir.

Je décide de recentrer les idées sur des choses positives :

— Dans deux semaines, c'est les vacances pour nous ! Fermeture de la boîte !

Gagné ! Mya retrouve le sourire. Eh oui ! Qui dit mois d'août, dit retour de Théo auprès de sa maman ! Deux semaines, ça passera vite...

Tous deux me racontent avec animation ce qu'ils ont prévu de faire durant ces quelques jours. Ils profiteront de la maison de campagne du grand frère de Mya dans le sud de la France. Des congés à moindre coût. Soleil, piscine et une bande de cousins ! Le top pour se dépayser !

— Et toi, tu restes ici avec Flash ? demande Théo réellement intéressé.

Je suis habituée. Ma tortue a toujours eu beaucoup de succès auprès des gosses.

— Ce sera aussi les vacances pour mon reptile ! J'ai bien l'intention de l'emmener jusqu'en Bretagne pour séjourner chez ma grand-mère !

— Comment tu vas faire avec l'aquarium ?

— Oh ! Il a déjà tout ce qu'il faut chez elle ! À l'origine, c'est là-bas qu'il vivait. Mais après la disparition de mon grand-père, ça demandait trop de travail pour mamie Simone. Alors Flash est venu dans mon appartement !

— Quel aventurier, ce Flash ! s'amuse Mya.

Nos coupes glacées terminées, nous nous résolvons à monter dans ma *Mini* pour mettre fin à cette plaisante entrevue.

# Café des anges

undi matin. Une nouvelle semaine commence et avec elle des retrouvailles tant redoutées. Mya m'a conseillé de faire abstraction, mais cela risque d'être difficile. Malheureusement pour moi, le fameux Gabriel Delaunay à qui j'ai fait faux bond hier au levé du jour, travaille dans la même société que nous. Il sera donc impossible de l'éviter...

*Je ne lui dois rien. Ça n'a jamais été sérieux entre nous. Ce qui me paraît infaisable, c'est plutôt de tenir ma position. C'est fini. Un point c'est tout !*

Je pose ces derniers mots sur le clavier avant de fermer mon ordinateur pour prendre la direction de la sortie. Je saute dans mon bolide en partant un peu plus tôt ce matin. Je vais faire un petit détour pour récupérer Mya, comme prévu. Je la retrouve avec le sourire, même si je devine que l'absence de son fils doit lui peser.

— Merci encore pour le covoiturage ! Mon frère doit passer dans la journée pour ressusciter mon auto. Après, je ne t'embêterai plus !

Je lève les yeux au ciel pour répondre à sa dernière phrase.

Après quelques minutes à échanger sur des banalités, nous arrivons sur le parking de notre entreprise. *Café Raffaello.* Une société qui vend des machines à café pour les professionnels. En résumé, on propose des boissons de qualité pour aider les employés de diverses structures à pleinement profiter de leurs salles de pause...

Je fais partie des commerciaux pour assurer les ventes et Mya travaille au poste d'assistante de direction. Notre boss, Marco Rossetti, est à la tête de cette petite boîte familiale qui a su rester à flot malgré les différentes crises économiques. À croire que nos clients sont toujours prêts à investir pour du café, s'évader au quotidien et sans doute éviter les burn-out parmi leurs équipes !

Notre groupe loue tout le quatrième étage d'un bâtiment administratif. C'est là que nous nous retrouvons tous les jours pour faire vivre le rêve de Raffaello Rossetti, le père de notre patron.

Sorties de l'ascenseur, Mya et moi nous dirigeons tout droit vers nos bureaux. Tout est agencé sous forme d'*open space.* Il n'y a que notre chef à tous qui a droit à des murs autour de lui pour plus d'intimités. Pourquoi en aurait-il plus besoin que nous autres ? Très bonne question à laquelle je n'ai toujours pas trouvé la réponse. Marco est convaincu que nous donnons un meilleur travail d'équipe en étant en lien les uns avec les autres dans une seule et même pièce. Lui, ce n'est pas pareil ; il plane dans les hautes sphères. J'imagine que c'est pour marquer sa supériorité hiérarchique...

Je m'installe à ma place et mets en marche mon pc pour consulter les derniers mails reçus.

La sonnerie de l'ascenseur retentit, puis j'entends glousser Nicole, la comptable. Pas de doute possible. Gabriel vient d'arriver. Malheureusement pour moi, même si je voulais me glisser sous mon bureau pour m'y cacher, je ne pourrais échapper à son regard, car son emplacement se situe pile en face du mien.

*Quel était le conseil de Mya déjà ? Ah oui ! Faire abstraction...*

Je le vois s'avancer d'une démarche assurée. La chevelure d'un noir de gaie impeccablement mise en ordre. Des yeux sombres en amande. Il a tout du mystérieux brun ténébreux. Ses prunelles cognent les miennes et un petit sourire conquérant se dessine sur son visage parfait.

*Comment se fait-il que mon pire cauchemar soit aussi beau ?*

— Charline, libère-t-il d'une voix veloutée.

— Gabriel.

Mon ton a un peu plus d'aigreur. Son sourire s'élargit. J'ai l'impression qu'il a clairement conscience de l'effet qu'il a sur moi. Et cela l'amuse.

*Je suis pathétique.*

Il faut que je me focalise sur mon travail pour oublier ce *Dom Juan* assis juste en face de moi. Je conserve les yeux rivés sur mon écran. Je sais qu'il me suffit de lever mon regard au-dessus de cette fine cloison qui nous sépare pour croiser ses iris pénétrants. Mais je tiens bon.

Un mail m'interpelle. Un client semble se plaindre d'une erreur de livraison. C'est le risque à travailler dans une petite structure : on devient multitâches. Donc en plus de signer des contrats, je suis aussi responsable des réclamations. J'ai un doute sur la commande en question. Il faut que je fasse une vérification auprès des achats. En toute logique, je devrais me tourner vers la comptable, mais Nicole Marchal, je ne peux pas la sentir. Pas grave, ça m'offre une excuse pour aller voir Mya qui a aussi accès à ces données...

Je me lève et prends la direction du bureau de mon amie. Je devine le regard de Gabriel sur ma silhouette. Par cette chaleur, toutes les femmes sont en jupes. Pour ma part, cela doit faire plusieurs années que je n'ai pas enfilé de pantalons. Quelles que soient les conditions météorologiques, c'est toujours jambes dévoilées que je me présente. Et aujourd'hui ne déroge pas à la règle.

Je tends un post-it à Mya pour lui faire part de mon besoin de renseignement. Elle repousse machinalement sur son nez les lunettes qu'elle ne porte que pour travailler sur écran. Pendant qu'elle s'active à la tâche, je laisse glisser mon regard vers le séducteur dont je ne distingue à cette distance que le profil.

— Qu'est-ce qu'il est beau cet enfoiré !

— Oui, mais ça reste un enfoiré... souligne judicieusement Mya sans lâcher des yeux son interface.

— T'as raison. Il faut que je me concentre sur ce détail !

— Oui, enfin... à son niveau, ce n'est plus un détail, mais plutôt une tare génétique !

Je ne peux retenir un élan de moquerie. Nous revenons ensuite sur le sujet professionnel qui nous préoccupe, puis je retourne m'installer derrière mon ordinateur.

Le temps défile. Mon attention se détache de mon boulot en cours lorsque je surprends l'appel téléphonique donné par Gabriel. Sa voix se veut chaude, presque sensuelle. Cela pourrait sembler indécent dans un milieu de travail, mais avec lui, ça passe bien. Ça donne même envie...

— Vous savez, avec le *café Raffaello*, ce n'est pas un ordinaire moment de détente que l'on vous offre. Je dirais qu'il s'agit du café des anges. Et je sais de quoi je parle : je m'appelle Gabriel ! Savourer nos arômes, c'est un peu comme goûter au paradis...

*Quel baratin à deux balles !*

Il se sent vraiment obligé d'utiliser une voix aussi suave ? J'imagine sans me tromper qu'il a une femme pour interlocutrice.

*J'y crois pas ! Il vient de conclure sa vente !*

Je ne suis pas envieuse. Moi aussi, j'ai mes phrases d'accroche pour faire plier les clients potentiels. Mais là, je me demande simplement comment j'ai bien pu me laisser embobiner par ces salades ! Car oui, j'ai déjà été victime de ce genre de manœuvre...

— C'est la grande forme aujourd'hui ! Tu comptes boire un café avec cette Madame Langlois ?

*Pourquoi est-ce que j'ai dit ça tout haut ? Zut, c'est plus fort que moi...*

— Jalouse ? me susurre-t-il en rivant ses prunelles aux miennes au-dessus de la paroi qui nous sépare.

— Certainement pas.

*Et c'est vrai en plus ! Je n'aime tout simplement pas ses techniques de manipulation !*

— Crois-moi, il n'y a aucun risque, assure Gabriel dont je devine le sourire narquois. Après avoir vu son *large* profil en photos sur Google... disons poliment qu'elle n'est pas le genre de fleur que j'irais butiner...

*Ce type est vraiment dégueulasse.*

Quelque part, c'est bien que cela me saute aux yeux ! Je le sais depuis le temps qu'il est prêt à tout pour une vente. C'est un véritable requin. Il a les dents longues. Un ego démesuré. Si ça se trouve, il a pour projet de remplacer Marco à la tête de l'entreprise. Peu importe. Il faut que je lâche du lest. Cet homme ne m'apportera rien de bon et c'est bien que j'en sois enfin consciente. Mya serait fière de moi !

# Les cookies du chef

**R**ien de tel qu'une pause pour relancer notre activité ! En général, on se retrouve tous plus ou moins à la même heure dans l'espace détente pour boire et ou manger quelque chose. En ce début de semaine, j'ai cruellement besoin de mon *macchiato*[3] ! L'avantage de travailler dans cette entreprise, c'est que les boissons servies sont particulièrement savoureuses. Et pour couronner le tout, Mya nous a gâtés en apportant des cookies préparés la veille par son fils.

Tout le monde fait honneur à ces biscuits garnis de pépites de chocolat. On ne peut que reconnaître le talent du jeune Théo.

— Je trouve qu'ils ont un goût de *reviens-y* ! complimente Cédric.

Notre informaticien préféré savoure déjà son deuxième gâteau avec un sourire contrit. Ses yeux noisette semblent conquis par ces pâtisseries.

---

[3] Le macchiato est un café espresso fait avec une petite quantité de lait moussé, semblable à un cappuccino seulement plus fort.

— Tu comprends pourquoi je ne peux pas tous les garder pour moi, commente Mya avec entrain.

Sans un mot, Nicole se sert à son tour.

*Merci, c'est trop compliqué à prononcer ?*

J'ai vraiment un problème avec cette vieille peau. Je suis méchante. C'est mal...

*Calme-toi, Charline !*

Gabriel, quant à lui, remercie chaleureusement mon amie pour ce « succulent partage de saveurs ». Ce sont ses mots ! Lui, il faut toujours qu'il en fasse des caisses ! Les deux extrêmes.

*Je dois vraiment apprendre à me détendre...*

Puis, il s'en va, en me coulant un regard appuyé.

— Tu le féliciteras, poursuit Cédric. Ton fils est un vrai petit chef !

— Merci, répond Mya en rougissant. Mais je suis assez inquiète. Il passe tout son temps sur son téléphone. Je ne suis pas sûre que ce soit très sain. Je ne veux pas constamment être la méchante à tout lui interdire...

— Question d'éducation, lâche Nicole d'un air hautain.

— Pardon ? s'étonne la jeune maman.

— Quand on ne sait pas éduquer un enfant, on n'en fait pas, précise la comptable en prenant le chemin de la porte.

Mya se fige sur place. Cette remarque blessante la pousse à se recroqueviller sur elle-même, lui ôtant tous les mots de la bouche. On pourrait croire à la voir ainsi qu'elle ne sera plus jamais capable de prononcer la moindre parole.

Mon sang ne fait qu'un tour et je réponds du tac au tac :

— Quand on n'a rien d'intelligent à dire, on la ferme !

Cette vieille peau fait mine de ne pas m'avoir entendue en quittant définitivement la pièce. Je fulmine.

— Non, mais je rêve ! Elle est bien contente de pouvoir venir s'empiffrer et elle se permet de balancer une bombe juste pour le plaisir !

Mon amie reste secouée par la remarque. Je sais que ces mots réveillent en elle de vives blessures. Cédric lui porte un regard concerné. Il n'a rien répondu, mais je l'ai vu serrer les poings.

— L'écoute pas cette morue. D'après ce que j'ai entendu dire, ça fait plusieurs années que son fils ne lui parle plus. À mon avis, sa remarque, c'est de la jalousie plus qu'autre chose.

Et pour appuyer mes propos, je glisse un bras rassurant dans le dos de Mya. Elle semble se détendre quelque peu.

— Qu'est-ce qui t'inquiète le plus à propos de Théo ? reprend l'informaticien pour revenir au sujet principal avant l'intervention de l'autre cruche.

— Je voulais t'en parler justement, avoue timidement Mya. Il passe son temps sur un réseau. TikTok, je crois. Il s'est créé un compte. J'y connais rien. J'ai peur de ce sur quoi il pourrait tomber...

— C'est quoi son pseudo ? demande-t-il en dégainant son smartphone.

Il trouve rapidement la page désirée et la parcourt du regard avec attention.

— Impressionnant. Il a déjà plusieurs milliers de gens qui le suivent... Pour moi, ce n'est rien de méchant. Ce réseau social fonctionne avec des algorithmes qui s'adaptent à ce que tu aimes voir. Sa passion, c'est la cuisine. Donc à mon sens, il aura principalement des vidéos de ce domaine qui lui seront proposées.

— On ne peut pas faire un contrôle parental, malgré tout ?

— Si, tu peux. Le problème c'est que les jeunes d'aujourd'hui sont très futés. Il te débloquera tout ça bien plus vite que ton ombre. Et après, s'il n'a plus confiance en toi...

— Il fera ses âneries dans mon dos, termine Mya. Donc plan B ?

— Suivre son compte pour avoir un œil sur ce qu'il fait. C'est d'ailleurs ce que je vais faire. Voilà, je me suis abonné.

— Bonne idée ! Je vais m'y mettre aussi !

Je sors mon téléphone et cherche déjà à installer l'application en question.

— Par contre, je tiens à vous avertir, les filles. Il y a comme une faille temporelle avec ce truc. Cinq minutes passées sur TikTok, ça équivaut à deux heures dans le monde réel !

Nous rions de cette prophétie qui flirte plus avec la science-fiction que la vraie vie.

— T'inquiète ! On va s'en sortir !

— Je vous aurais prévenues, dit-il en s'armant d'un clin d'œil.

Je tapote sur la table haute en un roulement de tambours :

— Selfie ! Allez, ma belle ! Une tite photo de nous que tu pourras envoyer à Théo en lui confirmant que ses cookies font l'unanimité ! Même auprès de la vieille garce !

Joignant la parole aux actes, j'attrape un biscuit dans une main, me rapproche de Mya et commence à diriger mon mobile vers nous pour tenter de prendre le cliché parfait. Je plie un peu les genoux pour être à bonne hauteur, mais je manque d'assurance pour le cadrage.

— Laisse-moi faire, propose Cédric.

Je m'apprête à lui céder mon téléphone, mais Mya est plus rapide et lui confie son propre appareil. Ainsi, elle aura directement cet instant capturé dans son smartphone pour le partager à son petit chef pâtissier.

# La faille temporelle
## Tik Tok

**Q**uand l'après-midi vient, je me sens plus à l'aise. Gabriel a dû partir en rendez-vous client. Je me concentre sur mon travail. Il y a de quoi faire pour tout boucler avant les congés. Les heures défilent à folle allure.

Lorsque notre temps est fait, je récupère Mya pour qu'elle lâche son ordinateur. Nous nous dirigeons vers ma voiture. Durant le trajet, elle est plutôt silencieuse. J'espère que le tacle de Nicole ne rôde plus dans son esprit. Elle en a bavé, Mya. Ce serait dommage de la voir sombrer une nouvelle fois...

— J'ai le ventre en vrac, révèle-t-elle en se pliant sur elle-même.

— Trop de cookies sans doute.

Mon ton amène une note d'humour, mais je la sens peu encline à plaisanter.

— Du sommeil et ça devrait aller, se hasarde-t-elle.

Devant son appartement, on convient de se retrouver demain sans faute au boulot. Son frère l'a contactée dans l'après-midi pour lui annoncer la bonne nouvelle : son véhicule est réparé.

C'est donc particulièrement fatiguée de cette journée que je rentre chez moi. Je me sens crispée. Trop de tension. Un peu de sport me ferait du bien. Étonnant, non ? Rares sont les personnes qui savent que j'aime courir. Je n'en parle tout simplement pas. Pour ce soir, j'ai la flemme. Et puis de toute façon, il fait encore trop chaud. Par contre, demain matin à la fraîche, avant d'aller au travail, ça me semble être une bonne initiative.

Même si j'ai envie de rester vautrée dans mon canapé, je trouve tout de même le courage de nettoyer le sol de mon appartement. C'est surtout autour de l'aquarium que je distingue plusieurs traces d'eau. Flash aime faire ses va-et-vient sans se préoccuper d'essuyer ses pattes palmées !

Une fois ma besogne terminée, je peux enfin savourer mon temps libre. Un petit tour sur mon ordinateur pour relater mes dernières analyses du comportement de Gabriel. Il apparaît bien trop souvent dans mon journal. Il ne mérite pas toute cette prose ! Voilà quelque chose qui doit changer...

Mon téléphone chante. Je viens de recevoir un message de Mya :

> **Mya**
> Je viens de vider mon estomac ! 🤢 Tu ne me verras pas demain au boulot...

J'espère que les cookies ne sont pas les responsables. Sinon toute l'équipe de *Café Raffaello* va se retrouver bloquée sur le trône avant les vacances ! La grande classe ! Et ce serait dommage de donner du grain à moudre à Nicole. Elle qui adore dire du mal de tout le monde...

Je réponds au message en lui conseillant de prendre soin d'elle et de courir chez le médecin demain pour se rétablir au plus vite !

Mon estomac crie famine. Visiblement, je ne suis pas contaminée. Je prends donc le temps de préparer à manger pour Flash et moi. Un tête à tête tout ce qu'il y a de plus romantique !

Je m'installe ensuite dans mon canapé et parcours la liste de films et séries sur une plateforme de vidéos à la demande assez connue à travers le monde. Il n'y a vraiment rien qui me tente... Je traîne sur mon téléphone et aperçois une application que j'ai téléchargée sans même la lancer : TikTok.

Voyons voir... Je me crée un compte, accepte les conditions générales sans même en lire une seule ligne et commence à chercher comment tout cela fonctionne. C'est assez intuitif. Je regarde une vidéo, et pour découvrir la suivante, je n'ai qu'à glisser mon doigt sur l'écran comme si je jetais la précédente à la poubelle ! Peu flatteur, mais efficace. Il n'y a pas de temps de chargement. L'enchaînement est parfait. Nous vivons tout de même une drôle d'époque. Tout va si vite qu'on a perdu l'idée même de la patience...

Pour l'instant, je suis simplement curieuse. Il y a de tout. Certains dansent des chorégraphies à la mode sur des musiques du moment. Des animaux dans des situations improbables. Des gens qui tentent des cascades ratées. Et aussi des personnes qui piègent leurs amis en relevant des défis...

Mouais. C'est amusant. Parfois, je reste plus longtemps sur certaines vidéos que d'autres. Voir des casse-cou se louper, c'est le genre de truc que j'ai du mal à supporter. À chaque fois, je souffre avec eux. Alors vite, je change de vidéo. Et étrangement, je finis par en découvrir de moins en moins. Ce doit être ça cette fameuse histoire d'algorithmes. L'application comprend ce qui capte le plus mon attention et le contenu s'adapte à mes attentes. C'est limite flippant !

Puis une vidéo se présente avec une phrase qui me parle, sur une musique d'ambiance apaisante :

C'est très beau ! Je regarde le descriptif. C'est une citation de l'écrivain Antoine de Saint-Exupéry. C'est la première vidéo sur laquelle je choisis de cliquer sur le petit cœur pour afficher mon affection pour ces mots. Je crois avoir lu *le Petit Prince* quand j'étais enfant. Je n'en garde qu'un vague souvenir...

Je me concentre maintenant sur la raison de m'intéresser à cette application. Je fouille dans la zone de recherche pour trouver le compte de Théo. Effectivement, beaucoup de personnes se sont abonnées et il a déjà pas mal de vidéos qui cumulent plusieurs centaines de vues... La réalisation est top et les différentes recettes ainsi révélées mettent l'eau à la bouche. Et pourtant, je sors de table !

Je délaisse sa page pour repartir sur d'autres contenus. Une nouvelle ribambelle de courts-métrages défile sur mon écran. Puis je décide de faire une pause. Il faut cliquer deux fois pour finalement fermer l'application. Un peu vicieux quand même !

Je m'étire, baille un grand coup et me fige sur l'heure affichée par mon smartphone : 23 h 15.

*Quoi ?*

C'est impossible ! Ça fait seulement quelques minutes...

*Bon sang ! Cédric avait raison !*

Je viens de passer 3 heures sur ce réseau social de malheur ! Et le pire, c'est que je ne peux même pas me plaindre auprès de lui, parce qu'il nous avait prévenues...

# Cours, Forrest, cours !

**M**on réveil chante à 6 h. Ouais, je sais. On pourrait me prendre pour une malade ! Mais là, mon corps ne peut plus attendre. J'ai besoin d'exercice...

Je me lève, me contente d'un petit déjeuner léger pendant que Flash goûte à quelques croquettes. Oui, oui... Ça existe les croquettes pour tortue, et il en raffole !

Puis, du fond de mon placard, je sors une tenue sportive ainsi que ma paire de chaussures de course. Je les adore ! Elles ont une couleur rose pétante et la bande de gel sous le talon a même des paillettes ! Plus girly, tu meurs ! Je rassemble mes cheveux en une queue de cheval haute, installe mon téléphone dans une pochette fixée à mon bras et en enfonce mes écouteurs sans fil dans mes oreilles.

C'est parti ! Je sors de chez moi et, une fois dehors, je commence mes foulées. Je ne suis pas loin de la forêt. Ma playlist rythmée se cale parfaitement à mon allure. Mon moment d'évasion peut débuter.

Les gens voient de moi une fille superficielle qui a constamment peur de se casser un ongle. Ils seraient surpris de me découvrir transpirant de cette façon. Pourtant, mon corps réclame cette activité. Ces minutes sont précieuses pour m'aider à me déconnecter de la réalité, tout en éliminant les toxines qui parasitent mon organisme.

Courir, ce n'est plus une habitude. C'est devenu un besoin auquel je réponds trois à quatre fois par semaine. J'ai mon petit circuit que j'arpente toujours à la même allure. J'en connais chaque aspérité. Il est beau de pouvoir observer ce petit coin de nature évoluer au fil des saisons. Même si le lieu est identique pour tous mes runs, j'ai l'impression de découvrir un monde nouveau à chaque séance.

En cette période, le jour pointe déjà son nez, ce qui me permet de pratiquer cette discipline tôt le matin avant le travail. Lorsque le soleil passe plus de temps couché que levé, j'essaie de caler mon sport le midi. Je n'ai pas effectué les calculs, mais cela fait plusieurs années que j'ai adopté cette routine.

Pourquoi ne pas en parler autour de moi ? Parce qu'il s'agit de mon jardin secret. Mon moment privilégié où je me retrouve seule face à moi-même. Une petite heure durant laquelle je me vide l'esprit. Et avec les événements récents, j'avais cruellement envie de ressentir ce lâcher-prise.

Lorsque mon tour se termine, je poursuis mon effort dans le parc pendant quelques minutes supplémentaires. Je m'agrippe à une barre et entreprends une série de tractions. À la simple force de mes bras, j'arrive à hisser mon corps jusqu'à dépasser la tête de ce bout de métal. Je ne force pas trop. Je ne souhaite pas finir avec une carrure d'haltérophile ! J'aime ma ligne élancée et tonique qui ne laisse rien entrevoir de ces instants sportifs. Un gainage discret qui me procure une endurance bienvenue selon les circonstances.

De retour chez moi, j'enfouie mes baskets au fond de mon placard et je file sous la douche sans perdre une minute. Crème hydratante, séchage de cheveux, maquillage... Toute la panoplie pour effacer cette mine rougie par cette heure d'exercice. Je me glisse dans une petite robe d'été rose framboise qui n'a rien de vulgaire. Parfaite pour le boulot. Je rajoute tout de même ma veste pour rappeler mon professionnalisme. Les vacances, ce n'est pas pour tout de suite...

Après mon sprint pour me défouler et relâcher les tensions, c'est désormais après le temps que je cours pour ne pas arriver en retard au travail. Marco est conciliant, mais 9 h 30, cela reste la limite à ne pas franchir !

Un coup d'œil à l'aquarium où je discerne Flash en train de prendre un bain de lumière sous les spots de sa plage, je saute ensuite dans mes escarpins, et c'est parti pour une nouvelle journée qui sentira bon le café !

# Hugo Délire

Lorsque j'arrive au quatrième étage de notre bâtiment, je porte un regard triste vers le bureau de Mya. Sans elle, tout me semble bien fade ici. Et je ne pense pas être la seule à qui son absence causera une gêne. Enfin... pour d'autres, ce sera surtout un souci logistique !

Elle n'est pas uniquement la secrétaire du patron. Mya gère aussi les plannings des équipes techniques sur le terrain. Je ne dis pas que sans elle, nos collaborateurs vont se tourner les pouces... mais il risque d'y avoir quelques loupés dans l'organisation. Heureusement pour nous, le mois de juillet reste particulièrement calme. Peu importe le temps qu'il lui faudra pour se remettre, la santé est la priorité !

Tout comme hier, je demeure très cordiale avec Gabriel. Le minimum syndical. Il arbore encore son sourire séducteur. Mon attitude semble l'amuser. Tant qu'il garde ses distances, ça devrait bien se passer...

Quelques minutes après que je me sois installée, un nouveau venu entre dans l'*open space* et s'assoit à l'emplacement situé juste à côté du mien. Cela faisait plusieurs jours qu'on ne s'était pas croisés.

Hugo Delmar. Avec ses dents pas toutes parfaitement alignées et son embonpoint, il m'a toujours fait penser à un nounours. Ses trente bougies à peine soufflées, il conserve malgré tout une âme d'enfant en affichant son humour à toute épreuve. Parfois vulgaire, salace, pipi-caca, ou diablement recherché... toutes les notes de plaisanterie, il les connaît par cœur. Là où il excelle, c'est dans l'art de trouver le mot juste, la bonne blague, pour dérider son interlocuteur. Pour avoir surpris tout le panel de ce qui sort de sa bouche, je suis encore étonnée de le savoir toujours en vie !

Affaissé sur son siège, il soupire d'aise.

— Ça faisait un moment que je n'avais pas mis les pieds sous mon bureau, commente-t-il. Ras-le-bol de ces déplacements au fin fond de l'Essonne ! Tu ne pourrais pas trouver tes clients un peu plus près ?

Cette dernière question m'est attribuée. Hugo fait partie de l'équipe technique qui veille aux installations et à la maintenance des différentes machines pour nos acquéreurs. Une mission qui l'emmène dans tous les recoins de l'Île-de-France.

Je me pare d'un sourire malicieux.

— Je vais là où les bonnes affaires me portent...

— Allons, Charline, arme-toi d'un décolleté un peu plus plongeant et tu verras des miracles se produire sous tes yeux émerveillés.

Habituée à ses remarques machistes, j'entre gentiment dans son jeu :

— Je sens que je vais ferrer un gros poisson près du cercle arctique, rien que pour toi, mon chou ! Je suis sûre qu'ils ont besoin de café là-bas... Ne me remercie pas !

Je mime un baiser qui s'envole dans les airs. Il fait mine de l'attraper en vol pour le placer sur son cœur.

Il ne faut pas se méprendre. Ce n'est qu'un jeu. Contrairement à ce qu'on pourrait croire, cet homme est heureux en ménage et père de deux adorables jumelles qui savent le faire courir !

Puis, 9 h 30 sonne ; le patron entre. Hier, il était en rendez-vous d'affaire, ce qui apportait du calme à ces lieux. Marco Rossetti s'avance d'un pas assuré et met un point d'honneur à serrer la main de tout le personnel. Tout le monde y passe, même le petit stagiaire du fond. Là-dessus, on peut dire que les bonnes manières sont une clé de voûte dans sa façon de manager. Ainsi, toute l'équipe se sent importante aux yeux du boss. Les cheveux noirs gominés, un regard calculateur et intelligent. Même s'il a quatre ou cinq centimètres de moins que moi (sans mes talons), il se dégage de lui un charisme indiscutable qui pourrait faire reculer plus d'un adversaire.

Ce petit rituel matinal est une façon pour lui de prendre la température de son entreprise et veiller à ce que tout le monde travaille en bonne entente. Pour ceux qu'il n'a pas vus depuis un plus long moment, il fait durer l'échange sur quelques mots...

— Content de revenir parmi nous ? questionne Marco après ses salutations au technicien de maintenance.

— Indiscutablement ! Il est agréable de se poser quelque peu pour la paperasse... révèle Hugo avec un large sourire commercial.

Il est bon le bougre. Je suis certaine qu'il pourrait aussi bien réussir à faire des ventes que Gabriel. Et sans avoir besoin de draguer, lui !

— Bien. Je compte sur votre sérieux. Comme toujours.

— Vous pouvez rester serein, votre altitude.

*Oh la vache ! Il a vraiment dit ça à Marco ?*

Le chatouiller sur sa taille, c'est particulièrement osé ! Contre toute attente, notre patron reste de marbre, mais j'arrive tout de même à discerner un léger spasme à la commissure de ses lèvres. Un sourire déguisé ?

— Doucement, Hugo.

Le ton est posé, calme. Mais on note clairement l'avertissement. S'il s'était adressé à moi, je crois que je me serais cachée sous ma table !

— Oui, chef.

Après un regard appuyé, Marco s'écarte pour prendre la direction de son bureau. Dans son sillage, je distingue son air amusé qu'il peine à contenir.

Je me tourne vers mon collègue dès que je suis certaine que nous sommes à l'abri des oreilles du boss.

— J'y crois pas ! T'es vraiment suicidaire !

— Mais non ! Tranquille ! Juste ce qu'il faut pour le dérider ! assure Hugo en joignant ses mains derrière sa nuque. Je suis sa bouffée d'air frais. Et il était en manque depuis dix jours qu'on ne s'est pas vus...

— Mouais... si tu le dis...

— T'inquiète pas, Barbie, je sais comment je dois parler à chaque personne présente dans cette pièce...

Je me contente de hausser les sourcils. Ce surnom, il me l'a donné plus d'une fois. Flatteur, si l'on oublie qu'il s'agit d'une poupée en plastique sans cervelle... Mais étrangement, venant de lui, ça ne me blesse pas.

*Comment fait-il ?*

Hugo Délire. C'est son surnom. Il se l'est d'ailleurs attribué lui-même. Né dans les années 90', il a toujours soupçonné ses parents de s'être laissés influencés – pour le choix de son prénom – par un jeu télévisé, très à la mode à cette décennie-là, intitulé : *Hugo Délire*. Je ne l'ai jamais connu. J'étais à peine conçue à l'époque ! Mais d'après ce que l'on m'a expliqué, il était question d'une sorte de jeu vidéo qui se déroulait en direct à la télévision. Je parle d'un temps où Internet n'existait pas dans tous les foyers comme aujourd'hui. Il fallait appeler un numéro à partir d'une ligne fixe et utiliser les touches du clavier du téléphone pour piloter un petit personnage aux oreilles pointues sur tout un parcours d'obstacles... Une participation qui permettait de gagner des cadeaux et, pour ceux qui étaient doués, des voyages. Une émission française qui a eu beaucoup de succès !

Peut-être est-ce grâce à ce pseudonyme, Hugo Délire, que notre technicien déjanté a toujours mis un point d'honneur à éclabousser son entourage de notes d'humour pour véhiculer sa joie de vivre ?

La matinée défile plutôt vite jusqu'à l'heure de notre pause. Sans vraiment nous concerter, nous nous retrouvons tous ensemble dans la salle de repos pour nous prendre une boisson chaude.

Gabriel se tient à l'écart en discutant avec Marco, tout en conservant en main son café aussi noir que ses prunelles.

Je m'accoude à une table haute à l'autre bout de la pièce. Je remue machinalement mon *macchiato*. Je suis rapidement rejointe par Cédric, Hugo et Ludo, notre stagiaire marketing.

— Où est notre petit chaton ? demande alors Hugo.

Ce surnom qui désigne Mya, m'a toujours amusée, et elle aussi d'ailleurs. Il le lui a attribué depuis notre premier jour de travail à Halloween où notre secrétaire préférée s'était parée d'un serre-tête avec des oreilles de chat pour marquer le coup du déguisement...

— Elle est malade. Elle devait voir un médecin aujourd'hui...

*Hors de question que je rentre dans les détails !*

Nicole se fige en captant mes paroles.

*Je n'avais même pas remarqué sa présence à celle-là !*

— Si j'avais su, je n'aurais pas avalé ses cookies. On va tous finir malades ! peste-t-elle.

Je hausse les yeux au ciel tout en prenant une grande inspiration pour ne pas lui balancer les noms d'oiseaux qui me viennent.

— Des cookies ? s'étonne Hugo comme si la triste prédiction de cette mégère n'avait pas trouvé le chemin de son canal auditif. Zut ! J'ai manqué ça ! Je lui demanderai double ration la prochaine fois !

Puis, je me tourne vers Cédric.

— Au fait, tu avais raison hier...

— TikTok ? devine-t-il.

*Perspicace !*

— Ouais...

— Combien de temps ? s'intéresse-t-il avec des yeux pétillants.

— J'ai perdu trois heures de ma vie...

Il se met à rire franchement.

— Charline se lance dans les réseaux sociaux ? relève Hugo avec entrain.

— Je ne vis pas dans une caverne ! Jusqu'ici, je me contentais d'Instagram. J'aime bien son côté visuel-photo...

— Et c'est quoi ton pseudo ? *Barbie_vend_du_café* ? imagine-t-il pour me taquiner.

— Presque ! *Charline&Flash* !

Notre gros nounours de service sort son smartphone et commence à faire ses recherches. Mon téléphone émet un bip pour signaler une demande de connexion.

— Chouette photo ! Je parle pour la tortue bien sûr !

Je lui donne une légère tape sur l'avant-bras, pendant qu'il se moque de moi ! Mon compte est privé. Je déciderai plus tard si j'accepte ou non sa requête...

# L'Univers conspire...

orsque la fin de journée arrive, je quitte l'équipe *Café Raffaello* pour retrouver mon foyer. Je libère mes pieds de mes escarpins et savoure enfin un moment de calme bienvenu. Flash s'est tranquillement couché sur sa plage pour réchauffer sa carapace sous le spot lumineux. Je m'installe un instant dans mon canapé en pianotant sur mon ordinateur. Que vais-je écrire ?

En général, je ne me sers pas de mon journal pour relater dans le détail tout ce qui se passe dans ma vie. Non. Je ne me contente parfois que de quelques lignes sur mon humeur dominante. L'idée étant surtout d'évacuer certaines tensions.

*Il se tient à distance. Et c'est tant mieux. Pourtant, je dois avouer que je cherche souvent à croiser son regard. C'est plus fort que moi. Je suis ridicule... Suis-je une cause perdue ?*

Ce sera mes seules phrases pour le moment. Je n'ai pas envie de penser encore de trop à Gabriel. Il ne le mérite pas.

Je me dirige maintenant vers ma cuisine. C'est une pièce ouverte sur le salon, seulement séparée par un îlot central. Je commence à rassembler mes ingrédients pour le repas du soir quand mon téléphone chante une mélodie que je connais bien : Mya veut me faire un appel vidéo.

Je place mon smartphone debout sur le plan de travail, de telle façon que mon amie puisse me voir préparer le dîner tout en papotant.

— *Salut,* fait-elle d'une voix assez affaiblie.

— Comment vas-tu ?

— *Bof. Il faut le temps que les médocs fassent effet... Le médecin m'a mis en arrêt jusqu'à vendredi inclus. C'est une gastro. Et c'est super contagieux. Personne n'est malade au boulot ?*

— Non. Tout le monde va bien.

— *Tant mieux alors. C'est Théo qui me l'a refilée. Son père n'a toujours pas de symptômes. Il n'y a pas de justice dans ce monde...*

— C'est normal, Mya. Tu es une machine à câlins avec ton fils ! Il n'a peut-être pas le même rapport avec *lui...*

Son ex est devenu *Celui-Dont-On-Ne-Doit-Pas-Prononcer-Le-Nom*. On s'amuse bien à éviter de le nommer convenablement. Un jour, je vais finir par ne plus me souvenir de son prénom qui est... Ah ! Bah, ça y est ! J'ai oublié !

— *Quelle journée épouvantable ! Tu n'imagines même pas ce que j'ai vécu... Salut, Flash !*

Je tourne les yeux un instant pour apercevoir ma tortue qui est venue trottiner sur le plan de travail, sans doute pour vérifier avec qui je suis en train de parler. Sa petite tête est dirigée vers l'écran de mon téléphone, immobile pendant une poignée de secondes. Puis, il reprend sa course comme si de rien n'était. Visiblement, il approuve la communication.

*Il surveille de près mes fréquentations. Je me demande comment il réagirait s'il voyait Gabriel sur mon smartphone !*

*— Après le médecin, je suis allée à la pharmacie pour obtenir mes médicaments. Tu ne devineras jamais ce qui m'est arrivé...*

*Elle semble dépitée ; ça ne doit pas être une bonne nouvelle.*

Je l'invite à poursuivre d'un signe de tête encourageant.

*— Je ne sais pas ce qu'ils ont à activer la climatisation à fond dans ce genre d'endroit. À croire qu'ils veulent nous rendre encore plus malades qu'on ne l'est en y mettant les pieds...*

— On est en période de canicule. Qu'est-ce qu'il s'est passé ?

*— J'ai vomi. Devant tout le monde. Comme une gamine. La honte de ma vie !*

Je ne peux dissimuler ma grimace. C'est un coup dur !

— *Tu me diras, il valait mieux que ça sorte par là*, lâche-t-elle dans une vaine tentative d'optimisme.

Je ricane bêtement tout en essayant d'oublier que cette conversation risque très certainement de me couper l'appétit.

— *Et attends ! Je ne t'ai pas dit le plus fou. Là, un beau gosse en blouse blanche s'avance vers moi, tout gentil, et me demande comment je me sens.* Mortifiée de honte ! *Ce n'est pas ce que je lui ai répondu, pourtant ce sont les seuls mots que j'avais en tête. J'étais incapable d'aligner deux syllabes. Une vraie potiche !*

— Mince alors ! Mais tu sais, il y a des gens bien parfois...

— *Oui, mais attends ! C'est lui qui a rassemblé le contenu de mon ordonnance pour m'aider à repartir au plus vite.*

— Tu lui as fait peur ?

— *C'est aussi ce que j'ai pensé au début. Mais une fois chez moi, j'ai découvert un adorable petit mot glissé dans l'ordonnance pour me souhaiter un rétablissement rapide. Et je suis restée scotchée sur la dernière ligne qui dévoile son numéro de téléphone !*

C'est plus fort que moi, mon rire retentit dans toute la pièce.

— Eh ben, on peut dire que ton petit pharmacien n'a pas froid aux yeux ! Tu l'as appelé ?

— *Non ! Pour lui dire quoi ?* Pas trop dur de tout nettoyer ? *Je suis paralysée de honte ! Je vais devoir changer de pharmacie maintenant...*

Je n'arrive pas à contenir mon amusement.

— Désolée, c'est plus fort que moi !

— *Tu peux bien te moquer. Il y a de quoi ! Tu ferais quoi à ma place ?*

Je la vois porter un ongle à sa bouche pour commencer à le mâchouiller. Ça me fait mal au cœur de la voir faire ça, à chaque fois qu'elle doute.

*Il faut que je l'emmène faire une manucure...*

— Attends au moins demain. Et si tu ne te sens pas de l'appeler, fais-lui un message...

— *Pas sûre que je trouve le courage de lui écrire ! Mais tu as raison, j'aurais les idées plus claires après une bonne nuit de sommeil, si je ne la passe pas sur le trône !*

Je ferme les yeux pour tenter de repousser une image peu ragoûtante.

— *Oh ! Pardon ! Je n'avais pas réalisé que tu faisais à manger ! Bon, je te laisse. Oublie tout ce que je t'ai dit ! Ciao !*

Je l'embrasse à mon tour virtuellement et la communication prend fin. Je porte mon regard sur mon plat de spaghettis à la bolognaise. Il va falloir que je me concentre pour savourer malgré tout mon repas !

Puisqu'à cette heure-ci il fait plus doux dehors que dedans, je m'installe sur mon petit balcon pour le dîner. Le soleil décline lentement à l'horizon.

Puis lorsque mon assiette est vidée, je fais un tour sur Instagram pour voir les dernières photos de mes contacts. Il y en a pas mal qui sont déjà en vacances et cela me donne l'eau à la bouche. Je ferme l'application et, plus machinalement qu'autre chose, j'ouvre TikTok. L'algorithme semble faire son œuvre. Les vidéos sont plus pertinentes et collent mieux à mes goûts.

L'une d'elles s'anime sur une musique d'ambiance agréable tout en affichant une citation inspirante :

> Quand on veut une chose, tout l'Univers conspire à nous permettre de réaliser notre rêve.

C'est un extrait du livre *L'Alchimiste* de Paulo Coelho. Je ne l'ai jamais lu. C'est joli. Sans savoir pourquoi, je reste bloquée sur cette phrase. Et lorsqu'on ne fait rien, la vidéo tourne en boucle. Il y a quelque chose qui m'intrigue. Pourquoi mettre une majuscule à « Univers » ? On dirait une sorte de personnification. Comme s'il s'agissait d'une seule entité. Étrangement, cette idée me donne le frisson.

Par réflexe, je clique sur le petit cœur pour signaler que j'aime cette vidéo. Puis j'appuie au bas de l'écran pour dérouler le texte de présentation. Il n'y a que des mots-clés qui accompagnent le fameux symbole #. Un *hashtag* comme on dit aujourd'hui. Je crois qu'il ne reste plus que la génération de mes parents qui disent encore *dièse*. Ou peut-être les musiciens...

#citation #lalchimiste #paulocoelho #loidelattraction

Je suis comme attirée – c'est le cas de le dire – par ce dernier code d'identification.

*Loi de l'attraction.*

J'ignore ce que ça signifie. Peut-être une croyance quelconque en lien avec le karma ?

Je clique maintenant sur les commentaires. Les réactions sont nombreuses et vont toutes dans le même sens. Tous confirment que l'Univers les a exaucés. Trouver un travail, l'achat d'un bien immobilier, l'amour...

*Dit comme ça, Monsieur Univers a plus des airs de génie dans sa lampe !*

Cette comparaison me fait sourire. Ça se saurait s'il y avait une formule magique pour obtenir exactement tout ce que l'on souhaite !

Je passe enfin à la vidéo suivante... Un chat effrayé par un concombre. Je me lasse. Je ferme l'application. Bon sang, j'y ai encore campé deux heures !

*On va dire que je m'améliore...*

Il est temps de revenir dans le monde réel !

# Mon nuage tourne à l'orage !

Les deux jours suivants s'articulent, sans la moindre surprise. Gabriel reste étrangement à l'écart. Peut-être a-t-il compris le message après que je me sois sauvée de son lit dimanche dernier !

Mon travail s'est ponctué de quelques visites chez les clients, pour signer un contrat ou simplement pour vérifier que tout se passe bien. En règle générale, je suis plutôt bien accueillie.

*Tu m'étonnes ! J'arrive avec la promesse de saveurs qui adoucissent un morne quotidien.*

Et sinon, je n'ai pas rouvert TikTok. Je ne suis pas en manque de toute façon. Mais je dois reconnaître que cette dernière citation trotte encore dans ma tête à certains moments. Je l'ai même inscrite dans mon journal. C'est dire !

*Quand on veut une chose, tout l'Univers conspire à nous permettre de réaliser notre rêve.*

Quels sont mes rêves aujourd'hui ? J'ai un job que j'adore. Quelques rares amis, mais qui valent de l'or. Une tortue qui n'a rien d'un ninja. En résumé, je me sens épanouie. Il n'y a que ma situation amoureuse qui me semble chaotique !

Je ressasse toutes ces idées pour les balancer pêle-mêle sur mon ordinateur. J'aime bien écrire toutes mes pensées dans mon application *OneNote*. Cela change du format trop droit et structuré qu'offre *Word*. Là, je peux mettre mon texte dans tous les sens, rajouter des photos, dessiner, enregistrer des sons ou des vidéos. En définitive, c'est un journal intime numérique dans l'air du temps.

Mon dossier est sécurisé sur mon espace en ligne. Le *Cloud*. Si l'on traduit littéralement, cela signifie le *nuage*. Une sorte de point de sauvegarde auquel je peux avoir accès sans la moindre restriction. Eh oui ! Si cela me chante, je peux tout à fait garnir mon journal numérique à partir de mon smartphone. Le tout sera enregistré sur ce petit nuage et mis à jour sur tous mes autres appareils de connexion. On n'arrête plus le progrès !

Au fil des années, ce fichier note s'est grandement étoffé. Il y conserve toutes mes pensées les plus intimes. Certains pourraient d'ailleurs ne pas apprécier le lire. Non pas que je sois du genre à dire du mal dans le dos des gens. En règle générale, je suis quelqu'un de franc. Peut-être un peu trop parfois. Mais on finit par changer d'avis sur certaines personnes au fil du temps. C'était le cas pour Hugo par exemple. Lorsqu'il est arrivé dans l'équipe *Café Raffaello*, je n'appréciais pas vraiment ses remarques. Il m'a fallu quelques semaines pour bien le cerner et comprendre que toutes ces blagues servent surtout à dissimuler ses propres fragilités. Autrement dit, il n'aimerait pas lire ce que j'écrivais de lui il y a quelque temps !

Mya non plus d'ailleurs ! Aussi étrange que cela puisse paraître, je me faisais une fausse image d'elle. Très timide, effacée et clairement manipulée par son ex, elle osait à peine répondre lorsqu'on lui disait « bonjour » ! Et moi, les gens impolis, bah, j'ai du mal... Puis j'ai compris bien plus tard que l'homme qui partageait sa vie avait une telle emprise sur elle qu'elle s'oubliait elle-même. Mya ne se sentait pas légitime de recevoir la moindre forme de gentillesse d'autrui. Elle se repliait dans son coin, ne laissant apparaître qu'une femme mal dans sa peau dont la dépression débordait sous ses longs cils. Aujourd'hui, elle ne s'en rend pas encore bien compte, mais elle revient de loin ! Cela fait tellement plaisir de la voir sourire ! Elle est devenue notre rayon de soleil...

Voilà pourquoi mes mots sont habilement scellés sur mon espace en ligne. Un lieu de stockage auquel je n'arrive pas à avoir accès ce soir !

*Bon sang ! Mais qu'est-ce qu'il se passe ?*

La technologie semble décidée à ne pas faire ce pour quoi elle a été conçue ! De mon téléphone, aucun souci, je peux ouvrir mon journal. Mais à partir de mon ordinateur, ça bloque. Je vois le logo en forme de cercle qui tourne en rond sans discontinuer. Le chargement est interminable !

Allez, hop ! J'arrête tout. Je tente le fameux : éteindre et rallumer le pc. Il faut dire aussi que je n'ai pas de patience. Tout cela m'agace dès lors qu'il y a un bug dans l'air...

*Oh l'angoisse ! Écran bleu !*

En général, c'est le genre d'image qui prophétise la fin de vie d'un ordinateur... Non ?

*Arf ! Ça m'énerve ! Je n'y connais rien !*

Bon, restons calmes. Toutes mes données sont en sécurité sur mon point de sauvegarde en ligne. Le fameux nuage... Donc si mon ordinateur vient à rendre l'âme, mon journal et toutes mes pensées compromettantes demeureront intacts et libres d'accès via mon téléphone. Pourtant, je ne peux pas tout faire avec ce petit appareil. J'ai besoin d'un pc dans mon quotidien, faire ma comptabilité et parfois même pour regarder des séries Netflix au lit...

L'idée la plus simple serait de faire un diagnostic pour vérifier s'il est encore possible de le sauver... Oui. Mais je n'aime pas imaginer qu'un inconnu puisse avoir accès à tous mes fichiers personnels.

Je n'ai plus qu'une option...

*Au secours, Cédric !*

J'irai l'embêter demain avec mes questions de femme des cavernes inculte !

# Café connecté

**V**endredi ! Le dernier jour de la semaine. Le plus agréable pour certains ! Me concernant j'aime aussi cette journée, mais pas nécessairement parce qu'elle termine la semaine. Je trouve que c'est toujours plus facile de travailler un vendredi. Les gens sont plus détendus et plus enclins au lâcher-prise. Je crois avoir signé mes plus beaux contrats à la veille des week-ends.

Chez *Café Raffaello*, Marco a instauré une tradition : réunion d'équipe le vendredi matin ! Pas d'exception, tout le monde doit être là. Il est malin. Il tolère qu'on fasse un peu de télétravail, mais en fixant une réunion en présentiel cette dernière journée de la semaine, cela lui permet d'éviter que ses employés s'amusent à rallonger leur week-end. Il n'est pas né de la dernière pluie. Il devine très bien les gens transformer leur télétravail en journée téléglandouille !

Cela faisait deux semaines qu'on ne s'était pas retrouvés de cette façon, car vendredi dernier était une journée de pont imposée en repos compensatoire.

J'imagine donc cette entrevue assez dense et riche en informations diverses et variées...

Il est maintenant 10 h. Nous sommes tous rassemblés dans la grande salle prévue à cet effet. Il y a certains visages que je n'ai pas croisés depuis un moment. Lucas et Maurice : deux préparateurs de commandes qui œuvrent dans l'ombre au niveau du rez-de-chaussée. Ils possèdent un permis CASES[4] pour conduire des chariots élévateurs, ce qui est bien utile pour gérer notre stock selon la demande client. Je n'ai que très rarement l'occasion de descendre les voir ; pour le coup, notre réunion assure un lien avec eux.

Puis il y a aussi Agathe et Julien qui sont les deux autres techniciens de maintenance, tout comme Hugo. Agathe a plus l'habitude de travailler avec les clients de Gabriel. Avec ses airs de garçon manqué, elle tente de jouer des coudes pour s'imposer à un poste où l'on est plus coutumier de voir évoluer des hommes. Julien est celui qui a le plus d'ancienneté avec sa cinquantaine bien entamée. C'est auprès de lui qu'Agathe et Hugo doivent se référer hiérarchiquement sous Marco.

Et comme toujours, les autres membres de l'*open space*... Nicole la comptable que j'ai toujours autant de mal à piffrer. Gabriel que je ne présente plus et qui ferait bien de déserter mes pensées. Jeanne que j'ai souvent tendance à oublier tant elle reste dans l'ombre de Nicole pour gérer la partie achats et investissements. De toute

---

[4] Certificat d'Aptitude à la Conduite En Sécurité.

façon, dès qu'il y a une histoire de sous, Nicole est aux commandes !

Nous avons ensuite Ludo, le stagiaire marketing qui va bientôt nous quitter d'ailleurs.

*Snif ! Il était vraiment sympa ce petit jeune !*

Et pour terminer mon tour de table, il nous reste Cédric dont j'irai exploiter les talents informatiques un peu plus tard...

— Bonjour à tous, commence Marco plus pour mettre un terme aux bavardages qu'autre chose. Étant donné que Mya est toujours absente, il va nous falloir quelqu'un d'autre pour rédiger le compte-rendu de réunion.

Un ange passe. Certains ne sont pas inquiets comme Lucas et Maurice qui évoluent constamment sur leurs chariots en dehors de cette salle commune. Ils n'ont pas pour habitude de pianoter sur le clavier d'un ordinateur. D'autres aimeraient sans doute se cacher sous la table pour ne pas récupérer cette responsabilité.

Toutefois, personne n'a le temps de se proposer à la tâche que notre patron reprend :

— Nicole, vous vous en chargerez.

La phrase n'a rien d'interrogatif. C'est un ordre, pur et simple. Je devine à la tête de notre comptable que se voir attribuer les basses besognes de la secrétaire ne l'enchante guère.

*Ça lui fera les pieds !*

Néanmoins, je la connais la garce. Je vais également prendre quelques notes, juste au cas où...

L'échange commence par la présentation du boss sur les chiffres de l'entreprise. Il aime nous faire part de la situation économique pour nous indiquer quels sont les axes d'améliorations à conserver à l'esprit. C'est aussi l'occasion de nous féliciter en saluant notre engagement. Certains pourraient y voir là un discours qui frise la langue de bois pour nous brosser dans le sens du poil et ainsi obtenir le meilleur de nous même. Pourtant, je suis intimement convaincue que Marco est sincère dans ses compliments. Il aime sa boîte. Une affaire qui porte le prénom de son père. Un rêve pour lequel il s'est battu pour l'ancrer dans la réalité. Rares sont ceux qui savent que le fameux Raffaello Rossetti n'est aujourd'hui plus qu'un légume dont le cerveau est désormais ravagé par Alzheimer. Triste. Une information qui n'aurait pas dû tomber dans mon oreille, et que j'ai préféré garder sous silence. Je n'en ai même pas parlé à Mya ! Cela jetterait un froid auprès de tous d'apprendre que l'homme qui a créé cette entreprise n'en a plus le moindre souvenir...

Le premier semestre était excellent et nos finances battent des records, ce que ne manque pas de souligner Nicole. Notre société ne s'est implantée qu'en Île-de-France, pour l'instant. La quantité de clients n'est pas faramineuse, mais la qualité de notre service est largement au rendez-vous. Nous sommes tous convaincus de la valeur gustative de nos cafés – aussi parce qu'on le savoure à chacune de nos pauses – ce qui nous procure une assurance toute naturelle pour en faire bonne presse. Il est évident qu'un commercial efficace ne peut bien vendre que s'il est intimement persuadé de proposer le meilleur produit. Et ça tombe bien, je ne sais pas mentir !

Comme à son habitude, Marco laisse la parole à chacun d'entre nous pour un tour de table. Tout le monde y passe, même si certains n'ont pas grand-chose à souligner. L'essentiel étant d'avoir au moins une chance de s'exprimer.

J'ouvre le bal en relatant les récents échanges avec nos clients qui semblent satisfaits de nos produits et sans doute plus détendus à l'approche des vacances...

Gabriel se gargarise sur son dernier contrat signé. Est-ce qu'il est content pour la boîte ? Je ne pense pas. Cette signature nourrit son ego et viendra s'accompagner d'une commission avantageuse qu'il touchera à la fin du mois.

Lucas et Maurice rappellent qu'ils devront bloquer les chariots pour la maintenance annuelle. Celle-ci est prévue la semaine prochaine, juste avant la fermeture. Cela signifie également que le rythme sera ralenti sur les livraisons.

Hugo, Agathe et Julien donnent un aperçu des différentes tournées clients effectuées ces deux dernières semaines. Quelques petits problèmes techniques pris en note et à garder à l'esprit pour de futures réclamations à venir...

Jeanne marmonne quelques paroles inaudibles pour annoncer qu'elle n'a rien de nouveau à partager sur la gestion et les achats en général. Nicole surenchérit pour nous assommer sous une montagne de chiffres difficiles à comprendre pour les non-initiés à la comptabilité d'une entreprise.

*À ce qu'on dit, la culture c'est comme la confiture, moins tu en as plus tu l'étales !*

Vient maintenant le tour de Ludo, notre petit stagiaire. Il a une bonne bouille avec son look de hipster. Environ vingt-deux ans, barbe entretenue, les cheveux assez longs et retenus dans sa nuque. Je l'imagine bien passer ses week-ends derrière un ordinateur de gamer ou avec une guitare électrique à jouer du Metallica !

Il a fait du bon boulot sur ces six mois auprès de nous. Il s'est investi sur une campagne de publicité pour mettre en valeur notre nouvelle gamme de gobelets biodégradables. L'*éco-cup* gourmande. En plus d'être écologiques, ces petits contenants sont conçus à base de gaufrette. Je trouve le concept génial. On se sert un café dans ce pot particulièrement robuste, puis une fois le breuvage avalé, il ne reste plus qu'à manger ce gobelet croustillant ! Pas de déchet. Tout est englouti !

Ludo nous partage la présentation de son ordinateur portable vers le grand écran de la salle. L'aspect visuel de ces pubs est vraiment bien trouvé, tout est harmonieux. On pourrait presque sentir un parfum de café à travers l'image. Il est doué !

Marco le félicite. Notre boss aime bien choisir un stagiaire une fois par an pour le missionner sur une tâche bien précise. Je ne sais pas comment il s'y prend durant les entretiens qu'il passe, mais il arrive toujours à dénicher des personnes compétentes qui veulent s'investir à 200 %. À chaque fois, on est très loin du cliché du stagiaire qui passe ses journées à se tourner les pouces ou à glander sur le net...

Parce qu'en plus de ses supports marketing, Ludo s'est également investi comme community manager afin d'animer une page Facebook, Instagram et LinkedIn pour faire vivre notre entreprise aussi sur Internet !

Jusqu'ici, Cédric s'était simplement concentré sur notre site en ligne. Mais ces derniers mois, ces deux professionnels du clavier se sont bien entendus pour élargir la portée de *Café Raffaello* sur les réseaux sociaux les plus essentiels. Un travail que reprendra notre informaticien après le départ de son collègue stagiaire.

C'est vraiment chouette de terminer la réunion sur cette présentation. On sent l'impact positif de notre entreprise dans le monde virtuel. Même si dans l'ensemble, nous sommes une équipe relativement jeune, cela reste génial de demeurer dans l'air du temps.

# Café brûlant !

En début d'après-midi, l'ambiance est un peu plus calme dans l'*open space*. C'est certainement dû à la phase digestion d'après repas. J'en profite pour sortir de mon sac mon ordinateur portable et je m'avance vers le bureau de Cédric.

— J'aurais un petit service à te demander...

Il me porte un regard intrigué, visiblement curieux d'en savoir plus. L'appareil entre mes mains ne lui a pas échappé.

— Prends une chaise, m'invite-t-il.

Je m'exécute et ouvre mon pc sur un coin du bureau tout en résumant la situation :

— J'ai eu droit à un magnifique écran bleu hier soir ! Et depuis, il tourne en boucle quand je l'allume...

— Ordi perso ? demande-t-il avec un sourire malicieux.

— Oui, avoué-je. Je pourrais très bien trouver un réparateur, mais j'ai peur de me faire avoir puisque je n'y connais rien... et puis, il y a des trucs personnels que je n'ai pas envie que n'importe qui lise...

— Et tu ne crains pas que je les lise, moi ?

Son petit regard malicieux vise juste à me taquiner. Depuis le temps, je sais que c'est quelqu'un d'honnête. Je le vois très mal copier les données de mon journal pour ensuite me faire chanter !

— Je te surveille !

Mon ton se veut assuré. Je ponctue ma phrase d'un clin d'œil. Je reste malgré tout nerveuse d'imaginer le contenu de mes années de confidence être rendu publique à tout le monde...

Ma réponse lui décroche un rire. Il allume mon appareil et pianote sur le clavier pour entrer dans le BIOS. Même si je parle anglais, toute cette interface est un véritable mystère pour moi ! Je n'ai pas le temps de comprendre la manipulation qu'il vient de faire que mon ordinateur tente déjà de redémarrer.

— Ça semble fonctionner, mais je vais utiliser l'invite de commandes pour évaluer le système...

*Un vrai magicien !*

— Si tu sauves mes données, je t'invite à prendre un café en salle de pause !

Il ricane. C'est une blague que l'on se fait tous à tour de rôle. Il faut savoir que toutes les boissons sont gratuites pour nous.

— Offert par Marco, il n'en est que meilleur, confirme Cédric en gardant un regard rieur.

Puis un silence passe durant lequel on reste là à observer l'écran de démarrage. Mon ordinateur est lent. Il commence à se faire vieux, le pauvre !

— Tu as des nouvelles de Mya ?

J'ignore ce qui m'alerte dans cette question. Il s'agit simplement d'un collègue qui prend des nouvelles d'une autre collègue. Pourtant, je flaire autre chose. La façon qu'il a de conserver ses yeux rivés sur mon écran, sans doute pour fuir mon regard trop perspicace.

Je prends soin de bien choisir mes mots. Hors de question de rompre le charme en révélant les symptômes de mon amie.

*Les femmes sont des princesses et quand elles pètent ça fait des paillettes !*

— J'ai reçu un SMS hier. Elle va mieux. Elle revient lundi.

— Cool.

Je le dévisage. Son regard noisette continue de me fuir. Il donne l'impression d'être à l'aise, pourtant je suis convaincue du contraire.

*Cédric et Mya. Je n'y avais jamais pensé.*

Je décide de faire ma Miss PiedsDansLePlat.

— Elle te plaît ?

— Je ne vois pas à qui elle ne plairait pas !

Cette réponse sort spontanément.

*Humm... Intéressant...*

Il ferme les yeux durant une seconde, comme s'il regrettait ses mots. Puis il porte une main sur sa bouche, cherchant sans doute à dissimuler une partie de son visage bien trop expressif à cet instant.

Je suis entièrement d'accord avec lui. Ce n'est pas faute de dire à Mya qu'elle possède un capital séduction aussi redoutable que naturel. Elle, elle a juste besoin d'être elle-même pour faire tourner des têtes. Moi, il me faut une folle couche de maquillage et une tenue longuement étudiée pour y parvenir ! Mon amie n'a jamais voulu me croire. Pourtant, elle est en mesure d'attendrir n'importe quel cœur d'un battement de cils.

Je prends le temps d'observer Cédric. Je me rends compte que je ne l'ai jamais regardé comme un potentiel partenaire. C'est certainement une question de taille. Il n'est pas petit, mais il fait la même taille que moi. Et pour me plaire, un homme doit être plus grand que moi sur des talons. Je n'y peux rien. Baisser la tête pour observer mon prétendant, ça me gêne. Enfin, disons que j'ai plus l'impression de me sentir protégée dans les bras d'un amant s'il me domine un minimum...

*Je suis désespérante.*

Et maintenant, tous les deux à la même hauteur sur nos chaises, je dois avouer qu'il est franchement pas mal le petit Cédric. Ses cheveux assez courts et légèrement ondulés. Ses yeux noisette comme deux billes marron qui renvoient un regard doux et bienveillant. Je me souviens aussi d'une fine fossette lorsqu'il sourit.

*Ouais... franchement craquant !*

Il faut que je sonde Mya pour savoir ce qu'il en est de son côté... J'ai méchamment envie de jouer au Cupidon !

Cédric revient au sujet qui nous préoccupe. Je fais mine de ne pas avoir compris l'allusion faite à propos de Mya. Je ne souhaite pas qu'un malaise s'installe entre eux. Il serait dommage qu'une gêne vienne ruiner leur complicité.

Mon ordinateur est ressuscité. Me voilà sauvée ! Mon collègue me donne quelques conseils pour m'assurer qu'il fonctionne correctement. Comme l'éteindre. Il est tout le temps en veille. Je ne le redémarre que lorsqu'il le réclame.

*Je n'ai jamais la patience d'attendre qu'il se rallume.*

Cédric me souligne qu'il irait justement bien plus vite si je lui permettais de se mettre hors service de temps à autre... Je note l'astuce. Et je l'appliquerai. Je n'ai pas prévu d'investir dans un nouvel appareil.

— Et voilà ! résume-t-il en me tendant mon ordinateur refermé et éteint.

Il m'offre un sourire bienveillant.

*Définitivement charmant...*

C'est incroyable que je ne m'en sois pas rendu compte jusque-là ! Je réitère mon invitation pour le café. Il décline poliment en prétextant une tonne de boulot à boucler avant le week-end. J'imagine qu'il aurait accepté si Mya était dans les parages...

De retour à mon bureau, je me plonge dans la paperasse qu'il me reste à faire. Les heures défilent et mes collègues quittent l'*open space* les uns après les autres. J'ai plusieurs rendez-vous clients prévus la semaine prochaine. Je choisis donc de prolonger ma journée pour m'avancer. Je déteste travailler de chez moi. Même si j'aime mon job, je préfère me déconnecter complètement et éviter de mélanger ma vie privée à ma vie professionnelle. Le télétravail ? Très peu pour moi. J'ai besoin de voir du monde.

En cette saison estivale, la lumière met du temps avant de décliner. C'est pour cette raison que je ne me rends pas compte de l'heure avancée. C'est donc lorsque j'entends Marco me souhaiter un bon week-end que je prends conscience qu'il doit être environ 19 h. Du coin de l'œil, j'aperçois Gabriel se lever pour rejoindre le boss dans le couloir et échanger quelques mots avant son départ.

En ce qui me concerne, une journée de dix heures est largement assez longue. Je vais imprimer quelques documents et je pourrai quitter les lieux à mon tour. Dans un coin de la salle, l'imposante photocopieuse est anormalement silencieuse. Elle ne ronronne pas comme d'habitude, harassée de travail sous les différentes taches d'encre demandées pour faire naître nos rapports.

*Je suis seule.*

Et comme si la technologie voulait se liguer contre moi, cette machine du diable a décidé de ne pas rendre l'impression demandée ! Et Cédric n'est plus là...

*Je suis une grande fille, je devrais pouvoir m'en sortir, quand même !*

J'ouvre le tiroir pour vérifier s'il y a des feuilles. Eh non ! Je n'ai plus qu'à réapprovisionner la bête affamée. Ce n'était pas compliqué en fin de compte. Sauf que cela ne suffit pas. Je pianote maintenant sur l'écran tactile pour chercher à comprendre ce qui bloque.

— Besoin d'aide ?

*Cette voix...*

Chaude et suave. Sans rien contrôler, je me redresse, comme électrisée.

*Pitié, pas ça...*

— Non, je...

Mes mots demeurent piégés dans ma gorge asséchée. Je le sens tout près de moi, presque collé à mon dos.

*Gabriel*

Je ferme les yeux un instant, espérant qu'il s'en aille avec cette vague de chaleur qui me submerge tout à coup.

*Ce parfum...*

Il l'a choisi exprès. Il sait que cette odeur me rend folle. Une eau de toilette musquée qui attise mes sens.

*Bon sang ! Je connais toutes ses méthodes. Je ne peux pas me laisser manipuler aussi facilement !*

J'ouvre les paupières. Sa main s'avance vers l'écran tactile juste devant moi. Ses doigts frôlent ma peau dans leur course.

*Je suis figée.*

Son bras ainsi tendu m'entoure presque. Il presse la commande, nonchalamment. Imperturbable.

Je suis prise au piège entre l'imprimante, le mur et lui qui m'enferme de son bras. Je fixe cette main qui caresse l'écran avec douceur. Ce que j'aimerais sentir la pulpe de ses doigts parcourir ma peau...

*Non ! Certainement pas !*

Je dois me sortir de cette léthargie. Je sais tous ses gestes calculés et exécutés précisément pour me faire chavirer. C'est toujours comme ça que ça se passe. Il fait juste ce qu'il faut pour me pousser à craquer.

*Je ne céderai pas...*

Je ne veux pas lui donner la satisfaction qu'il puisse obtenir ce qu'il désire de moi.

*Peut-être se rend-il compte que je résiste ?*

Sans mise en garde, il exerce un brusque coup de genou dans le tiroir dans l'imprimante. Visiblement, je l'avais mal refermé.

*Qu'est-ce que je peux être sotte !*

Son mouvement s'est exécuté avec vigueur. Son approche l'a poussé à se coller tout contre moi. Je peux épouser toute la fermeté de son corps contre le mien. Je le sens tendu et dressé sur moi.

*Comment ne pas craquer ?*

Il presse une fois de plus la commande, et l'imprimante se met à chanter son habituelle mélodie de travail. Par ce temps caniculaire, j'ai relevé mes cheveux en un chignon élaboré, révélant ainsi ma nuque. Il abaisse légèrement son visage près du mien pour me demander :

— Qu'as-tu prévu ce week-end ?

J'ignore par quel miracle, mais j'arrive à retrouver l'usage de la parole, d'une voix tout de même rauque :

— Je ne sais pas encore.

Je devine son sourire s'étirer sur ses lèvres.

— J'ai une ou deux idées à te proposer, susurre-t-il à mon oreille en la caressant de son souffle brûlant.

Le mutisme est de retour. Je n'ai qu'un désir, celui de me retourner pour m'agripper à son cou tout en capturant sa bouche de la mienne, de diriger ses mains sur mon corps pour l'inviter à relever ma robe et le laisser se fondre en moi, là, maintenant, sur cette machine.

*Bon sang ! Je suis au boulot !*

Comme si cela nous avait déjà arrêtés !

*Un écart... Un accident de parcours...*

Vraiment ? J'en avais diablement envie cette fois-là. Le goût de l'interdit était exquis.

*C'est lui qui avait commencé !*

Ça, c'est vrai ! D'ailleurs, c'est toujours lui qui commence la danse. L'air de rien. Il approche... il a quelques gestes et quelques paroles à double sens... Tout pour me rendre dingue et me pousser à me jeter sur lui !

Cette constatation me saute aux yeux. Je ne suis qu'une victime en fait...

*Il ne m'a jamais contrainte...*

C'est vrai. À chaque fois, j'en avais envie. Mais initialement, non.

*L'envie se donne...*

J'ai dit que c'était fini. Alors c'est terminé !

Il attend ma réponse, patiemment, tout en balayant de son souffle la peau de mon cou... jusqu'à ma clavicule. Ses lèvres effleurent à peine mon épiderme. J'en ai des frissons. L'effet qu'il a sur moi est immanquable. Je le sens sourire plus largement.

— Gabriel...

— Humm ?

— Arrête.

Ce mot, d'une simplicité enfantine, je ne savais plus le prononcer. Mais j'ai réussi ! Ma voix tremblait, mais ces syllabes ont fini par franchir ma bouche.

Il se fige à son tour.

*Déçu ?*

Sans aucun doute.

*Frustré ?*

Je l'espère bien !

— Comme tu voudras, murmure-t-il dans un souffle.

La dernière caresse de ses mots me glace. Il s'écarte inévitablement de moi et s'éloigne sans une parole de plus.

Je m'appuie sur l'imprimante pour ne pas chanceler tant mes jambes sont devenues flageolantes. Je me sens incroyablement vide et seule. Mais pour une fois, je me suis écoutée. Je n'ai pas craqué. Il me faut quelques secondes pour retrouver une respiration normale.

J'attrape mes feuilles évacuées par l'imprimante et me dirige vers mon bureau. Gabriel n'est plus là. Il a dû quitter l'*open space*. Sans un mot. Mes documents resteront près de mon clavier tout le week-end. Je prends mon sac à main et fuis les lieux d'un pas vif pour mettre de la distance avec ce qui a failli se passer...

# L'homme parfait n'a pas de moustache !

Je me retrouve seule avec moi-même. Enfin, non. Ce n'est pas vrai. Je suis chez moi... avec Flash. Mais ce n'est pas le genre d'animal que l'on souhaite câliner. Ceux qui s'y sont risqués se sont fait mordre. Même si ce petit reptile est attachant, je me rends compte que je suis cruellement en manque d'affection. Serait-ce pour cette raison que j'étais à deux doigts de céder tout à l'heure au bureau ?

*J'ai un sérieux problème...*

Je décide de prendre une bonne douche. Il fait chaud par ce temps caniculaire ; j'ai l'impression de sentir la transpiration jusqu'au rez-de-chaussée !

*Non. Je me cherche des excuses.*

J'ai surtout besoin de me laver de ces pensées parasites. C'est comme si elles s'étaient encrées sur ma peau. Comme s'*il* était encore collé à moi.

Sortie de l'eau, je me sèche et enfile une tenue légère que je porte habituellement pour dormir. Pour la première fois, je fuis mon reflet dans le miroir embué. Je me démaquille à l'aveugle. Je suis incapable de croiser mon propre regard.

Je flâne sur mon ordinateur miraculeusement revenu à la vie grâce à Cédric. Je me réfugie sur mon journal numérique. En résumé, je reste plutôt fière de moi. J'ai réussi à tenir bon.

*Ça manquait un peu de conviction...*

Oui. Mais j'ai pu le repousser. Cela reste une victoire !

Mon téléphone chante pour m'annoncer un appel visio. J'active l'appareil pour voir apparaître le visage de Mya. Cela m'apaise de découvrir une amie !

— *Hello ! Contente d'être en week-end ?*

Sa voix est enjouée, et elle a plutôt bonne mine, ce qui est rassurant.

— Ouais ! Ça fait du bien ! Et toi, tu sembles en forme !

— *Oh oui ! Je me sens mieux depuis hier. J'ai pu me reposer. Je serai d'attaque lundi !*

— Ça fait plaisir ! Tu sais que Cédric m'a demandé de tes nouvelles...

Je laisse ma phrase en suspens pour évaluer sa réaction. Je suis curieuse d'analyser ses expressions faciales. Bien souvent, le visage ne trompe personne.

Zut ! Elle choisit pile ce moment-là pour se baisser afin de ramasser un truc qu'elle a fait tomber. Je viens de louper son regard.

*— Il est mignon. Je ne t'ai pas raconté ! En fait, si je t'appelle, c'est parce que j'ai cruellement besoin de ton aide...*

Elle m'intrigue.

*— À quel propos ?*

*— Tu sais... mon petit pharmacien... Eh bah... Je n'ai pas vraiment suivi ton conseil. Je n'ai pas attendu. Je lui ai tout de suite rédigé un petit message pour m'excuser d'avoir repeint la pharmacie... Il a été adorable. On s'est écrit peut-être une centaine de SMS depuis mardi. Il me demande comment je vais tous les jours. Et...*

Je connais ce regard. Dommage pour Cédric, on dirait qu'un autre homme s'est invité dans son esprit...

*— J'ai rendez-vous avec lui tout à l'heure pour manger un morceau...*

— Humm... un morceau...

J'adore la taquiner comme ça. Elle se mord la lèvre inférieure, sans doute envahie par une pointe d'angoisse. Bingo ! Voilà qu'elle recommence à ronger ses ongles !

*Quel carnage !*

*— Tu crois que c'est trop rapide ?*

Je la rassure d'un sourire.

— Je pense surtout que s'il n'a pas pris la fuite après t'avoir vue vider ton estomac devant lui, c'est qu'il a le cœur bien accroché !

— *Oh la honte ! En fait, je ne sais pas quoi porter. J'aimerais justement trouver une tenue qui puisse lui faire oublier ce seul aperçu qu'il a eu de moi !*

— Une petite robe noire mettrait tes grands yeux en valeur. Quoi que... Non ! Oublie la robe noire !

— *Pourquoi ? La mienne est trop courte ?*

— La dernière fois que j'en ai mis une, j'ai fini dans les draps de Gabriel...

— *Mince ! C'est vrai ! Je ne t'ai même pas demandé où tu en étais avec lui. Tu tiens bon ?*

Malgré ma grimace, je tente de la rassurer :

— Je suis assez contente de moi. J'ai réussi à ne pas céder. Mais c'était limite...

— *Au boulot ?*

— Ouais... Tout à l'heure...

— *La vache ! Rien ne l'arrête !*

Elle semble choquée. Je passe sous silence qu'une telle situation nous a déjà conduits à le faire sur son bureau à lui. Bien entendu, il n'y avait plus personne à ce moment-là, mais ce n'est pas une excuse ! J'ai tellement honte que je n'ai jamais osé en parler à qui que ce soit. Eh non ! Même pas à Mya...

— Cet imbécile ne mérite pas qu'on monopolise la conversation sur lui. Montre-moi tes robes, ma belle, je vais t'aider à choisir.

On passe en revue une bonne partie de sa penderie pour dénicher la perle rare. Une robe vaporeuse qui laisse deviner certaines de ses formes sans être trop aguicheuse. Si j'avais mon amie sous la main, je me chargerais même de la maquiller. Elle préfère éviter. Comme elle ne met jamais rien pour embellir ses prunelles, elle a une fâcheuse tendance à se frotter les paupières avec le dos de ses doigts. Une habitude qui ruinerait toute tentative poudreuse en lui conférant des yeux de panda à cause du mascara !

Peu importe, elle sera parfaite pour ce soir. Comme elle me l'a si judicieusement souligné, elle ne veut pas véhiculer le mot « désespérée » au premier coup d'œil. Elle clôt la conversation en me demandant de lui souhaiter bonne chance !

Je pourrais sortir aussi ce soir pour me changer les idées, mais je n'ai envie de rien. Je pense lézarder dans mon canapé en visionnant un film.

*Allez, hop ! Un petit tour sur Netflix !*

Un nouveau long-métrage vient de sortir : *The Gray Man*. Un film d'action avec Ryan Gosling. Pas mal, même si j'ai toujours trouvé qu'il avait une tête bizarre cet acteur... D'après les extraits, c'est encore une histoire d'espion et d'enlèvement d'une gamine. On dirait une sorte de *Taken*... avec un vilain méchant qui porte une moustache.

*Sa tête me dit quelque chose à lui...*

— C'est pas vrai !

J'en viens à parler toute seule à voix haute ! Il faut que je vérifie... Je me lance dans une recherche sur Google...

*Le Dieu Google sait tout !*

Incroyable ! Il s'agit bien de Chris Evans. Il est méconnaissable ! Ou alors c'est moi qui trouve cette moustache enlaidissante à souhait ! Ce n'est pas possible. Je gardais un meilleur souvenir de lui dans ses différents films Marvel...

La scène où Steeve Rogers sort de la machine pour le rendre musclé ! Je ne me souviens même plus de l'histoire tant j'ai été happée par l'aura de l'acteur...

Il faut vérifier jusqu'au bout. Je lance *The Gray Man*. Et pendant qu'il tourne, je me plonge également dans une recherche méticuleuse de différentes photos de Chris Evans.

*Qu'est-ce qu'il est beau !*

Personne ne lui a dit que la moustache, ça ne lui va pas du tout ? J'imagine que c'était juste pour le rendre antipathique dans ce rôle...

Plus je fais défiler des photos et plus j'en sélectionne pour les enregistrer sur mon smartphone. Je sens que je vais finir avec une petite compilation bien sympathique pour étoffer mon journal sur *OneNote*...

Des cheveux châtain, des yeux aussi clairs que du cristal, une barbe de quelques jours bien entretenue... Il est

divin. Parfait. Mon idéal ? C'est lui ! Aucun doute là-dessus !

*Je suis inflexible. L'homme parfait n'a pas de moustache !*

# La taille, ça compte...

Je commence le samedi par mon traditionnel footing. Je relâche ainsi les tensions. Cela m'apaise. Puis je décide de faire quelques boutiques. J'ai souvent remarqué qu'acheter quelque chose de neuf m'aide à combler ce vide béant qui m'habite. Cosmétiques, vêtements et même un nouveau sac à main ! Pour les courses alimentaires, je les ai commandées sur mon application ; je passe les récupérer après mon petit tour qui a su faire chauffer ma carte bleue !

De retour chez moi en fin d'après-midi, je range le tout avec enthousiasme comme si j'étais une gamine le soir de Noël. De son côté, Flash semble me reprocher un certain manque d'égard à son encontre.

— Ne fais pas cette tête ! Dans une semaine, on part en vacances. Je nettoierai ton aquarium en rentrant...

Comme s'il venait de comprendre mes paroles, Flash se détourne de moi et se dirige dans son habitat aquatique pour y faire quelques brasses... Une chose est sûre, un changement d'air nous fera du bien à tous les deux !

Je reçois une notification de l'application TikTok. Il semblerait que Théo ait posté une nouvelle vidéo. Je presse l'annonce pour visionner ce que notre petit chef nous a préparé.

Tarte au citron meringuée.

*Je pourrais presque prendre des kilos rien qu'en regardant ses séquences !*

Il est vraiment doué et il a déjà plusieurs dizaines de petits cœurs pour encourager ce nouveau dessert. Mimétisme ou gourmandise, appelez ça comme vous voulez, je laisse un « j'aime » comme tout le monde !

J'appuie ensuite sur le bouton de retour et je tombe sur une autre vidéo dans la catégorie « Pour toi ». Voyons ce que cet espion d'algorithme a sélectionné pour me faire plaisir...

> La Loi de l'attraction, c'est :
> 1). Savoir ce qu'on veut
> 2). Visualiser le futur idéal
> 3). Sentir comme si on le vivait
> 4). Agir pour nous y emmener

Dit comme ça, cela semble simple. Mais je doute très fortement qu'avec ces quatre seules étapes, on puisse obtenir tout ce qu'on désire. Encore happée par ce type de message, je jette un œil aux commentaires. Une fois de plus, je trouve des témoignages de gens qui confirment que l'*Univers* a exaucé leurs souhaits.

*Je suis tombée sur une secte ou quoi ?*

Je fais glisser mon doigt sur l'écran pour changer de vidéo. Tiens, j'ai droit à des tortues maintenant ! L'algorithme a dû s'associer aux cookies de recherches Google quand j'ai passé commande pour la nourriture de Flash. C'est limite flippant de voir l'espionnage de cette technologie. Bon, en soi, ça ne fait de mal à personne...

*Ça vise simplement à me rendre addict à cette application malfaisante !*

Une fois de plus, je continue de faire défiler les séquences proposées... Et c'est parti pour un nouveau mantra inspirant :

Encore un message avec le fameux code d'identification : *Loi de l'attraction*. Ça commence à me poursuivre. Alors comme ça, je deviens ce que je pense.

*Si je suis fidèle à mes convictions, ça se tient...*

J'aurais donc tendance à agir et faire respecter les valeurs qui me sont chères.

Ensuite, j'attire ce que je ressens.

*Mouais... Et pour quelqu'un qui a tout le temps la poisse ? C'est parce qu'il la ressent ?*

Pas convaincue par cette phrase.

Et pour finir, tu crées ce que tu imagines.

Si je visualise la richesse ou le grand amour... Pouf ! Ça va apparaître, comme par magie ?

*Ridicule...*

Elle est de qui cette citation ?

Buddha

*OK. C'est confirmé. Je suis bien tombée sur une secte !*

Je ferme l'application.

Je ne me suis pas chronométrée, mais pour cette fois c'était rapide ! À peine une demi-heure bloquée sur TikTok. Je progresse...

Je me sens lasse tout à coup. Je vais camper devant un bon film.

*J'ai bien envie de revoir* Captain America *!*

Un moment avec Chris Evans, ça ne fait de mal à personne...


Je n'ai pas le temps de comprendre ce qui m'arrive qu'on est déjà dimanche ! J'ai reçu un message de Mya qui propose une petite virée au cinéma pour aller voir le nouveau *Top Gun*. Cette fois-ci, sa voiture fonctionne sans problème. Je n'ai plus qu'à me rendre à pied jusqu'à l'antre des salles obscures. C'est juste à côté de la gare et aussi de chez moi. J'aime bien ma ville. C'est verdoyant sans être un trou paumé. Animation, activités, commerces... Il y a tout ce qu'il faut !

Comme prévu, je retrouve mon amie sur la place et nous nous dirigeons vers le cinéma.

— Je dois à tout prix faire un selfie devant une affiche de Tom Cruise ! annonce Mya d'un air enjoué. J'ai bien l'intention de narguer ma frangine !

— L'amour entre sœurs, c'est vraiment fascinant !

Pour moi, c'est de la science-fiction étant donné que je suis fille unique. Je n'ai jamais connu ce genre de chamaillerie. Une complicité qui fait parfois envie.

Bien au-dessus des portes d'entrée se trouve un large poster de notre film. J'ai bien peur que ce soit le seul visuel que l'on croise. Pas pratique pour se prendre en photo devant...

Nous achetons nos places auprès d'une borne et nous nous présentons devant un employé pour valider nos tickets.

— Excusez-moi, je suis à la recherche de Tom Cruise, entame Mya qui n'a malheureusement aperçu aucune affiche en chemin.

— Mais il est devant vous ! annonce l'homme qui se désigne lui-même, plutôt amusé de la situation.

Nous nous mettons à rire. Même s'il a de beaux yeux bleus, il n'a strictement rien à voir avec l'acteur recherché.

— En fait, j'aimerais faire une photo, mais je n'ai pas vu d'affiche du film Top Gun...

— Le seul poster se trouve à l'extérieur.

— Zut. C'est tellement dommage, se désole mon amie.

— Eh bien, je ne m'appelle ni Tom ni Cruise, mais je peux faire une photo avec vous !

*On peut dire qu'il ne perd pas le Nord !*

Mya continue de rire. Elle semble être la première surprise d'une telle répartie ! Je sors mon smartphone en lui précisant :

— Tu n'as plus qu'à assumer maintenant !

Elle me lance un regard en coin d'où je lis le mot « traîtresse » dans ses yeux. L'employé prend la pause avec deux doigts en l'air et Mya à côté de lui arbore un sourire baigné d'hilarité.

Clic. L'instant est capturé.

Nous le remercions pour ce numéro qui ressemble à une attraction pour faire vivre le film dans le monde réel. Puis nous poursuivons notre chemin pour entrer dans la salle.

Le film passe très vite. Il est excellent. Très immersif. On en prend plein les yeux. Un très bon moment sur grand écran.

Pour débriefer, nous nous retrouvons ensuite autour d'une glace chez *l'Artisan Chocolaté* : notre incontournable point de chute ! Nous avons les mêmes impressions enjouées à propos de ce long-métrage qui rend un bel hommage à l'aviation. Puis vient la question des acteurs...

— Je ne suis pas fan de Tom Cruise, révélé-je avec une moue peu convaincue. Après, le petit jeune est pas mal, mais je bloque sur sa moustache !

— J'avoue que ça revient à la mode et je ne comprends pas pourquoi.

Je sors mon téléphone pour lui montrer la différence entre Chris Evans avec et sans moustache. Elle semble surprise de me voir avec tous ces clichés précieusement enregistrés sur mon appareil. Toutefois, elle abonde dans mon sens. Pour elle aussi, l'homme parfait n'a pas de moustache.

*C'est évident !*

— En ce qui concerne Tom Cruise, je ne sais pas ce qu'il te faut ! reprend mon amie. Pas de moustache. Et il est franchement bien conservé pour son âge ! J'aimerais que l'homme de ma vie puisse vieillir aussi bien...

— Oui, c'est vrai. Mais en fait, je crois que c'est une question de taille. C'est un nain. Je me suis rendu compte qu'en dessous de 1m85, les hommes de m'attirent pas du tout !

— Ha ouais ?

— Dès que je mets une paire de talons, ça y est, je les dépasse ! J'ai besoin qu'ils soient plus grands que moi...

*On aura beau dire, la taille, ça compte...*

— De mon point de vue, ce sont tous des géants ! s'amuse Mya avec un sourire malicieux. Donc je ne me suis jamais posé cette question. Oui. Ce serait bizarre qu'un homme soit plus petit que moi. Pourtant, je n'aimerais pas qu'il soit trop grand. Je me sens diminuée sinon...

— Et ton pharmacien, il se situe à quelle hauteur ?

— Bien plus grand que moi, c'est certain. Mais à l'horizontale, ça ne pose pas de problème !

*J'y crois pas ! Elle a conclu !*

— À l'horizontale ? Voyez-vous ça... Tu as donc eu l'occasion de vérifier ?

Elle se met à rougir de plus belle en faisant de la bouillie avec sa glace à l'aide de sa cuillère.

— Je n'avais rien prémédité...

— On n'a peut-être pas choisi la bonne tenue puisque tu as fini dans son lit.

— Euh... *mon* lit, en fait...

— Mya ! Il va falloir me raconter comment ça s'est passé si tu n'as rien « prémédité ».

Je mime des guillemets avec mes doigts pour reprendre ce dernier mot.

— On a parlé de nos métiers, et je lui ai proposé de goûter à notre café...

— Donc tu l'as invité à monter chez toi après le dîner pour « goûter » à ton café... le message est clair.

— Bah sur le moment, ça ne me semblait pas sous-entendre quoi que ce soit d'autre, résume-t-elle avec une moue gênée.

— Ton innocence est vraiment trop mignonne.

— Je suis nulle dans ce genre de situation. Et puis, à chaque fois je n'attire que des salauds...

Je compatis. Elle n'a vraiment pas eu de chance.

— Et ton pharmacien, il est comment ?

— Super. Il a été adorable. Je sais que c'était précipité parce que je ne le connaissais même pas il y a une semaine...

— Tu sais, cela fait des années que je vois Gabriel presque tous les jours au travail et coucher avec lui n'était pas une bonne idée pour autant !

— C'est vrai ! Bon, et toi ? C'est quand que tu trouves ton homme grand et sans moustache ? reprend-elle avec un sourire d'ange tout en appuyant son menton dans ses deux mains.

Elle m'amuse avec son regard malicieux et ses longs doigts fins qui encadrent joliment son visage.

*J'attends que l'Univers me l'offre sur un plateau !*

Voilà que je me mets à imaginer avoir ce que je veux grâce à la Loi de l'attraction ! N'importe quoi.

— Si t'en croises un, tu m'envoies sa photo avant de lui filer mon numéro !

— Je suis sérieuse ! Je ne comprends pas qu'une belle femme comme toi n'ait toujours pas trouvé un homme. C'est désespérant ! Avec tes grands yeux verts et... tout ça !

Elle me coule un regard insistant qui me couvre de la tête aux pieds.

— Tout ça quoi ?

— Te moque pas de moi, Charline.

Après un soupir, je dois reconnaître que moi aussi, il m'arrive de me poser la question.

— Je suis sans doute trop sûre de moi. Sans compter mon indépendance. Ça leur fait peur. Et du coup, ça n'attire que des mecs comme Gabriel pour des instants sans lendemains.

Mya me lance son petit regard compatissant qui ferait fondre n'importe quel cœur. Puis son visage se transforme soudainement :

— Oh ! J'ai une idée infaillible pour te débarrasser définitivement de lui !

Je lui adresse un sourire amusé, bien curieuse de découvrir la solution à cet épineux problème.

— Je vais le convaincre de se laisser pousser la moustache !

Je pars dans un éclat de rire sonore.

*Celle-là, je ne l'ai pas vue venir !*

Une image d'un grand brun ténébreux tel que Gabriel arborant une moustache fournie me relance dans mon hilarité. J'avoue que c'est efficace ! Et c'est peut-être ça ma solution. L'imaginer de cette façon pourra certainement me couper toute envie libidineuse !

# Panel caféiné

Le retour au travail se fait bien plus vite que désiré. À croire que le temps s'amuse à s'écouler plus rapidement quand on appréhende quelque chose à venir. J'ai l'impression de vivre chaque lundi de la même façon : en redoutant de voir Gabriel.

Lorsque je m'installe à mon bureau, je retrouve mes documents laissés en vrac vendredi soir dernier. Je lance un regard vers l'imprimante au fond de la salle. Mes souvenirs reviennent au galop.

*C'était vraiment chaud...*

Moi qui voulais ne plus y songer. Peine perdue !

Je dois me concentrer sur autre chose. Mes mails. C'est une bonne idée. Et puis je suis là pour travailler quand même ! Je garde les yeux rivés sur mon écran en tentant d'ignorer l'inévitable approche de celui qui hante mes pensées.

Du coin de l'œil, je le vois qui s'avance de son habituelle démarche assurée. Il semble imperturbable en toute circonstance. Serait-ce cette suffisance qui le rend si attractif ?

J'entends la voix de Nicole qui roucoule pour le saluer.

*Je crois qu'elle ne dirait pas non pour jouer avec lui au jeu que, moi, je lui refuse.*

Pas sûre qu'il soit partant. Monsieur sélectionne ses partenaires avec soin. Étrangement, ça ne me flatte pas de faire partie de son tableau de chasse. Mya, elle, n'y figure pas. Pourtant elle a tout pour plaire. J'ai sondé Gabriel un jour sur cette question, et il m'a répondu :

« Mya ? Non. Elle est trop sage. »

Qu'est-ce que cela signifie ? Moi aussi je sais être sage. Je l'ai été vendredi dernier. Quoique... non. Je suis lamentablement restée figée tout contre lui et ma demande pour qu'il s'éloigne manquait de conviction. Gabriel pourrait très bien prendre mon refus comme un petit jeu pour me faire désirer.

*Et merde ! Tout le contraire de ce que je voulais.*

Espérons qu'il me laisse tranquille...

— Charline.

— Gabriel.

Un bref échange de regards. Une salutation tout ce qu'il y a de plus cordial. Comme d'habitude en somme. Si ce n'est l'absence de son petit sourire suffisant.

*Monsieur serait donc vexé ?*

Il faut dire que d'ordinaire, je finis toujours par lui faire un message pour relancer la partie. Pas cette fois... J'ai tenu bon tout le week-end !

Il se plonge dans son travail en m'ignorant royalement. C'est parfait.

Marco arrive à son tour et s'arrête auprès de chacun d'entre nous pour nous saluer individuellement. Il reste plus longuement avec Mya pour s'assurer de sa bonne santé. C'est un patron tolérant et très humain sous ses airs froids. Il a toujours été très compréhensif lorsque sa secrétaire avait des impératifs durant ses démarches juridiques pour la garde de Théo. Ça, plus les différents après-midi où elle devait partir pour récupérer son fils à la suite d'un message impromptu délivré par son ex... Même si elle a connu une période assez sombre d'après rupture, Mya n'a jamais voulu se mettre en arrêt maladie pour autant. En même temps, se concentrer dans son travail devait lui occuper l'esprit pour l'empêcher de se morfondre. Chacun à notre niveau, nous avons été présents pour lui redonner le sourire. Hugo étant le meilleur à ce petit jeu...

Marco entre maintenant dans son bureau. Je me focalise à nouveau sur mon écran.

De là où je me situe, je distingue Nicole se lever et remettre quelques feuilles à Mya avant de partir tout aussi vite. Les sourcils de mon amie se froncent alors qu'elle lit le contenu tout en remontant ses lunettes qui glissent sur le bout de son nez. Tout ce qui vient de Nicole n'est jamais bon. Je décide d'aller retrouver notre secrétaire préférée.

— Qu'est-ce qu'elle te voulait l'autre harpie ?

— Elle m'a dit qu'elle avait trop de travail pour faire mon boulot, rapporte Mya. Elle m'a donné le résumé de la réunion pour que j'en rédige le compte-rendu. Mais je n'arrive pas à déchiffrer son écriture...

*Qui le pourrait ? On croirait que cette mégère a fait exprès d'écrire aussi mal qu'un médecin atteint de Parkinson.*

— T'inquiète pas, j'ai pris des notes au cas où. Je te les apporte.

Son air soulagé vaut tous les remerciements. Elle va pouvoir rédiger tout ça au plus vite et transmettre le document par mail à toute l'équipe. Alors oui, Marco avait demandé à ce que ce soit Nicole qui se charge de cette tâche, mais il ne fera aucune remarque en voyant le fichier envoyé par Mya. Selon lui, le travail doit être fait. Peu importe par qui. Il ne s'abaissera pas à prendre parti dans une petite guerre de bureau. Surtout pour quelque chose d'aussi insignifiant.

Je retourne à mon poste après avoir remis mon cahier à mon amie et je me replonge dans mes commandes. Je passe quelques coups de fil. La matinée s'écoule vite comme ça. J'ai encore le téléphone à l'oreille lorsque je vois arriver le mail du fameux compte-rendu de réunion à laquelle Mya n'a pas assisté. Je lui lance un clin d'œil. Elle me fait signe qu'elle va en envoyer un autre.

Je reste concentrée sur mon appel tout en gardant un œil sur ma boîte de réception. Mon échange se termine et je peux maintenant ouvrir le nouveau message. Il est question d'une invitation pour participer à une *after work*. Ce vendredi soir, toute l'équipe est conviée dans le jardin de Mya. Il s'agit d'un petit bout de terrain qu'elle loue pour profiter d'un espace vert et fuir son appartement étouffant. Le cadre est idéal pour fêter le début des vacances ainsi que la fin du stage de Ludo.

J'adore la tournure de sa phrase qui nous propose de venir accompagné de qui l'on souhaite *sur deux ou quatre pattes* ! Mya s'est amusée à mettre des empreintes animales ainsi qu'un petit os...

L'heure avance et annonce la pause. Nous nous réunissons dans l'espace détente pour prendre une boisson chaude. Nous avons chacun nos habitudes gustatives. J'aime à dire que nous représentons un beau panel caféiné.

— *After work* dans le jardin de notre petit chaton, commente Hugo tout sourire.

— Tu viendras ? demande Mya.

— Bien sûr ! Et avec mes trois femmes ! D'ailleurs, deux d'entre elles continuent de marcher à quatre pattes. C'était donc pour mes jumelles que tu as fait cette allusion ?

Je ne peux m'empêcher d'intervenir :

— Je ne savais pas, Hugo, que tu donnais des os à manger à tes filles !

— Que veux-tu, Charline, c'est la crise... Il faudrait que je songe à demander une augmentation !

Il lance un regard appuyé vers Marco qui reste imperturbable en se faisant couler un *espresso*[5].

— En fait, mon allusion faisait plutôt référence à ton chien, Cédric, reprend Mya en inclinant légèrement la tête de côté. Tu seras là ?

— J'ai bien aimé le clin d'œil, avoue notre informaticien armé d'un sourire amusé. Eh oui. Nous viendrons, Milo et moi.

Incroyable ! Je ne peux pas m'empêcher de les trouver mignons tous les deux...

— C'est ma dernière semaine avec vous, commente Ludo en remuant son *doppio*[6] sucré sans y penser. Ça me fait bizarre...

— Je suis certain que nous sommes tous de cet avis, intervient Marco. Vous nous avez beaucoup apporté. Mya, puis-je compter sur vous pour la réservation de vendredi ?

— J'appelle tout de suite après la pause, confirme-t-elle.

D'après ce que j'ai compris, Marco à l'intention de tous nous inviter au restaurant vendredi midi pour marquer le début des vacances.

---

[5] L'espresso est un type de café célèbre d'Italie. Le produit final est un café épais avec une mousse crémeuse sur le dessus. En raison de son épaisseur et de son taux élevé de caféine par unité, il sert souvent de base pour d'autres boissons.
[6] Un double espresso.

— Merci. Cette idée d'*after work* est très sympathique. Malheureusement, je ne serai pas des vôtres ; mon avion décollera en fin d'après-midi...

— On boira à votre santé, chef ! s'amuse Hugo en levant son *latte*[7] comblé de deux sucres comme s'il s'agissait d'un breuvage alcoolisée.

Gabriel se place juste à côté de moi en serrant son *ristretto*[8] dans ses mains. Je peux sentir sa peau frôler mon coude appuyé sur la table haute.

— Merci beaucoup pour cette invitation, Mya. Je serai parmi vous.

J'ignore si c'est son contact ou le timbre de sa voix veloutée, mais je frissonne malgré moi.

*Il faut que je me reprenne !*

Vite ! Imaginons-le avec une moustache !

*Allo, Houston ? Mon cerveau ne répond plus !*

C'est bien ma veine ! Son parfum envahit mes narines... Dernier recourt, je plonge dans mon *macchiato* pour fuir cet appel olfactif qui me ramène à des souvenirs particulièrement torrides. Courage ! Il ne me reste plus beaucoup de temps à tenir avant mes rendez-vous de cet après-midi... Une fois sur le terrain, je serai débarrassée de cet ange tentateur !

— L'un de vous a vu *The Gray Man* sur Netflix ce week-end ? demande Ludo.

---

[7] Espresso fait avec du lait cuit à la vapeur dans un rapport 1: 3 à 1: 5 avec un peu de mousse.
[8] Il s'agit d'un espresso préparé avec la même quantité de café, mais la moitié de la quantité d'eau.

Peut-être parce que c'est lui le plus jeune, il lance toujours les conversations sur les films et séries du moment que l'on trouve sur le net.

Nous sommes plusieurs à lui répondre affirmativement. Il s'étonne.

— Je ne t'aurais jamais imaginée visionner ce genre de film, Charline.

— Il y avait Chris Evans, j'étais bien obligée de voir ce que ça donnait...

— Et qu'est-ce que tu en as pensé ?

J'échange un regard complice avec Mya. Je n'ai pas très envie de m'afficher avec cette histoire de moustache...

— C'est étonnant de le trouver dans ce type de rôle. Disons simplement que je ne lui confierais pas ma manucure...

Ceux qui ont vu ce long-métrage se mettent à rire. Par cette remarque, je fais référence à la scène où Chris Evans torture son prisonnier en lui arrachant les ongles pour le faire parler ! Enfin, d'après ce que j'ai compris. J'ai préféré fermer les yeux à ce moment-là !

Cette intervention de Ludo était la bienvenue. J'en ai presque oublié la présence de Gabriel à côté de moi. Du moins, pendant quelques secondes...

# Message de l'Univers

C'est presque avec soulagement que je poursuis ma journée de travail hors du bureau. Pourtant, j'adore cette ambiance dans l'*open space*. Même la présence de Nicole est tolérable !

*C'est dire !*

Mais depuis que je ne souhaite plus être le jouet de Gabriel, tout est devenu si compliqué. La seule solution serait sans doute de trouver un homme qui sache me faire oublier ce partenaire de luxure en le réduisant à simple collègue de boulot. Mais comment faire ?

*Peut-être qu'aller vider mon estomac dans une pharmacie pourrait aider.*

Ça semble avoir fonctionné pour Mya !

Plus sérieusement. De nombreuses personnes se sont créé un profil sur des sites de rencontre. Mais je n'ai pas confiance. La première idée que les hommes se font de moi lorsqu'ils me voient, c'est : Charline = fille facile. Est-ce que c'est le côté blonde sans cervelle ? Fifille matérialiste à souhait ? Tous les préjugés y passent...

Je suis simplement une femme qui aime prendre soin d'elle et qui assume sa féminité à fond. Mais contrairement à ce que certains peuvent penser, il y a un cœur là-dessous ! Et même si je ne suis pas au niveau de Mya concernant les déceptions amoureuses, on ne peut pas dire que la vie m'ait épargnée non plus. Je n'ai connu que des histoires sans lendemains. Rien qui n'ait duré plus de quelques semaines. Que je le veuille ou non, je suis la femme que l'on appelle pour tromper son épouse. Je ne cautionne pas de participer à l'adultère d'un homme. Mais il m'est déjà arrivé de tenir ce rôle sans le savoir. J'ai été bien naïve à ma façon, à plusieurs reprises...

*Suis-je condamnée à ne connaître que ce genre d'expérience ? La femme briseuse de ménages. Ou celle que l'on ne limite qu'à une sauterie régulière ?*

Ils sont bien tristes mes mots ce soir pour mon journal. Je les écris pour me libérer. Il est rare que je me relise. Parfois, cela fait trop mal...

Une notification de TikTok me sort de mon état morose. Théo a publié une nouvelle vidéo. Je suis curieuse de découvrir quel dessert il nous présente aujourd'hui.

Des sablés de formes diverses et variées grâce à différents moules. Cœurs, étoiles, nuages et même des licornes ! Cela semble bête, mais mon sourire s'accroche une fois de plus sur mes lèvres. Comme quoi, les choses les plus simples sont efficaces pour retrouver un sentiment de bien-être.

Je laisse un cœur pour l'encourager. Je fais maintenant défiler les autres vidéos proposées par cette application chronophage. Au fond de moi, je suis curieuse de voir si un nouveau message inspirant a l'intention de s'inviter dans ce fil algorithmique.

*Bingo !*

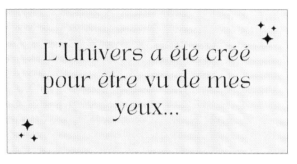

Je suis figée. Je ne connais pas la musique qui accompagne ces mots. Le titre *Saturne* du groupe *Sleeping at last*. Une mélodie qui intensifie magnifiquement ce mantra. C'est doux et en même temps doté d'une telle profondeur. Je ne saurais pas l'expliquer. Cela résonne en moi. J'en ai des frissons.

*L'Univers a été créé pour être vu de mes yeux.*

Bien évidemment, ce n'est pas vrai. Tout était là avant moi et continuera d'exister après moi. Pourtant, cette idée est particulièrement séduisante.

*Et si tout ce que je voyais n'avait été pensé et établi que pour être admiré de mes yeux ?*

En attendant, je reste bloquée sur cette vidéo mélodieuse qui tourne en boucle sur mon écran.

*Mince, qu'est-ce qui m'arrive ?*

Je tremble et j'ai même les larmes aux yeux. Comment est-il possible d'être touché à ce point par quelques mots accompagnés d'une flopée de notes musicales ? Cette fois-ci, je ne me contente pas d'un simple cœur. Cette phrase, je la sauvegarde. Peut-être qu'un jour futur, cela me fera du bien de la revoir...

Je prends une grande inspiration avant de balayer l'écran pour découvrir d'autres animations. Comme toujours, des choses banales s'enchaînent. Je me surprends à espérer trouver quelque chose de plus qui puisse m'émouvoir. Et comme si mon souhait était entendu, il s'exauce devant mes yeux demandeurs :

> Demande un signe de l'Univers pour te guider sur le bon chemin...

*Un signe de l'Univers ?*

Je ne suis pas sûre de comprendre. Je clique sur les commentaires pour découvrir le retour d'inconnus sur cette question. Comme toujours, ils sont nombreux à relater leur propre expérience.

*Les membres de cette secte,* Loi de l'attraction, *sont particulièrement convaincants !*

Selon eux, il n'y a rien de plus simple. L'Univers est en toute chose et nous écoute. Il est là pour nous guider. Et lorsque l'on se trouve face à un dilemme, il est possible de demander d'être mis sur la voie. Il suffit tout bonnement de poser sa question et de solliciter un signe pour obtenir l'une ou l'autre des réponses. Cela peut être n'importe quoi. Une plume, un objet, un animal...

Une jeune femme raconte qu'elle a souhaité voir une cornemuse pour savoir si elle devait tout plaquer pour partir vivre en Écosse. Deux heures après sa requête, elle vit passer tout un orchestre éphémère qui défilait dans sa rue avec ledit instrument mis à l'honneur ! La réponse était on ne peut plus claire ! Elle a donc écouté l'Univers en pliant bagage. Et c'est grâce à cette décision qu'elle a rencontré l'homme de sa vie !

En ce qui me concerne, je n'ai pas envie de tout plaquer pour partir à l'autre bout du monde. Ne serait-ce que pour emmener Flash, c'est toute une logistique ! Non. Que pourrais-je demander ?

*Savoir si cette Loi de l'attraction bidon fonctionne ?*

Ha ! En voilà une bonne idée ! Je suis particulièrement sceptique sur ce point. J'ai un esprit de contradiction et je suis plutôt tenace. Et comme j'aime bien avoir raison, cela sera amusant de prendre l'Univers à son propre jeu...

*Alors... comment ça marche ?*

Il faut clairement poser sa question, que ce soit à l'oral ou à l'écrit... Le tout est de bien se concentrer dessus et mettre une deadline pour pousser le destin à se manifester.

*Juste pour prouver que ce sont des salades, je vais tenter le coup !*

Voyons voir... Je prends un papier et un stylo pour rédiger ma requête. Puis je compte me la réciter à voix haute comme si j'énonçais une prière au Tout-Puissant.

*Ce serait bien la première fois que je prie !*

C'est parti !

— Si je dois utiliser la Loi de l'attraction, je veux voir d'ici demain 19 h : un éléphant rose !

Voilà ! Le défi est lancé ! Et il est de taille ! C'est tout bonnement impossible de rencontrer un tel animal d'ici demain. Et comme je ne suis pas du genre à regarder des dessins animés toute seule, je n'ai plus qu'à souhaiter bonne chance à l'Univers de m'envoyer un tel signe...

# Un éléphant rose

ucune manifestation éléphantesque rosée durant ma soirée.

*Cela aurait été étonnant !*

Le jour se lève et j'ai bien envie de me laisser surprendre. Je suis très matinale. J'ai besoin de courir. Petit déjeuner en vitesse, je saute dans mes vêtements de sport et mes chaussures roses à paillettes, écouteurs sans fil vissés aux oreilles, je suis prête pour mon footing.

J'amorce mes foulées pour rapidement gagner la forêt. La vie semble se réveiller en douceur tout autour de moi. En temps normal, mon regard est focalisé sur le sol pour éviter de me prendre les pieds dans des racines ou différents trous. Pourtant, cette surveillance n'est plus nécessaire ; je connais chaque bosse par cœur.

Mais aujourd'hui, les choses se présentent différemment. Je me surprends à lever les yeux pour embrasser du regard toute cette nature qui m'entoure.

*Serais-je en train de chercher ce fameux éléphant demandé à l'Univers ?*

Disons simplement que je défie le grand *Tout* de répondre à ma requête. Et pour l'instant, ce n'est pas très concluant. Il faut reconnaître que j'ai été particulièrement vicieuse sur ce coup-là, car même si je m'aventure près d'un cirque, jamais je ne croiserai un tel animal d'une couleur qui ferait pâlir de jalousie la Panthère rose elle-même !

Durant ce parcours, je surprends des oiseaux, un écureuil et même un lapin ! Rien de plus gros. Peut-être qu'en temps normal, je fais d'identiques rencontres. Mystère. Dans tous les cas, c'est assez plaisant de voir que je ne suis pas seule.

Après mon tour, je procède à mes habituels étirements pendant une poignée de minutes. Je ne traîne pas. J'ai un rendez-vous client de bonne heure et il faut encore que je me prépare pour être au top...

Douche, coiffure, maquillage et choix d'une tenue légère tout en restant professionnelle. Je ne suis pas du genre à draguer mes clients, moi. Malgré tout, lorsque je leur annonce que c'est Hugo qui se charge de l'installation machine, certaines personnes à qui j'ai fait signer un contrat laissent poindre une petite note de déception dans leur regard. Je ne suis pas séductrice, pourtant il arrive malgré tout que mon charme opère.

Ce matin, l'entrevue sert surtout à m'assurer que tout se passe bien avec la dernière commande. Nous leur avons fait parvenir une nouvelle gamme de café, et je tiens à vérifier que la qualité est au rendez-vous. Un entretien qui se déroule dans la joie et la bonne humeur. L'approche des vacances aidant...

Que ce soit sur la route, ou même dans les locaux de ce client vendeur de parfums, je n'ai croisé aucun éléphant. La fin de matinée se fait sentir. Je vais finir par penser que j'ai gagné mon pari.

*L'Univers, une vaste blague !*

À moins que je tienne là ma réponse ? La Loi de l'attraction n'est pas faite pour moi...

Comme prévu, je mange un morceau en route, puis je me dirige vers les bureaux de *Café Raffaello*. Je m'installe à mon poste dans l'*open space* et me concentre sur les derniers mails reçus. Je n'ai plus qu'à établir ma liste de consommateurs qui pourrait se laisser séduire par nos petits gobelets comestibles. Lorsque tout sera fin prêt, je leur adresserai notre nouvelle plaquette publicitaire pour leur donner l'eau à la bouche...

Je jette un coup d'œil au visuel préparé par Ludo. Il y a une faute sur le bandeau descriptif. Le fichier est figé ; je ne peux pas appliquer la moindre modification. L'erreur est humaine. Et je n'ai pas l'intention d'afficher cette bourde en faisant un mail à toute l'équipe. Hors de question d'humilier en public notre petit jeune. Ce serait plus le genre de Nicole, ça !

Je me lève pour rejoindre notre stagiaire dans son coin bureau où se tiennent deux larges écrans d'ordinateur. C'est la première fois que je viens le trouver dans son antre ! Quelques photos de groupes de métal affichés sur la paroi, un fond d'écran d'un jeu vidéo dont j'ignore le nom... Une ambiance geek à souhait ! Et sur le meuble c'est le fouillis ici, mais Ludo semble s'y retrouver dans toute cette montagne de documents éparpillés autour de son clavier.

— J'ai vu une coquille sur la plaquette *éco-cup*. Tu saurais la modifier ?

Je lui indique le mot erroné. Il se confond en excuses et ouvre directement le fichier source avec son logiciel de traitement d'image.

— On sera perdus sans toi...

— T'inquiète pas, je laisserai les fichiers à Cédric, assure-t-il en lissant sa barbe par réflexe. Il pourra faire tous les changements nécessaires avant de vous convertir les documents en PDF.

— Là, c'est clair que ce n'est plus de mon ressort !

— Je vais renvoyer le document corrigé à tout le monde, pour être sûr que vous utilisiez bien tous la bonne version...

Pendant qu'il procède à sa modification, mes yeux se perdent sur son bureau. Parmi toutes ces feuilles volantes, je discerne le bout d'une forme arrondie à la couleur rose bonbon. Sans y réfléchir, je prends le coin du papier pour le révéler entièrement.

*Nom de...*

Je n'arrive pas à y croire. Sous mon regard ébahi se dévoile un dessin représentant un éléphant rose. Le corps, les larges oreilles, la trompe... tout est de la même teinte flashy qu'on ne trouve jamais sur cet animal en temps normal. J'en perds tous mes mots. Je ne l'attendais plus, ce signe ! Je reste campée sur ce croquis qui me hurle la réponse tant désirée de l'Univers.

*La Loi de l'attraction m'appelle...*

Quelles étaient les chances de tomber sur cette illustration précisément aujourd'hui ? C'est la première fois que je viens embêter notre stagiaire. Si je n'avais pas vu cette faute sur notre publicité, jamais je ne me serais présentée jusqu'ici !

Ludo me lance un regard, notant mon blocage sur son œuvre. Il est vrai que quelque chose d'aussi girly casse son style viril de hipster. Et comme pour se justifier, il me donne quelques précisions :

— C'est bientôt l'anniversaire de ma nièce. Je voulais préparer des visuels sympas. Va savoir pourquoi, elle adore les éléphants... et rose de préférence !

— Très joli.

Ces deux mots sortent par automatisme. Je ne l'écoute plus. Mes oreilles bourdonnent tout à coup. J'en ai même des frissons. Je désirais un message de l'Univers ; il est là devant moi.

# Ce que je veux, c'est toi

Cette apparition m'a vraiment remuée. J'ai poursuivi ma journée de travail tel un automate, sans avoir conscience de ce que je faisais. Et pour couronner le tout, juste avant de partir, Ludo est venu me glisser le dessin d'un autre éléphant rose en cadeau. Il a noté mon trouble en découvrant celui de sa nièce. Il a jugé bon d'en reproduire un nouveau durant sa pause. Il pensait sans doute bien faire.

*Si seulement il savait !*

Je l'ai remercié pour cette délicate attention. Peut-être que ce petit pachyderme fuchsia pourra me porter chance... Je compte bien le garder précieusement. Je le fixe sur la paroi de mon bureau. Puis je le prends en photo pour l'intégrer à mon *Cloud*. Comme ça, je l'aurais constamment avec moi et sur tous mes supports numériques différents. Je vais sûrement écrire des lignes sur le sujet dans mon journal durant la soirée !

Sans doute curieux de voir à quoi ressemble ce présent, je capte le regard de Gabriel qui glisse sur mon bureau. Que va-t-il s'imaginer ?

*Non, Monsieur, je ne vous ai pas remplacé par le stagiaire pour le sport de chambre !*

Ludo ? Ha ! Aucune chance. Trop petit pour moi ! Quoique... selon Mya, une fois à l'horizontale, cela n'a plus d'importance !

*Cette idée me fait rire toute seule.*

Non. Je ne suis pas comme ça. J'entends bien rencontrer l'homme parfait pour m'adonner à ce genre d'activités. Oui. Tout est clair à présent. La Loi de l'attraction m'appelle et je vais l'utiliser pour trouver l'amour. Et comme l'Univers est assez joueur pour me donner l'éléphant rose de mes rêves, je compte lui demander l'impossible. Je vais me faire une liste d'exigences sur lesquelles je serai intransigeante. Je souhaite l'homme parfait. Grand, beau, sans moustache...

*Chris Evans !*

En voilà une bonne idée ! Je veux mon idéal. D'ailleurs, mon téléphone regorge de photos de cet acteur. Je vais le détailler sous toutes les coutures pour obtenir exactement ce que je désire...

De retour chez moi, je commence à faire quelques recherches sur cette fameuse Loi de l'attraction. Je veux tout savoir, tout comprendre, pour être certaine de l'utiliser comme il faut. Il y a plusieurs livres sur le sujet. Je me fais une petite liste. Cela va bien m'occuper durant mes congés !

Pour la première fois, je me couche en m'imaginant dans les bras de Chris Evans. C'est fou ce que la pensée est efficace. Je me sens bien, sereine, apaisée. Je ne me souviens pas d'avoir déjà réussi à m'endormir aussi vite...

Les jours suivants, je ne trouve pas d'autre éléphant rose que celui affiché à mon bureau. Mais le voir là au quotidien me ramène constamment à *lui*...

*Ce que je veux, c'est toi...*

Cette phrase s'imprime dans mon esprit à chaque fois que mes yeux tombent sur ce dessin. Dès lors, ce n'est plus un pachyderme que j'entrevois, mais le sourire de mon idéal masculin.

*Quelle délicieuse vision !*

Ce même petit jeu de visualisation se reproduit tout au long de la journée, dès que mon regard accroche cet animal croqué.

*Ce que je veux, c'est toi...*

Quelles étaient les 4 étapes pour faire marcher la Loi de l'attraction déjà ? Je fouille sur TikTok. Malheureusement, je ne n'ai pas sauvegardé cette vidéo. Tout cela me semblait bien grotesque avant. Et aujourd'hui... Eh bien, j'avoue que ce serait assez douloureux pour moi que ce petit jeu ne porte pas ses fruits. Mais si je relativise un peu, tout cela n'aurait que deux issues possibles... Soit, j'obtiens parfaitement ce que je veux et là, chapeau bas à l'Univers ! Soit, c'est un fiasco total qui m'aura simplement permis de rêver pendant quelque temps et peut-être même aidée à me défaire des griffes de Gabriel... Dans tous les cas, je suis gagnante !

# Petit jeu de jambes sous la table

Vendredi ! Notre jour préféré à tous ! Pourtant celui-ci a une double saveur. Il marque le dernier effort avant nos congés estivaux, mais aussi un léger goût amer en sachant que l'on va faire nos adieux à notre petit stagiaire...

Pour clore notre travail comme il se doit, nous nous retrouvons en salle de réunion afin d'établir des objectifs clairs sur le reste de l'année à venir. Puis lorsque notre habituel tour de table touche à sa fin, nos glandes salivaires s'activent déjà rien qu'en imaginant ce que le déjeuner nous réserve. Une large table a été retenue dans un restaurant... italien !

*Il ne saurait en être autrement !*

Marco connaît de bonnes adresses et est toujours très attaché à ses racines. Pour limiter le nombre de véhicules qui prendra d'assaut les places de parking, nous décidons de faire du covoiturage. Je propose quatre sièges dans ma

*Mini.* Je m'amuse en voyant Mya se faxer entre Cédric et Ludo à l'arrière.

*Ils doivent être bien serrés tous les trois !*

Je soupire intérieurement de soulagement quand Hugo s'assoit à côté de moi. Gabriel a trouvé moyen de s'installer dans la berline du patron. Pas sûr que cela lui apporte une promotion, mais il semble déterminé à lui lécher les bottes ! En ce qui me concerne, je suis aux anges ; j'ai autour de moi mes collègues préférés !

— Je m'attendais presque à une voiture rose Barbie, commente mon technicien de maintenance adoré.

— Je ne suis pas aussi délicate que tes clichés de poupée en plastique. Tu ferais bien de t'accrocher, Hugo, je suis une vraie pilote !

Il nous glisse un rire amusé qu'il ravale tout de même bien vite.

*Bah quoi ! Je respecte les limitations...*

Mais j'ai toujours préféré avoir une conduite sportive. Je pense que c'est une surprise pour mes trois collègues masculins. Il faut avoir un œil connaisseur pour reconnaître le modèle de ma voiture. Désormais, le vrombissement du moteur ne laisse plus le moindre doute. Cédric et Ludo ne soufflent aucun commentaire. Seule Mya conserve son rire en toute insouciance.

*Elle semble bien loin de réaliser qu'elle se situe à la place du mort !*

Une pensée plutôt glauque qui me pousse malgré moi à lever le pied... Sans étonnement, nous sommes le premier véhicule arrivé sur le lieu de stationnement. Notre avance sera profitable à Ludo pour fumer une cigarette. Hugo nous signale qu'il l'aurait bien suivi, mais il a arrêté depuis la naissance de ses deux filles. Quand j'étais jeune, je crapotais. C'était plus pour faire comme tout le monde qu'autre chose. Et puis j'ai vite mis fin à ce rituel. Ça coupe le souffle, donne un teint cireux difficile à ravoir sans une épaisse couche de maquillage et, surtout, cela jaunit les dents ! Lorsque l'on est commercial, un sourire parfait est essentiel.

Une fois les deux autres voitures garées, nous nous présentons à l'intérieur de la pizzeria. Mya annonce que la réservation a été faite au nom de Raffaello. Marco semble apprécier ce petit clin d'œil à son père absent. Il s'entretient avec le serveur pour nous guider vers notre lieu de restauration. Notre troupe ne passe pas inaperçue. Nous nous faufilons en file indienne entre les clients déjà installés. Certains nous lancent des regards étonnés, attendant sans doute de voir un jour notre défilé prendre fin.

Il faut dire que tous rassemblés ainsi, nous sommes nombreux.

— Et voilà que nous sommes 13 à table ! s'exclame Hugo en écartant largement les bras. Un repas des plus bibliques !

Sans m'inquiéter le moins du monde d'une éventuelle superstition, je prends place. Mya se cale à ma droite. Marco s'installe à ma gauche, en bout de table ; il présidera ainsi l'assemblée tel un véritable leader. J'aurais aimé n'importe qui devant moi sauf Gabriel. Mais c'est bien cet ange, ne possédant pourtant pas la moindre plume, qui se positionne pour me faire face. Je vais devoir prendre mon mal en patience...

Je suis curieuse de surprendre Mya chuchoter quelque chose à l'oreille de Cédric qui s'est assis près d'elle.

*C'est peut-être mon côté commère, mais je meure d'envie de savoir ce qu'elle lui dit...*

Il lui adresse un sourire amusé. Il la dévore des yeux.

*C'est quand même incroyable que je n'aie rien vu jusqu'ici !*

Elle se tourne ensuite vers moi pour m'indiquer que c'est elle qui détient le cadeau de départ pour Ludo. Elle était terrorisée en voiture qu'il note quelque chose étant donné leur proximité !

*Eh bien, je crois qu'il n'y a vu que du feu !*

J'imagine qu'on lui offrira son présent au moment du dessert.

Une serveuse s'avance et propose de prendre la commande d'apéritifs. Elle ne manque pas de couler un regard particulièrement insistant sur Gabriel. Il fait mine de ne pas s'en rendre compte, mais j'ai capté ses yeux qui la déshabillaient sans vergogne. Une fois la demoiselle de service repartie en cuisine, Hugo en profite pour mettre les pieds dans le plat :

— Gabriel, le séducteur de ces dames ! Heureusement que nous t'avons dans notre équipe. Personne ne résiste à ton visage d'ange... George Clooney peut aller se rhabiller. Je suis sûr que *Nespresso* souhaiterait te débaucher pour le remplacer !

— Ne formulons pas de vœu qui viendrait handicaper *Café Raffaello*, intervient Marco d'une voix profonde.

Je serre les mâchoires. C'est plus fort que moi. Chaque compliment fait à mon alter ego commercial, résonne à mes oreilles comme une note dégradante sur mon propre travail. Je sais bien que Marco n'a rien dit pour me dévaloriser. Pourtant, c'est tout comme. Notre patron a toujours apprécié mes efforts et su les reconnaître à leur juste valeur. Néanmoins, j'ai constamment eu le sentiment que les résultats venant d'un homme étaient bien plus salués. Si Gabriel signe un contrat juteux, il sera acclamé. Si je fais de même, les réactions seront bien moins auréolées de gloire. Peut-être parce que selon ces membres du monde patriarcal, une femme obtient ce qu'elle veut par ses charmes. Donc c'est simple. Par contre, si un homme utilise ses atouts, il sera considéré comme un redoutable prédateur à ovationner.

« Pour toi, c'est facile, tu es belle. »

*Combien de fois je l'ai entendue, cette phrase ?*

Le plus triste dans tout ça, c'est que la plupart des gens ne se rendent pas compte d'à quel point ces petits mots mis bout à bout peuvent blesser. L'art d'annihiler toute forme de labeur.

Et je suis là. Certainement en train de tirer une tête de six pieds de long sans aucune raison apparente. Mais peu importe. Les gens penseront sûrement que je suis la cible de sauts d'humeur dus à mon cycle menstruel...

Je vois que Mya a senti ma subite baisse de morale. Je ne crois pas qu'elle en saisisse le sens. Elle n'a pas de rival maléfique professionnellement parlant !

Elle tourne la tête dans ma direction et agite discrètement l'un de ses doigts sur sa lèvre supérieure. Personne ne peut comprendre la signification de ce geste exécuté en catimini. Mais moi, j'ai une soudaine envie de rire. Je visualise parfaitement sa mimique moustachue.

*Que ferais-je sans elle ? Je l'adore, ma petite Mya !*

Le reste du repas se passe bien. Il suffit d'oublier qui j'ai devant les yeux. Faire abstraction, c'était le premier conseil donné par Mya. Et ça marche plus ou moins si je me focalise sur ma conversation avec elle plutôt que sur lui et son regard pénétrant.

Nos plats sont servis et notre dégustation se présente dans la bonne humeur. Jusqu'au moment où je sens quelque chose qui me caresse lentement le mollet. Par réflexe, je me tourne vers Gabriel, le soupçonnant de me faire du pied. Le bellâtre semble très investi dans un échange avec Marco concernant une nouvelle saveur de café d'Amérique latine. Personne ne pourrait imaginer à quel petit jeu il s'adonne sous la nappe.

*Aucun doute que c'est lui !*

Je recule mes jambes en croisant les pieds sous ma chaise pour devenir inaccessible. Du moins, je fais tout pour.

L'air de rien, il s'avance sur la table tout en donnant l'impression de se pencher vers Marco pour défendre son point de vue sur l'argumentaire engagé. De cette façon, il revient à la charge en reprenant ses mouvements caressants sur ma jambe.

*Il veut s'amuser. On va jouer !*

Je décroise mes pieds pour les rapprocher vers lui. Je note une furtive ride d'expression se dessiner entre ses sourcils. Il semble surpris, mais fait tout pour le cacher. J'attends le bon moment en terminant d'avaler ma pizza. Puis lorsque je sens son pied au parfait endroit, je le coince solidement entre mes mollets.

*Tu peux y aller, mon beau, je suis aussi redoutable qu'un piège à loups !*

Je perçois un sourire en coin sur ses lèvres. Se retrouver entravé de cette façon ne semble pas lui déplaire. Bien au contraire ! Et encore une fois, personne ne se doute une seule seconde de ce jeu de jambes sous la table. Gabriel poursuit son argumentaire, imperturbable. Quant à moi, je serre les dents autant que les cuisses. J'ai bien l'intention de le comprimer jusqu'à lui donner des fourmis.

*Je souhaiterais tant le voir sortir du restaurant en boitant !*

Lorsque tous les plats sont avalés, la serveuse revient pour débarrasser. Pour l'aider dans son travail, et prétendre être un mec attentionné, Gabriel lui tend son assiette. Je surprends leurs doigts se frôler. Il aime faire passer ces petits contacts pour des événements hasardeux. C'est plus fort que lui. Il adore jouer. Et avoir son pied toujours coincé entre mes jambes ne semble pas le gêner le moins du monde ! Après avoir adressé à cette jeune femme un sourire de tombeur, il rive ses prunelles aux miennes pour évaluer l'impact que tout ce manège a eu sur moi.

Je détourne le visage pour me concentrer sur Mya et les plaisanteries d'Hugo.

— En attendant que les desserts arrivent, peut-être pourrions-nous offrir le présent de Ludo ? intervient Marco en appuyant son regard sur sa secrétaire.

Mya approuve d'un signe de tête et se baisse pour attraper un sac posé au sol près de sa chaise. Je la sens marquer un arrêt.

*Bon sang ! Nos jambes enlacées sont immanquables !*

Elle se redresse avec lenteur et me lance un regard intrigué. Gabriel l'observe sans la moindre once de gêne.

*Comment fait-il pour rester de marbre ?*

Bon, c'est Mya. Elle ne vendra pas la mèche au boss qui se trouve toujours en bout de table sans se douter un instant de notre manège. Mon amie fronce les sourcils d'une manière qui dévoile le savon qu'elle a l'intention de me passer plus tard...

Elle tend le sac, aidée de Cédric qui se situe plus près de notre jeune Ludo. Ce dernier est dans ses petits souliers. Il se sent gêné qu'on se soit tous associés pour lui offrir un présent avant son départ. C'est amusant de le trouver comme ça. Lui qui semble si à l'aise en général avec les gens ! Et lorsqu'il déballe le paquet, on peut presque deviner les larmes aux yeux qui viennent lui brouiller la vue.

*Une tablette graphique, c'est un beau cadeau !*

J'ignore le prix d'un petit bijou de technologie tel que celui-ci, mais j'ai cru comprendre que Marco a mis au bout pour assurer l'achat d'un appareil de qualité !

*Ludo va pouvoir continuer de créer des éléphants roses !*

Cette remarque m'amuse ! Il se lève et fait le tour de la table pour nous remercier individuellement. Il prend le temps d'échanger plus longuement avec Marco.

Les desserts arrivent et nous terminons le déjeuner avec entrain. Bien entendu, le café sera avalé dans nos locaux pour clôturer cette première partie de l'année avant les vacances d'été.

Tandis que tout le monde se lève pour quitter le restaurant, je traîne un peu tout en papotant avec Mya. Marco et Hugo ont délaissé leur chaise, ce qui fait que Gabriel se retrouve seul sans voisinage à attendre bien sagement que je le libère de son entrave. Cela peut sembler curieux de le trouver encore assis, les yeux rivés sur moi. Même s'il est à ma merci, il conserve son assurance à toute épreuve.

Puis, lorsque je pense l'avoir suffisamment malmené, je desserre les jambes pour lui rendre sa liberté. Je l'imagine secouer vigoureusement son pied en toute discrétion pour tenter de réalimenter son membre certainement vidé de son sang.

*Sans ça, il devrait sans doute sauter à cloche-pied pour ne pas perdre son équilibre !*

Pour garder la face et donner l'impression que se lever en dernier était calculé, je le vois adresser quelques mots à la serveuse. Il lui glisse une carte de visite. Puis il nous retrouve hors du restaurant en assurant qu'il ne faut jamais manquer une occasion de laisser ses coordonnées...

*Zut ! Moi qui voulais le ridiculiser, voilà que Marco le félicite !*

Quoi qu'il arrive, ce chat noir retombe toujours sur ses pattes !

# Jardin de Mya

Le reste de l'après-midi se passe dans le calme et la bonne humeur. Marco a abandonné le navire avant tout le monde pour ne pas manquer son avion. Un goût de vacances plane dans l'air, ce qui est très agréable. Certains vont prendre la route ce soir même, d'autres ont des impératifs... mais pour ceux qui restent, l'*after work* se profile à l'horizon...

Mya s'éclipse vers 17 h. Ce n'était pas prévu, mais elle doit récupérer son fils dès cet après-midi ! Si le partage de congés était parfaitement respecté, il aurait fallu que son ex lui amène Théo ce dimanche soir. Mais comme Monsieur a des obligations, Mya se plie une fois de plus à ses exigences...

Étant donné qu'elle a proposé à tout le monde de venir accompagnés de nos moitiés, j'espérais pouvoir rencontrer son fameux pharmacien. De toute évidence, il ne sera pas des nôtres puisqu'il est de garde. Une incompatibilité d'emploi du temps qui tombe finalement à pic, car Mya n'a toujours pas parlé de cet homme à son fils.

*Il faut dire que leur relation date d'une semaine !*

Mais comme toujours, elle redoute le pire... Dans tous les cas, je l'ai sentie très enthousiaste à l'idée de retrouver Théo dès aujourd'hui.

Nous avons rendez-vous dans son jardin à partir de 18 h. Je propose à Ludo de l'y conduire, s'il n'a pas peur de remonter dans ma *Mini*. Les autres ont dû faire un saut chez eux pour amener leurs convives ainsi que du matériel. J'ai prévu le coup. J'ai glissé quelques chaises pliantes dans mon coffre ce matin, ainsi que des boissons ! Mya nous offre le lieu pour nous retrouver. Nous nous chargeons du reste pour organiser cette soirée festive.

Peu avant l'heure demandée, je me gare non loin des jardins locatifs. J'exploite sans aucun scrupule les bras de Ludo pour m'aider à porter les chaises et nous nous avançons vers l'adresse du rendez-vous. Mya est déjà présente avec son fils. Une fois de plus, je m'émerveille face à ce petit coin de nature si bien entretenu.

*On peut dire qu'elle a la main verte !*

Les fleurs que je suis incapable de nommer à cause de ma méconnaissance végétale, sont épanouies comme si les différents épisodes caniculaires n'avaient pas le moindre impact en ce lieu. Plusieurs arcades s'articulent les unes à côté des autres, joliment agrémentées de glycine ou rosiers fournis. Un cadre romantique à souhait.

— Je n'ai pas l'habitude de recevoir autant de monde, dit-elle envahie pas le doute. J'espère que ça va bien se dérouler...

— C'est superbe ici ! Idéal pour passer un bon moment, assure Ludo.

Ces deux phrases ont l'effet apaisant recherché. Et petit à petit, d'autres collègues nous rejoignent...

Julien et Agathe qui trimballent un barbecue sur roulettes. Puis Maurice et Lucas qui ont abandonné leurs chariots élévateurs du boulot pour arriver les bras chargés d'un sac de charbon et quelques pièces de viandes à griller. Maurice et Julien sont les plus âgés de notre équipe - approchant dangereusement de la soixantaine -, mais ils semblent particulièrement enthousiastes à l'idée de faire la fête avec nous. Seule Agathe apporte un peu de fraîcheur dans cette troupe du troisième âge avec ses vingt-quatre printemps.

Hugo se présente accompagné de sa femme et leurs jumelles de quatre ans toutes plus rouquines les unes que les autres. Leurs sacs sont remplis de couverts jetables et de quelques salades. Des préparations de cette mère de famille qui était bien contente de sortir pour casser son quotidien de femme au foyer.

Nous nous organisons pour installer tables et chaises ainsi que des luminaires ! C'est tout naturellement que Maurice et Lucas se proposent pour faire les branchements électriques qui illumineront définitivement ce jardin. Mya est tout émue de cette délicate attention.

Tout commence à prendre une forme harmonieuse pour nous unir durant cette belle soirée estivale. Hugo a même prévu une enceinte Bluetooth pour cajoler nos oreilles avec des sons dont il a le secret.

Tout à coup, j'entends Mya s'exclamer d'enthousiasme. Je me tourne vers elle pour comprendre quel est l'objet d'un tel engouement. Elle est à genoux au sol en train de câliner un chien.

— Que tu es beau, toi !

Juste derrière l'animal se tient Cédric, le visage illuminé d'un large sourire complice.

*Dommage qu'elle ne semble pas penser la même chose du maître...*

— Doucement, Milo ! calme notre informaticien pour contrôler la fougue de son fauve généreux en léchouilles.

Blanc tacheté de marron, ce Jack Russell est le portrait craché du chien de Jim Carrey dans le célèbre film *The Mask*. Je crois d'ailleurs que le nom de cet animal est un clin d'œil évident à ce long-métrage.

Cédric s'accroupit auprès d'elle pour apaiser l'euphorie de son petit démon.

— J'ai fait poser un grillage sur tout le contour du jardin. Sois tranquille, il ne devrait pas se sauver.

— C'est gentil. Mais ne t'inquiète pas. C'est un vrai pot de colle, il n'est jamais bien loin de nous.

Ils sont tous deux interrompus par Théo qui délaisse son smartphone pour venir câliner Milo. Je pourrais les admirer pendant des heures. Mais mon attention est détournée par l'arrivée d'un convive...

Gabriel est le dernier à se présenter.

*Le meilleur pour la fin ?*

Si je commence à penser comme ça, ça promet ! Peut-être a-t-il fait exprès pour ne pas avoir à donner un coup de main.

*Ça y est ! Je suis de nouveau mauvaise !*

Je suis étonnée de ne pas le voir débarquer avec la serveuse de ce midi ! Il a tout de même prévu de venir avec quelques boissons.

*Manquerait plus qu'il se pointe les mains dans les poches !*

Inspire, Charline. Expire... Il faut vraiment que je me calme. C'est le seul à me faire cet effet-là. Il m'agace autant qu'il m'attire.

Je choisis de me greffer à Hugo et sa femme pour les aider à disposer les plats sur la large table. Dans le coin, un petit groupe s'est formé pour faire naître le feu qui consumera le charbon dans le barbecue. Lucas, Maurice et Julien semblent amusés à écouter les remarques d'Agathe pour s'y prendre correctement. Comme toujours, elle est décidée à prouver qu'une femme peut faire aussi bien, voir mieux qu'eux ! Je ne dirais pas le contraire, mais ce n'est clairement pas un exercice dans lequel je m'investirais pour le démontrer.

Bientôt, les jumelles commencent à jouer avec Milo en lui lançant une balle.

*Pas de doute, ce chien sera la star de la soirée !*

— Elles vont l'épuiser ! signale Mya.

— Elles seront fatiguées avant lui, assure Cédric qui connaît bien son compagnon.

— T'as de la chance, intervient Théo. J'aimerais bien avoir un chien, mais maman ne veut pas...

— Pas dans notre petit appartement. Le pauvre animal serait malheureux.

— Pourtant, on a un jardin, objecte le futur adolescent en désignant notre lieu de rendez-vous.

Mya fronce les sourcils, sans doute à court d'arguments.

— Un logement en rez-de-jardin, cela reste bien plus pratique, indique Cédric. Et crois-moi qu'un chien comme Milo n'a pas la patience de faire plusieurs kilomètres avant de se soulager !

— Tu as une grande superficie pour ton coin de verdure ? s'intéresse Mya.

— Environ 50 m². Ce n'est pas très spacieux. Et ce n'est pas très vert non plus ! Tu es bien plus douée que moi pour l'entretien.

Il sort son téléphone pour montrer une photo de son chien dans son petit bout de jardin. Tout est bien isolé par des haies particulièrement fournies et le sol terreux manque cruellement d'herbe. Cela mériterait un rafraîchissement. Je vois Mya se mordre la lèvre inférieure, comme si elle mourrait d'envie de venir fleurir tout ça !

— Parlons peu, parlons bien, enchaîne Hugo. Il va falloir passer aux aveux, Cédric. Nous savons tous ici que tu possèdes un masque vert et que tu aimes danser la rumba comme Sancho le Cubain !

L'hilarité nous gagne tous en visualisant parfaitement cette scène dansante dans le film *The Mask*.

— Si tu savais...

*Il n'y a pas meilleure répartie que de laisser planer le doute !*

Je ne peux m'empêcher de mettre mon grain de sel :

— Tu comptes nous passer la bande originale, Hugo ?

Il détache ses yeux de son téléphone alors qu'il cherchait sans doute le premier son à partager via son enceinte sans fil.

— J'essaye de trouver autre chose. Je ne voudrais pas que Cédric se sente gêné de la foule en délire devant son déhanché !

— Si j'avais su, j'aurais rapporté ma guitare, commente Ludo. Je me suis vachement amélioré sur *Master of Muppets...*

— Ça, c'est du bon son ! garantit Cédric.

— C'est Metallica ? demandé-je.

— Absolument ! confirme notre stagiaire. Ce morceau est sorti d'outre-tombe grâce à la nouvelle saison de *Stranger Things* ! Un bijou...

Cette série a eu le mérite de dépoussiérer de vieux sons des années 80' aux nouvelles générations. Moi-même, je ne l'avais jamais entendu auparavant.

— Je ne connais que très peu de musiques de Metallica, révèle Mya. Ma préférée reste *Nothing else matters*.

— C'est clair qu'elle vaut le détour ! approuvé-je.

— J'avais appris à la jouer quand j'étais ado, dévoile Cédric armé d'un sourire nostalgique.

— Bien pratique pour draguer, hein ! taquine Hugo.

Notre informaticien se contente d'un air amusé pour toute réponse.

*Qui ne dit mot consent...*

— Je savais pas que tu jouais ! s'étonne Ludo. On aurait pu se faire un petit duo ce soir !

— Je dois être sacrément rouillé. Mais on reste en contact de toute façon. On pourra se tenter ça avec un peu moins de public...

Il est interrompu par le son sortant subitement de l'enceinte. Il s'agit d'une reprise d'un morceau bien rythmé dont les paroles annoncent le plaisir d'être vendredi : *It's Friday Then*. Et comme par magie, cette mélodie nous pousse à nous remuer doucement sur place. On peut toujours compter sur Hugo pour nous trouver de belles pépites musicales. Il adore jouer les DJ sur son temps libre. Je crois d'ailleurs que sa playlist pourrait nous tenir éveillé jusqu'au petit matin !

— T'aimes pas, Mya ? s'enquiert Hugo.

— Si, c'est pas mal, cède-t-elle. Pour ma part, je suis plus Radio Latina...

— Fallait le dire plus tôt ! Je pense que j'ai pile ce qu'il te faut !

Il attend que le morceau touche à sa fin pour en sélectionner un autre sur un fondu sonore parfaitement rythmé.

— Oh ! Camila Cabello ! s'exclame notre secrétaire en sautillant sur place.

Bien vite, elle chante le refrain tout en dansant sur cet air de musique latine. Cette mélodie lui va comme un gant. Je trouve d'ailleurs qu'elle ressemble beaucoup à la chanteuse.

— *Así es la vida, sí. Yeah, that's just life, baby. Yeah, love came around and it knocked me down, but I'm back on my feet.*[9]

Ce mélange d'anglais et d'espagnol sonne tellement bien dans sa bouche. Et les paroles collent totalement à son histoire. C'est vrai que l'amour l'a mise à terre, mais elle s'est relevée, bien décidée à continuer de danser...

— Ouais, mon petit chaton, continue de danser ! s'enthousiasme Hugo.

Au fond, nous sommes tous heureux de la voir comme ça. Nous étions présents pendant les longs mois de descente aux enfers durant lesquels Mya n'était plus

---

[9] Mélange d'espagnol et d'anglais du morceau *Bam Bam* de Camila Cabello et Ed Sheeran - *La vie est ainsi faite, oui. Ouais, ce n'est que la vie, bébé. Ouais, l'amour est passé dans le coin et m'a mise à terre, mais je suis de nouveau sur pied.*

que l'ombre d'elle-même, noyée dans sa déprime infligée par son ex manipulateur.

Aujourd'hui, elle est rayonnante.

*Moi aussi, je veux goûter à ce bonheur.*

## Entre tes bras...

En attendant que le petit groupe du barbecue arrive à dompter le feu avec autant d'habileté qu'à l'âge de pierre, nous sommes plusieurs à nous réunir pour danser au milieu du jardin. D'autres morceaux s'enchaînent. Plusieurs de Calvin Harris ou Kygo pour mon plus grand plaisir. J'adore ces sons électropop. Je trouve que ces mélodies véhiculent de la bonne humeur. Des airs qui font du bien.

Puis je sens un regard brûlant qui ne me lâche plus. D'un coup d'œil, je découvre Gabriel exclusivement tourné dans ma direction.

*Faire abstraction.*

Je me détourne pour ne plus de le voir. Observer, c'est bien tout ce qu'il pourra faire ce soir. Hors de question que je flanche !

Assoiffée, je m'éloigne de cette piste de danse improvisée pour me servir un verre à la table des victuailles. Je ne suis pas une espionne, mais je surprends une conversation entre Théo et Cédric. Notre informaticien semble à l'écoute et désireux de donner des conseils au fils de Mya.

— J'en reçois de plus en plus des commentaires comme ça, se désole le jeune garçon. Et je ne sais pas comment leur répondre...

— Tu sais, pour beaucoup de gens c'est bien plus facile d'insulter quand on est caché derrière un écran. Ce serait dommage que tu perdes ton énergie à leur répondre. Laisse plutôt tes fans le faire à ta place.

C'est dingue ! J'ai suivi les dernières vidéos postées et je n'ai pas noté qu'il était victime de harcèlement. Le monde est devenu bien cruel sur le net...

— Et en attendant, poursuit Cédric en se saisissant de son téléphone, si tu vas dans les paramètres, tu peux effectuer un blocage automatique grâce à des mots-clés. Tu n'as plus qu'à établir une liste d'insultes. Cela pourra protéger ton compte de ceux qui souhaitent te nuire par jalousie...

— Oh ! C'est génial ! s'enthousiasme Théo. Je connaissais pas du tout ! Tu sais que j'étais prêt à tout arrêter...

Je repars discrètement avec mon verre plein en me rapprochant de Mya. Je lui glisse un léger coup de coude en lui désignant son fils d'un hochement de tête.

— Tu ne trouves pas qu'ils sont mignons tous les deux ?

Elle les observe pendant deux brèves secondes.

— Oui, adorables... Je viens de recevoir une mauvaise nouvelle. Mon petit pharmacien doit travailler tout le week-end. J'espérais le revoir avant notre départ, mais je crois que c'est loupé...

*Visiblement, elle n'a d'yeux que pour son vendeur de médocs ! Tant pis. J'abandonne.*

On nous signale que le barbecue a accompli sa mission. Nous pouvons nous servir et nous installer sur des chaises en formant des petits groupes. Au moment où je termine mon *hot dog*, Milo pose ses pattes avant sur ma cuisse et me glisse son jouet dégoulinant de bave sur moi.

*Hors de question que je touche à cette balle !*

Je reste figée en observant ce projectile qui aurait plutôt sa place sur un court de tennis.

— Milo, viens ici, ordonne Cédric.

Sans faire d'histoire, le chien reprend son jouet et se dirige vivement vers son maître.

*On peut dire qu'il est bien dressé !*

Même débarrassé de ce diablotin, je suis incapable du moindre geste.

— Qu'est-ce qui t'arrive, Barbie, tu as peur de foutre en l'air ta manucure en jouant avec le chien ? raille Hugo qui n'a rien manqué de la scène.

Sa remarque a le mérite de me redonner la force de bouger. Je lève ma main pour faire mine de regarder mes ongles tout en dressant bien haut mon majeur dans sa direction :

— Mon vernis est parfaitement posé... Qu'est-ce que tu en penses ?

Il s'amuse de ma répartie et passe une main sur le visage d'une de ses filles pour lui cacher les yeux :

— Magnifique ! Mais il y a des enfants ce soir...

Je range bien vite mes doigts.

*J'ai souvent tendance à oublier ce genre de détails...*

— Ne t'inquiète pas, Charline ! rassure la mère des deux fillettes. Avec leur père, elles ont déjà connu bien pire...

Elle n'a pas tort, le niveau de langue de ce papa n'est pas très exemplaire pour le jeune âge ! Hugo m'adresse un sourire amusé. Je sais bien qu'il n'est pas vexé par mon geste. Et je suis contente de son intervention qui m'a sortie d'une sorte de torpeur. Je n'ai rien contre les chiens, et Milo est mignon. Par contre, son jouet, hors de question de le prendre en main.

L'estomac rempli, je sirote mon verre. J'ai l'intention de le savourer. Ce sera ma seule boisson alcoolisée de la soirée. Il faut être raisonnable ; je rentre en voiture.

*Et j'aime trop ma* Mini *pour la conduire dans un fossé !*

Certains sont déjà retournés danser. D'autres rient aux plaisanteries d'Hugo. Toute cette animation me distrait. Si bien que je suis incapable de deviner l'approche de Gabriel.

— J'ai cru que tu ne me lâcherais pas ce midi, annonce-t-il en prenant place à côté de moi.

Par réflexe, je me tourne vers lui, le temps de comprendre la référence à cet instant où il me faisait du pied.

— Il fallait bien mettre un terme à ton petit jeu. Juste sous le nez de Marco, ce n'était pas très fairplay.

Il se contente d'un sourire redoutablement sexy.

*Vite, détourne le regard !*

— Si ce sont des excuses que tu attends, je ne suis pas désolée de t'avoir bloqué durant presque tout le repas.

— Allons, Charline, tu sais bien que je suis toujours partant pour finir entre tes jambes...

*Quel porc !*

Moi qui voulais l'ignorer, c'est manqué. Sa remarque m'a une fois de plus poussée à planter mes prunelles dans les siennes. Son regard semble apprécier l'impact que ses mots ont sur moi. Encore des sous-entendus... Décidément, cet homme n'a aucun respect pour moi.

Je termine mon verre d'une traite sans le quitter des yeux et je clos la conversation :

— Dans tes rêves !

Puis je me lève pour rejoindre quelques collègues qui dansent sur un air entraînant. Je me déhanche également en suivant le rythme. C'est une belle soirée d'été sous les étoiles. J'ignore combien de musiques passent les unes après les autres. Je sens les effets de l'alcool relâcher mes muscles.

*Mince... Je n'aurais pas dû finir mon verre aussi vite.*

Les yeux fermés, je profite de ce moment. Un instant d'abandon. C'est agréable d'oublier combien je me sens seule.

*Pas si seule que ça, en fait.*

Je devine une présence tout contre mon dos qui danse avec moi. Je n'ai pas besoin d'ouvrir mes paupières. Je sais que c'est lui. Il y a quelques minutes, je l'ai trouvé imbuvable avec sa remarque. Et maintenant que je sens ses bras se refermer autour de moi, je ne veux plus le quitter.

*J'ai vraiment un problème !*

Son odeur m'enivre, sa chaleur me réconforte et la douceur de ses mains sur moi m'apaise. Une fois de plus, je suis la proie qu'il a su ferrer. Tout est parfait. Cette musique entraînante et langoureuse à la fois qui nous unit. Son souffle qui caresse mon cou pour me procurer de délicieux frissons. Entre ses bras. Tout simplement. Je ne souhaite être nulle part ailleurs...

La suite, je la connais par cœur. Je vais inévitablement finir chez lui. Tant pis pour mes bonnes résolutions que je m'apprête balayer d'un revers de main. Je n'aurais même pas tenu deux semaines.

*Je suis pathétique.*

Puis le rythme change du tout au tout ! Une nouvelle musique résonne avec force de l'enceinte, nous poussant tous dans une crise d'hilarité soudaine.

*La danse des canards !*

Je cesse instantanément mon déhanché et m'écarte de Gabriel. Mon rire vient briser cette communion comme une douche froide sur un tapis de braises ardentes. Vers la table, j'aperçois Mya qui a volé le téléphone d'Hugo pour modifier le titre musical. Elle semble particulièrement fière d'elle et du résultat obtenu !

*C'est évident que je serai perdue sans elle !*

Je m'avance vers mon amie pour la prendre dans mes bras sans cesser de rire. Je tiens encore sur mes pieds. Je ne suis pas ivre. J'ai eu un instant de faiblesse. Et il a presque réussi à en profiter.

— J'ai rapporté une machine de l'atelier, annonce Hugo, non vexé d'avoir été remplacé comme DJ. Tu bois quoi, Charline ?

— Un *macchiato*, s'il te plaît. Merci.

Un peu de caféine, c'est exactement ce dont j'ai besoin. Je suis contente de pouvoir compter sur mes deux anges gardiens pour me sauver d'un redoutable archange.

— Et toi, mon petit chaton ?

Mya affiche une grimace avant de répondre :

— Rien, merci.

— Tu as peur de ne plus dormir ? demande Cédric.

— Ce n'est pas ça. En fait… j'ai toujours préféré le thé. Vous ne le répétez pas à Marco, hein ?

Cet aveu a le mérite de bien nous amuser.

— Ton secret sera bien gardé, certifie Hugo la main sur le cœur. Personne ne veut voir notre parrain du café en colère !

*En colère ? Il exagère. Quoique...*

Bientôt, certains collègues commencent à râler pour que la musique soit changée. Hugo reprend son téléphone pour passer *Moves like Jagger* du groupe Marroon 5. C'est sûr qu'avec ce son, on est loin des canards qui se déhanchent en sortant de la mare...

Puis entre deux lancers pour Milo, Théo nous rejoint pour se ravitailler.

— Alors, mini-chaton, interpelle Hugo. Tu ne nous as pas préparé de desserts ? Je suis triste d'avoir manqué ta fournée de cookies l'autre jour...

Sa mine se décompose.

— Si... J'avais fait plein de mignardises, mais papa ne voulait pas que je les emmène.

Théo n'a pas besoin d'en dire plus. J'imagine très bien ce père refuser catégoriquement de donner quoi que ce soit d'autre qu'une pension alimentaire à la mère de son fils...

*Et encore ! Même là, il trouve le moyen de pester !*

Cette remarque vient de jeter un froid. Mya serre les mâchoires. Hugo en a perdu sa langue. Je tente de noyer les insultes qui me viennent dans ma boisson caféinée. Seul Cédric arrive à relativiser :

— Ça t'a permis de poster une très belle vidéo qui a déjà du succès sur TikTok. Tu auras plein d'autres occasions à l'avenir de régaler nos papilles.

Ces paroles pleines de sagesse ont le pouvoir de faire renaître le sourire du jeune garçon et de détendre l'atmosphère.

À côté de nous et silencieux jusqu'ici, Ludo semble sortir de sa bulle :

— Elle est vraiment incroyable cette tablette graphique ! Vous avez fait une folie...

— Tout le monde t'apprécie chez *Café Raffaello*, assure Mya. C'est normal si ton enveloppe était bien garnie.

— Je ne vous remercierais jamais assez.

Je jette un coup d'œil à l'écran de son appareil. Un frisson me parcourt l'échine. Un nouvel éléphant rose.

*L'Univers serait-il en train de me rappeler à l'ordre ?*

C'est promis. Je vais utiliser mes vacances, loin de tout, pour me concentrer sur cette fameuse Loi de l'attraction...

# Le phare ouest

Je suis fière de moi. J'ai réussi à fuir Gabriel tout le reste de la soirée et j'ai terminé ma nuit seule dans mon lit, comme prévu. C'est parti pour trois semaines de congés loin de tout. Loin de lui. Pendant ces quelques jours, je n'aurais plus à redouter de croiser son regard.

Je vais en profiter pour me concentrer sur l'essentiel. Mon week-end me sert à rassembler mes affaires et à effectuer quelques achats de dernière minute avant le départ. Parce que voyager avec Flash, c'est toute une expédition !

Monsieur a son aquarium spécial que j'arrive à installer sur le siège passager à côté de moi. Il ne sera pas entièrement rempli, mais suffisamment pour que mon reptile préféré puisse s'amuser durant les cinq heures de route. Direction l'Ouest de la France.

*Vers le « phare ouest », comme j'aime dire !*

Rien à voir avec les cowboys et les Indiens d'Amérique. Retrouver ma Bretagne va me faire un bien fou. J'en suis certaine. Et ma grand-mère Simone saura me redonner le sourire sans le moindre mal.

Pas de date de location à respecter. De ce fait, je peux partir quand je veux. Je décide de rouler le lundi pour échapper au chassé-croisé du week-end. Un délicieux sentiment de liberté m'accompagne dans ce périple. Ma playlist s'enchaîne à travers les enceintes de ma *Mini*. Des rythmes qui sentent bon l'été. Même si l'espace est plutôt réduit pour Flash, il ne semble pas s'en plaindre. Il est habitué. Il sait où nous allons.

*C'est aussi les vacances pour lui !*

Je fais quand même une pause sur une aire d'autoroute. S'il n'y a pas une foule abondante, je ne suis pas seule pour autant. Certaines personnes s'étonnent de me voir assise à une table de pique-nique en tête à tête avec une tortue. Je ne m'attarde pas. Même si l'on dit qu'il est bon de profiter du trajet, cela reste malgré tout la destination que j'ai hâte d'atteindre.

Puis le paysage change. C'est verdoyant. Le ciel est chargé ; il y a comme une sorte de magie en ces lieux. Nous nous situons dans les terres, mais la résidence se tient tout près d'un lac. Et comme si la nature voulait bien m'accueillir, un rayon de soleil perce pile au moment où je peux distinguer cette étendue d'eau. Cela offre un millier d'éclats diamantés, pailletant délicatement ce berceau liquide.

Lorsque je remonte l'allée privée, je découvre un portail ouvert pour nous. Ma voiture avale les derniers mètres avant d'entrer dans ce petit havre de paix. Le bruit du moteur ainsi que des pneus sur les graviers attirent l'attention de mon hôte. Une élégante dame octogénaire sort de la demeure pour nous recevoir avec le sourire.

— Ma chérie ! Quel plaisir de vous avoir tous les deux !

Je relève mes lunettes de soleil en serre-tête pour dégager mes mèches et je m'extrais du véhicule pour l'embrasser. Après cette accolade, mamie Simone penche le visage de côté pour observer mon compagnon de route. Comme s'il la reconnaissait, Flash agite ses pattes palmées dans son aquarium.

— Il a hâte de sortir !

— Ne traînons pas, dans ce cas...

Après avoir franchi la porte d'entrée, je découvre le salon identique à ce qu'il a toujours été lorsque j'étais enfant. Tout le matériel pour accueillir Flash est encore présent. Un immense aquarium surmonté d'un espace plage éclairé de spots pour réchauffer l'animal et une zone redescendant jusqu'au sol comme une sorte de toboggan. Le paradis pour une tortue d'eau ! Mon petit reptile va pouvoir s'en donner à cœur joie lors de ses différentes escapades d'un bout à l'autre de cette maison. C'est ici qu'il a grandi et il semble s'en souvenir.

— Tu pouvais m'attendre pour préparer son espace aquatique.

— Ne t'inquiète pas, assure ma grand-mère. En prenant mon temps, ça se fait très bien. Cela devenait épuisant pour moi de changer l'eau toutes les semaines.

Mais deux fois par an, ce n'est pas insurmontable. Tu es toute belle.

Elle ajoute cette dernière phrase en glissant ses doigts noueux parmi quelques-unes de mes mèches blondes.

— Merci. Et toi, tu es rayonnante !

— C'est aussi ce que m'a dit Richard, à la piscine !

Elle se détourne. Peut-être regrette-t-elle cet aveu. J'éclaircirai l'identité de ce mystérieux Richard plus tard.

— As-tu pris des nouvelles de tes parents ? demande-t-elle pour me dissuader de poser des questions sans doute embarrassantes.

— Ils vont bien.

— La dernière fois que tu les as vus, c'était...

— Ici.

— C'est assez peu, une fois par an.

— C'est compliqué de voyager avec Flash. La Bretagne, ça passe. Mais le sud de la France, ça ferait vraiment trop de route. Et chez moi, c'est bien trop petit pour les recevoir. Il faudrait qu'ils prennent une chambre d'hôtel, et tu sais comment ils sont...

Tous ces détails, ma grand-mère les connaît par cœur. Mais je sens en elle une pointe de tristesse de me voir si distante avec mes parents.

*Ce n'est pas moi qui les ai forcés à partir aussi loin !*

Le seul moment où nous nous retrouvons tous réunis c'est à Noël, ici même. Le reste de l'année, nous pouvons nous contacter par appel vidéo. Je reconnais tout de même que c'est toujours plus plaisant de passer du temps avec les gens en vrai. Je ne suis pas fâchée avec eux. Je n'ai simplement pas envie d'être la seule à faire des efforts pour venir les voir. Nous avons vécu et grandi en Bretagne, dans ce coin verdoyant. Puis mon père a accepté un poste dans le Midi en nous laissant derrière lui.

OK, j'avais une vingtaine d'années. Je n'étais plus une petite fille. Mais peut-être qu'au fond, je l'ai tout de même pris comme un abandon. C'est alors que je suis partie à mon tour pour trouver ma voie. Après quelques stages et missions d'intérim, j'ai réussi à me faire embaucher chez *Café Raffaello*. Je me suis tout naturellement implantée en région parisienne. Puis Flash est venu avec bonheur s'installer avec moi.

Nous prenons place dans la véranda autour d'une boisson chaude. Je ne coupe pas à mon traditionnel *macchiato* ; elle savoure un thé noir avec un nuage de lait. Une pluie abondante s'écrase sur les carreaux de ce coin verrier. Malgré le temps désastreux, nous pouvons apprécier le peu de clarté extérieur. Ce torrent ne dure que quelques minutes. Juste assez pour hydrater la végétation. Nous profitons de ces retrouvailles pour faire le point sur les nouvelles des différents voisins et quelques connaissances qu'il me reste. Il y a même des potins croustillants sur des membres éloignés de notre famille. Ainsi donc, l'arrière-cousin Bobby a fait son *coming out* et est parti pour rejoindre les Amériques !

— Je le savais ! Il ne servait à rien de le pousser dans les bras de différentes femmes comme l'on fait ses parents...

— Je n'ai rien vu venir, avoue mamie Simone. Et toi... les amours ?

Je prends une grande inspiration.

— Comme toujours, rien de sérieux.

Elle tapote ma main avec un regard confiant.

— Ça viendra.

Je remue ma boisson distraitement, peu convaincue.

— Qu'as-tu prévu de faire avec moi dans ce trou perdu ?

— Eh bien... lire. Me recentrer sur moi-même. Faire le point. Courir. Et t'accompagner à la piscine...

— Très bon programme. Je serai toute fière de présenter ma jolie petite fille à mes copines !

Je lui adresse un sourire amusé.

— Je ne plaisante pas ! Lorsque nous discutons, c'est à celle qui décrira les petits enfants les plus parfaits. Et quand je parle de toi, je sens mon auditoire dubitatif. Te présenter en chair et en os, c'est mettre un terme aux doutes encore tenaces. Et avec notre lien de parenté, c'est l'occasion de laisser entendre qu'à ton âge j'étais aussi belle que toi...

— Très bien. Je serai donc ta complice pour frimer auprès de tes copines... ou d'un certain Richard peut-être ?

— Tu m'as percée à jour, on dirait.

Je pose mon menton sur le dos de mes mains croisées, les coudes sur la table.

— Dis-m'en plus.

— Oh ! Tu sais... Il n'y a pas grand-chose à raconter. Il est charmant. Je n'aurais jamais imaginé dire ça après la perte de ton grand-père.

Mon cœur se serre. Après toutes ces années, le temps du deuil doit prendre fin.

— On a tous droit au bonheur.

— Toi aussi, ma petite.

— J'ai l'intention d'y travailler.

*C'est un deal que je compte bien passer avec l'Univers...*

Je repense à cette pile de livres qui m'attend pour décortiquer tout ce qu'il y a savoir sur la Loi de l'attraction. Magie, coïncidences, énergies cosmiques ou hallucinations collectives... j'ai pour mission de m'investir sur cette question.

# Le Secret

près un dîner léger, nous nous installons dans le canapé pour une soirée film improvisée. Mamie Simone est lassée des différents programmes passés en boucles sur les chaînes télévisées. Je dois dire que je n'ai pas ce problème. Je regarde très rarement la télévision. Je suis constamment connectée à des plateformes de séries et films à la demande. Le tout via Internet.

C'est donc tout naturellement que je connecte mon compte Netflix au grand écran du salon. Je fais défiler les différentes propositions, jusqu'à ce qu'un titre attire mon attention. Je lis le résumé à voix haute :

— *Au cœur d'une tempête de difficultés, une veuve rencontre un professeur plein de positivité qui hésite à lui remettre un message qui pourrait changer sa vie.*

— Un peu de positivité, ça me convient ! s'enthousiasme ma grand-mère.

C'est parti ! Je lance le film qui a pour titre : *Le Secret, Tous les rêves sont permis*. Une comédie romantique assez sympa. On passe un bon moment.

Pourtant, sur le plan de la Loi de l'attraction, je trouve cette histoire un peu abusée. À un moment, des enfants imaginent très précisément la pizza qu'ils rêvent de manger pour le dîner. Le goût, les ingrédients... Tout y passe. Leur visualisation les fait même saliver. Puis, contre toute attente, un livreur sonne à la porte avec en mains l'objet parfait de leur désir !

*Mouais. Un peu facile quand même...*

Si je souhaite déguster un dessert savoureux avec une montagne de chantilly, je doute que quelqu'un vienne frapper pour nous l'offrir ! Combien de gens rêvent sans jamais obtenir ce qu'ils veulent ? Petite pensée pour Mya qui a pour ambition de changer de logement pour fuir sa cité. Vu l'état de ses finances, ce n'est tout simplement pas possible.

Pour en revenir à ce film. Il est sympa, mais un peu mièvre sur les bords. Est-ce réellement cela, tout ce mysticisme autour de la Loi de l'attraction ?

*Je vais tenter le coup, mais je sens que je n'obtiendrai pas l'objet de mes attentes...*

Il y a toutefois un dialogue qui m'interpelle :

— *Qu'est-ce que tu veux ?*

— *Je ne sais pas.*

— *Comment veux-tu faire ta demande si tu ne sais pas ce que tu désires ?*

Il est évident que la première étape consiste à définir clairement ce que l'on souhaite avoir. En ce qui me concerne, je pense d'abord à l'amour. Je veux l'homme parfait. Un idéal que j'imagine avec les traits de l'acteur Chris Evans. Et qu'il m'aime pour ce que je suis, qu'il ne me considère pas comme une femme avec laquelle on ne passe que du bon temps sous les draps. D'après ce film, il faut avoir confiance et visualiser comme si l'on possédait déjà ce que l'on demande.

*Facile ! Avec ça, je vais faire de beaux rêves... peut-être même un peu chauds !*

Après cette rude journée de route, nous nous quittons juste à la fin de cette séance cinéma. Ce long-métrage me laisse un goût d'inachevé. J'en veux plus. Installée dans mon lit, je place mon ordinateur sur mes genoux pour commencer mes recherches. Je tape le nom du film visionné pour voir l'œuvre qui en est à l'origine.

*Le Secret* de Rhonda Byrne

En fouillant plus encore, je trouve un autre film monté comme un documentaire. *Le Secret.* C'est également tiré du livre ; je suis curieuse d'en savoir plus. Je lance la lecture pour en découvrir le contenu.

Il est composé de nombreux témoignages. Tout cela paraît un peu plus concret. Il est question d'énergies positives ou négatives. Le piège, c'est que l'on attire à soi ce que l'on émet. Fatalement, les gens défaitistes et pessimistes recevront de l'Univers exactement ce qui émane de leurs pensées. Tout est lié, semble-t-il, à la physique quantique. Vibration, fréquence... En résumé, nous sommes des aimants.

*Serait-ce parce que je me vois comme une femme d'une nuit que je n'attire que des hommes intéressés par ce genre d'expériences ?*

Ce serait complètement fou ! Il me suffirait donc de changer d'état d'esprit ?

*Plus facile à dire qu'à faire...*

Un autre passage m'interpelle :

« *Tout le monde ne souhaite pas les mêmes choses. C'est la beauté de l'affaire. On ne veut pas tous des BMW. On ne veut pas tous la même personne. On ne veut pas tous les mêmes expériences, ni les mêmes vêtements... Il y a ce qu'il faut pour tout le monde ! Si vous y croyez, si vous le voyez, si vous agissez en fonction de cela, tout fonctionnera pour vous.* »

Cela commence à faire pas mal de témoignages qui confirment l'efficacité de cette loi. Je ferme mon ordinateur après avoir observé pendant plusieurs minutes des photos de mon acteur fétiche. Ses yeux bleu clair m'obsèdent. Je vais pouvoir m'endormir avec ces belles prunelles à l'esprit...


Au matin, toujours dans mon lit, le champ des possibles s'ouvre devant moi. Maintenant que je connais « Le Secret », ma vie va changer du tout au tout. Le mieux est de commencer par la gratitude pour ancrer des énergies positives autour de moi... alors, c'est parti !

Et cela démarre bien. La journée est belle. Le soleil a repris ses droits en s'imposant dans le ciel d'un bleu aussi clair que les yeux de Chris Evans. Je suis tout simplement heureuse d'avoir ces jours de congé, ce temps pour moi. Ce n'est pas donné à tout le monde de pouvoir changer d'air durant nos vacances. Je me sentais seule, mais je ne le suis pas. Mon fidèle Flash est présent. Il est mon point d'ancrage. J'ai toujours trouvé ça magique, cette faculté qu'il a de me faire oublier mes soucis dès lors que je l'observe exécuter ses brasses dans l'aquarium ou se dandiner d'un bout à l'autre de mon logement.

*Tout simplement merci que Flash soit à mes côtés.*

Mon grand-père est parti depuis plusieurs années, mais j'ai encore la chance de vivre de beaux moments de complicité avec mamie Simone. Elle est en bonne santé et a toute sa tête. Je suis son unique petite fille et j'ai toujours eu le sentiment d'être une princesse auprès d'elle. Je ne peux pas dire qu'elle m'infantilise, non. À son contact, l'enfant en moi est encore là et désireuse de montrer au monde de quoi elle capable. Une profonde sensation que tout est réalisable. Sans limites. L'Univers n'a qu'à bien se tenir, la petite Charline va croquer la vie à pleines dents et rendre l'impossible évident.

*Merci pour cette joie sans entrave.*

Je suis loin d'avoir fait le tour des éléments de gratitude à relever. Mon travail est formidable. J'apprécie beaucoup les rencontres que j'ai pu faire. J'ai mis les pieds dans des sociétés étonnantes et prêtes à investir dans des boissons caféinées de qualité. Que dire de plus ? Excepté certains qui ne méritent pas d'être nommés, j'aime aussi les collègues et amis qui m'entourent. Ils ont su m'accepter telle que je suis et m'aider à m'intégrer dans cette grande ville inconnue.

*Je ne peux que remercier l'Univers de les avoir placés dans ma vie.*

Si l'on se porte maintenant sur le matériel... J'adore ma voiture. Cela semblait ridicule d'investir dans ce petit bolide en continuant de jeter tous les mois un loyer par la fenêtre. On m'a souvent fait remarquer qu'il aurait été plus sage d'acheter un bien immobilier. Mais contre toute attente, j'aime cette vie. Cela me procure un sentiment de liberté. Si je veux, je peux quitter mon logement sur un coup de tête !

*Je suis reconnaissante de piloter ma* Mini *à chaque instant.*

Depuis que je possède cette voiture, je ne suis plus stressée dans les bouchons de la région parisienne. Je m'y sens comme dans une bulle paisible. Bien sûr, je pourrais redouter qu'un crétin vienne s'approcher trop près pour me l'abîmer. Pourtant, cela n'est jamais arrivé.

*Peut-être parce que c'est un scénario que je n'ai jamais visualisé !*

Et voici l'étape suivante justement... la visualisation ! Puisque je ressens un profond sentiment de gratitude et de reconnaissance pour tout ce que j'ai déjà en ma possession, je n'ai plus qu'à transformer l'essai ! La magie de la projection. Je ferme les yeux. Je vois son visage. Il me sourit. Je peux sentir ses bras se resserrer autour de moi. D'autres détails me viennent, certains bien moins chastes. Mais ce dont je suis sûre, c'est de la puissance des sentiments que j'éprouve pour lui. C'est délicieux et cela m'emplit d'une vague d'amour qui me donne des frissons. Je le sens. C'est comme s'il était déjà là.

*Il est réel. Il existe. Il m'aime.*

Les sensations sont délicieuses. Je n'ai plus qu'à conserver cette belle énergie qui m'arrache un sourire de béatitude.

*Si l'Univers ne comprend pas, c'est qu'il est particulièrement stupide !*

C'est donc habitée d'une merveilleuse force intérieure que je me lève pour commencer cette journée. Je partage mon petit déjeuner avec mon aïeule. Elle est l'une des rares à me découvrir sans artifice. Pas de maquillage. C'est comme si j'étais nue. Malgré tout, elle me complimente.

— Ma jolie, Lilie. Tu vas dire que je radote, mais je suis très heureuse de t'avoir auprès de moi.

*Jolie... Sans la moindre poudre au nez, je n'en suis pas convaincue.*

Elle n'est pas objective. C'est normal qu'elle m'idéalise. Quoique... elle est assez franche dans son genre. Je dois tenir ça d'elle, d'ailleurs. Si j'avais vraiment une tête à faire peur, elle me le signalerait sans détour ! Ce doit donc être l'amour que je visualise qui m'embellit.

Lilie. J'ai toujours aimé ce petit surnom qu'elle est la seule à me donner. Je ne me souviens plus de la dernière fois où elle m'a appelée par mon prénom...

Pour nous accompagner dans notre repas matinal, Flash barbotte dans une caisse d'eau en mâchonnant des morceaux de bacon et feuilles de salade. Un festin de roi !

L'estomac en partie rempli, je saute dans mes vêtements de sport et lace mes chaussures de course. J'ai bien l'intention de m'adonner à mon footing. Je visse mes écouteurs sans fil à mes oreilles, téléphone accroché à mon bras, une mélodie qui porte mes foulées... Toutes les conditions sont bonnes pour un run dans ce nouvel environnement. Le paysage est magnifique. Courir le long du lac est particulièrement agréable. Je l'ai déjà dit. Ce lieu a quelque chose de magique. Comme si tout était possible. Et j'ai bien envie d'y croire.

Quand je pense à toutes ces citations inspirantes qui m'ont poussée à m'intéresser à la Loi de l'attraction... Il n'y a pas de place au hasard. Cela va fonctionner.

*Il est réel. Il existe. Il m'aime.*

Ces pensées pleines de légèreté insufflent une nouvelle cadence à mon rythme de course. Je me sens tellement aérienne. C'est une sorte de lâcher-prise. Un sentiment d'abandon réellement grisant.

Lorsque ma tournée prend fin, mes pas me guident vers cette maison où résident encore de beaux souvenirs d'enfance. Curieuse, je regarde les données collectées par ma montre connectée.

*Incroyable !*

Je suis impressionnée. J'ai rarement eu d'aussi bonnes performances. Mon rythme cardiaque, ma vitesse... Tout est parfaitement régulier et contrôlé. L'air du coin est bien plus sain qu'en région parisienne. Pourtant, je ne pense pas avoir déjà eu de telles statistiques. Serait-ce cette positive attitude qui porte dès à présent ses fruits ? Cela annonce un bel avenir en perspective...

# Potins à la piscine

Je suis très impressionnée de la condition physique de ma grand-mère. Même après toutes ces années, elle marche encore à bonne allure. Nous en avons profité pour randonner et faire quelques boutiques. J'adore découvrir des produits locaux. Souvenirs, vêtements, et mes préférés, alimentaires. Sur ce dernier point, je fais surtout du repérage. Il vaut mieux acheter juste avant le départ pour ne pas se retrouver gênée par le temps de conservation limité.

Nous attendons une journée pluvieuse pour nous décider à aller à la piscine. Faire quelques longueurs sera plaisant et je suis curieuse de rencontrer les copines de mamie Simone ! Je choisis un maillot une-pièce.

*Le bikini, c'est pour faire bronzette sur une plage, pas pour jouer les sirènes.*

Je garde mon deux-pièces pour la mer, si jamais on souhaite faire quelques dizaines de kilomètres pour la retrouver. Point positif, le bonnet n'est pas obligatoire dans ce complexe aquatique.

*Il ne manquerait plus que ça ! Il n'y a rien de pire pour ruiner le look.*

Hors de question de me ridiculiser avec ce truc sur la tête ! Je préférerais passer toutes mes vacances au sec plutôt que de porter un machin pareil...

Comme à mon habitude, mes cheveux sont négligemment lâchés tout en formant des vagues harmonieuses jusqu'à mes épaules. Je sors de ma cabine et enferme mes affaires avec celles de mamie dans un même casier numéroté. Nous passons rapidement sous le jet de la douche avant de faire notre entrée dans ce centre aquatique. Nous marchons à petits pas pour éviter toute glissade sur ce carrelage humide. Une odeur de chlore s'invite plus fortement pour chatouiller notre canal olfactif.

Avec le temps, ma grand-mère a perdu confiance en elle pour la nage. Voilà pourquoi elle préférera demeurer dans le petit bain.

*Avoir pied, ça rassure !*

Je sens quelques regards sur nous. Je n'y prête pas attention. Pour éviter de trop mouiller ma chevelure, j'ai prévu une pince afin de la retenir en un chignon flou au-dessus de ma tête. J'attends de me trouver au niveau du large escalier pour remonter mes mèches avec élégance. Puis j'entre dans cette eau chauffée qui me semble tout de même assez fraîche sur les premiers instants. Mon corps doit rapidement s'acclimater pour que cette immersion devienne plus plaisante.

Deux femmes âgées s'avancent vers nous, enthousiasmées de nous découvrir ici. Je devine qu'il s'agit des amies de ma grand-mère. L'une a préféré garder ses lunettes à la monture carrée, ce qui lui confère un visage strict. L'autre arbore des mèches courtes, mais d'une couleur légèrement violine.

*J'imagine qu'elle a un peu trop abusé sur le shampoing anti-jaunissement !*

Non, sans fierté, je suis présentée comme l'unique petite fille de la famille Maury. Je suis en présence de Madeleine - avec les cheveux colorés - et d'Yvonne qui ne voit plus rien sans ses verres épais. Je récolte une flopée de compliments sur mon « joli minois ».

*J'adore toutes ces expressions d'une autre époque.*

J'ai voulu conserver mon maquillage pour cette activité. Rien d'ostentatoire. Juste ce qu'il faut en waterproof pour me donner des yeux de biche ainsi qu'un léger gloss sur mes lèvres.

Je balaye le bassin du regard. Il y a plusieurs enfants accompagnés de leurs parents, d'autres membres du troisième âge, le tout barbotant joyeusement dans ce milieu où l'on peut toucher le fond sans trop de soucis, même pour les plus petits gabarits. Hors de l'eau, mes yeux rencontrent ceux du maître nageur.

*Pas mal, mais ce n'est pas le physique de Chris Evans. Next...*

Je me détourne tout aussi vite pour revenir à la conversation présente entre les trois copines octogénaires :

— Dommage que tu ne sois pas venue mardi, Simone ! se désole Madeleine sur un ton enjoué. Tu as manqué une scène mémorable offerte par le vieux Hubert...

— Il a voulu jouer au jeunot, mais cela ne lui a pas réussi, reprend Yvonne d'un air plus mesuré démenti par son petit sourire taquin.

— Il a plongé dans le grand bain et lorsqu'il est remonté à la surface, son maillot se trouvait déjà à l'autre bout du bassin !

— Il nous a prouvé qu'on ne voit pas la lune qu'à la nuit tombée !

Je pars dans un fou rire qui pourrait presque me donner les larmes aux yeux !

*Il n'y a pas d'âge pour les potins !*

— Contrairement à ce que vous pensez, je suis plutôt contente d'avoir manqué ce spectacle, conclut mamie Simone qui semble essayer d'oublier les images s'invitant sans nul doute dans son esprit.

— On a bien ri. Le maître nageur a dû intervenir. Le vieux Hubert n'a plus toute sa tête. Il ne s'était rendu compte de rien...

— Disons qu'avec sa bedaine, il ne peut plus voir si ce qu'il a en dessous est correctement caché ou non par son maillot.

*La vache ! J'ai tellement envie de rire. J'en ai presque honte !*

— Pauvre Hubert, soupire ma grand-mère tout en effaçant son sourire moqueur. En parlant d'hommes, tu n'as pas réussi à amener ton mari, Yvonne ?

— Cela lui ferait le plus grand bien pour ses rhumatismes. Je le lui ai dit cent fois, mais il est borné. Il refuse catégoriquement de se tremper avec nous ici. Il a peur de perdre son dentier...

— Il n'a pourtant pas besoin de ses dents pour nager, s'étonne Madeleine.

Le débat se lance sur l'utilité d'un sourire parfaitement émaillé en bonne société parmi le troisième âge. Même si cela reste amusant, je me sens en décalage. Je leur présente mes excuses pour les laisser entre elles. J'effectue ma traversée du bassin pour sortir de l'eau. En quelques pas, j'entre maintenant dans le grand bain. J'ai l'intention de faire quelques longueurs tout en gardant la tête à la surface. Je n'ai jamais été une nageuse professionnelle, mais mes anciens cours pour faire la grenouille sont encore efficaces. J'avance lentement mais sûrement.

*Flash serait fier de moi !*

Je croise un groupe d'adolescents qui s'exercent au plongeon en éclaboussant largement quiconque s'approcherait trop près. Je les ai bien repérés. Je garde mes distances. Malgré mon habileté à éviter toute attaque humide, je perçois le rappel à l'ordre du maître nageur qui invite au calme pour respecter les autres baigneurs environnants. Il m'adresse un signe de tête pour faire comprendre qu'il veille sur ma tranquillité.

*Charmant.*

Je poursuis mes allers-retours sereinement. Cet exercice est excellent pour détendre mes muscles. Il y a d'autres nageurs qui vont et viennent sous l'eau. Je marque une pause en m'agrippant au rebord. Je commence à avoir froid tout à coup. J'estime que c'est le bon moment pour retourner dans le petit bain à l'eau plus chaude. Cette différence de température est plus que profitable. Ma grand-mère a également effectué quelques longueurs à son rythme, tout en supportant le babillage de ses copines. La conversation est maintenant tournée sur l'honorable métier du petit fils de Madeleine. C'est touchant de déceler toute la fierté de cette femme pour son descendant.

— ... et en tant que banquier, il a une très bonne situation. Dans quel domaine travaillez-vous déjà ?

L'échange se porte sur moi.

— Je vends du café. Enfin, je propose des machines à café pour offrir des boissons de qualité à une catégorie d'employeurs qui n'a pas peur de mettre le prix.

Un peu orgueilleux comme formule, mais au moins cela montre que la réussite s'atteint à tous les niveaux. Je ne suis pas peu fière de mon travail. Et si je peux au passage faire connaître *Café Raffaello*, je ne m'en priverai pas !

— J'adore le café ! s'enthousiasme Yvonne. Je l'accompagne toujours de quelques palets bretons... Avez-vous un compagnon pour partager avec vous cette aventure caféinée ?

*Non, Gabriel, sors de ma tête !*

Il ne vaudrait mieux pas que j'entre dans les détails de cette histoire sans attache...

— Toujours célibataire.

— Vraiment ? s'étonne Madeleine. Eh bien, si vous souhaitez mettre un terme à votre solitude, je peux vous dire que notre maître nageur n'a d'yeux que pour vous aujourd'hui...

— Peut-être est-il marié, fait remarquer mamie Simone pour détourner le sujet.

— Il n'a pas d'alliance, poursuit Madeleine avec un sourire taquin.

— Tu vois sa main d'ici ? questionne Yvonne en redressant sa lourde monture le long de son nez.

— Non, mais chercher l'alliance d'un bel homme, c'est un réflexe que j'ai conservé avec le temps.

Elle nous adresse un clin d'œil complice, ce qui a le don de nous amuser. Après quelques secondes de silence, je comprends qu'elles attendent ma réponse à la question déguisée.

— Je me sens parfaitement bien, toute seule. J'ai d'autres projets pour l'avenir...

Je croise le regard intrigué de ma grand-mère. Je n'en dirai pas plus ici. En temps normal, je me serais sans doute laissée tentée par le maître nageur pour certainement partager une courte idylle sans lendemain. Toujours ce même schéma... Une ritournelle à laquelle j'ai l'intention de mettre un terme. Il est temps que je vive autre chose. L'Univers a un beau Chris Evans à m'apporter...

Les yeux de ma grand-mère se fixent sur un point précis juste derrière moi. Je me décale discrètement pour visualiser l'objet de toute son attention. Un homme d'un âge avancé fait son entrée dans le petit bain. Je comprends que mamie Simone n'est pas la seule captée par cette approche. Madeleine et Yvonne sont également intéressées par l'arrivée de ce nageur. Il devait certainement faire ses longueurs sous l'eau dans le grand bain. Même s'il doit avoisiner les quatre-vingts ans, il n'en garde pas moins une allure athlétique enviable.

*J'imagine que le vieux Hubert sans maillot doit faire office de figurant à côté de lui.*

Attention ! Je n'en suis pas rendue à me rincer l'œil sur un homme qui a l'âge d'être mon grand-père. Je me mets simplement à la place de ces dames. Je suis convaincue que même après la ménopause et toutes ces années de douleurs chroniques, certaines pulsions demeurent à la vue d'un bel apollon tel que lui !

Il s'avance, nonchalamment. Puis lorsqu'il croise notre petit groupe, il nous adresse un hochement de tête :

— Mesdames.

— Bonjour, Richard, répond ma grand-mère dont les joues se teintent de rose.

*C'est trop mignon !*

Il semble plus intéressé par mamie Simone que par Madeleine et Yvonne. Le charme opère. Normal !

Même si les années ont passé, mon aïeule a su conserver un bel éclat dans ses yeux et une ligne de sirène dont j'espère hériter à l'avenir !

Il poursuit son cheminement sans se départir d'un sourire plein de charme. Les trois amies laissent leur regard accompagner ce beau nageur. Je sens que je vais avoir une conversation intéressante avec l'une d'entre elles plus tard...

# Un mantra pour rituel

es jours passant, j'ai poursuivi ma quête de connaissance sur la Loi de l'attraction. Je veux tout comprendre pour l'utiliser comme il faut. De ce que j'ai pu découvrir, le livre *Le Secret* est assez critiqué sur quelques aspects.

Premièrement, visualiser ne suffit pas. On doit agir ! Logique. On ne peut pas s'imaginer un corps de rêve et l'obtenir tout en restant cloué dans son canapé à manger des chips toute la journée ! Il faut être réaliste, se bouger un peu. Ce n'est pas de la magie.

Deuxièmement, on reçoit ce qu'on émet. Oui. Mais les malheurs peuvent également arriver à ceux qui sont les plus positifs possible dans leur existence. Présenté comme c'est fait dans cette œuvre, on pourrait avoir l'impression que si la mort d'un proche survient, c'est parce qu'on l'a désiré ou pire, qu'on l'a demandé ! Erreur. Les aléas de la vie s'invitent malgré nos bonnes énergies.

*Et moi dans tout ça ?*

Je poursuis mes investigations... Je souhaite terrasser mes doutes pour m'impliquer de la meilleure façon qui soit. Toutes ces bonnes énergies, ce tralala positif, j'aimerais vraiment que cela fonctionne. Et si Chris Evans n'entre pas dans ma vie comme escompté, je souhaiterais chasser ce vide qui m'habite, le combler pour mieux le faire disparaître à jamais.

Il est permis de rêver. La spiritualité semble assez mystique. Tout est énergie. C'est ce que présente la physique quantique. Mais là encore, les plus grands scientifiques ne sont pas unanimes sur cette question. Beaucoup ont du mal à réellement comprendre les théories et les fondements de cette discipline tellement compliquée. Même Albert Einstein n'acceptait pas certains concepts nébuleux. Pour autant, la science est encore bien loin de pouvoir tout expliquer. Ainsi, il est donc possible d'inviter le doute à nous couvrir de ses ailes en une douce caresse chaleureuse.

Parmi mes pérégrinations en surfant sur le web, j'ai lu une donnée intéressante. Il est scientifiquement prouvé que le cerveau est incapable de comprendre le négatif. Si je dis : ne pensez pas à un éléphant. Que faites-vous ? Vous visualisez malgré vous un éléphant dans votre esprit ! C'est le même problème avec les pensées négatives...

Si l'on associe cela à la Loi de l'attraction qui vient matérialiser dans la réalité nos pensées les plus folles... vous imaginez un instant ce qui peut en découler ! Bien souvent, on a tendance à redouter le pire. Mince, je vais être en retard. Mon entretien se passera mal. Mon petit ami me trompera.

Et là, l'Univers se dit : si c'est ce que tu veux, OK c'est parti !

Puis, on s'imagine que le sort s'acharne sur nous. Quel monde cruel ! Parce qu'en plus de ne pas comprendre la négation, le cerveau veut à tout prix avoir raison ! Nous avons des croyances profondes qui établissent notre réalité. Et pour conserver un bon équilibre, notre esprit fera tout pour se caler avec notre mental gouverné par ces idées préconçues.

Si je marche seule dans une rue déserte à 2 h du matin, je peux imaginer me faire agresser à chaque intersection. Ainsi, mon cerveau va se focaliser sur des détails anodins pour confirmer cette intuition. Des bruits suspects, des ombres au loin... tout ce qu'il faut pour me donner des sueurs froides !

Pourtant, si l'on prend cette même nuit avec un mental serein et poétique, je lèverai sans doute les yeux vers le ciel étoilé, pour m'émerveiller de cette immensité infinie qui me domine. Mes frissons viendront, mais ne seront pas de même nature...

Si l'on calque notre réalité sur nos croyances et que l'on souhaite changer de vie, il faut tout bonnement modifier notre façon de voir le monde.

*Mouais... pas si simple !*

J'ai toujours pensé que les hommes ne voyaient en moi qu'une poupée Barbie uniquement bonne pour des parties de jambes en l'air. Aucun d'entre eux n'irait un jour demander ma main pour m'accompagner sur plusieurs années et vivre une histoire tendre tissée d'une belle complicité.

*Alors c'est parti ! Éradiquons ces croyances limitantes !*

La clé pour y parvenir, c'est tout d'abord de s'aimer.

*Facile. Je me sais suffisamment jolie pour attirer des hommes.*

Pourtant, cela ne suffit pas. Jolie, oui, mais sous une certaine couche de maquillage !

*Je suis comme Flash, j'ai besoin de ma carapace !*

Je viens de sortir de la douche. Je me tiens devant le grand miroir à pied pour m'observer entièrement nue. J'ai quelques veines assez vilaines qui demeurent sur mes cuisses lorsqu'on s'approche de plus près. Mes formes sont harmonieuses. Mais, mes cheveux mouillés tombent sans le moindre volume. Je vais y remédier en les séchant. Puis, mon visage... mes lèvres sont inexistantes. Voilà pourquoi je les colore. Je trouve même mon nez pas tout à fait droit. Vestige d'une balle en pleine tête en cours de sport au lycée. Je me suis renseignée. Je pourrai me faire opérer pour corriger cette imperfection, mais après ce passage sur le billard, j'ai des risques de ronfler aussi fort qu'une pelleteuse !

*Hors de question !*

Alors j'effectue un petit jeu de lumière avec mon fond de teint, et personne ne se rend compte de rien ! Ces défauts sont minimes selon certains, mais énormes de mon propre point de vue...

*On est toujours plus dur envers soi-même.*

Il faut commencer à s'aimer. C'est urgent ! Alors que je me regarde dans les yeux de mon reflet, je me fais un compliment. Quelques mots sincères. Je me concentre sur ce que j'aime vraiment. Mes yeux. Ils me semblent bien petits sans maquillage, mais ils n'en restent pas moins captivants. Le vert de mes prunelles a parfois un éclat hypnotique. J'en ai séduit plus d'un à l'aide d'un battement de cils.

C'est un bon début. Un pas à la fois, on avance. Le plus important est de se respecter soi-même pour que d'autres aient du respect pour nous. Cela semble évident, présenté comme ça. Et pourtant, nous sommes nombreux à nous dénigrer en permanence. Soyons bienveillants envers nous-mêmes.

La poursuite de la transformation de nos croyances profondes peut se faire également à l'aide de mantras. Des petites phrases à se répéter, telle une mélodie harmonieuse qui viendrait nous bercer sur le chemin du succès. C'est là que je peux aussi expliciter ma demande auprès de l'Univers.

*Il existe. Il est réel. Il me respecte. Il m'aime pour ce que je suis.*

Je pense que cela résume bien l'objet de mes désirs. Tout en récitant ce credo, c'est le visage de Chris Evans que je visualise. Il sera le premier à me respecter et à m'aimer telle que je suis.

Dans un autre livre, je retrouve les fameuses étapes pour faire fonctionner cette Loi de l'attraction :

*1. La gratitude.*

C'est essentiel d'être reconnaissant pour ce que l'on a afin d'émettre les meilleures énergies possible.

*2. La visualisation.*

Pour m'aider, je peux faire un tableau collectant plusieurs photos de tout ce que j'aspire à recevoir. Des clichés de l'acteur Chris Evans, il y en a en quantité suffisante sur Internet ! Je n'ai plus qu'à me servir…

*3. Le ressenti.*

Je dois vibrer toute l'énergie d'amour que me procureront ses bras autour de moi. Tout est imaginaire, mais je fais comme si je vivais l'instant, comme si tout était déjà acquis. Cette partie est délicieusement savoureuse.

*4. L'action.*

Cette étape est sans doute la plus délicate. Comment agir ? Peut-être que rester campée dans mes habitudes ne m'aidera pas à guider mon homme idéal vers moi. Il me faut certainement accepter de sortir plus souvent, tenter des expériences étonnantes. Le tout, en demeurant attentive aux signes de l'Univers. C'est lui qui va faire une bonne partie du boulot. Et si ça fonctionne, respect !

*J'irai surtout crier sur tous les toits combien la vie peut être belle lorsqu'on comprend comment jouer avec elle !*

# L'amour n'a pas d'âge !

Avant d'en arriver à applaudir combien l'Univers est magique, il va me falloir un peu de patience... Selon ce qu'on demande, le résultat peut survenir sous trois heures, trois jours ou trois mois ! Cela dépend de ce qui est désiré. Si je souhaite un café, trois heures est un délai raisonnable. Pour ce qui est de ma commande spéciale, et d'une précision redoutable, j'imagine devoir attendre plusieurs semaines... Et comme je suis quelqu'un de sympa - aussi parce que l'amour avec un grand A aura une portée bénéfique sur plusieurs années à venir -, je suis prête à accorder une rallonge à l'Univers ! Je vais donc laisser la Loi de l'attraction faire son œuvre d'ici la fin de cette année. Nous sommes début août. Donc un peu moins de cinq mois pour voir débarquer dans ma vie Chris Evans ou son équivalent !

*Il existe. Il est réel. Il me respecte. Il m'aime pour ce que je suis.*

Durant un après-midi pluvieux, je suis concentrée sur mon ordinateur dans la véranda. J'assemble différentes photos de mon acteur fétiche : rasé ou avec une barbe entretenue, avec des lunettes de soleil pour une allure branchée diablement sexy, un sourire à se damner ou simplement armé de ses prunelles bleu clair qui lui procurent un regard de braise... Cela fait un joli paquet de clichés ! Il tapisse mon écran, mais pas que ! J'ai l'intention d'ajouter tout un tas de visuels qui respirent la romance. Un bouquet de roses par ici, quelques macarons gourmands par là, des arcs-en-ciel, quelques paillettes et aussi des tulipes.

*J'adore les tulipes !*

Ce mélange apporte des notes de gaieté. Un sentiment de bonheur simple m'habite dès que mes yeux touchent ce tableau de visualisation également sur mon fond d'écran de téléphone. Mon objectif est clair. Un délicieux frisson me transperce de part en part lorsque mon regard cogne celui de ce tombeur. Même s'il est statique, dans mon esprit, il prend vie...

— Qui est donc ce beau jeune homme ?

J'adresse un sourire énigmatique à mamie Simone dont les yeux sont rivés sur mon écran d'ordinateur.

— L'homme de ma vie ! C'est un acteur. Il est mon idéal masculin.

— Un acteur, dis-tu ? Je ne l'ai jamais vu.

— Je te montrerai l'un de ses films...

*Je vais devoir bien sélectionner. Les super héros risquent de ne pas vraiment lui plaire.*

Elle s'installe à côté de moi, toujours intriguée par ce mélange de clichés pêle-mêle. Je décide de sonder son savoir :

— Connais-tu la Loi de l'attraction ?

— Jamais entendu parler.

Je lui explique brièvement le sujet et ce que l'Univers peut apporter à qui sait sagement demander ce qui convient pour faire son bonheur... Ses sourcils se lèvent bien haut. Elle semble dubitative.

— Tu sais, comme toutes les jeunes filles de mon époque, j'ai reçu un enseignement religieux, révèle-t-elle. Et malgré cela, j'ai toujours eu des difficultés à accepter l'idée qu'un vieux barbu dans le ciel puisse exaucer nos prières.

— C'est vrai que cela peut paraître fou. Obtenir tout ce qu'on désire ! Mais parfois, on peut mettre ce genre de manifestation sur le compte du hasard. Trouver l'amour, un travail, un lieu pour vivre...

Ses sourcils se froncent. L'une de mes paroles semble ramener à la surface un souvenir enfoui.

— Maintenant que tu le mentionnes... Il est vrai qu'acheter cette maison relevait du miracle ! Avec ton grand-père, nous souhaitions être près d'un point d'eau, non loin des commodités et surtout, dans une bâtisse de plain-pied. C'est presque impossible à dénicher dans cette région ! Toutes les demeures ont au moins un étage. Il n'y a qu'à regarder dans cette même rue. Cette maison est la seule configurée de cette façon. Nous l'avons trouvée par hasard. Nous voulions tellement découvrir cette perle rare. On s'en est fait une idée bien précise. Et c'est arrivé !

— Incroyable. Vous avez attiré à vous ce que vous désiriez.

Elle m'adresse un sourire amusé.

— Si j'ai bien saisi, tu cherches à rencontrer l'homme parfait, le mener jusqu'à toi...

— Tu as tout compris. Je veux mettre toutes les chances de mon côté. Et d'ici la fin de l'année, je serai fière de t'appeler pour t'annoncer la bonne nouvelle !

— C'est tout ce que je te souhaite, ma Lilie.

Je suis émue par ses belles paroles. Une pensée me traverse alors l'esprit :

— Et toi ? As-tu envie de m'en dévoiler un peu plus sur ce mystérieux Richard, fin nageur du grand bain au charmant sourire ?

— Il n'y a rien à dire, réfute-t-elle d'un geste de la main pour repousser cette idée.

— Tu es seule depuis de longues années. Il est sans doute temps de raviver la flamme...

Je hausse les sourcils, armée d'une moue qui en dit long.

— Oh ! Tu sais, à nos âges... il n'y a plus grand-chose qui fonctionne correctement.

Il est temps de mettre en application ce que j'ai appris !

— Ça, c'est ce qu'on appelle une croyance limitante ! Il y a plein d'alternatives possibles. Les pilules bleues, les jouets...

*Oups ! Je me suis enflammée. Suis-je vraiment en train de parler de sexe avec ma grand-mère ?*

Elle ne semble pas choquée. Seulement amusée. Toutefois, ses joues rosissent joliment.

— Malgré ton débordement d'enthousiasme, je reste sceptique.

— Laisse-moi croire que l'amour n'a pas d'âge ! On a tous droit à une nouvelle chance d'accueillir le bonheur dans nos vies.

— C'est joliment dit.

— On va faire un pacte, toi et moi ! Si l'Univers m'apporte mon idéal avant la fin de l'année, je veux que tu me promettes de prendre un café avec Richard...

Elle laisse filer quelques secondes pour sonder mon regard. Je suis on ne peut plus sérieuse ! Et elle l'a bien deviné.

— Tu sais que je suis joueuse. Pari tenu !

*Génial ! Tout repose désormais sur l'Univers !*

# Café amer...

C'est incroyable la perception que l'on a du temps. Ces jours de repos ont filé à une allure folle. Je n'ai rien vu passer ! Je me suis concentrée sur moi, mes besoins, mes désirs... Je me suis récité mon mantra qui doit briller comme un feu de détresse en direction de l'Univers.

*Il existe. Il est réel. Il me respecte. Il m'aime pour ce que je suis.*

Comme je m'en doutais, le mois d'août ne m'a pas apporté l'homme de mes rêves. Nous sommes retournées à la piscine. J'ai ignoré le maître nageur. Nous nous sommes aussi amusées à conduire des pédalos sur le lac. Je n'ai pas donné suite à la remarque, plutôt riche de sous-entendus, glissée par le propriétaire de ces petits bolides à pédales. Allongée sur la plage de sable fin pour profiter d'un bain de soleil, j'ai fait abstraction du clin d'œil appuyé par le vendeur de glaces itinérant. Je suis attentive à ce qui m'entoure et je suis prête à me lancer dans de nouvelles expériences pour aider la Loi de l'attraction à faire son œuvre.

*Mais je n'ai rien croisé qui ressemble de près ou de loin à ce que je désire.*

Je ne dois pas désespérer. Et tandis que le jour du retour s'annonce, je ne redoute aucunement les retrouvailles chez *Café Raffaello*. Durant ces trois semaines de congés, je n'ai pas eu une seule pensée pour Gabriel.

*Suis-je enfin sevrée ?*

En revanche, la séparation avec mamie Simone est émouvante, me serrant le cœur.

*Comme à chaque fois...*

J'ai toujours eu une belle complicité avec elle. À chacune de mes visites, elle est heureuse de nous avoir avec Flash. On dynamise son quotidien et je la pousse à sortir bien plus qu'elle ne le fait seule.

Elle me rappelle de rouler avec prudence, inquiète depuis qu'elle sait combien ma *Mini* possède de chevaux sous le capot ! Je l'entoure de mes bras tout en la rassurant. Je lui promets de revenir avec Flash pour Noël. À ce moment-là, la famille sera au complet.

Le trajet se passe sans problème, le soleil est au rendez-vous pour réchauffer ma tortue, la musique pulse par mes enceintes... j'avale les kilomètres en faisant joliment ronronner le moteur de a voiture sportive. Puis mon allure se calme dans les bouchons. Même à l'arrêt, je reste détendue, mes prunelles réfugiées derrière les verres teintés de mes lunettes solaires. Je devine quelques regards des conducteurs alentour se poser sur moi.

*Rien qui ne ressemble à mon idéal masculin. Next...*

Puis nous nous retrouvons, Flash et moi, dans mon petit appartement pour reprendre nos habitudes. Je change l'eau de l'aquarium, comme promis à mon ami écaillé. C'était inévitable. Le filtre est efficace, mais il ne peut tout de même pas faire de miracles...

En cette journée de Nouvelle Lune, je m'adonne à un petit exercice qui aide aussi à l'efficacité de la Loi de l'attraction. J'utilise mon imprimante pour obtenir ce qu'on appelle un chèque d'abondance. Il s'agit d'un bout de papier en tout point similaire à un chèque ordinaire, sauf qu'il est déjà signé par *L'Univers*. L'idée est de profiter de cette journée haute en vibration pour consigner ce que le grand Tout va m'offrir. Je note la date et rédige « Le grand amour » sur la ligne « versement ». Puis je rajoute mon nom pour l'ordre, ainsi qu'une phrase de remerciement. J'accompagne cet exercice de belles pensées positives, tout en visualisant l'objet de mes désirs.

*Il existe. Il est réel. Il me respecte. Il m'aime pour ce que je suis.*

Le week-end passe à folle allure pour me conduire inévitablement au boulot ! Nous sommes fin août et les activités reprennent doucement. Bientôt, nous allons devoir surfer sur la colossale vague de travail qui viendra nous porter sans s'inquiéter de nous faire boire la tasse ou non !

Alors que j'entre dans l'*open space*, je retrouve certaines mines attristées d'être privées de nos derniers jours de détentes. Les sourires ne sont plus aussi larges que lorsque nous nous sommes amusés dans le jardin de Mya. Mais la roue tourne. Les prochaines vacances finiront bien par revenir nous combler. Hélas ! Pas avant Noël…

Lorsque je m'avance, j'aperçois Gabriel qui est déjà installé devant son écran. Sa chemise blanche cintre parfaitement son torse. Il a même mis ses boutons de manchette grains de café aujourd'hui ! L'élégance dans les moindres détails. Redoutablement beau, comme toujours…

Je suis la deuxième arrivée, c'est donc à moi de dire bonjour.

— Gabriel.

Il lève des yeux pétillants de surprise, sans doute interpellé par mon ton tout ce qu'il y a de plus enjoué. Je fais preuve d'assurance, sans en faire des caisses ! Lui assis, pour une fois, c'est moi qui le domine par ma taille.

*Mouché ! Peut-être pensait-il me voir gênée ?*

— Charline… Quelle délicieuse apparition !

Petit compliment de sa part pour sans douter espérer me voir rougir de plaisir.

— Je fais souvent cet effet-là.

Je ne lui accorde qu'un simple sourire amusé pour accompagner mes mots avant de prendre place à mon bureau, et mieux l'ignorer l'instant d'après. Il marque un temps, immobile.

*Je crois qu'il s'attendait à tout, sauf à cette réponse !*

Je suis trop fière de moi !

*Gratitude infinie ! Belle énergie déployée.*

La formule gagnante pour attirer à moi celui qui me cherche également sans le savoir...

*Il existe. Il est réel. Il me respecte. Il m'aime pour ce que je suis.*

Ce mantra chante à mes oreilles comme une mélodie muette.

*Je pourrais même rajouter la phrase : il ne s'appelle pas Gabriel !*

Je ris intérieurement. Ce serait complètement fou que l'Univers m'apporte l'homme parfait, visualisé depuis des semaines, et qu'il réponde en plus à ce nom angélique ! Est-ce que la Loi de l'attraction a le sens de l'humour ? J'ai hâte de le découvrir...

Mon ordinateur s'allume. J'attends que ma boîte mail se charge. Mon regard se porte sur le petit dessin fixé à la paroi. Le fameux éléphant rose de Ludo. Je le détache du mur pour l'observer de plus près avec une affection toute particulière. J'ai l'impression d'avoir fait beaucoup de chemin depuis lors.

Je distingue une ombre du coin de l'œil. Gabriel s'est levé en faisant mine de chercher quelque chose. Il se plante à côté de moi. Je reste fixée sur mon pachyderme fuchsia.

— Ne me dis pas que le stagiaire te manque...

Je sens une intense note d'amertume dans cette remarque.

*Monsieur serait-il jaloux ? C'est trop bon quand les rôles sont inversés !*

Je réponds le plus simplement du monde :

— Comme à nous tous.

Il fronce les sourcils, laissant planer un air de dégoût sur son si beau visage.

— Je n'aurais jamais pensé que ce style d'*homme* te plaisait.

J'ai bien noté l'hésitation sur le mot « homme ». À croire qu'il ne le considérait pas comme tel. OK, il avait 22 ans. Mais ça ne lui donnait que six années de moins que moi. Ce n'était pas non plus un bébé... Peut-être que son look Hipster ne cadrait pas avec l'idée que Monsieur se fait d'un homme mûr.

Peu importe, Gabriel est un crétin. Et je compte bien le souligner.

— Tu sais, une femme peut bien s'entendre avec un homme sans qu'il y ait nécessairement une histoire de fesses derrière tout ça.

Son sourire s'élargit. Il se penche légèrement vers moi pour me souffler quelques mots dont je suis seule à percevoir :

— Il n'y a qu'à moi que ce privilège revient.

Un peu plus et, s'il l'avait pu, il aurait capturé mes lèvres pour appuyer ses mots, faisant de moi sa propriété.

*Échec.*

J'ai mal joué sur ce coup-là. Il s'éloigne en affichant son petit air triomphant. Il peut bien penser ce qu'il veut. Il est hors de question que je rejoue un jour cette partie libidineuse qui nous liait le mois dernier...

La matinée s'écoule pendant que je fais du tri dans mes mails. C'est incroyable de voir tout ce qui a pu arriver durant mon absence.

*Les juilletistes s'en sont donné à cœur joie !*

Au bout d'un moment, je délaisse mon bureau pour prendre la direction de la salle de pause. Plusieurs collègues ont déjà investi les lieux. Je perçois le timbre haut perché d'Hugo imitant des voix féminines :

— Plusieurs femelles éléphantes se rassemblent dans une rivière et commencent à glousser en s'éclaboussant ! L'une d'entre elles se tient à l'écart en les observant. Et les autres font : *Allez, viens ! Non, j'ai pas envie*, répond-elle. *Mais elle est trop bonne, on s'amuse bien !* insiste les autres. *Je ne peux pas vous rejoindre, les filles, j'ai mes règles...* confesse l'éléphante intimidée. *Bah c'est pas grave !* s'exclame une autre. *T'as qu'à faire comme moi et mettre un mouton !*

— Oh ! T'abuse, Hugo ! réplique Mya en plissant les yeux d'un air dégoûté.

— Allez, avouez-le ! Mon humour vous a manqué durant l'été !

— Je n'aurais pas formulé ça comme ça...

Je préfère me noyer dans mon *macchiato* et oublier ce que je viens d'entendre. Malgré cette blague douteuse, nous sommes tous partagés entre la répulsion et l'envie de rire. La rentrée promet d'être très animée !

# Paris Coffee Show

Début septembre s'organise un événement particulier autour du café. Différents professionnels se retrouvent durant trois jours de salon. Une opportunité pour faire des rencontres et créer de nouveaux partenariats. Bien sûr, nous en avons entendu parler au fil des ans. Mais cette année, Marco a décidé qu'une équipe de *Café Raffaello* ferait partie des exposants. L'occasion de faire connaître notre nom et de montrer à quel point notre petite entreprise a pu croître…

Comme les places sont chères, tout le monde ne peut participer. Marco a dû faire des choix stratégiques. Il a d'abord pensé à ses deux commerciaux : Gabriel et moi. Puis il a convié Julien qui est le technicien avec le plus d'expérience dans ce métier. Bien évidemment, Marco se joindra à nous. Et à la surprise générale, Mya le suivra comme son ombre pour la partie relationnelle. Je parle de surprise, mais je m'y attendais. Notre boss aimera sans aucun doute s'afficher avec une jolie demoiselle qui, de préférence, ne soit pas plus grande que lui ! Pour autant, Monsieur Rossetti dégage un charisme indiscutable ; il n'a aucune raison de se sentir diminué à mes côtés.

*Les hommes et leur ego...*

Mya a dû faire des pieds et des mains pour s'arranger avec son ex sur la garde de Théo. Pas simple. Il faut dire que la *Paris Coffee Show* se tient du samedi au lundi inclus. Dommage, il s'agissait d'un week-end que la jeune maman devait passer avec son fils. Mais cet ex compagnon n'était pas le seul obstacle pour elle. Il semblerait que Nicole n'arrive tout bonnement pas à digérer de voir participer la petite secrétaire à pareil événement. Et comme c'est elle qui gère les comptes de l'entreprise, elle s'est amusée à ne pas valider le paiement de l'avance pour la réservation des nuits d'hôtel. Mya est trop gentille. Elle n'ose pas affronter cette morue pour la pousser à faire son job. Mais j'ai fini par subtilement mettre les pieds dans le plat en réunion en lui demandant si la réservation était faite. J'ai jubilé en ressentant son agacement. Malheureusement pour nous, ce retard nous a conduits à sélectionner un autre hôtel un peu plus éloigné, faute de places...

Ce sont de petites chamailleries initiées par une jalousie ridicule. Marco n'est pas stupide. Il voit bien que toute son équipe ne s'entend pas parfaitement. Mais tant que l'on arrive à avancer, il préfère fermer les yeux et se concentrer sur d'autres batailles.

En même temps, la comptable n'a clairement pas sa place à ce genre de manifestation ! Elle doit être une des personnes qui s'y connaît le moins en café dans notre boîte.

*Pas étonnant, puisqu'elle ne boit que du décaféiné...*

Pour ma part, l'organisation n'était pas non plus aisée. Deux nuits d'hôtel loin de chez moi, il me fallait une solution pour faire garder Flash ! Heureusement que je peux compter sur ma voisine de palier qui trouve ma tortue adorable. C'est la première fois que je lui demande ce service. Même si elle n'a qu'un couloir à traverser, s'occuper d'un tel animal requiert une attention particulière. Je lui ai laissé des instructions précises et bien évidemment, elle pourra toujours m'appeler en cas de doute...

Le premier jour tant attendu s'annonce. Direction le Parc Foral du Château de Vincennes. Nous arrivons de bonne heure pour procéder à l'installation. Notre stand se trouve habilement embelli par le travail de notre petit stagiaire. Les visuels mettent parfaitement en avant nos produits. On pourrait presque sentir l'arôme de café à travers ces affiches imprimées spécialement pour l'occasion. C'est Cédric qui s'est chargé de choisir les meilleurs supports marketing puisque Ludo nous a quittés avant l'événement.

Sur ces premières heures, c'est un peu l'anarchie. Les gens vont et viennent pour apporter tout leur matériel. Tout est en fouillis, mais j'ai bon espoir de passer un moment riche en rencontres et dégustations de qualité. Comme toujours, je reste également attentive à ce que l'Univers pourrait m'offrir. Pour l'instant, je ne vois pas l'ombre de Chris Evans alentour.

*Est-ce que cet acteur aime le café ?*

— Je sens que je vais regretter mes talons, me murmure discrètement Mya.

Il faut dire que ça fait drôle de la voir comme ça. Elle a même osé le tailleur avec jupe. Elle devrait sortir ces vêtements du placard plus souvent.

— J'ai des pansements de gel pour les ampoules dans mon sac, si besoin.

Elle m'adresse une moue douteuse, puis m'assure qu'elle devrait pouvoir tenir le coup et éviter de tous me les voler.

Notre stand est prêt. Marco nous répartit les missions à mener durant notre présence ici. Gabriel et moi devons tenter de trouver de potentiels clients. Julien ira passer du temps auprès des machines concurrentes pour avoir à l'œil les nouvelles technologies du moment. Mya veillera aux échanges de cartes de visite pendant les différents entretiens de notre patron...

*Le mafieux du café, comme dirait Hugo.*

Tous ces allers-retours doivent s'organiser en bonne entente pour qu'il reste toujours au moins l'un d'entre-nous sur notre place forte. J'adore l'ambiance. L'odeur est savoureuse : l'œuvre des torréfacteurs. Certaines machines commencent à ronronner pour diffuser le liquide brun mis à l'honneur durant ce week-end.

*Je me demande s'ils ont prévu la distribution de tensiomètres. Notre palpitant risque de s'affoler avec toute cette caféine !*

J'amorce mon premier tour. Certains producteurs sont venus présenter les différentes variétés de grains, bien souvent d'Amérique latine. Ils rappellent également la triste réalité des difficultés de production à cause des conditions climatiques. Une vérité qui explique l'envolée des prix.

Ici, le café est de qualité. Pas de vulgaires dosettes. Et pour contrer l'image publicitaire bien connue de George Clooney, c'est Brad Pitt qui prend la pause pour honorer la marque *Perfetto* !

D'autres exposants sont là pour proposer leurs appareils pouvant moudre les grains d'une finesse enviable. Je croise Julien en grande conversation passionnée auprès d'un torréfacteur. Puis mon cheminement me conduit sur des stands qui mettent en avant différentes variétés de sucres, des objets marketing pour valoriser des logos d'entreprise sur des stylos, des cuillères, des tasses... Il y a même un professionnel qui vend des imprimantes pour offrir une indépendance totale à la production d'étiquettes-produits personnalisées. Les tasses comestibles me font de l'œil ; je reconnais ici notre partenaire pour cette gamme de délices. Qui aurait cru que le monde de l'entreprise aime prendre le temps de déguster cette touche gourmande qui vise aussi à éliminer les gobelets en cartons ?

Ici et là, on trouve du café à acheter, du café à déguster, des infusions et même du thé ! Il y a une zone à l'écart qui permet de rassembler les gens pour des conférences sur divers sujets d'actualité dans notre domaine. Mais ce que j'aime le plus admirer en ces lieux reste le savoir-faire des baristas ! Chemise, cravate et veston sont de rigueur pour ces professionnels du cocktail caféiné !

*Un spectacle des plus savoureux...*

Soyons honnêtes, c'est un régal aussi bien pour les papilles que pour les yeux. Même si ces hommes aiment s'apprêter pour l'événement, il y a gros en jeu. Différents concours vont se disputer avec à la clé une jolie somme à quatre chiffres pour chaque vainqueur. Quatre catégories : la torréfaction, le mélange pour espresso, le *latte art*[10] et le meilleur technicien du café. Des promesses de délices que nous allons pouvoir suivre de près.

Les heures de cette journée s'écoulent à une vitesse folle. Je prends plaisir à faire des rencontres, partager cette passion et apprendre certaines subtilités étonnantes. Le temps d'un week-end, je délaisse mon traditionnel *macchiato* pour savourer de nouvelles compositions. J'approche quelques clients potentiels. Ce salon est ouvert aux professionnels comme aux particuliers passionnés. Il y a une petite astuce pour les différencier. Seuls ceux avec une entrée pro ont droit à un tote-bag en cadeau dès leur arrivée. Rien de plus simple pour comprendre à qui j'ai affaire en voyant déambuler ces gens avec ou sans ce sac à l'épaule.

Durant l'heure du déjeuner, Mya craque et me prend quelques pansements. Nous nous installons à l'extérieur pour profiter du repas sous un soleil timide entre deux averses. Le cadre est vraiment agréable, en plein cœur de ce coin de verdure. Mon amie finit par me laisser afin de retourner auprès de Marco. Je sors mon petit miroir pour remettre un peu de rouge sur mes lèvres.

Seule, je surprends la voix de Gabriel :

---

[10] Le latte art est une technique de réalisation de dessins ou de motifs sur la surface d'un café latte.

— Cet endroit est romantique avec ces fleurs, non loin. On dit que cette forêt offre des endroits discrets pour échanger des moments *inoubliables*, en toute intimité...

*Il est sérieux ?*

Je prends le temps de terminer mon tracé d'une main de maître, sans le moindre débordement.

— Sans moi, mais je te fais confiance pour te trouver une partenaire avec qui explorer cette nature en *profondeur...*

Contente de ma réponse, je le laisse livré à lui-même en regagnant le cœur du salon. Gabriel semble avoir changé de stratégie. Jamais il ne réclame. Jamais il n'invite à l'acte. Il agit simplement en usant de son magnétisme pour pousser son amante à lui en demander plus. Cela fait longtemps que je me refuse à lui ; cela doit commencer à le perturber. Monsieur n'a pas l'habitude d'être éconduit.

*Désolée, mais tu n'as rien de l'idéal que je recherche...*

J'ai eu besoin de temps, mais je me sens plus forte qu'avant pour l'ignorer. Il faudra bien qu'il accepte cette idée. Nous sommes là pour le travail et pas pour autre chose...

L'après-midi file à vive allure. Les rencontres et les échanges sont intéressants, mais côté cœur, l'Univers me snobe royalement. Je dois faire preuve de patience et me débarrasser de cette sensation de manque qui parasite la Loi de l'attraction.

*Il existe. Il est réel. Il me respecte. Il m'aime pour ce que je suis.*

Lorsque le salon ferme ses portes pour cette première journée, nous nous réunissons pour un dîner avec certaines personnes bien choisies par Marco. C'est comme si le travail se poursuivait, même si l'ambiance est bien plus détendue.

Bilan : j'ai sauvé les pieds de Mya avec mes pansements, Gabriel m'ignore, j'ai reçu un selfie de Flash avec ma voisine et j'ai instauré un bon relationnel avec de futurs partenaires. C'est donc à une heure avancée que nous gagnons nos chambres d'hôtel. Le bâtiment n'est pas très moderne.

*Merci, Nicole, pour la réservation tardive !*

Les portes se verrouillent à clé, les meubles datent du précédent millénaire, mais je suis heureuse de posséder une baignoire rien que pour moi ! Pour libérer les tensions, j'ai bien envie d'en profiter. Pendant que l'eau coule, j'observe le reste de la chambre en déballant mes affaires. Je découvre une porte communicante avec la zone de sommeil voisine !

*Et devinez qui se trouve à côté de moi ?*

Hors de question de laisser Gabriel franchir ce battant pour venir me rejoindre en pleine nuit ! La chance est avec moi ; le verrou se situe de mon côté ! Je le tourne d'un geste sec et assuré.

*Voilà ! Maintenant, je suis tranquille !*

Démaquillage minutieux, vêtements retirés, cheveux relevés en un chignon flou, je suis prête pour cette immersion délassante. Cela fait un bien fou ! Barbotant dans cette eau qui me réchauffe les os, je visualise cet homme parfait qui entrera dans ma vie sous les traits de ce si bel acteur...

Après cet instant de félicité à imaginer mon idéal, je me glisse dans les draps. Minuit a sonné depuis plusieurs minutes. Je suis telle Cendrillon qui ne ressemble plus à rien une fois le charme rompu.

*Qu'importe ! Je n'ai plus personne à impressionner...*

Malgré la pénombre, j'entrevois distinctement la poignée de cette porte communicante qui s'abaisse doucement. Je suis figée. L'ouvrant demeure clos.

*Il a osé !*

Maintenant que je sais le verrou efficace, je vais pouvoir m'endormir sur mes deux oreilles. Suivant ma nouvelle habitude, je ne reste que d'un côté du lit, laissant la place à celui que je visualise entrer dans ma vie. Bien entendu, il ne s'agit pas de Gabriel...

Le dimanche se présente sous la même forme que la veille. Des échanges caféinés, des conférences passionnantes, certains visages semblent familiers. Nous formons ainsi une communauté. Durant une accalmie, je décide de faire un petit tour dans le parc floral à la recherche de Mya. D'après son message, elle souhaitait prendre le temps d'admirer les fleurs. De ce que j'ai pu voir, son propre jardin n'a rien à envier à ces lieux.

Je déambule entre plusieurs personnes venues se promener avant que l'automne s'invite avec son froid pluvieux. Durant ma progression, je croise une jeune femme brune qui semble s'agacer :

— Amalie ! Bon sang, où est passée cette gosse ?

Cette réaction me décroche un sourire. Ce n'est pas la première fois que je vois des parents perdre patience à propos de leurs enfants. Je me suis souvent demandé comment je me comporterais à mon tour lorsque je serai mère.

*Avant d'y penser, il me faut trouver le futur papa !*

Je ne suis pas du genre à faire un enfant toute seule. J'ai bien assez de travail avec Flash !

Au détour d'une allée, je reconnais mon amie. Elle est rayonnante parmi cet amas floral. Son smartphone en main, elle a déjà dû bombarder les lieux de photos. De quoi garder un souvenir impérissable. C'est à notre tour maintenant de faire un selfie que nous envoyons à Hugo pour le narguer ! Sa réponse ne se fait pas attendre :

**Hugo**
Le café a une drôle de tête. Vous êtes sûres d'être au bon endroit ? 😜

En réalité, on souhaitait surtout lui faire comprendre qu'on pense à lui. Peut-être que l'année prochaine, il aura le droit de nous accompagner. À moins que Marco ne redoute certaines de ses blagues douteuses.

Le dernier jour se lève, toujours aussi semblable aux précédents. Pas de nouvelle rencontre approchant ce que je veux voir se manifester dans ma vie. Pas de déception pour autant. Je laisse jusqu'à la fin de l'année à l'Univers pour me combler.

Durant notre dernier après-midi, Marco me demande si je sais où se trouve Gabriel. J'ai remarqué qu'il passait pas mal de temps auprès d'une jolie rousse. Peut-être a-t-il réussi à la convaincre d'explorer le parc en toute tranquillité...

— Peu importe, abandonne mon boss. Si vous le souhaitez, Mya et toi, vous pouvez rentrer plus tôt aujourd'hui. J'ai cru comprendre que vous aviez des impératifs de gardiennage...

Il arbore un sourire entendu. Cette dernière remarque souligne la condition de mère célibataire pour sa secrétaire, ainsi que mon côté maman-tortue inquiète impossible à contenir !

*La honte !*

Malgré ses airs froids, Marco sait rester humain.

# Espresso ou expresso ?

La fin septembre arrive plus vite qu'une porte qui claque en plein courant d'air. Je n'ai rien vu passer ! L'objet de mes désirs n'a toujours pas pointé le bout de son nez.

*Patience... patience...*

Gardons confiance, évitons le sentiment de manque. L'abondance frappera à ma porte. Mon chèque va bien finir par payer...

*Il existe. Il est réel. Il me respecte. Il m'aime pour ce que je suis.*

Quand je parle d'abondance, il ne s'agit pas seulement d'amour. Un peu d'argent pour mettre du beurre dans mes pâtes, ça peut toujours servir ! Et si en plus, je peux avoir quelques tranches de jambon supplémentaires pour Flash... La Loi de l'attraction ne connaît aucune limite. Aussi, je me suis amusée à glisser quelques images de billets de banque aux quatre coins de mon tableau de visualisation. Cela m'aide à entrevoir un confort financier plus que bienvenu. Pour l'instant, ça ne paie pas encore, mais j'aime à croire que l'Univers perçoit mes signaux. Je respecte parfaitement les consignes en récitant mes mantras, en agissant et en ressentant déjà le bonheur de ce que je souhaite voir apparaître dans ma vie.

*Si avec tout ça, cela ne fonctionne pas, je pourrais crier au canular !*

Cet après-midi, je suis en rendez-vous avec un futur client potentiel. D'après ce que j'ai compris sur Internet, je vais mettre les pieds dans une grande entreprise européenne dans le domaine du spatial. J'étais loin d'imaginer que l'on concevait une partie de la fusée Ariane aussi près de chez moi !

*Une entrevue qui me donnera des étoiles plein les yeux...*

Lorsque je m'annonce à l'accueil, on me fournit un plan pour me guider vers le bon parking au plus près du bâtiment dans lequel je suis attendue. Mon âme d'enfant ne peut s'empêcher de se demander si des astronautes viennent ici de temps en temps...

*Je suis prête à voir l'homme de mes rêves se présenter devant moi !*

Mais je dois rester concentrée. Plus les minutes passent et plus j'ai l'impression qu'il va falloir tenter le grand jeu pour décrocher un contrat. Est-ce à ma portée ? Sans doute. Toutefois, je dois cacher mes incertitudes et m'armer de mon plus beau sourire.

Je m'avance vers le lieu indiqué en laissant derrière moi ma *Mini*. Mon contact est brun aux yeux noisette.

*Rien à voir avec Chris Evans. Next...*

Je lui offre une poignée de main ferme, sans pour autant chercher à lui broyer les doigts. Déjà parce que je n'en ai pas la force et puis surtout pour ne pas jouer un rôle écrasant qui ne me ressemble pas. C'est tout l'art de ce genre d'entretien : il faut savoir rester naturel sans vouloir trop copiner.

Il me reçoit dans son bureau. Son univers. Il est en position de force ; c'est à moi de convaincre. D'un coup d'œil, j'aperçois plusieurs clichés d'amas étoilés, de vaisseaux spatiaux ou satellites... C'est un passionné. Peut-être même un bourreau de travail.

Avec le temps, j'ai appris à évaluer mes interlocuteurs en notant quelques petits éléments dans leur attitude. L'étude comportementale me fascine. Je peux noter aujourd'hui que cet homme est un meneur, qu'il est en confiance et qu'il doit très certainement diriger de nombreux employés. Des informations que l'on peut aussi trouver sur Google. Toutefois, en face à face, il est plus difficile de se cacher. Sur Internet, il est aisé de truquer les données pour s'inventer une vie...

J'entre dans le vif du sujet et présente notre gamme de café. Il me voit froncer les sourcils lorsqu'il m'annonce avoir des distributeurs automatiques un peu partout sur le site.

*Comment lui dire sans le vexer que les boissons délivrées par ces machines sont équivalentes à de la pisse de mulet ?*

Je la joue fine par un léger trait d'humour qui laisse clairement entrevoir ma position sur ce genre de breuvages. Il se contente d'un sourire amusé.

— C'est bien pour cette raison que je vous ai proposé ce rendez-vous, assure-t-il pour confirmer mes soupçons.

— Nous avons différentes sortes d'espresso...

Il plisse légèrement les yeux. Quelque chose l'a gêné dans ma phrase. On y reviendra plus tard.

Je poursuis mes explications en lui présentant mes dépliants comme preuves à l'appui. Les photos font saliver. Je remarque à son sourire en coin qu'il n'est pas insensible à notre catalogue. Comme pour me redonner le contexte, il me parle maintenant de son entreprise. Certains chiffres sont conséquents : plus de deux mille employés, un site divisé en une soixantaine de bâtiments sur plusieurs dizaines d'hectares. Je tente de conserver un visage neutre. Je n'ai jamais eu un aussi gros marché !

Restons calmes. Il ne va tout de même pas installer une machine à café dans chaque bureau ! Ce sera des boissons de qualités proposées à une élite. Le haut du panier parmi les salariés... Dans tous les cas, cela risque d'être très prometteur. Pour reprendre la main dans notre échange, je décide de me lancer dans un petit jeu.

— Connaissez-vous la psychologie du café ? Dites-moi ce que vous buvez, je devinerai qui vous êtes.

Il semble intrigué. C'est un exercice quelque peu risqué. Je pourrai tout à fait tomber à côté ! Pourtant, je sens que cela sera limpide. En réalité, je n'ai nullement fait d'étude sur la psychologie des buveurs de café. C'est simple, je me sers des habitudes de mes collègues pour attacher une personnalité selon les goûts de chacun...

— *Ristretto*, me confie-t-il avec un éclat de défi dans le regard.

*Et mince ! C'est la boisson de Gabriel. Je ne vais tout de même pas m'amuser à le traiter d'enfoiré séducteur prêt à tout pour parvenir à ses fins...*

Je n'ai plus qu'à tourner tout ça sous forme de compliment !

— Un espresso serré donc. Un arôme riche en saveurs qui se boit rapidement. Vous n'êtes pas du genre à perdre votre temps. Vous allez droit au but pour obtenir les résultats les plus prometteurs. Une indéfectible confiance en vous. Je suis certaine que rien ne vous arrête.

— Belle analyse, concède-t-il. Vous savez tout de moi. À mon tour. Quelle est votre café préférée ?

— *Macchiato* avec un sucre. Toute la force d'un espresso avec une touche de lait mousseux pour plus de saveur...

Il plisse de nouveau les yeux, change de position d'appuis et se lance pour aborder un point qui semble l'interpeller depuis quelques minutes :

— Vous allez peut-être m'apprendre que je suis dans l'erreur depuis de longues années. Je vous entends utiliser le mot *espresso*. J'ai toujours dit expresso. Quelle est la différence entre ces deux formules ?

— Rassurez-vous, les deux termes sont exacts. Espresso vient de l'italien « *esprimere* » qui signifie « extrait sous pression ». Ce mot est surtout utilisé en italien. En France, on dit expresso qui est une francisation paradoxalement issue de l'anglicisme « *express* » pour faire référence à la rapidité d'extraction.

— Donc la version la plus juste est la vôtre.

— Eh bien... oui et non ! Parce que la racine italienne *esprimere* vient elle-même du latin *exprimere,* avec un x ! Il faut savoir que la langue italienne a pour habitude de remplacer les x par des s...

— Saisissant ! Expresso serait donc contre toute attente plus adapté.

— Tout à fait.

— Et même en sachant cela, vous persistez à dire *espresso* ! relève-t-il en se grattant négligemment le menton.

Je m'arme d'un sourire coupable.

— Mon patron est italien. J'ai donc décidé de faire comme lui en troquant un x pour un s. Je suis prête à tous les sacrifices linguistiques pour avoir un salaire !

Il fait raisonner son rire dans la pièce. Mon petit cours étymologique semble porter ses fruits. Puis il retrouve son sérieux pour revenir au sujet principal.

— Tout comme vous, j'imagine, je n'apprécie vraiment pas la boisson proposée par les distributeurs automatiques. J'ai donc pour ambition d'implanter différentes machines de qualité sur notre site. Bien entendu, ces arômes seront plus onéreux et certains de nos employés n'auront pas l'envie d'investir plus. La crise nous touche tous… Pour autant, je souhaite offrir le choix. Voilà pourquoi je ne voudrais pas remplacer tous les distributeurs par vos appareils, mais plutôt permettre d'en installer à différents endroits stratégiques.

Je l'écoute attentivement tout en dissimulant le début de danse de la victoire que j'ai envie d'exécuter.

— Je pense qu'on pourrait partir sur cent cinquante machines. Ce chiffre pourrait évoluer en fonction de la popularité de vos produits…

*Champagne et double ration de jambon pour Flash !*

C'est inespéré ! Je ne crois pas me souvenir qu'un tel contrat ait pu se signer chez *Café Raffaello*. Ce sera une première et la commission qui me reviendra comportera sans nul doute quatre chiffres !

*L'Univers n'est peut-être pas si sourd que ça…*

Nous poursuivons notre entretien pour mettre au clair certaines formalités. Je vais devoir rédiger le tout au propre pour établir un dossier sur cette imposante commande. J'ai bien l'intention de gérer cette affaire d'une main de maître. Je reviendrai un jour prochain pour signer l'accord définitif…

C'est donc d'un pas incroyablement léger que je quitte cette entreprise spatiale. J'ai l'impression de flotter en totale impesanteur. Je suis certaine d'émettre de belles ondes de gratitude qui rayonnent autour de moi. Au volant de ma *Mini*, je laisse mon véhicule avaler les kilomètres assez distraitement. Pas de GPS, c'est comme si la voiture conduisait elle seule. Mon intuition me guide en toute simplicité. Pas de problème, j'aime piloter mon bolide. Je prends plaisir à emprunter cette route sans doute plus longue que nécessaire.

Je vais tout de même rester prudente. La fin d'après-midi approche et, avec elle, les sorties scolaires. Je n'ai pas fait attention dans quelle ville je me trouve. Je m'arrête à un passage piéton pour laisser traverser une flopée d'enfants sortant d'une école primaire. Parmi ce groupe, une petite tête blonde capte mon regard. Ce n'est pas cette puce qui me décroche un sourire, mais plutôt son cartable aux couleurs arc-en-ciel. Une belle tête de licorne y est représentée, faisant un clin d'œil. Ce qui m'amuse le plus reste la crinière de cet animal qui flotte réellement au vent, suivant la course de cette fillette. Une sorte de chevelure qu'il est tout à fait possible de brosser ou natter pour de vrai !

*Ils font des trucs de fous pour les gamins de nos jours !*

J'aurais tellement aimé avoir ce cartable quand j'étais petite... On a tous besoin d'arc-en-ciel, de paillettes et de licornes dans nos vies !

# Le vol de l'ange

Peut-être pour ne pas me porter la poisse, je n'ai rien dit concernant ce gros contrat. Je souhaite prendre le temps de bien préparer le dossier. L'aspect logistique, on verra plus tard. Parce que j'imagine que l'installation d'environ 150 machines à café va nécessiter le travail de nos trois techniciens sur la même journée, voire plus... Je doute très fortement que Marco y voie là un problème. L'aspect financier qui va en découler saura le mettre de bonne humeur !

Par échanges de mails, je me suis mise d'accord avec mon client sur le nombre exact d'appareils, ainsi que sur la date de notre prochaine entrevue pour boucler l'affaire. C'est d'ailleurs aujourd'hui qu'on doit se retrouver. Tout est prêt de mon côté. Je viens de sortir de mon dernier rendez-vous. Je décide d'appeler mon contact amateur d'univers étoilé pour confirmer notre point qui aura lieu cet après-midi. D'habitude, je me présente directement sur place à l'heure prévue, mais là je ressens le besoin de valider. Ce doit être à cause de cette imposante entreprise qui a le don de m'impressionner.

— Monsieur Bruno ? Charline Maury de la société *Café Raffaello.*

— *Mademoiselle Maury, bonjour.*

— Je souhaitais confirmer notre rendez-vous de cet après-midi.

Je note un blanc. Peut-être a-t-il perdu la mémoire en route...

— Nous devions nous retrouver pour la signature du contrat.

— *Il doit y avoir une erreur*, répond-il avec lenteur. *J'ai déjà vu votre collègue hier pour conclure notre affaire.*

— Mon collègue...

Ma voix n'est qu'un souffle, mais il m'a parfaitement entendue.

— *Oui. Monsieur Delaunay, si je me souviens bien.*

*L'enfoiré !*

Je mords l'un de mes doigts tout en serrant le poing.

— *Est-ce que tout est en règle ?*

Je ravale ma colère naissante pour répondre d'une voix la mieux maîtrisée possible.

— Oui. Pardonnez-moi. J'ai dû commettre une erreur dans mon agenda.

*Et voilà que je passe pour une gourde !*

Je termine la conversation par des formules de politesse d'usage. Dès que la communication prend fin, je hurle à plein poumon toute ma haine et frappe le volant de ma voiture. Le klaxon résonne par accident ce qui dirige certains regards surpris vers moi. Au diable les piétons, j'ai des comptes à régler avec un certain Gabriel qui aime se faire passer pour un ange...

Je suis hors de moi, mes mains sont tremblantes. Je ne suis clairement pas en état pour prendre la route, mais c'est bien le cadet de mes soucis. Tout en adoptant une conduite musclée, j'actionne le Bluetooth de mon téléphone pour lancer un appel à Mya.

— *Salut, Charline.*

La voix de mon amie chantonne à travers les enceintes de mon auto.

— Gabriel est à son bureau ?

Pas le temps pour la politesse. Il va me payer très cher sa traîtrise.

— *Euh... Attends... Oui. Pourquoi ?*

— J'arrive.

— *Charli...*

Je raccroche aussi sec. La pauvre. Elle ne mérite pas ma colère, mais je ne peux plus me contrôler. Il ne me faut qu'une poignée de minutes pour gagner le parking de notre entreprise. J'imagine que le bruit de mon moteur a su révéler mon arrivée. Telle une furie, je sors de ma voiture en la verrouillant d'un claquement sonore et m'avance à grandes enjambées dans le bâtiment. J'écrase le bouton numéro 4 de l'ascenseur et tourne en rond telle une lionne en cage, prête à bondir sur sa proie une fois que les portes me le permettront. Cette attente accentue ma rage ce qui n'est pas bon pour ma prochaine victime.

Lorsque l'ouverture coulisse, j'entre dans l'*open space* d'un pas affirmé. Du coin de l'œil, j'aperçois Mya qui discute avec Cédric en se rongeant un ongle.

*Pas le temps pour les explications. De toute façon, tout le monde comprendra très vite pourquoi je suis aussi remontée !*

Il est là. Concentré sur son écran. Imperturbable. Et étrangement, il n'a plus rien de beau à mes yeux. Je me plante à côté de lui. Il ne prend même pas la peine de s'intéresser à moi.

— Je peux savoir pourquoi tu as pris ce rendez-vous avec Monsieur Bruno ?

— Bonjour, Charline.

— Je t'ai posé une question.

— Je vais bien. C'est gentil de demander.

Je porte un coup de poing sur son bureau pour le pousser à lâcher son écran des yeux.

— Contente-toi de me répondre !

Il fait enfin l'effort de se tourner vers moi et continue avec son petit sourire en coin :

— Monsieur qui ?

— Te fous pas de ma gueule ! Le contrat chez ArianeGroup, c'est MOI qui devais le signer !

Il s'adosse à son siège, l'air décontracté, son visage toujours habillé de ce sourire narquois qui va me rendre folle.

— J'ai préféré prendre les devants...

— En volant mon travail ? Parce que tu as gentiment attendu que je termine le dossier pour t'en emparer et le présenter à MON client !

Les autres membres de la pièce n'osent pas souffler le moindre mot. Certains sont avides de découvrir le scandale. D'autres, sans doute trop choqués de me voir ainsi transformée par la colère. Comme toujours, Hugo souhaite m'apaiser avec son humour :

— Du calme, Barbie, je t'offre un café si tu veux.

— Toi, la ferme ! Ne me dis pas de me calmer !

Le visage de mon collègue se décompose. Je me tourne vers Gabriel qui fronce légèrement les sourcils. Me voir ainsi m'emporter sur Hugo a le mérite de l'aider à prendre mesure de la gravité de la situation.

— Tu devrais te détendre, ma belle, ce n'est qu'un contrat...

— Un contrat de 153 machines que tu t'es empressé de me VOLER !

— CHARLIE !

Ce nom claque comme un fouet à mes oreilles. Tout à coup, je suis tétanisée. *Ce prénom.* Cela fait si longtemps que je ne l'ai pas entendu. Il me fait l'effet d'une gifle en plein visage. Il ramène à la surface une douleur enfouie depuis tellement d'années. Moi qui pensais l'avoir enterrée en rajoutant une simple lettre.

Tout le monde a pris l'habitude de m'appeler *Charline* à ma demande, sans se poser de question. Sauf que sur mes papiers d'identité, la lettre N n'y figure pas. Est-ce que Marco savait qu'en revenant à ce prénom d'origine, je me calmerais aussi sec ?

Peu importe. Mes éclats de voix ont poussé notre patron à venir nous rejoindre pour étouffer cette rage démesurée. Comme toujours, sa simple présence impose le respect. Malgré tout, il a jugé utile de me rappeler à l'ordre. Au fond de moi, la colère gronde toujours. Je ne lâche pas Gabriel des yeux, comme si j'étais encore prête à bondir sur ma proie.

— Vous deux, dans mon bureau. MAINTENANT !

Le ton est sans appel. Lentement, Gabriel se lève et entre dans la petite pièce concernée. Je le suis à contrecœur. Marco ferme la marche ainsi que la porte juste derrière lui.

— Asseyez-vous !

Je n'en ai clairement pas envie, mais là encore, il ne s'agit pas d'une invitation.

— C'est quoi ces chamailleries ? Vous êtes des adultes, non ?

— Je suis aussi dérouté que toi, raille Gabriel qui semble vouloir me faire passer pour une folle hystérique.

— Gabriel m'a volé la signature d'un contrat de 153 machines en allant voir mon client dans mon dos avec mon dossier.

— Quel client ? Je n'étais pas au courant, s'étonne Marco.

Je soupire. Ma discrétion va jouer en ma défaveur.

— ArianeGroup. Je n'ai pas voulu crier victoire trop vite. J'ai préféré attendre la signature pour l'annoncer... mais visiblement, Monsieur Delaunay aime mettre son nez dans mes affaires...

L'ange voleur affiche un large sourire conquis et ne peut s'empêcher de commenter :

— J'adore quand tu m'appelles Monsieur...

— Ça suffit ! coupe Marco pour me dissuader de surenchérir. Gabriel, ta version des faits.

Je lève les yeux au ciel. Est-il indispensable de le laisser cracher son venin ?

— Je ne voulais pas manquer la vente. J'ai pris les devants pour ferrer le poisson tant qu'il était là.

— Bien sûr. Et avoir ton nom sur le contrat pour toucher la commission ne t'a pas du tout effleuré l'esprit...

Il se contente de son sourire bouffi d'orgueil. Je me tourne maintenant vers mon boss.

— Marco, on parle d'une prime à 4 chiffres. Tu crois vraiment qu'il a fait ça par altruisme ?

— J'en ai assez entendu, tranche-t-il. Vous avez tous les deux commis des erreurs.

— Pardon ?

*C'est une blague ?*

— C'était le secteur de Charline. Gabriel, tu n'avais pas à signer ce contrat. Mais j'aurais aimé être au courant pour porter un œil attentif sur ce dossier. Tu aurais dû m'en parler.

— Tu ne me crois pas capable de gérer ? Pourquoi ? Parce que je suis une femme ?

Ma remarque fait rire l'angelot, ce qui me donne bien envie de lui envoyer une salade de phalanges dans la figure.

— S'il te plaît, ne me sors pas la carte *féministe outrée*, reprend Marco d'un ton ferme. Je crois que tu ne réalises pas la charge de travail qu'un tel contrat va représenter.

— Il faudra mettre tous les techniciens sur le coup, j'imagine...

— Pas seulement. Il faudra renégocier avec nos propres fournisseurs pour tenir la cadence. Assurer un service irréprochable pour ce nouveau client sans léser les autres.

Je croise les bras sur ma poitrine dans une attitude défensive.

— À t'entendre, on dirait que c'est une mauvaise nouvelle...

— Non. Je n'ai pas peur des défis, me sourit-il. Comme il s'agit de ton secteur, Charline, c'est bien toi qui toucheras la prime. Et comme tu souhaites aider, Gabriel, tu pourras venir en support sur la partie logistique. Je compte sur vous deux pour travailler en bonne intelligence. Je veux une équipe soudée. Et ça, c'est non négociable.

J'abaisse mes épaules, vaincue. Collaborer avec ce voleur ne m'enchante vraiment pas. D'ailleurs, je trouve qu'il s'en sort trop bien dans cette histoire. Même pas une petite tape sur les doigts.

*Solidarité masculine ?*

Peu importe. Mon opinion n'a pas la moindre influence dans ce bureau. Je m'étais levée pleine de bonne humeur à véhiculer de hautes énergies pour obtenir ce que je désire tant. Et là... J'ai l'impression d'avoir tout perdu. Dur retour à la réalité ?

# Chien bagarreur

Quand je reviens à mon bureau, je constate qu'Hugo n'est plus là. J'ai été dure avec lui. J'ai des excuses à lui présenter. Mes autres collègues me jettent des coups d'œil peu discrets, comme s'ils s'attendaient à une nouvelle crise de nerfs. Seule Mya peut réellement comprendre à quel point je me sens trahie par Gabriel. Il n'y a qu'elle qui connaît les détails de notre relation.

Elle se plante devant moi pour m'annoncer qu'on sort prendre notre pause déjeuner toutes les deux hors d'ici pour changer d'air. Son ton n'a rien d'une proposition. Je la suis sans discuter. Elle choisit un restaurant suffisamment proche pour qu'on puisse y aller à pieds. Marcher me fait du bien.

*Une amie comme elle, ça vaut de l'or.*

En attendant l'arrivée de notre commande, je lui relate les détails du coup fourré de Gabriel. Elle est d'accord avec moi. Il a cherché à me voler, mais peut-être aussi à se venger... Son point de vue est intéressant. C'est vrai que cela fait plus de deux mois que je repousse les avances de ce bellâtre.

— Il peut toujours courir. Il n'a rien à voir avec mon idéal...

Ma phrase intrigue Mya. Il faut dire que jusqu'ici, je n'ai pas parlé de cette histoire de Loi de l'attraction... J'avais sans doute peur que cela ne fonctionne pas une fois le vœu prononcé à haute voix. Je lui révèle mon plan pour obtenir ce que je désire. Je vais même jusqu'à lui montrer mon tableau de visualisation. Elle est impressionnée.

— C'est génial ! Je veux être la première au courant si ça marche !

— Eh bien... en ce qui concerne les petits billets de banque, avec ma commission à venir je suis sur la bonne voie...

— C'est complètement fou ! s'exclame-t-elle les yeux brillants d'enthousiasme. Alors il suffirait que je demande à l'Univers de trouver l'homme parfait pour qu'il décide d'entrer en contact avec moi ?

— En quelque sorte. Il faut visualiser et faire comme si c'était déjà acquis. Puis agir pour pousser la chance à se manifester... Mais je croyais que tu avais déjà un homme parfait ? Ça ne va pas avec ton petit pharmacien ?

— Bah, tu sais...

Elle se coupe dans sa phrase pour jeter un œil à son téléphone. Visiblement, elle vient de recevoir un message de Cédric. Un joli sourire anime son visage. Il lui a envoyé un tutoriel de montage vidéo qui pourra certainement aider son fils sur son compte TikTok.

Il lui faut quelques secondes pour retrouver le fil de notre conversation.

— Mon pharmacien... C'est sympa, mais ce n'est pas parfait. On a de moins en moins de temps pour se voir. J'ai l'impression que ça devient de plus en plus fade. Je veux éviter les week-ends où j'ai Théo et comme il travaille souvent les samedis ou dimanches... Bref, c'est la vie !

— La routine casse toute la magie.

— Je devrais sans doute lui faire une surprise un de ces soirs pour pimenter les choses...

Ce déjeuner entre filles m'a fait du bien. Papoter de tout et de rien. Profiter d'un dessert savoureux. Un peu de légèreté pour oublier ma colère passée. Le reste de la journée défile à vive allure. Je ne recroise pas Gabriel. D'autres collègues m'évitent. Je me concentre sur les autres clients. Lorsque cette journée touche à sa fin, c'est avec apaisement que je retrouve Flash. Le voir se dandiner à l'heure du repas m'amuse. Parfois, il ne faut pas grand-chose pour savourer les plaisirs de la vie.

Avant d'aller me coucher, je récite une fois de plus mes mantras en visualisant mon idéal. Je ne veux pas mettre un terme à cette expérience. Je n'ai jamais aussi bien dormi depuis que je me suis adonnée à cet exercice. Une sorte d'instant méditatif. Ce soir, je suis plus nerveuse que d'habitude, mais ressentir le plaisir que j'aurais dans les bras de mon âme sœur m'apporte un sentiment de paix intérieure.

Le lendemain matin, j'entre dans l'*open space* à pas feutrés. Je m'avance vers le bureau d'Hugo en me tordant les doigts. Je lui présente mes plus plates excuses. Son sourire se veut rassurant.

— Ne t'inquiète pas, c'est oublié. Je dois reconnaître que tu m'as surpris. Je ne t'ai jamais vue aussi remontée.

— Il m'a poussée à bout. Ça peut paraître ridicule, mais j'ai passé tellement d'heures sur ce dossier. J'ai pété un câble.

— Cela fait des années qu'on travaille en binôme, rappelle-t-il. On est une équipe, Charline. Et, crois-moi, tu n'as pas fini d'entendre mes blagues pourries !

*Pourquoi est-ce que j'ai presque envie de pleurer tout à coup ?*

C'est comme ça. Parfois, certains collègues deviennent bien plus que de simples connaissances. Avec le temps, je peux considérer Hugo comme le grand frère que je n'ai jamais eu. Il m'entoure de ses bras un instant et je lui claque une bise sonore sur la joue.

Je me plonge ensuite dans mon travail en ignorant royalement Gabriel à son arrivée. Je sais que Marco a dit vouloir une collaboration sans faille entre nous, mais je suis têtue.

*Hors de question que je lui facilite la tâche !*

À la pause café, j'entre dans l'espace détente et m'installe dans un coin, silencieuse. Certains préfèrent m'ignorer. Mya s'apprête à me rejoindre, mais elle s'arrête dans son mouvement en observant Cédric. Visiblement, notre informaticien s'est blessé à la main droite. Il possède un pansement grossièrement posé.

— Qu'est-ce qui t'es arrivé ? s'étonne Mya.

— Une bagarre de chiens, pendant que je promenais Milo. J'ai eu la bonne idée de participer...

— Tu veux que je regarde ?

— Ne t'inquiète pas. Je ne sens plus rien.

— Ce n'est pas le meilleur argument pour me rassurer !

Mya ouvre un placard et en sort une trousse de soins.

— Je te rappelle que je suis Sauveteuse Secouriste. Je n'ai pas le droit de t'abandonner dans cet état-là.

Il lui adresse un sourire et se laisse faire lorsqu'elle tente de décoller le pansement. De toute évidence, le coton semble avoir fusionné avec sa plaie. Cédric serre les mâchoires et invite sa collègue à tirer d'un coup sec.

— Je te propose plutôt un petit tour de magie, suggère Mya en riant.

Elle utilise un liquide incolore pour imbiber la zone collée. Et comme par enchantement, la compresse se détache en douceur de la plaie. Le jeune homme semble impressionné. Il faut dire qu'elle fait preuve de délicatesse.

— Ma mère est infirmière. Cette astuce avec le sérum physiologique m'a déjà évité d'arracher les points de suture de Théo !

— Une vraie magicienne, complimente-t-il.

Mya sourit, mais fronce tout de même les sourcils en observant la blessure.

— Tu as mis quelque chose là-dessus ?

— J'avais un flacon d'alcool à 90°...

Elle lève les yeux au ciel.

— Tu as dû souffrir ! Et ce n'est vraiment pas recommandé. L'alcool assèche la plaie. Le mieux, ce serait plutôt de la Bétadine. Et comment va Milo ?

— Il n'a rien du tout ! assure Cédric en riant. C'est moi qui ai tout pris ! Je le promenais, comme d'habitude, et un gros chien noir est sorti de nulle part... Je n'ai pas réfléchi. Je me suis interposé pour les séparer.

Je continue de les observer avec attention. Je les trouve toujours aussi mignons tous les deux. Mya applique ses soins avec douceur. Puis elle fait tomber une bande au sol. Elle se penche pour la ramasser. Cédric utilise sa main valide pour recouvrir le coin de table. Un geste protecteur pour éviter à la jeune femme de se cogner en se relevant. Elle n'a rien remarqué. Moi je trouve ça tellement touchant.

*Bon sang ! C'est un homme comme ça que je veux !*

— Je suis surprise que le médecin t'ait laissé repartir comme ça.

— C'est parce que je n'en ai pas vu. Ça s'est passé ce matin. Je suis directement venu au boulot après coup.

— Cédric ! Ce n'est pas sérieux ! Les morsures de chien, ce n'est pas anodin. Cet animal avait peut-être la rage...

— Nous v'là bien ! s'exclame Hugo. Si Cédric a la rage, il va devenir aussi virulent que Charline en pleine crise de nerfs !

— Même avec la rage, Cédric restera un enfant de choeur à côté de moi...

Hugo me mime un baiser volant dans ma direction. Je fais mine de l'attraper en plein vol pour le placer sur mon coeur.

— Promis, j'irai voir un médecin, annonce Cédric. Comme ça, il n'y aura pas de compétition entre nous !

Il m'adresse un clin d'œil complice. Tout semble être rentré dans l'ordre entre cette équipe et moi. Une constatation qui me soulage d'un poids que je portais sans le savoir depuis hier...

# Séminaire au Pôle Nord !

Marco avait raison. L'installation de toutes les machines chez ArianeGroup, c'était une épreuve ! Le temps d'une journée, Gabriel, Cédric et moi avons été mobilisés pour prêter main-forte à nos trois techniciens. Par binômes, nous nous sommes distribué les tâches pour être les plus efficaces et discrets possible. Il ne fallait pas non plus perturber le travail des employés. Certains curieux avaient bien envie de tester ces nouveaux appareils sitôt branchés pour découvrir nos savoureux breuvages.

Marco n'a pas été sadique lors de la répartition des équipes. Il n'a pas osé me mettre avec Gabriel.

*Il ne faut pas pousser !*

Il a bien senti que travailler avec lui sur ce dossier me coûtait énormément ; l'entente n'étant pas revenue au beau fixe entre nous. De toute façon, pour assurer une parfaite installation, il valait mieux allier chaque novice à un technicien qualifié. Je me suis donc retrouvée avec Hugo, ce qui m'a permis de passer une excellente journée !

Je n'ai pas vu filer le mois d'octobre. Beaucoup de travail sur lequel je suis restée focalisée. En ce qui concerne Gabriel, je demeure inflexible. Il n'a droit qu'à un simple hochement de tête en guise de bonjour, et je trouve que c'est déjà beaucoup.

La saison d'Halloween passée, il plane dans l'air un délicieux esprit de Noël en cette mi-novembre. Pour beaucoup, c'est un moment de fête, de retrouvailles et d'amour familial. Pour ma part, je serai heureuse de revoir ma grand-mère, bien plus que mes parents. Je ne peux pas prétendre être en froid avec eux. Disons simplement que nous ne nous comprenons plus. Ils passent leur temps à juger chacun de mes choix de vie. Sauf que je suis une adulte. Je suis assez grande pour prendre mes décisions. Il faudra, comme chaque année, que je garde mon calme pour ne pas gâcher ce moment de partage et d'échanges...

Ce matin, la réunion d'équipe chez *Café Raffaello* est ponctuée d'une étonnante nouvelle. Marco a pris soin de ménager son suspens. Il a attendu la dernière minute pour nous faire son annonce. Nous étions tous suspendus à ses lèvres lorsqu'il fit sa révélation :

— Comme vous le savez, notre entreprise ferme ses portes fin décembre pour nous permettre à tous de passer du temps en famille. L'année a été riche en rebondissements. Les chiffres sont exemplaires. Mais je ne vous cache pas ma déception concernant l'esprit d'équipe qui s'est étiolée. Pour moi, c'est inacceptable. Voilà pourquoi j'ai décidé d'organiser un séminaire d'une semaine pour ressouder nos liens. Nous allons donc entreprendre un long voyage qui nous conduira jusqu'en Laponie.

*Pardon ?*

Un silence médusé s'installe dans la salle. Je ne suis pas la seule à être choquée. À contre-courant, Mya nous fait part de son enthousiasme :

— Oh ! Le pays du père Noël !

*Le Pôle Nord quoi...*

Désolée, mais je n'arrive pas à me réjouir. Je préfère me taire, mais je crois que l'expression de mon visage me trahit.

Marco nous informe de la date. Il nous invite à prendre nos dispositions. Il précise aussi qu'il ne tolérera aucune excuse pour nous exempter de ce voyage.

— Le but premier étant de restaurer nos liens étroits...

Sur ces derniers mots, Gabriel me lance un coup d'œil qui en dit long.

*Hors de question de restaurer quoi que ce soit d'étroit avec lui !*

Il me sert un sourire amusé.

*Ma parole ! C'est comme s'il lisait dans mes pensées !*

Rien que pour ça, je ne veux pas y aller. Peu importe ce que dit Marco, je trouverai une excuse. Flash est un excellent prétexte. C'est vrai, quoi ? Qu'est-ce que je vais faire de ma tortue pendant une semaine ? La confier à ma voisine pour deux soirées, passe encore... mais là ! C'est beaucoup trop compliqué. Et puis, la dernière fois, ça ne s'est pas si bien déroulé que ça. Ma voisine m'a dit qu'elle ne trouvait pas toujours Flash lorsqu'elle venait. Je sais qu'il aime vadrouiller, mais sa remarque m'a fait douter. Il était diablement content de me voir revenir. Or, quand je m'absente, il a plutôt tendance à bouder. S'est-elle occupée de lui comme il se doit ? Je ne la connais pas si bien que ça, après tout. Comment faire confiance ?

Voilà maintenant une petite présentation du cadre glacé qui nous attend pour cette excursion. Un programme chargé et riche en émotions : aurores boréales, balades à chiens de traîneaux, Fjords...

*Je crois rêver !*

Enfin, non ! C'est un cauchemar ! Je suis une fille du sud, moi ! Il me faut de la chaleur ! C'est impensable... On vend du café, pas des glaçons. Il ne pouvait pas plutôt porter son choix sur un pays d'Amérique latine pour y découvrir des plantations de café ? Cela aurait été plus indiqué. Qu'est-ce qui a bien pu lui passer par la tête pour se focaliser sur le cercle arctique ?

Peu à peu, la bonne humeur de Mya devient communicative. Tout le monde semble s'enchanter de vivre cette expédition.

*Je vais passer pour une rabat-joie...*

La réunion se termine. Les employés quittent la salle dans une belle ambiance ponctuée de conversations animées et pleines d'entrain. Je suis la dernière à sortir de la pièce.

*Le vilain petit canard ?*

Raison de plus pour que je ne vienne pas ! Je vais casser la dynamique du groupe, c'est certain. Ce serait contre-productif...

Après la pause déjeuner, je réchauffe mes doigts frais en serrant mon *macchiato* entre mes mains, accoudée dans la salle de pause. Mya entre à son tour en choisissant un chocolat chaud. L'idéal pour remonter son moral.

*La pauvre...*

Il y a quelques semaines, elle a voulu faire une surprise à son petit pharmacien en passant chez lui à l'improviste. Monsieur était bien occupé entre les jambes d'une rouquine. Une déception de plus. J'ai ramassé mon amie à la petite cuillère... L'annonce de ce séminaire a le mérite de restaurer son sourire. C'est une éternelle rêveuse. Elle a besoin de magie dans sa vie. Et je pense qu'elle en a vraiment marre de ne tomber que sur des hommes profitant de sa gentillesse.

— Est-ce que je dois me sentir coupable de partir en Laponie sans mon fils ?

— Ce voyage peut te permettre de faire du repérage pour de prochaines vacances avec lui...

Ma réponse semble lui convenir. Loin de moi l'idée de casser cette si belle énergie qui émane d'elle à présent. Pourtant, je me dois d'être honnête. Voilà pourquoi je lui avoue ne pas avoir l'intention de participer à ce séminaire.

— Oh non ! Pourquoi ? se désole-t-elle.

— Je n'aime pas l'hiver. Il va faire super froid là-bas ! Genre - 40 °C ! C'est invivable. Je n'ai aucune tenue qui convienne...

— Une bonne excuse pour faire du shopping ! s'amuse-t-elle d'un air malicieux.

— Il va falloir mettre 36 couches de vêtements ! J'aurais l'impression d'étouffer. Hors de question de ressembler à un Bibendum !

— Oh ! Allez, Charline ! Ce ne sont pas de vrais arguments...

— En cette saison, il n'y a pas de lumière du jour ! Moi, j'ai besoin de soleil dans ma vie !

— Besoin de soleil ? s'immisce Hugo qui vient d'entrer avec Cédric. Je croyais que tu avais grandi en Bretagne !

— Très drôle... De toute façon, Marco nous prévient bien trop tard. Nous sommes à un mois du départ. C'est trop compliqué à organiser avec Flash.

— Tu n'as qu'à glisser ta tortue dans une poche ! poursuit Hugo. Je rapporterai des morceaux de pizza pour la nourrir !

*Quel clown ! Ce n'est pas la première fois qu'il me sort cette blague.*

— Pour la centième fois, Hugo, donner de la pizza à Flash ne fera pas de lui une Tortue Ninja !

— On ne peut pas en être sûr tant qu'on n'a pas essayé...

Je lève les yeux au ciel.

— De toute façon, le climat lui serait fatal. C'est un animal de sang-froid. Il a besoin d'au moins 25 °C pour se réchauffer.

— Faire tant d'histoire pour une tortue, c'est ridicule, intervient alors Nicole.

*Tiens, je n'avais même pas remarqué la présence de cette vipère !*

— Tu n'as pas d'enfants à charge, poursuit-elle. On ne peut pas dire que ta vie soit si compliquée que ça...

Je m'apprête à lui sortir une réplique cinglante, mais elle a déjà quitté la pièce. C'est tout à fait son style, ça ! Elle crache son venin avant de prendre la fuite. Je reste surprise. Elle a été témoin de ma crise de nerfs sur Gabriel. Et cela ne semble pas la dissuader de s'inviter dans les conversations des autres pour balancer ses bombes. De toute évidence, je ne lui fais pas si peur que ça.

*Quoique... elle s'est quand même sauvée !*

Bref, je n'ai pas envie de me prendre la tête avec cette vieille peau ! Encore une raison de plus pour ne pas aller en Laponie avec tout le monde...

# Bonne énergie

Les jours suivants, je fais profil bas. J'évite habilement les questions posées sur le séminaire. Je compte attendre la dernière minute pour annoncer à Marco que ce sera sans moi. J'ai d'autres choses à planifier, comme mon voyage en Bretagne pour les vacances de Noël. Une expédition en tout point similaire à celle de cet été, mais avec quelques détails en plus à régler. Cette fois-ci, il ne fera pas aussi chaud. Et pour Flash, c'est un vrai problème. Ce petit reptile a besoin d'une climatisation digne de ce nom pour le réchauffer durant la route. Ma voiture est récente, mais je dois tout de même l'entretenir. Il ne faudrait pas que le chauffage me lâche par manque de chance…

C'est donc en insistant sur ce point que je laisse mon véhicule au garage pour son bilan annuel. Je n'aime pas trop confier mon bolide à quelqu'un. Avant j'allais chez Mini Cooper. Ça se passait bien, mais la note était sacrément salée ! Cette année, j'ai voulu trouver une alternative. Le choix s'est fait sur recommandation de Mya. Elle a son grand frère qui travaille en tant que commercial pour un concessionnaire, à une douzaine de kilomètres de chez moi. Cela peut sembler bête, mais ça me rassure un peu d'avoir une connaissance dans ce centre automobile.

Pour ne pas me retrouver piétonne, leur service me prête un autre véhicule : une Twingo rouge qui a dû mal à se lancer sur l'autoroute !

*J'ai l'impression de me traîner dans un pot de yaourt !*

Je profite de cette journée de congé pour me chouchouter. Petit tour chez le coiffeur où je me délecte également d'un soin spa aux pierres chaudes. Un instant de détente qui me fait le plus grand bien. Je savoure ce moment de douceur, les yeux clos, en visualisant de mémoire certains clichés de mon acteur fétiche.

*Il est réel. Il existe. Il me respecte. Il m'aime pour ce que je suis.*

Sortant de là, pas de Chris Evans en vue ! Je continue ma tournée par un arrêt au bar à ongles. J'opte pour une pose de vernis semi-permanent qui tiendra sur plusieurs semaines. J'aime prendre soin de moi. Et mes mains n'ont pas toujours été aussi belles.

Pendant que la jeune femme se concentre sur le bout de mes phalanges, mon attention est totalement accaparée par l'inscription de son haut à manches longues : *Always give good energy.*

*Toujours donner une bonne énergie.*

Cela pourrait presque figurer dans ma liste de pensées positives. Si je dois faire le bilan, mon taux vibratoire n'a pas toujours été au top ces derniers temps. J'imagine que j'ai perdu des points auprès de l'Univers avec ma crise de colère envers Gabriel.

*Je n'allais tout de même pas me laisser faire !*

Non. Pour être respectée, je dois avoir du respect envers moi-même. C'est vrai que ça n'empêchera pas certaines personnes de me poignarder dans le dos, mais tant que je reste fidèle à mes valeurs, je peux continuer de marcher la tête haute. Dans tous les cas, garder mon calme selon certaines situations pourrait être une alternative intéressante pour préserver ma bonne énergie...

Une fois mes ongles joliment ornementés, je me sens indestructible. Pour autant, j'ai l'impression que mon charme s'effiloche dès lors que je monte dans cette petite citadine de prêt. Heureusement pour moi, l'heure tourne assez vite pour m'inviter à revenir au garage. C'est fou ce que deux ou trois rendez-vous arrivent à combler une journée de congé en un rien de temps !

C'est presque avec soulagement que je stationne cette brique sur roulette sur le parking visiteurs.

*Bon débarras !*

Dans le hall, je lance un coup d'œil général. Le frère de Mya ne me semble même pas présent. Peu importe. De toute façon, cela fait bien longtemps qu'il ne travaille plus comme mécanicien. Ce n'est clairement pas lui qui s'est chargé de ma voiture aujourd'hui.

Je m'avance vers le comptoir, plus que motivée à faire l'échange de trousseaux. L'homme qui me reçoit n'est pas le même que ce matin. Il ne se gêne pas pour me couler un regard de haut en bas. J'ai l'impression de passer au scanner infrarouge !

*J'ai hâte d'en finir...*

Je dépose la clé de la Twingo devant lui tout en annonçant vouloir récupérer mon véhicule. Il prend son métier à cœur et souhaite vérifier la petite citadine avant toute chose. Rien d'étonnant, même si je n'aime pas trop le regard insistant qu'il m'a lancé.

Je le suis sur le parking. Il fait le tour de l'auto en l'examinant avec le plus grand soin. Peut-être même avec trop de soin.

— Il y a un impact ici, signale-t-il en désignant l'aile arrière gauche.

*Je rêve ! Même une Porsche n'a pas droit à autant d'attention !*

— Oui, on l'a noté ce matin à l'état des lieux.

Je conserve mon sourire commercial, mais au creux de moi je fulmine ! Pour qui se prend-il ?

*Sans doute un adepte du dicton : femme au volant, mort au tournant...*

Il vérifie le document qu'il possède à la main. Puis il termine son inspection. Il va même jusqu'à monter dans l'habitacle, au siège conducteur, pour mettre le contact et évaluer la jauge d'essence.

*Bon, c'est fini oui ? J'ai mieux à faire...*

Résigné, il reprend la direction du bâtiment et passe derrière le comptoir. Je lui dépose ma pièce d'identité pendant qu'il sort le dossier de ma *Mini*. Il marque un arrêt en comprenant quel est le modèle de mon véhicule, puis me coule un nouveau regard étrange.

*Et c'est reparti !*

Je sais exactement ce qu'il se passe dans sa tête...

— Je m'attendais plutôt à voir *Monsieur* Maury.

Pour toute réponse, je pousse légèrement ma carte d'identité vers lui. Il prend enfin la peine de la regarder après une seconde de totale confusion.

— Oh ! Euh... Tout me semble en ordre, bredouille-t-il.

*Eh oui, mon gars, Charlie Maury n'est pas un homme ! Et les femmes aussi ont le droit de conduire des voitures sportives ! Même avec une manucure parfaite et 8 cm de talons...*

Il me tend le compte-rendu d'entretien. Je prends tout mon temps pour le parcourir. À mon tour d'être soigneuse. Il s'agit quand même de mon bébé.

Aucun signalement fâcheux. Monsieur attend calmement, mais je sens tout de même son air agacé. Il me désigne un carré en bas de page en m'invitant à signer.

— Vous comprendrez que j'aimerais voir ma voiture d'abord.

À son tour de me servir le fameux sourire commercial :

— Certainement.

Il quitte le comptoir et prend la direction de l'atelier. Je sors sur le parking, patiente gentiment de voir mon bolide se garer près de moi.

*Elle est sublime.*

Sans fausse modestie ! J'en fais le tour pour effectuer un examen poussé. De toute évidence, le mécanicien l'a bien bichonnée. Ma voiture a même été lavée ! Il faut dire qu'un bijou pareil ne se voit pas tous les jours…

Pour libérer l'homme de mon petit jeu, je finis par signer le document, payer et récupérer ma clé. Je m'installe à mon siège. J'ai quelques réglages à effectuer au niveau de l'assise et des rétroviseurs, intérieur comme extérieurs.

*Étrange…*

Je mets le contact. La musique a été coupée. J'ai un incontrôlable frisson de savoir qu'une autre personne était là à la conduire, à ma place.

*Plus qu'étrange…*

Ce n'est pas la première fois que je confie mon véhicule. Peu importe, je quitte le parking pour prendre la route de mon appartement. Après quelques rues, je m'arrête à un feu. Je fronce les sourcils en observant le compteur.

*J'y crois pas !*

Avant le rendez-vous, j'avais noté le kilométrage. Le chiffre que je découvre maintenant m'indique 20 km de plus que ce matin !

— On peut dire que le mécano s'est fait plaisir !

Il arrive que les garagistes fassent rouler un peu les voitures pour tenter de déceler des alertes par témoins lumineux.

*Mais 20 bornes ?*

Clairement, on se fout de moi sur ce coup-là ! Je suis à deux doigts de faire demi-tour et d'exiger de m'entretenir avec le réparateur pour lui passer un savon... Pourtant, allez savoir pourquoi, le message lut dans le bar à ongles refait surface : *Always give good energy.*

Si je veux obtenir ce que je désire, il faut que j'apprenne à contrôler ma colère. Je resserre mes doigts autour de mon volant pour canaliser ma rage. Il ne sert à rien de faire un scandale. Ils ont simplement perdu une cliente...

# Une nounou pour Flash !

 e retour au boulot le lendemain, j'ai eu le temps de calmer mes nerfs. Il faut relativiser : ma voiture va bien.

*D'ailleurs, je comprends mieux pourquoi elle a été lavée...*

Peut-être que le conducteur a souhaité dissimuler de la boue ou que sais-je encore !

Marco passe près de moi et m'invite à entrer dans son bureau.

*Ça ne sent pas bon...*

Même si cela arrive de temps en temps, il n'a en ce moment aucune raison de me convoquer comme ça. Sitôt la porte fermée, le verdict tombe :

— Nicole m'a laissé entendre que tu n'avais pas l'intention de venir à notre séminaire.

*Quelle balance cette garce !*

Avant que je n'aie le temps de répondre, il poursuit :

— Qu'on soit clairs, ton problème de gardiennage de tortue n'est pas une excuse valable, Charline.

Je note son petit sourire amusé. Il n'est pas fâché. C'est un simple bras de fer. Je lui assure de faire de mon mieux pour trouver une solution. Au fond de moi, je m'imagine déjà aller voir un médecin pour me mettre en arrêt !

— Il faut parfois savoir sortir de sa zone de confort.

Après ces mots énigmatiques, Marco me libère.

Les heures de travail qui restent défilent vite. Je rentre dans mon appartement et me motive pour nettoyer l'aquarium de Flash. Partir une semaine ne nécessiterait pas d'effectuer cette corvée à ma place, mais je ne veux pas que ma voisine mettre les pieds chez moi sans que j'y sois. Je commence à me poser des questions. La dernière fois, le tiroir de ma commode n'était pas bien fermé. C'est à se demander si elle n'a pas fouillé dans mes affaires...

Je profite d'un instant de calme dans mon canapé. Mon téléphone émet une petite sonnerie. L'avertissement d'une nouvelle vidéo postée sur TikTok par Théo. Cela fait une éternité que je ne me suis pas connectée à cette application. Bien sûr, j'ai continué de recevoir ce genre d'alertes à chaque fois que le fils de Mya a publié du contenu visuel, mais j'avais toujours eu mieux à faire que de me perdre dans les nimbes érigés par de mystérieux algorithmes. Je me laisse prendre au jeu.

Une nouvelle recette de gaufres qui ont l'air plus que savoureuses et moelleuses à souhait !

*Il me fait saliver, ce gamin... Il est doué.*

Puis je laisse défiler les vidéos. Rien de très intéressant au début.

> Tout *ce que vous* désirez vous désire également, mais vous devez passer à l'action pour l'obtenir.

Tiens ! Ça faisait longtemps que l'Univers ne m'avait pas adressé de petits messages énigmatiques. Voilà qui me rappelle l'une des étapes les plus importantes pour faire fonctionner la Loi de l'attraction : l'action !

*Je veux bien agir... mais comment ?*

Je glisse mon doigt sur l'écran de mon smartphone pour passer à d'autres visuels. Je me perds pendant quelques minutes, quand je trouve un nouveau message avec une réponse des plus troublantes :

> Sortir de sa zone de confort, c'est être acteur de sa vie. Y rester, c'est en être spectateur.

Whoua ! Voilà qui est perturbant ! La dernière phrase de mon boss me revient à l'esprit, tel un écho.

Cette citation ferait-elle référence à ce séminaire dans le Grand Nord ? Est-ce là-bas que l'Univers souhaite me guider ? J'ai plutôt l'impression de devenir folle à essayer de trouver des signes à chaque coin de rue. Je sais que j'ai laissé jusqu'à la fin de l'année à la Loi de l'attraction pour m'apporter l'homme de mes rêves, mais l'attente commence à être bien trop longue.

Pendant que le message tourne en boucle, je fronce les sourcils.

*Je m'attends à le rencontrer...*

On ne peut pas dire que je sois vraiment dans l'action en fin de compte. Je veux simplement que l'Univers me serve sur un plateau d'argent mon âme sœur. Mais comment faire si moi je reste dans ma routine, enfermée dans ma zone de confort ?

*Et si la clé était là ?*

C'est décidé ! À partir de maintenant, je vais accepter plein d'opportunités, d'occasions, d'événements, tous divers et variés pour me sortir de ce cocon bien trop confortable, et certainement inaccessible pour *lui*...

*Et si j'arrêtais de faire ma tête de mule ?*

Il y a pire comme situation dans la vie. Un voyage tous frais payés.

*Avec certains collègues que je n'apprécie pas...*

Mais cela reste une belle aventure à venir. Je jette un coup d'œil à Flash qui se dandine sur le parquet du salon.

— Il va falloir que je te trouve une nounou digne de ce nom !

Comme s'il avait compris ma phrase, il hoche la tête et retourne barboter joyeusement dans son aquarium.

Le lendemain, je profite de la pause café pour révéler à Mya mes inquiétudes concernant Flash. Ma voisine m'a mis le doute. Peut-être que ma tortue a une vie très active quand je ne suis pas là. Comment savoir ?

— Tu as essayé d'installer des caméras ? propose Cédric.

Il dégaine son smartphone pour me montrer une application capable de contrôler un système de vidéo surveillance dans son salon.

— J'ai une voisine qui n'arrêtait pas de se plaindre de Milo. Selon elle, il passait ses journées à aboyer sans discontinuer. Ça me semblait étrange parce qu'il n'est actif que lorsqu'il y a du monde avec lui. J'ai installé la caméra qui a révélé un petit chien passant son temps à dormir. Ça explique pourquoi c'est une pile électrique dès que je rentre !

— C'est un peu *Big Brother* ton truc.

— Tu n'es pas obligée de la laisser en marche toute la journée. Il y a un mode qui allume la caméra par détecteur de mouvement. Ça t'envoie une notification sur ton téléphone dès qu'il y a de l'action.

*Par curiosité, j'aimerais bien surveiller Flash...*

— C'est tentant.

Il me donne les références pour savoir où me procurer ce modèle et m'explique également comment l'installer.

*Voilà qui va bien m'occuper ce week-end !*

— Malgré tout, il faut que je trouve une autre nounou, le temps de ce séminaire. Je n'ai pas confiance en ma voisine.

Mya affiche un sourire jusqu'aux oreilles, heureuse de m'entendre confirmer ma participation avec eux en Laponie.

— Je suis sûre que ma petite sœur, Lena, serait partante, dit-elle. Elle se cherche du travail parce que la vie étudiante ne paye pas vraiment. Elle n'est pas trop fan des enfants, mais elle propose déjà ses services en tant que *dog-sitter*.

*En voilà une bonne idée !*

— Elle prendra soin de Milo, révèle Cédric.

— Ça ne va pas faire trop une tortue en plus ? Et puis, ce n'est pas aussi simple que pour un chien... N'y vois aucune offense pour Milo, rajouté-je à l'adresse de notre informaticien.

Il se contente de rire en précisant :

— Tant qu'on le nourrit, mon compère est pote avec tout le monde !

— Mouais. Tandis que Flash a tendance à mordre les gens sans raison apparente...

— Ne t'inquiète pas. À tous les coups, s'occuper d'une nouvelle espèce va la fasciner ! assure Mya qui connaît bien sa frangine. Elle sera toute contente de mettre *turtle-sitter* dans son CV ! Tu pourras lui apprendre tout ce qui est nécessaire ce week-end, par exemple. Et puis, si tu installes une caméra, tu auras un œil sur eux...

Tous les arguments sont bons. J'ai déjà rencontré Lena. C'est une étudiante en histoire de l'art de vingt-deux ans. Le portrait craché de Mya. Une fille adorable.

*Bon, on dirait que je n'ai plus aucune excuse pour partir...*

# S'envoyer en l'air !

L'installation de la caméra de surveillance m'a permis de voir que Flash agit exactement de la même façon que quand je suis auprès de lui. Il fait quelques brasses dans son aquarium, se dore la carapace sous son spot de lumière pour se réchauffer et se lance dans son petit tour du propriétaire pour vérifier que tout va bien dans l'appartement. Il ne joue pas à cache-cache comme le prétendait ma voisine.

J'ai formé Lena qui était très enthousiaste à l'idée de prendre soin de Flash. Je suis rassurée. J'ai pu aussi faire le tour de quelques boutiques où je ne me serais jamais imaginé mettre les pieds. Partir dans le cercle arctique demande des vêtements chauds. Et comme je le craignais, il me faudra multiplier les couches pour me préserver des températures négatives.

Ce n'est pas encore l'hiver et la saison est très douce cette année. Je me contente d'un legging fourré et d'une robe en laine.

*C'est plus fort que moi ! Je fuis les pantalons...*

C'est donc avec une valise assez volumineuse que je retrouve l'équipe de *Café Raffaello* à l'aéroport. Tous ainsi rassemblés, on peut difficilement passer inaperçus. Mine de rien, on est une douzaine ! Marco a voulu réunir tout le monde, y compris le duo de préparateurs de commandes. Nous avons travaillé dur avant d'arriver à ce jour de départ. Il fallait s'assurer qu'aucun de nos clients ne se sente lésé durant cette fermeture de fin d'année.

Dans le taxi, je traînais sur TikTok pour passer le temps. Un nouveau message m'est apparu :

> Votre heure arrive, soyez patient. Croyez en là où vous allez. Ne vous inquiétez pas d'où vous vous trouvez. Tout se met en place.

*Si cela ne porte pas ses fruits, on pourra dire que l'Univers se moque clairement de moi !*

Dans le hall d'embarquement, il y a une atmosphère assez enthousiaste. Tout le monde semble motivé à partir. Hugo, Cédric et les autres rient joyeusement. Seule Mya donne l'impression d'être un peu morose. Nous nous tenons, elle et moi, un peu à l'écart de cette effervescence. Dès qu'elle laisse son fils loin d'elle, son moral a tendance à baisser quelque peu. J'espère que cet éloignement ne va pas lui gâcher son séjour.

Elle pousse un profond soupir, les yeux perdus au loin.

— En fait, c'est un homme comme Cédric qu'il me faut, annonce-t-elle.

*Est-ce que j'ai bien entendu ?*

— Quoi ?

Je suis sciée ! C'est le seul mot que j'ai trouvé à lui répondre.

— C'est vrai, poursuit Mya. Il est mignon, super gentil, toujours à l'écoute...

— Bah, qu'est-ce que t'attends ?

Ses sourcils se froncent en tournant son regard vers moi. Elle se rend compte soudainement que je ne plaisante pas. Puis elle m'offre un rire nerveux avant de reprendre :

— Je n'ai aucune chance ! Il est gay.

Là, j'ai dû louper un truc ! Je suis complètement perdue. Cédric Aubier. Notre informaticien ?

— C'est ce qu'il t'a dit ?

— Non. Mais c'est évident ! Il est attentionné. Il ne se lasse jamais de mon flot de paroles incessant...

— Mya ! Je ne vois pas en quoi cette description fait de lui un homme qui aime les hommes ! C'est pile ce que je te disais. Ce sont des croyances limitantes. Tu t'es imaginé un obstacle insurmontable pour ne pas te lancer...

Elle continue de m'observer comme si j'étais devenue folle.

*Il faut que je lui mette les points sur les « i ».*

— Pour ton information, il m'a déjà dit que tu lui plaisais.

Ses yeux s'écarquillent de stupeur. Elle a besoin de quelques secondes, la bouche ouverte, pour intégrer ce que je viens de lui révéler.

Puis une sorte de colère assombrit son regard. Elle me donne une tape sur le bras avant de s'emporter.

*Enfin, s'emporter à son niveau, hein !*

— Pourquoi tu ne me l'as pas dit ?

— Tu n'arrêtais pas de me parler de ton pharmacien quand je l'ai appris. J'ai cru qu'il n'était pas ton genre. Et puis, je n'ai pas voulu instaurer de gêne dans votre amitié avec des sentiments non partagés...

Au fil de mes explications, ses traits se détendent pour laisser place à la stupeur. Elle porte un doigt à sa bouche pour mâchonner son ongle, puis le retire presque aussitôt. Elle tourne la tête vers lui et se mord la lèvre inférieure. Peut-être a-t-il les oreilles qui sifflent, car pile à ce moment-là, Cédric rive son regard dans notre direction. Il nous adresse son habituel sourire bienveillant, plus destiné à mon amie qu'à moi.

Mya ne s'ancre à ses prunelles que durant deux longues secondes avant de fermer les yeux et de rougir violemment.

— Il est plus que temps d'arrêter de douter de toi. Tu plais, Mya... et pas qu'à des salauds !

Elle m'attrape par le bras en le frictionnant un peu, sans doute pour effacer le coup porté quelques secondes plus tôt.

— Qu'est-ce que je vais bien pouvoir faire ? marmonne-t-elle d'une voix mal assurée.

— Je ne sais pas. Reste toi-même. D'ailleurs, ça fait combien de temps que tu craques pour lui ?

Elle se passe les mains sur le visage, comme si elle cherchait à se cacher.

— Si je te dis... depuis la première fois que je l'ai rencontré ? révèle-t-elle avec une grimace.

Je lève les yeux au ciel. Cela fait donc plusieurs années que ça dure...

Je n'ai pas le temps de lui partager le fond de ma pensée qu'on nous appelle pour procéder à l'embarquement. La promiscuité nous oblige à laisser cette conversation en suspens. Nous nous avançons en file indienne pour monter à bord de l'avion. L'hôtesse nous indique à chacun la direction à suivre.

— Nous ne sommes pas à côté, se désole Mya.

Je m'approche de son oreille pour lui glisser quelques mots discrets :

— J'imagine que c'est encore Nicole qui s'est chargée de la réservation...

Elle opine du chef pour confirmer mes soupçons. Je me demande à quelle sauce je vais être mangée. Mya trouve sa place rapidement, juste à côté d'un enfant qui a les larmes aux yeux. Moi je m'installe plus loin, côté hublot.

*Cela aurait pu être pire.*

Après une minute, Lucas s'assoit à côté de moi. J'aurais pu mal tomber, mais ça va. Il est sympa, même si je ne le connais pas vraiment. Comme il travaille à la préparation des commandes, j'ai rarement l'occasion de le voir ou de lui parler. On s'échange un regard de connivence. Lui comme moi, nous aurions préféré être assis à côté de quelqu'un d'autre, c'est certain. Malgré sa quarantaine, il reste très timide. Je ne me souviens même pas du son de sa voix.

D'un coup d'œil, j'aperçois Mya désespérée à cause de ce garçon qui pleure maintenant à chaudes larmes. L'enfant ne semble pas parler français. Peut-être tente-t-elle l'espagnol, mais sans succès. Puis Cédric s'approche du marmot et lui propose d'échanger sa place avec lui. De toute évidence, le siège de notre informaticien se trouve près d'une mère de famille norvégienne. Le petit calme son chagrin en retrouvant sa maman. Cédric se place donc à côté de Mya qui est maintenant aussi rouge qu'une tomate. Elle me porte un regard. Je lui adresse un clin d'œil complice.

*Si elle ne se lance pas avec lui, je compte bien jouer à Cupidon !*

Mon attention se détache d'eux lorsque je perçois la voix de Gabriel.

*Je rêve !*

Il est en train de négocier avec Lucas pour changer de siège. Ce dernier accepte et se lève pour retrouver son collègue, Maurice. Il est loin d'imaginer la portée de sa décision. Il fait partie des rares à ne pas avoir assisté à mon épique crise de nerfs envers ce Dom Juan. C'est donc en serrant les dents que je vois cet ange de malheur prendre ses aises, juste à côté de moi. Et dire que j'étais contente d'être près du hublot, maintenant, je me sens prise au piège. Le vol va être bien long : 2 h 20 jusqu'à Oslo, une éternité.

Notre rangée comporte trois sièges. Le dernier côté couloir accueille un vieil homme au dos voûté.

— Quel plaisir de voyager auprès d'un aussi joli couple ! s'enthousiasme-t-il, armé d'un sourire édenté.

Je m'apprête à corriger le senior, mais Gabriel me prend la main pour y déposer un baiser et confirmer ces dires :

— Pas plus enchanté que nous le sommes de découvrir ce merveilleux pays.

*Il est gonflé !*

Je crois que mon regard pourrait le tuer sur place. Il s'approche de mon oreille pour me glisser quelques mots, en faisant mine de m'embrasser dans le cou.

— Joue le jeu, Charline. On ne va pas briser le cœur de cet homme.

— S'il savait à quel point je te hais, c'est sûr qu'il ferait une attaque.

Pour toute réponse, il me sort son sourire charmeur.

*Bon sang, oui ! Ce vol va être long...*

L'appareil commence à rouler sur la piste, pendant que les consignes de sécurité sont données par les stewards. Cette chorégraphie est savamment étudiée pour ne durer que le temps du déplacement de notre véhicule. Lorsque les membres d'équipage s'installent à leur tour, l'avion accélère pour amorcer le décollage. Ça remue pas mal et je sens que Gabriel fait moins le malin tout à coup. Je jubile.

Une fois dans les airs, je plonge le nez dans mon roman pour oublier le monde extérieur. *La Nuit des Temps* de René Barjavel. Une œuvre de science-fiction où un groupe de scientifiques découvre deux membres d'une civilisation ancestrale congelés sous la glace, en plein milieu de l'Antarctique. Une aventure qui me mettra en condition pour endurer le climat du Grand Nord, même si c'est au pôle opposé !

Après quelques minutes, Gabriel semble s'ennuyer ferme. Le petit vieux commence à ronfler et moi, je suis bien décidée à l'ignorer.

— Tu lis quoi ?

Dans un soupir, je lui montre tout de même la couverture sans m'arrêter de lire.

— Perds pas ton temps, ils meurent tous à la fin !

*Il est sérieux ?*

Je lui lance un regard outré. Il me sert un sourire amusé, prêt à parer une attaque manuelle de ma part.

— Je plaisante ! Je ne l'ai jamais lu !

*Ça m'aurait étonnée...*

— Toujours fâchée, on dirait...

Je retourne à ma lecture pour ne pas répondre à cette remarque stupide.

*Bien sûr que je suis encore en colère après lui !*

Maintenant qu'il a réussi à capter mon attention, il enchaîne d'une voix douce que je suis seule à entendre :

— Parlons franchement, Charline. Ça fait combien de temps que tu ne t'es pas envoyée en l'air ?

*Depuis mi-juillet, donc 5 mois...*

Et avec lui qui plus est... Hors de question de l'avouer ! Je préfère jouer à celle qui n'a pas compris la phrase :

— Envolée dans un avion ? Hum... Un peu plus de deux ans et demi, je dirai...

— Tu sais très bien de quoi je veux parler.

— Je ne répondrai pas à cette question.

Je sens sur moi son regard brûlant. Il a clairement deviné la vérité.

— Je me souviens d'une période où tu aurais aimé le goût de l'interdit pour faire ça avec moi... là, maintenant... à bord de cet avion...

Sa voix suave se veut veloutée et séductrice. Ses mots ne sont que murmure pour me chatouiller les sens. Pourtant, je n'ai aucunement l'intention de céder.

— Trouve-toi quelqu'un d'autre. Je ne suis pas intéressée.

Même en gardant mes yeux rivés sur mon livre, je devine son regard me recouvrant d'une caresse sensuelle.

*Hors de question que je retombe dans ses bras !*

Je tourne enfin la tête vers lui pour donner le coup de grâce :

— Tu n'as qu'à demander à Nicole. Elle semble partante pour ce genre d'activités avec toi !

Il affiche une grimace de dégoût.

— Même si je lui mettais un sac sur la tête, je serais incapable d'y arriver avec elle !

— Je n'ai pas besoin de connaître tes problèmes érectiles.

— Crois-moi, je n'ai à cet instant aucun problème de ce genre...

Il me coule un regard lubrique en laissant glisser ses yeux sur mon corps, comme s'il me déshabillait en douceur.

*J'ai beau réfléchir, je ne me souviens pas d'avoir demandé ça à l'Univers...*

# Le pays du père Noël

Par la suite, j'ai passé le reste du vol avec des écouteurs à plein volume dans mes oreilles pour continuer d'ignorer Gabriel et ses besoins primaires. C'était efficace pour demeurer dans l'univers de mon livre. Je préfère de loin me plonger dans cette si belle histoire d'amour entre Éléa et Païkan...

Est-ce vraiment de la fiction, cette romance ? Ou suis-je condamnée à n'attirer que des énergumènes tels que ce bellâtre irrespectueux ?

*Vaste débat...*

Une fois à Oslo, nous avons deux heures d'escale avant de prendre notre prochain vol. Nous sommes désormais en Norvège, pays des Vikings, mais la Laponie est encore loin. De toute évidence, cette première partie du voyage fut bien plus agréable pour Mya. J'ignore si Cédric s'est rendu compte de la différence, mais mon amie a les yeux qui brillent.

Je profite de ce laps de temps pour trouver une connexion WiFi et activer la caméra chez moi afin d'observer mon intrépide petite tortue. Pas de mauvaise surprise. Tout va bien.

Dans l'avion suivant, on ne s'adonne pas au même jeu des chaises musicales. Je suis installée à côté d'Hugo. Un compagnon de vol bien plus amusant. Nous remontons toujours plus au nord jusqu'à la ville de Tromsø, notre point de chute. Cette fois-ci, pas de hublot. De toute façon, il fait nuit noire. Je doute qu'on puisse apercevoir quoi que ce soit dans les nuages.

Puis l'atterrissage tant désiré arrive ! Ça y est, nous y sommes. Notre troupe se lance dans les couloirs pour récupérer les bagages. Jusqu'ici, tout se présente bien. Rien n'a été perdu en route.

*Est-ce que la chance va enfin me sourire ?*

Dans le hall, un homme blond de grande taille nous attend avec une pancarte *Café Raffaello*. Il se fait comprendre en anglais auprès de Marco. Il y a très peu de chance pour nous de croiser quelqu'un qui parle français en ces contrées. J'imagine que ce guide va nous conduire jusqu'à l'hôtel. Plusieurs voitures ont été louées pour l'occasion. Je prends une grande inspiration avant de sortir, pour affronter ce froid polaire.

Contre toute attente, je ne me sens pas figée tel un glaçon, comme je me le suis imaginé jusqu'à présent. L'air n'est pas plus piquant que durant un plein hiver par chez nous. Peut-être que mes vêtements sont bien choisis. Même si le ciel est noir, la luminosité est parfaite grâce à l'éclairage efficace de cette ville. Le contraste offert par la blancheur neigeuse est éblouissant.

Je monte dans l'un des véhicules avec Mya, Cédric et Hugo. Mes yeux captent tout ce qui se présente à eux durant notre route. Plusieurs décorations ne laissent aucun doute sur l'approche de Noël. Cet esprit festif est bel et bien présent. Mon regard s'accroche sur un bâtiment en forme pyramidale, d'un blanc uni. J'ignore de quoi il s'agit, mais cela semble faire la fierté de cette région.

Hugo s'amuse à essayer de nous faire croire qu'il a aperçu un lutin.

— C'est toi le lutin, Hugo, rétorque Cédric.

— Tu es bien gentil. Je trouve qu'il ressemble plutôt à un renne...

Heureusement que notre chauffeur ne comprend pas un mot de nos bêtises en français ! Il poursuit sa conduite, imperturbable, en nous éloignant du centre-ville. Puis il stationne la voiture devant une bâtisse aux murs rouge brique. Nous descendons et récupérons nos valises en vitesse. Mine de rien, avec ce petit vent, j'ai hâte de rentrer pour me réchauffer un peu.

Tous les membres de *Café Raffaello* se pressent dans le hall de réception pour se préserver du froid. Plusieurs conversations résonnent en totale cacophonie. Notre bande n'a rien de discret ! Marco s'avance vers une grande femme blonde aux yeux clairs qui a certainement la quarantaine bien entamée. Ce doit sans doute être la gérante de ce gîte. Cette fois-ci, je perçois quelques mots de français, bien qu'un peu maladroits. Une surprise agréable.

Je détourne la tête vers la porte d'entrée lorsqu'un nouvel arrivant s'introduit dans l'hôtel. Son impressionnante couche de vêtements le dissimule presque intégralement. Je ne vois que ses yeux.

*Et quel regard !*

Ses prunelles sont d'un bleu clair transperçant. Il frotte ses chaussures au tapis pour en chasser quelques flocons de neige persistante. Je suis la seule à l'observer sans pouvoir me détourner. J'épie chacun de ses mouvements, comme hypnotisée par sa prestance. Serait-ce sa taille impressionnante ou bien cette force qui émane de lui ? Je ne saurais le dire, mais je suis tout bonnement statufiée.

Il ouvre maintenant son col et, d'un geste souple, se débarrasse de son bonnet pour révéler son visage dans son entièreté.

*Je n'y crois pas !*

J'ai Chris Evans devant moi ! Il laisse glisser ses doigts dans sa chevelure ébouriffée pour la remettre en ordre. Comment est-ce qu'un geste aussi banal peut avoir un tel effet sur moi ? En a-t-il seulement conscience ?

*Non. Il ne m'a même pas remarquée.*

Et moi, je ne vois que lui. Cet homme tant désiré, tant visualisé. Ce cadeau inespéré, généreusement offert par l'Univers. Tous ces mois passés à ne rêver que de lui. Toutes ces nuits à le fantasmer. Il s'est tout bonnement matérialisé devant moi.

*Et dire que je ne voulais pas venir jusqu'ici !*

Il ne me manquait plus que l'action pour sortir cette chimère de mon imaginaire.

*Il existe. Il est réel...*

Après ces quelques secondes de flottement, je tente de faire fonctionner mon cerveau convenablement. Que peut bien faire cet acteur ici ? Et comme pour répondre à cette question muette, je perçois son brin de voix, diablement virile, se prononcer dans notre langue natale sans le moindre accent :

— Bonsoir à tous !

Surpris d'entendre un compatriote en ces lieux, tout le personnel de *Caffé Raffaello* se tourne d'un même geste dans sa direction.

— Bienvenue à Tromsø ! poursuit-il distinctement pour se faire entendre de tous. Je m'appelle Elias. Et je serai votre guide durant votre séjour parmi nous.

— Eh bah, ça alors ! s'exclame Hugo. En venant dans ce pays viking, je m'attendais plutôt à rencontrer Thor ou Loki... pas Captain America !

L'hilarité générale gagne la pièce. Et contre toute attente, Elias semble également amusé de cette remarque. Je ne comprends pas comment Hugo s'en sort pour toujours faire de l'humour sans froisser personne ! J'imagine que cette allusion sur la ressemblance avec l'acteur a été servie des dizaines de fois à notre guide. Pourtant, le ton donné par mon collègue ne laisse aucune place à l'offense. C'est donc dans une atmosphère bonne enfant que tout le monde invite un sourire permanent aux lèvres.

— Ces Dieux de pacotille sont retournés à Asgard. C'est moi qui veillerais sur vous, répond Elias en ponctuant ses mots d'un clin d'œil vers Hugo.

*J'aimerais également qu'il veille sur mon sommeil, mais je risque d'avoir mieux à faire que dormir en sa compagnie...*

J'ai encore du mal à prendre mesure de ce que je suis en train de voir. Toujours figée, je sens Mya qui me secoue nerveusement le bras. À cause de mon absence de réaction, elle se hisse sur la pointe des pieds pour me marmonner ces quelques mots :

— C'est incroyable ta Loi de l'attraction ! Il faudra que tu me donnes ta recette !

C'est alors qu'Elias verrouille son regard au mien. L'instant semble durer une éternité et une fraction de seconde à la fois. C'est long et trop bref en même temps. C'est indescriptible. Cette énergie qui passe dans nos yeux liés sans attache. Mon ventre frissonne de délice.

Puis, comme réveillé d'un doux songe, il bat des paupières à plusieurs reprises avant de se tourner vers Marco. Mon boss s'est approché pour entamer la conversation, brisant inévitablement notre savoureuse connexion.

La foule se disperse. Chacun prenant le chemin d'une chambre pour y loger ses effets. Par automatisme, mes doigts se referment sur ma clé, tendue par mon amie. Je demeure incapable de me détourner de *lui*. Maintenant qu'*il* est présent, je ne peux plus me détacher de son aura. Elle rayonne tel un phare pour unique destination, en plein brouillard aveuglant qu'est devenue ma propre vie. Désormais matérialisé dans ma réalité, j'ai bien trop peur de le lâcher, au risque de le voir disparaître aussi soudainement qu'il est entré dans mon univers. Tout comme ce jeu d'attraction nous a guidé l'un à l'autre, nos corps ne peuvent répondre autrement que par cette gravité agissant l'un sur l'autre.

*Je ne douterai plus jamais du pouvoir de l'Univers. Il a exaucé mon souhait le plus fou !*

# Suivez le guide...

Où est-il passé ? Je ne voulais pas le perdre. Pourtant, il s'est échappé à la caresse de mes yeux, le temps d'un battement de cils. Je ne peux pas rester au beau milieu de cette entrée éternellement. Tout comme mes collègues, je dois prendre le chemin de ma chambre pour y déposer mes affaires.

*Elias.*

Il ne s'appelle ni Chris ni Evans, et c'est très bien comme ça. Le mystère qui l'entoure ne le rend que plus attirant...

J'entre dans ma chambre sans m'attarder sur la décoration sommaire aux tons boisés. J'entrepose ma valise sur une petite table et commence à fouiller dans cette pile de vêtements conçus pour affronter de dures conditions hivernales. Ce sera bien difficile d'user de mes charmes avec toutes ces couches sur la peau ! S'il reste insensible durant ce séjour, je le boucle dans ma valise pour l'emmener jusqu'en France ! Peut-être n'y a-t-il jamais mis les pieds ? Pourtant, je trouve qu'il parle très bien notre langue. Normal pour un guide. Il doit savoir s'exprimer avec aisance pour aider les visiteurs à se sentir chez eux ailleurs.

Je me glisse dans la salle de bain pour me rafraîchir. Quelques retouches de maquillages et la remise en formes de ma chevelure plus tard, je me sens prête à jouer la carte de la séduction pour notre dîner. Je prends maintenant la direction du réfectoire. La salle est vaste, investie de plusieurs petites tables rondes. Les baies vitrées sont larges pour offrir une magnifique vue sur les ruelles neigeuses de la ville, joliment éclairées. Je balaye cette pièce spacieuse du regard dans l'espoir de trouver l'objet de mes désirs.

*Mauvaise pioche...*

De toute évidence, Elias s'est volatilisé. Ai-je halluciné cette rencontre ? Et ses yeux dans les miens. Ce ne pouvait pas être un rêve. Je choisis de m'asseoir avec Mya, Cédric et Hugo. Puis, n'y tenant plus, je cherche à dissiper mes doutes :

— Notre guide ne dîne pas avec nous ?

Mon ton se veut anodin. Seule Mya laisse un sourire en coin se dessiner sur son minois.

— On n'a peut-être pas besoin d'un guide pour utiliser une fourchette, relève Hugo. J'imagine qu'on le verra demain.

*Quatre mois à l'attendre, je peux sans doute tenir encore quelques heures...*

Je ne prête pas vraiment attention au repas, ni même aux conversations engagées. Tout me semble fade tout à coup. Prétextant la fatigue, je m'éclipse rapidement pour m'isoler dans ma chambre. Durant la nuit, je tourne en rond, dans la pièce puis dans mon lit. Le sommeil me fuit. Je suis bien trop excitée à l'idée de le revoir pour dormir sereinement.

Le lendemain matin, j'ai une tête à faire peur. Heureusement que le maquillage fait des miracles ! Il est encore tôt. Je prends mon temps pour me préparer. Chaque détail compte. J'ignore quel est le programme prévu. Je me changerai si besoin. Je choisis un autre legging fourré que je recouvre d'une robe en laine moulante qui sait mettre mes formes en valeur. De retour dans le réfectoire, je prends mon petit déjeuner. Le ciel est d'un noir d'encre dehors. Pourtant il n'est plus si tôt. Un pays au soleil inexistant en cette saison. Comment peut-on vivre dans ces conditions ?

Je grimace quelque peu en buvant leur café. Il va vraiment falloir qu'on signe un contrat avec eux... J'imagine que Marco est déjà sur le coup. Lorsque tout le monde est fin prêt, nous nous retrouvons dans une salle baptisée *Café Raffaello*. Elle nous est attribuée pour nos réunions.

Lorsque j'entre, mes yeux se lèvent vers *lui*. Mon cœur palpite aussi vivement que lors de ma première fois. C'est incroyable. Je l'ai tellement rêvé, désiré. Chaque apparition me semble presque irréelle. Il observe tous les membres de notre entreprise, marque peut-être un temps plus long sur moi, mais détourne le regard pour lire le document tendu par Nicole.

*Pas touche, mégère !*

— Bonjour à tous, commence Elias. J'ai ici une liste. Et comme à l'école, je vais faire l'appel. Cela m'aiderait à mettre un nom sur chaque visage. Cédric Aubier.

— Présent, répond notre informaticien en levant sagement la main sans cacher son sourire amusé.

— Gabriel Delaunay.

— Présent.

— Hugo Delmare.

— Présent, Captain !

Une jolie fossette vient creuser la joue de mon beau Norvégien. Puis il poursuit sa liste jusqu'à moi :

— Charlie Maury.

*Quelle traîtresse ! Il a fallu qu'elle écrive mon vrai prénom !*

Je lève la main tout en rectifiant :

— Il y a erreur. C'est Charline.

Il relit son papier en fronçant les sourcils. Je précise mon propos :

— Je m'appelle bien Charlie, mais je préfère Charline.

— Si c'est tellement important, pourquoi ne pas faire les démarches pour changer de prénom ?

Ça alors ! C'est bien la première fois qu'on me pose cette question. Ça me désarçonne. Je me retrouve à bégayer ma réponse :

— Je... pour... parce que je ne veux pas blesser mes parents.

— Dans ce cas, je m'en tiendrai à Charlie pour respecter leur choix.

Je suis soufflée. Que répondre à ça ? Il poursuit son appel, comme si de rien n'était. J'étais loin d'imaginer une telle entrée en matière avec lui. Il me sera sans doute difficile de rester impassible à l'écoute de ce prénom. J'aperçois un petit sourire satisfait de la part de Nicole.

*J'ai bien envie de lui faire bouffer de la neige, à cette morue !*

Restons calmes. Il faut dédramatiser. Après tout, entre Charlie et Charline, il n'y a qu'une lettre de différence...

Elias termine par Marco Rossetti et nous expose ensuite le programme de la journée. L'objectif est de profiter des quelques rares heures de lumière pour nos activités extérieures. Aujourd'hui, nous commençons par une randonnée en raquettes dans la neige. Elias me glisse un regard avant de recommander le choix de vêtements adéquats.

Moi qui souhaitais échapper au pantalon, c'est râpé. Je ne vais pas faire ma forte tête pour autant. J'imagine les conseils de notre guide avisés. Pourtant, cela doit se voir à ma tête que l'idée de me changer ne m'enchante pas réellement.

— Barbie jouant de la raquette, intervient Hugo. J'ai hâte de voir ça !

Je vrille mon regard dans sa direction. Il me faut une fraction de seconde pour comprendre qu'il ne fait pas allusion à un quelconque sport, mais juste à la randonnée à venir. Sur l'instant, je n'avais pas saisi. Je calme ma respiration. Pour une fois, je n'ai pas la répartie qu'il aime entendre. Il me sert un clin d'œil, plus pour confirmer que c'était bien de l'humour. Je lui réponds d'un simple sourire qui se veut rassurant. Puis je prends la direction de ma chambre pour trouver une autre tenue.

À l'extérieur, notre petite troupe progresse dans une zone encore bien plus éloignée de la ville. Les montagnes nous dominent sur un versant, un courant marin de l'autre. En ce milieu de matinée, la clarté du ciel se reflète sur ces différentes couches neigeuses environnantes. Plusieurs arbres de glace nous surveillent. J'avoue que ce décor a quelque chose de magique.

Nous chaussons nos raquettes puis le départ peut commencer. Très rapidement, je sens qu'il y a un problème.

— Votre raquette est mal mise, m'informe Elias.

Il se place accroupis devant moi pour axer ma chaussure correctement entre les sangles. Un instant de déséquilibre me force à poser une main sur son épaule.

*Ce que je peux détester toutes ces couches contre le froid !*

C'est donc ma moufle qui repose sur sa combinaison anti-froid. Aucun contact possible. J'aimerais tellement évaluer l'homme qui se cache là-dessous ! Lorsqu'il se redresse, il attrape mon avant-bras pour s'assurer de mon équilibre. Je relève la tête vers lui. Qu'est-ce qu'il est grand !

*On peut dire que l'Univers m'a bien comprise sur ce coup-là !*

— Ça va mieux, Charlie ?

Ce prénom...

— Oui... Elias.

Tous les papillons de mon ventre cessent instantanément de battre des ailes. Toute délicieuse sensation s'envole. Mon guide s'éloigne pour assister Nicole. Je sens que les choses seront bien loin d'être simple. La randonnée commence. Ce coin de nature est digne des plus belles cartes postales. Certains nuages s'écartent pour révéler un ciel aux tons rose-orangé. C'est à couper le souffle !

— C'est peut-être bête de ma part, mais je croyais qu'on serait constamment dans le noir, avoue timidement Mya. Au lieu de ça, on a droit à un ciel sublime...

— Une aube qui ne se lève jamais, commente Elias muni d'un regard souriant. Vous ne verrez pas cet astre de feu, mais sa lumière n'est pas si lointaine. Si vous voulez le voir, il faut revenir l'été pour assister au fameux soleil de minuit !

— Je m'attendais à un froid plus terrible, révèle Cédric. Il ne fait que - 7 °C.

— C'est grâce au Gulf Stream qui remonte de l'Atlantique, poursuit notre guide. Si nous allons plus dans les terres, vers la Suède ou la Finlande, on avoisinerait les - 20 °C...

J'aime beaucoup la passion qui l'anime lorsqu'il nous fait les descriptions de son pays. Il pourrait presque me faire apprécier ce climat polaire.

Durant notre progression, je n'éprouve pas de réelle difficulté. Je le dois sans aucun doute à mes séances de footing qui m'offre une endurance enviable. Malgré tout, Gabriel s'approche de moi pour me proposer son aide. Cela me fait sourire, parce que c'est lui qui a le souffle court.

— Besoin d'un coup de main, Charline ?
— Ce ne sont pas tes mains qui m'intéressent.

Je prononce ces mots sans lâcher des yeux notre guide. Gabriel suit mon regard. Cela semble le contrarier. Peut-être qu'il va enfin accepter que je ne renouerai aucun lien avec lui.

Cette randonnée nous mène dans une vaste étendue neigeuse au pied d'une montagne. Elias se met au ras du sol pour creuser la poudreuse, révélant ainsi une épaisse couche de glace. Nous comprenons alors que nos pas nous ont guidés sur un lac gelé. Aucun risque de passer au travers, selon lui. Ses mots n'ont tout de même pas le pouvoir de rassurer Nicole, qui a vécu jusqu'ici cette excursion comme une souffrance. Ce n'est vraiment pas évident de conduire une telle troupe. Nous avons tous un âge différent et tout le monde n'a pas la même condition physique.

*Eh oui ! Contrairement aux apparences, ce n'est pas la fifille surnommée Barbie qui ralentit le groupe...*

Je suis soudainement tirée de mes réflexions en voyant arriver une boule de neige dans ma direction. Je me baisse suffisamment vite pour l'éviter. Le projectile termine sa course sur Marco. Je regarde le coupable.

*Hugo... Comme c'est étonnant !*

Contre toute attente, notre boss lance les hostilités pour venger cet affront. Cette bataille de neige prend de plus larges proportions en entraînant de plus en plus de combattants ! Seules Nicole et Jeanne restent à l'écart, escortées par Elias. Puis tout le monde finit par s'acharner sur la même cible : notre technicien de maintenance à l'humour révolté. Il termine au sol et agite les bras et jambes pour marquer la neige de son empreinte.

— Regarde, Gabriel, je fais un plus bel ange que toi !

Pour toute réponse, Hugo reçoit une autre salve de boules glacées. Notre ami a bien du mal à se relever après ça. Elias s'avance pour l'aider à se redresser.

— Ça faisait un moment que ça te démangeait, n'est-ce pas ? demandé-je à l'attention de Marco.

— Je crois que je n'étais pas le seul à souhaiter lui faire ravaler toutes ses blagues douteuses... confirme-t-il armé d'un éclat victorieux dans le regard.

Ça fait plaisir de découvrir le patron aussi détendu. C'est une tout autre facette qui se dévoile ainsi. Et je pense que c'est ce qu'il recherchait en nous conduisant ici. Il voulait que tout le monde se lâche pour renouer des liens.

Notre équipe prend le chemin du retour. Je m'avance pour marcher au même niveau qu'Elias. Je lui glisse une allusion à la bataille de neige :

— J'imagine que vous ne vous attendiez pas à gérer une classe maternelle.

— Je pensais pourtant avoir bien lu le contrat, répond-il.

— Il faut toujours s'intéresser aux petites lignes...

Je devine son sourire à ses yeux rieurs.

— Vous auriez pu prendre part au combat, relevé-je. Je me doute que les plaisanteries sur *Captain America* passent moyennement...

— Il n'est pas le premier, c'est vrai. Et il ne sera certainement pas le dernier non plus à faire cette allusion sur ma ressemblance avec cet acteur. Mais, étrangement, venant de lui ça passe mieux.

— Je me suis toujours demandé comment Hugo a fait pour rester en vie jusqu'à aujourd'hui ! Il doit avoir un don.

— Peut-être, mais en attendant, il est maintenant trempé. Il va falloir s'abriter pour se réchauffer.

*Se réchauffer ? Humm... Cela me donne des idées...*

Elias capte mon regard qui en dit long sur les pensées qui m'habitent à cet instant. Ses yeux dans les miens, qu'est-ce que j'aime ça ! Il se détourne et accélère le pas, prétextant vouloir aider quelqu'un d'autre dans cette randonnée à raquettes. L'ai-je effrayé ? Je ne faisais pourtant que parler gentiment. Dommage. D'habitude, Mya m'est d'une aide précieuse dans ce genre de situation. Elle analyse chaque comportement pour me conseiller. Je tourne la tête pour la découvrir en grande conversation avec Cédric. De toute évidence, il accapare toutes ses pensées. Je ne peux pas lui en vouloir. Cela fait tellement longtemps qu'il lui plaît... Peut-être qu'à la fin de ce séjour, nous aurons toutes deux entamé une nouvelle relation.

# Suis-moi, je te fuie...

Une fois libérés de nos raquettes, nous prenons la direction du centre ville. Sur les conseils d'Elias, nous nous installons dans un petit restaurant pour nous préserver du froid en plus de reprendre des forces avec un repas chaud. C'est efficace. Disons surtout que sans nos combinaisons, il est bien plus facile d'évaluer l'allure de notre guide. Sa silhouette aux larges épaules sait générer une douce chaleur au fond de moi. Il est installé à l'autre bout de cette grande tablée. Tant qu'il reste dans mon champ de vision, c'est parfait. Gabriel s'est assis juste à côté de lui. Il semble décidé à ne pas le quitter d'une semelle. Je ne suis pas sûre que ce soit de bon augure. Essayons de ne pas voir le mal partout.

J'ai passé les derniers mois à visionner toutes les vidéos possibles et imaginables qui présentaient Chris Evans. Dans les différentes interviews ou événements style Comic-Con, l'acteur avait des expressions bien à lui, des tics de gestuelle. Toute cette analyse fait que je le connais par cœur. Par exemple, cette façon qu'il a de poser sa main sur son torse lorsqu'il rit aux éclats... ou son large sourire en basculant la tête en arrière. Je sais tout. Je suis incollable. Tout ça pour dire qu'Elias n'est pas comme lui. Il a son identité propre, une façon bien à lui de pencher légèrement la tête de côté à l'écoute de son interlocuteur. Un rire franc révélant d'adorables fossettes, à peine dissimulées dans sa barbe naissante et bien entretenue.

Je l'observe sans la moindre retenue. Je ne veux pas en perdre une seule miette. Cela fait bien trop longtemps que je l'attends. Il ne peut imaginer à quel point il m'a sous son emprise. Il n'est pas simplement beau à tomber. Je sens une empathie en lui. Il semble concerné par son entourage. Il n'y a qu'à voir la façon qu'il avait de se soucier de chaque membre de notre groupe. Elias voulait par-dessus tout que cette randonnée soit agréable pour tout le monde. Cette générosité m'émeut. Je l'imagine parfaitement protecteur envers son proche entourage. Selon moi, les femmes ne sont pas des petites choses fragiles qu'il faut préserver de la dureté du monde. En revanche, j'aime qu'un homme ait cette noblesse, cet instinct protecteur, pour aider sa moitié à se révéler sous son plus beau jour.

*Incroyable. Cela fait moins de 24 heures que mes yeux ont croisé les siens, et je crois que je suis déjà amoureuse...*

À la fin du repas, je commande un *macchiato*. Certains disent que je suis une aventurière. Et comme attendu, les proportions de lait ne sont pas respectées pour me donner le breuvage désiré. À l'autre bout de la table, je note la boisson demandée par Elias. *Lungo* :

café allongé, un sucre. Je vais pouvoir étoffer ma liste de la psychologie du café avec ce nouveau spécimen.

*Allongé... Humm... Peut-être est-il du genre à vouloir faire durer le plaisir...*

Après la dernière gorgée avalée, je sors mon petit miroir pour m'aider à remettre du rouge à lèvres. Avec ce froid, je n'ai vraiment pas envie de les avoir toutes gercées. Je souhaite être parfaite en toute circonstance. Je sens quelques regards amusés sur moi. Cela m'importe peu. Il n'y a rien de mal à vouloir être belle.

Nous passons les heures suivantes à faire le tour de la ville à pieds. Certaines boutiques se veulent tentatrices. Tout est bon pour faire vivre l'esprit de Noël. Je vais sans doute céder pour ajouter un ou deux cadeaux à glisser sous le sapin. Je verrai cela juste avant de partir.

Certains collègues commencent déjà à ressentir des courbatures alors que la lumière du jour s'estompe rapidement. Il n'est pas si tard, mais en cette période les nuits sont bien longues. Respectant la volonté générale, nous prenons le chemin de l'hôtel pour nous détendre. Cette décision s'accompagne d'une séparation que je suis la seule à vivre comme une souffrance. Son rôle de guide terminé, Elias nous laisse entre nous pour sans doute rentrer chez lui.

Je dois trouver une solution pour le séduire sans lui sauter dessus ! Notre séjour ne sera pas long. Le temps joue donc contre moi. Serait-ce l'air polaire, les émotions ou tout simplement cette randonnée ? Je suis épuisée. Blottie dans mes draps, le sommeil me cueille pour m'emporter dans ses bras cotonneux. Mes songes m'entraînent auprès de *lui*. Et quand je dis lui, il ne s'agit plus de Chris Evans.

Le lendemain, notre beau guide nous réserve une expérience mémorable. Balade à chiens de traîneaux ! Ces boules de poils sont adorables. Des animaux qui savent attendrir tous les cœurs dans notre équipe, tout particulièrement Marco ! Mon patron semble retomber en enfance.

*C'est incroyable, je ne l'ai jamais vu aussi enthousiaste.*

Mya souligne qu'un chiot pourrait tout à fait passer inaperçu dans sa combinaison ! Elle avoue ensuite que tout comme son fils, elle aimerait bien adopter un tel compagnon, mais que cela n'a rien de raisonnable dans son petit appartement.

Pour l'heure, ce sont des adultes qui vont pouvoir conduire les attelages. Les bébés resteront dans leurs cages. Le gérant de l'enclos nous donne des consignes dans sa langue natale. Elias se charge de la traduction, tout en fournissant ses propres conseils. Contrairement à ce qu'on pourrait penser, il ne s'agit pas de simplement se faire tracter. Il faut également participer pour soulager les bêtes, surtout dans les montées. En sommes, c'est encore une activité sportive. Cette révélation suffit à convaincre Nicole de rester près des chiots pour leur tenir compagnie.

— Il faudra bien se baisser pour garantir un centre de gravité le plus bas possible, poursuit Elias en nous présentant la bonne position à adopter.

Difficile de l'admirer avec autant de vêtements, mais ça ne m'empêche pas de me rincer l'œil.

— Centre de gravité le plus bas possible, répète Mya qui est sans aucun doute la plus petite de nous tous. Aucun problème avec moi !

— Ce sera un peu plus sportif me concernant, mais je relève le défi ! annoncé-je fièrement en adressant un clin d'œil à notre guide.

S'il a ri à la remarque de Mya, il n'a qu'un simple sourire à m'offrir. Je ne vois pas mon amie comme une rivale. C'est clair pour tout le monde maintenant qu'elle n'a d'yeux que pour Cédric. Est-ce que j'intimide Elias ? Peut-être. Je sais que parfois ma confiance en moi peut me faire passer pour quelqu'un de difficilement accessible. Je ne compte pas jouer un rôle pour lui plaire, mais je vais sans doute devoir changer de tactique...

Cette expérience avec les chiens était fantastique ! Un véritable moment de partage dans un décor féérique. Et cela ne fait que commencer. L'après-midi, Elias nous conduit dans une zone plus reculée de la Laponie. On sent qu'ici, le monde est plus sauvage. C'est une journée animalière, car cette fois-ci nous rencontrons des rennes. L'objectif est de les nourrir. Nous nous amusons même à faire quelques selfies avec eux ! Mya prend une photo de Cédric, Hugo et Elias qui ont bien sympathisé. Notre guide demande simplement à ce que le cliché ne tourne pas sur Internet. Il révèle avoir en horreur les différents réseaux sociaux. En ce qui me concerne, je verrai avec Mya pour récupérer la photo rien que pour moi !

Puis nous apprenons à découvrir le peuple qui vit par ici pour élever ces bêtes : les Samis. Ils nous invitent sous leur immense tente pour nous présenter leurs traditions et nous faire goûter leur cuisine. C'est impressionnant d'entrer en contact avec ces autochtones qui vivent en marge de notre société moderne. Je ne suis pas la seule à ressentir ce profond respect envers ces habitants. Même Hugo garde ses plaisanteries pour lui. Nous sommes si peu de choses...

Lorsqu'on sort de cette modeste demeure, une nuit noire a largement recouvert le monde. Le retour à l'hôtel est inévitable, et avec lui, une séparation toujours aussi pénible pour ma part.

Troisième journée. Nous sommes pratiquement à la moitié du voyage. J'ai l'impression de ne pas avoir avancé. Tout est encore possible. Et pourtant...

Lorsque j'arrive dans le hall de réception, je reconnais Elias en pleine conversation avec la responsable de l'hôtel. Je suis bien incapable de comprendre ne serait-ce qu'un seul mot. Dans l'attitude, ils semblent proches. Elle est pourtant bien plus âgée que lui. Peut-être une quinzaine d'années de différence. Cela ne pose pas de réel problème à certains couples.

*Aïe ! Ce mot - couple - me fait mal rien que d'y penser...*

Je note qu'il glisse une main au bas de son dos. Un geste anodin. Et pour moi, tellement douloureux. Voilà maintenant qu'il lui murmure des choses à l'oreille pour la faire rire. C'est trop dur. Je poursuis ma progression vers notre petite salle privée. Elias m'y retrouve après une minute. Il nous annonce qu'aujourd'hui nous allons faire de la motoneige. Je ne suis pas aussi emballée que mes camarades. J'ai encore le goût amer en bouche de ce que je viens de voir.

En file indienne, nous suivons notre guide à l'extérieur. Plusieurs machines sont disponibles pour l'occasion.

— Si cela vous impressionne, vous pouvez monter à deux, précise Elias.

Certains duos se forment. Mya me regarde d'un air dubitatif. Je lui fais un signe de tête pour l'encourager à tenter l'expérience avec Cédric. En ce qui me concerne, je veux bien rester seule. Ça semble différent de ma *Mini*, mais j'adore conduire des bolides.

— On fait équipe, Barbie ? propose Hugo.

— Si tu veux te tenir à ma taille pendant que je pilote, pourquoi pas !

— Euh... Sans moi ! Je me souviens trop bien de la dernière fois que je suis monté avec toi dans ta voiture !

Je lui adresse un clin d'œil pour seule réponse. Il me vient alors une idée. Je me rapproche d'Elias :

— Ce serait peut-être plus judicieux qu'on ait votre numéro de téléphone au cas où l'on serait séparés.

Il marque une seconde de pause.

— Ne vous inquiétez pas, Charlie. On restera groupés pour éviter ce genre de situation.

Malin. Il a deviné mon arrière-pensée. J'ai l'impression qu'il prend plaisir à m'appeler par mon véritable prénom pour creuser un certain fossé entre nous. Il a clairement perçu que ça me gênait. Il utilise cet atout à chaque fois que je tente une approche explicite. Je prends sur moi. Peut-être qu'un jour je pourrai apprécier l'entendre me nommer ainsi. Ou pas.

En définitive, je suis la seule femme à conduire un tel engin par elle-même. C'est très amusant ! Si j'avais eu l'occasion de monter avec Elias, j'aurais pris plaisir à m'accrocher à sa taille. Comme promis, personne ne se perd en route durant cette excursion.

Puis nous délaissons les motoneiges pour poursuivre à pied parmi les fjords. Cette côte sauvage révèle la présence de mammifères et végétations accompagnés d'une couche de neige plus fine. L'effet du Gulf Stream, comme nous le rappelle Elias. Ce courant marin remontant de l'Atlantique apporte une chaleur inattendue dans cette zone arctique. On trouve ici des loutres, des castors, différents oiseaux et une végétation abondante de fleurs, baies et champignons malgré l'hiver.

*C'est indéniable. Ce pays est magnifique.*

Sur le chemin du retour pour retrouver nos véhicules, j'ose mettre les pieds dans le plat avec notre guide en abordant un sujet qui me chagrine depuis ce matin :

— Vous sembliez proche avec la gérante de l'hôtel.

Il plonge son regard dans le mien, conserve le silence. Il me sonde. Peut-être y lit-il la pointe de jalousie que je suis bien incapable de refouler. Puis un léger sourire en coin vient habiller son visage.

— En effet, avoue-t-il.

Il laisse passer quelques secondes pour savourer mon malheur.

— Il s'agit de ma mère, précise-t-il enfin.

— Oh !

*Quelle gourde ! Évidemment...*

J'imagine que cette femme est bien plus âgée qu'il n'y paraît. Le froid de la région permet sans doute de mieux vieillir. Je me sens tellement nulle. Je tente de m'en sortir avec un compliment :

— Eh bien... Je sais désormais à qui vous devez ces beaux yeux.

Elias n'est pas dupe. Il a deviné quel film je m'étais imaginé. Je suis bien stupide ! Maintenant que j'y repense, oui, il y a une ressemblance. Même si cette femme est d'un blond polaire et lui châtain, ils ont un regard identique.

Son sourire amusé ne le quitte pas. Au moins je l'aurais fait rire ! Il se délecte de ma gêne. Je préférerais qu'il me voie autrement que comme une pauvre écervelée.

*Allez, courage, Charline ! Il me reste encore quelques jours pour changer la donne...*

# Fuis-moi, je te suis...

D'habitude, lorsqu'un homme me plaît, je n'ai pas de difficulté à le séduire. Je n'ai même pas vraiment d'effort à faire. Généralement, ce sont eux qui viennent me faire part de leurs intentions à peine dissimulées. Mais à chaque fois, cela me conduit à vivre des histoires sans lendemain. Je ne suis à leurs yeux qu'une maîtresse pour tromper leur femme. Un rôle que je me refuse de jouer à nouveau. Peut-être que toute la différence est là. Je ne veux pas d'un homme qui souhaite vivre quelques instants volés. C'était d'ailleurs très clair dans mon mantra : *il me respecte*. Je me retrouve donc confrontée à une situation nouvelle.

Je lui plais. J'en suis certaine. Les yeux ne mentent pas. Les siens se posent sur moi de façon légèrement plus prononcée que sur les autres membres de notre équipe. J'aime aussi analyser les tics nerveux, qui laissent clairement exprimer les pensées muettes. Cela est très utile dans mon travail pour cerner mes clients. Et en matière de séduction, cela fonctionne aussi. Un exemple simple. Quand Mya se mord la lèvre inférieure, c'est un geste involontaire pour refouler un désir, une pulsion.

C'est très courant. Je n'ai jamais vu Elias avoir cette expression. Pour autant, j'ai pu noter certains mouvements de mâchoire assez furtifs. Peut-être serre-t-il l'intérieur de ses joues entre ses dents. La finalité est la même. Il est dans la retenue. C'est à moi de jouer pour faire céder ces verrous.

Sauf que je n'avais pas prévu tout ça ! Je voulais que l'Univers me serve l'homme de mes rêves. Il me semblait logique qu'aucun obstacle ne puisse l'empêcher de s'unir à moi. Si seulement je savais ce qu'il a en tête. Cela m'aiderait à comprendre pourquoi il me fuit de cette manière. Serait-ce nos deux nations si différentes à plusieurs milliers de kilomètres l'une de l'autre ? Nos cultures dissemblables ? Même si c'est un pays européen, peut-être qu'on ne drague pas de la même façon dans le coin !

*Rien d'étonnant avec toutes ces couches de vêtements !*

Ici, je ne peux pas simplement porter ma petite robe noire avec mes talons aiguilles. Pourtant c'est efficace. La dernière fois que j'ai mis tout ça, j'ai fini dans le lit de Gabriel. En juillet. Il y a une éternité ! Je préfère oublier ces souvenirs. Ils appartiennent à une autre vie. Une autre Charline.

C'est sur cette idée de renouveau que je termine de rédiger mes pensées dans mon journal intime numérique. Je me lève plus motivée que jamais pour faire des jours à venir une opération séduction sans la moindre fausse note. Une fois de plus, le programme n'est révélé qu'à notre entrée dans notre salle de réunion. Cela pimente le séjour de découvrir les activités au compte-gouttes.

Avec un regard mystérieux, Elias nous distribue des cagoules. Je remarque son sourire s'élargir lorsqu'il perçoit ma réaction réticente.

*Sérieusement ? Il faut vraiment que je mette ce truc sur ma tête ?*

Comme s'il avait lu dans mes pensées, il précise qu'il fait plus froid aujourd'hui et que cela nous sera indispensable pour prendre le large...

*Prendre le large ? Je pourrais presque croire qu'il choisit les activités pour tester mes limites !*

Tout ne tourne pas autour de moi. Il ne faudrait pas devenir paranoïaque. Je me résous donc à suivre le groupe en me sentant encore plus étouffée sous cette nouvelle couche contre le froid. Notre cheminement nous amène sur un quai. La masse nuageuse me semble menaçante et le vent soutenu. Même s'il ne neige pas, cela n'a rien pour me rassurer.

— Est-ce vraiment prudent de naviguer par un temps aussi mauvais ? demandé-je, hésitant à monter à bord du petit bateau à moteur prévu pour l'occasion.

— En Norvège, il n'y a pas de mauvais temps. Il n'y a que de mauvais vêtements, répond Elias.

Il me fait un geste pour m'encourager à suivre mes camarades sur le navire. J'imagine que sa réplique toute faite doit être un dicton du coin. Je prends sa main le temps d'enjamber la passerelle et lui glisse quelques mots au passage :

— Je compte sur vous pour que le froid ne vienne pas me paralyser.

Mon œillade est explicite. Nouveau mouvement de menton de sa part. Touché. Il ne relève pas, puis s'éloigne pour s'intéresser au marin qui va nous conduire dans un endroit mystère.

J'ignore combien de temps nous prend cette traversée, mais Elias n'avait pas menti pour le froid. Mine de rien, je suis contente de porter cette horreur qui doit aplatir toutes mes boucles blondes. Puis, le regard perdu vers les monts neigeux lointains, je discerne des masses noires se mouvant jusqu'à la surface de l'eau. Mes collègues s'enthousiasment à leur tour. Nous sommes face à des orques ! Certains oiseaux se joignent à cette danse en une joyeuse cacophonie. Ces mammifères marins semblent s'amuser de recevoir un tel accueil. Ils deviennent de moins en moins timides et poussent des jets d'eau tout comme le feraient des baleines.

Cette rencontre animalière est encore plus bouleversante que tout ce qu'on a pu vivre jusqu'ici. Elias est doué. Il nous fait ressentir des émotions crescendo. Pour immortaliser ce moment, je retire mes moufles pour prendre des photos et quelques vidéos avec mon smartphone. Le froid est mordant. Je regrette presque cette idée. Mya se retrouve dans la même situation que moi. Sauf que pour elle, Cédric souffle dans ses gants vides afin de lui offrir un abri douillet pour accueillir ses doigts. Une attention délicate.

*Je me sens seule.*

Mes yeux se portent sur Elias qui discute avec Marco. Je m'avance vers eux. Notre guide se faufile pour aller s'entretenir avec le capitaine de notre navire. Je me retrouve maintenant à parler banalités avec mon boss. Lorsque le spectacle marin touche à son terme, notre bâtiment entame sa traversée retour. Nous sommes nombreux à choisir de nous réfugier en cabine. Plusieurs petits groupes se sont formés, chacun sur différentes conversations. Je reste près d'Hugo. Avec son éternel sourire enfantin, il apostrophe Elias qui passe non loin :

— Il faudra que tu me dises ce que ça fait d'être le sosie de l'homme élu le plus sexy de 2022 !

— C'est flatteur, avoue-t-il. Mais c'est aussi un problème. Certaines personnes ne voient de moi que l'acteur.

Ce serait donc ça le souci...

— Un atout pour charmer ces dames, intervient Gabriel qui a laissé traîner son oreille dans la conversation que l'on pensait discrète.

— Ce n'est pas mon genre. Mais si je dois retenir un avantage, c'est que je sais tout de suite quel style ne me va pas sans l'essayer. La moustache, c'est juste impossible !

— Je suis à 100 % d'accord avec vous ! affirmé-je malgré moi avec enthousiasme.

Il accroche son regard au mien, d'un air songeur.

— Il suffirait donc que je porte la moustache pour vous repousser. Intéressant...

Je me décompose sur place.

— Dommage que je ne sois pas prêt à faire ce sacrifice.

Est-ce que je dois me réjouir ? Pas sûre... Ne serait-ce là que de l'humour ? Le doute persiste. Une lueur énigmatique brille dans ses yeux. J'ai parfois l'impression qu'il est joueur.

— Ne changez rien, c'est parfait.

Son sourire s'élargit, mais il prend une nouvelle fois la fuite. Cet échange sera le dernier de la journée.

Le lendemain, mon ventre se tord. Il ne me reste plus que deux jours avant le départ. Je vais finir par sérieusement envisager de faire entrer mon beau Norvégien dans ma valise pour le conserver avec moi jusqu'en France. J'ouvre les volets. Le temps est exécrable. Je me demande bien ce qu'on va pouvoir faire dans ces conditions. Je me laisse surprendre jusqu'à mon entrée dans la salle *Café Raffaello*. Visite de Polaria. Il s'agit d'un immense complexe aquatique pour en apprendre plus sur la vie animale et végétale à Tromsø. L'idée est excellente pour faire le bilan de tout ce qu'on a pu voir jusqu'ici tout en restant à l'abri du froid menaçant au-dehors. Cette visite nous occupe une bonne partie de la journée. Nous avons le plaisir de découvrir plusieurs formes de vie arctique que nous avons manquées durant nos excursions.

Après notre passage près du bassin des phoques, je questionne un peu mon beau Norvégien :

— Cela fait longtemps que vous êtes guide ?

— À vrai dire, je n'aurais pas dû être là. Le guide habituel s'est cassé la jambe la semaine dernière. Je suis venu le remplacer.

Cette révélation me coupe les mots. Ainsi donc, l'Univers a brisé la jambe d'un pauvre homme pour m'offrir Elias sur un plateau. Le bonheur des uns fait le malheur des autres.

— Quelles étaient les chances ? J'imagine que vous n'étiez pas le seul disponible.

— Détrompez-vous, peu de gens parlent français dans la région.

Je reste songeuse, le cœur battant. La Loi de l'attraction est redoutable dans son efficacité !

Nous poursuivons notre visite jusqu'à la nuit tombée. Pour le reste, nous manquons de chance. Le ciel étant trop couvert, nous n'aurons probablement pas le loisir d'observer des aurores boréales. Pourtant cette partie du pays est réputée pour nous en offrir de mémorables. En contrepartie, Elias nous invite à le suivre en début de soirée pour atteindre les hauteurs via le téléphérique. Ainsi, nous dominons largement la ville de Tromsø. La lumière qui en émane est magnifique. Ce spectacle nous émerveille, même si Elias semble quelque peu chagriné de ne pouvoir faire plus. J'en profite pour lui glisser l'idée qu'on reste en contact afin qu'il nous partage quelques clichés des futures aurores à venir. Une fois de plus, il fait la sourde oreille, bien décidé à ne pas répondre à mes avances explicites.

Nous rejoignons ensuite l'hôtel. Le point de vue n'était pas aussi fantastique qu'attendu, mais nous en gardons de belles images plein la tête. Notre guide nous souhaite une bonne nuit, l'esprit préoccupé. Il aurait voulu nous faire vivre des instants plus magiques encore. En ce qui me concerne, sa simple présence me suffit.

Dernier jour. Je dois tout tenter. Et tant pis si je suis trop insistante. Je suis prête à le prendre à part pour lui raconter toute mon histoire complètement dingue sur la Loi de l'attraction et l'Univers qui a conspiré à nous glisser l'un près de l'autre, et ce, à ma demande. À part lui, je n'ai plus rien à perdre...

Lorsque j'entre dans notre salle de réunion, mes yeux cherchent vainement l'objet de mes désirs. Je patiente quelques minutes. Rien. Je questionne Marco sur l'absence de notre guide.

— Je doute qu'on le revoie. Pas d'excursion pour aujourd'hui. Vous êtes tous libres de vaquer à vos occupations pour profiter de notre dernière journée. Ce sera idéal pour penser à quelques cadeaux de Noël...

— Donc hier, c'était la dernière fois qu'on voyait Elias ? m'alarmé-je la voix blanche.

— Charline, je sais que les finances de *Café Raffaello* se portent admirablement, mais il fallait bien que cela s'arrête à un moment donné...

Je suis dévastée. Je n'arrive pas à croire que ce soit fini. Outre mon irrésistible envie de me lier à lui, je trouve que les au revoir d'hier soir n'étaient pas à la hauteur de tous ces moments partagés ensemble. Je vois que d'autres sont également déçus. Elias s'était très bien entendu avec Hugo et Cédric. Notre Norvégien aimait rester discret sur sa vie en général, mais ce dernier jour sans lui n'aura pas la même saveur pour nous tous.

Je ne suis pas du genre à me laisser abattre. Je compte bien le retrouver par mes propres moyens pour lui dire clairement combien cette rencontre était importante pour moi.

# Aurore rose

Je crois avoir fouillé Tromsø dans tous les sens. Elias est introuvable. La gérante de l'hôtel a disparu. Je comptais sur elle en dernier recours pour lui demander où habite son fils. Je n'ai plus rien. Pas le moindre indice. Je ne connais même pas son nom de famille. Tout m'échappe. Tout n'a plus la même saveur sans lui. Maintenant, je ne vois que cette neige glacée qui me paralyse et m'empêche de réfléchir posément. Je ne suis pas la seule chagrinée par son absence, mais Hugo et Cédric relativisent. Ils n'ont pas le cœur en miette comme moi.

Les heures s'égrainent. La Terre tourne. La Laponie se plonge inévitablement dans une nuit profonde. Nous partageons notre dernier dîner dans le réfectoire de l'hôtel, après une réunion d'équipe dont je n'ai strictement rien retenu. Je n'ai plus le goût de rien.

— Souris, Charline ! On va mettre un peu d'ambiance pour notre dernière soirée, assure Hugo. J'ai apporté mon enceinte *Bluetooth* !

J'apprécie ses efforts pour effacer ma peine. Je termine mon repas plus en jouant avec ma nourriture qu'en l'ingurgitant. Puis nous nous levons de table pour nous diriger vers notre salle privée. Mon cœur fait un bond.

*Il est là !*

— Vous avez fini de manger ? Parfait ! J'ai une surprise pour vous ! Couvrez-vous bien, on sort...

— Ce n'était pas prévu au programme, intervient Marco.

— C'est moi qui vous invite. J'ai un ami qui me devait un service. Il y a un car qui nous attend dehors...

Elias semble satisfait de son effet. Mes papillons sont revenus battre dans mon ventre avec frénésie. J'ai presque envie de lui sauter au cou ! Jamais aucun homme ne m'a fait ressentir ça.

Nous montons dans le car en question, bien emmitouflés dans nos combinaisons. Le ciel semble dégagé. Je crois deviner ce qui nous attend. Nous avalons les kilomètres pendant près d'une heure. Je ne regarde même pas au-dehors. J'ai trop peur de lâcher des yeux notre guide. Puis nous descendons dans un endroit particulièrement désert. Les seules lueurs visibles ne viennent que du ciel. Cette voûte céleste est fendue de différents rideaux lumineux d'un rose étonnant. C'est étrange, je ne m'attendais pas à une telle couleur pour des aurores boréales. J'avais en tête des teintes vertes.

Tout aussi intrigué que moi, Marco pose la question sur la nature de ce phénomène.

— C'est extrêmement rare, confirme Elias.

— Rare comment ? demandé-je.

— Je n'en ai jamais vu de tels de ma vie.

L'Univers serait-il en train de me faire un signe ? Après l'éléphant, c'est une aurore boréale rose qui se tisse au-dessus de nos yeux ébahis. L'émotion me gagne, mouillant mes yeux. Je n'en ai pas honte. C'est tout bonnement magique. La respiration saccadée, je m'agrippe tout naturellement au bras d'Elias. Peut-être pour respecter cet instant de paix, il n'a pas de geste de recul. Sans ça, je crois que je me serai écroulée sous la force de cette vague qui me submerge intérieurement.

Sans doute pour éviter que mes larmes ne gèlent sur mes joues, Elias me tend un mouchoir. Je le remercie d'une voix faible et essuie ma peau humide avec toute l'adresse que m'offrent mes moufles.

— Vous n'êtes pas la seule à être gagnée par l'émotion, me dit-il tout en hochant la tête de côté.

Je me tourne pour observer de qui il parle. Je découvre Mya et Cédric, enlacés, échangeant un baiser rempli de tendresse.

— Qu'est-ce qu'ils sont beaux tous les deux ! Je suis tellement heureuse pour eux.

— Je ne connais pas leur histoire, mais ils vont bien ensemble, reconnaît Elias.

À cet instant, mes yeux ne s'accrochent qu'à lui. Son regard a retrouvé le ciel rosé. Mes mains ont lâché son bras durant ma tentative pour chasser mes larmes.

J'aimerais tellement vivre un même échange avec lui. L'Univers semble m'y encourager. Je me lance. Je me rapproche imperceptiblement de lui. Mon mouvement s'interrompt brutalement lorsque le chauffeur du car interpelle mon guide. Il s'exprime dans leur langue locale dont je ne comprends pas le moindre mot. Elias s'éloigne pour le rejoindre. Durant une poignée de secondes, j'ai senti comme un lien nous unissant. L'ai-je rêvé ?

Tout comme la plupart de mes collègues, je sors mon téléphone pour essayer de capturer cette vue irréelle au-dessus de nous. Le souvenir qui en résultera, à la vision de ces photos, aura fatalement un goût d'inachevé. Plus tard, Elias ne revient pas vers moi. Il est sollicité par plusieurs de mes collègues qui ont une mine de questions sur ce spectacle hors du commun.

Puis l'heure du retour arrive. Bien trop vite à mon goût. Tout le monde s'installe dans le car. Mya demeure blottie dans les bras de Cédric tout le long du trajet. Elias reste auprès du chauffeur, lui dictant sans doute certains conseils. Peut-être que notre moyen de transport est capricieux. Je suis bien décidée à lui parler seule à seul, à la descente de ce véhicule. Mais contre toute attente, les choses ne se présentent pas comme imaginées. Hugo propose à Elias de se joindre à nous pour le reste de la soirée afin de faire la fête.

*Je t'aime, Hugo !*

Nous nous réunissons donc dans la petite salle privée pour terminer notre séminaire en beauté. Plusieurs boissons ont été commandées, la musique commence à résonner et certaines personnes se lancent pour investir la piste de danse improvisée. En parfait animateur de soirée, notre technicien sait choisir les sons qui plaisent au plus grand nombre. Des rythmes électropop mixés par un DJ que j'aime particulièrement. Elias nous révèle que Kygo est originaire de Norvège. Je l'ignorais. Y a-t-il une petite place pour le hasard en ce monde ? J'y crois de moins en moins.

J'avale quelques verres pour me libérer des dernières réserves qui pourraient encore m'entraver. Je danse avec d'autres sans lâcher Elias des yeux. Lui ne semble pas vouloir prendre part à cette activité. Il a bien noté qu'il capte toute mon attention. Je vois qu'il s'efforce de détourner le regard, mais je sens cet exercice assez difficile. Aurais-je fait fendiller ce mur qu'il a bâti pour me tenir éloignée ?

Quelques heures passent ainsi. Tout en dansant, je l'observe dire quelques mots à chaque personne présente. Peut-être entame-t-il ses adieux ? Il quitte la pièce. Je laisse la piste de danse derrière moi pour le rattraper.

— Vous ne souhaitez quand même pas partir sans un mot ? demandé-je.

Il s'arrête dans le couloir et se retourne pour me faire face.

— Je ne voulais pas vous interrompre.

Je m'avance de quelques pas vers lui.

— Vous savez, toutes mes attentions, il ne s'agit pas d'un jeu ou d'un caprice de ma part. Vous me plaisez réellement.

— Vous vous faites des idées, Charlie. Vous ne me connaissez même pas.

— Je ne demande que ça.

Il croise les bras sur sa poitrine : une attitude défensive. Il se redresse et exerce ce nouveau mouvement de mâchoire : pulsion refoulée. Tous ces tics, je sais les décoder sans mal.

— Il n'y a pas de hasard. On devait se rencontrer.

Il délace ses bras : le sujet l'interpelle.

— Vous êtes partisane d'un chemin déjà tout tracé, conclut-il. Je n'aime pas trop cette idée.

— Pourquoi ?

— Nos choix n'auraient aucune valeur.

— Sauf si le Destin les connaît à l'avance...

Il prend une grande inspiration : sceptique.

— Écoutez, il est trop tard et vous avez sans doute trop bu pour nous lancer dans ce genre de débats philosophiques. Je vous souhaite un bon retour en France, Charlie.

Il se détourne, mais je le retiens par le bras. Il ferme les yeux, immobile, la respiration tremblante. Je pose une main sur son torse.

— Arrêtez, murmure-t-il sans grande conviction.

Son corps tout entier me hurle l'inverse. Je me rapproche encore, remonte ma main jusqu'à son cou et me hisse sur la pointe des pieds. Il agrippe mon poignet pour me repousser clairement.

— Peut-être qu'un jour vous apprendrez à respecter le consentement des gens.

Son ton est sans appel. J'ai l'impression de plonger la tête la première dans un lac gelé. La douleur, c'est tout ce qu'il me reste. Il s'éloigne vivement, me laissant seule avec ma peine. Les quelques secondes, figée là, me semblent durer une éternité.

*J'ai tout gâché.*

C'est tremblante et les yeux baignés de larmes que je perçois la voix d'Hugo :

— Ça ne va pas ?

Son ton n'a rien d'une question. Il sait.

— Viens là, ma belle.

Je me fonds dans ses bras, incapable de calmer ma souffrance. La proximité de ce collègue est semblable à celle d'un frère. C'est apaisant. Après quelques secondes, il me murmure :

— Il t'a tapé dans l'œil, notre Captain.

— Ça se voit tant que ça ? demandé-je d'une voix misérable que je ne me reconnais pas.

Pour toute réponse, il rit doucement.

*Je suis pathétique.*

— Comment fais-tu pour toujours mettre le doigt sur ce qui ne va pas ?

— C'est mon superpouvoir, s'amuse-t-il. Je sens comment les gens vont, ce dont ils ont besoin. C'est un don et une malédiction. Pourquoi crois-tu que je passe mon temps à sortir des blagues pourries ?

Je me mets à rire.

— Je suis là pour temporiser. Calmer les colères, quand j'y arrive. Faire oublier des instants douloureux avec un peu de légèreté ou un langage fleuri...

— Et quelle sorte de vanne tu vas me faire ? demandé-je sans décoller ma tête de son épaule.

— Là, tu as surtout besoin d'un gros câlin.

Il ne pouvait pas viser plus juste. Sa perspicacité me fend le cœur. Je tremble de plus belle et laisse jaillir un nouveau flot de larmes. Il resserre ses bras et me berce comme il doit le faire de temps à autre avec ses petites jumelles. Il n'y a aucune ambiguïté. Il a tout du frère que je n'ai jamais eu. Et cette étreinte me fait un bien fou.

Je perçois un bruit éloigné. Je lève les yeux vers le bout du couloir. Juste à temps pour croiser le regard d'Elias. Si entre Hugo et moi, il n'y a aucune méprise sur la nature de notre relation, il n'en va sans doute pas de même pour tout le monde. En cet instant, j'ai peur d'imaginer les pensées de mon beau Norvégien. Il ne s'attarde pas. Ce qu'il vient de voir doit lui suffire. Il quitte l'hôtel, emportant avec lui tous mes espoirs.

## Loin de lui

Toutes mes affaires ont retrouvé leur place dans ma valise. J'ai tout rangé, tout scellé, ma malle comme mon cœur. De la même façon qu'un automate, j'agis sans réfléchir à mes gestes. Je suis le mouvement impulsé par mon entourage. Les autres sont également tristes de quitter ce pays magique. Il nous laissera des souvenirs impérissables, gravés dans nos têtes, et pour ma part, le goût amer de l'échec.

Dans l'attente de monter à bord de notre avion, je pose mes yeux sur ces monts neigeux visibles au-dehors. Je ne suis pas l'héroïne d'une comédie romantique comme on peut le voir dans les films. Je sais parfaitement qu'Elias ne viendra pas me retrouver dans cet aéroport, à la dernière minute d'embarquement, pour me dire qu'il m'aime et qu'il souhaite me garder auprès de lui. Je n'ai que ce que je mérite. J'ai mal agi, je le sais. J'ai voulu forcer les choses. Ma peur de le perdre l'a poussé à me fuir pour de bon.

Pire encore. Je n'ai pas respecté sa volonté. J'ai préféré ignorer ses mots en ne me concentrant que sur les signes.

Peut-être ai-je tout interprété de travers ? Cet instant dans le couloir. Sa bouche qui disait d'arrêter, son corps qui semblait me hurler l'inverse. J'ai déjà connu pareille situation. Près de l'imprimante au travail. Ce fameux soir où Gabriel et moi étions seuls. Je luttais sans grande conviction contre un désir. Je lui ai demandé d'arrêter. Il a respecté ma volonté. Elias m'a fait la même supplique. Je n'ai rien voulu entendre. Je me rends compte avec horreur que je suis pire que Gabriel. L'alcool n'est pas une excuse. Le consentement doit être une priorité. J'ai espéré pendant des mois me faire offrir par l'Univers un homme qui me respecte. Mais comment puis-je exiger ce que je suis incapable de donner ?

Elias n'a dû voir de moi qu'une allumeuse. Une séductrice qui, une fois éconduite, va se blottir dans les bras d'un autre. Je ne suis pas comme ça. Du moins, c'est ce que j'ai toujours cru. Et même si ma honte me tord désormais les entrailles, cela n'excuse en rien mes actes.

L'avion décolle. Je m'éloigne de plus en plus de lui, à chaque seconde. Pourtant, la distance entre nous, je l'ai creusée moi-même, auprès de lui, en voulant prendre ce qui me semblait déjà acquis. Je suis installée entre deux Norvégiens avec lesquels je ne peux communiquer. Mes autres collègues sont dispatchés d'un bout à l'autre de l'appareil. Je m'enferme dans ma bulle de musique pour passer le temps et oublier. Du moins, essayer.

L'atterrissage se fait dans la ville de Bergen, deuxième plus grande métropole de Norvège. Une fois de plus, nous avons deux heures devant nous en attendant le prochain vol pour Paris. Je m'assois à l'écart durant l'escale. Je ne réagis même pas quand Gabriel s'installe à côté de moi. Il me sort quelques banalités.

— Retour à notre vie d'avant…

Je me contente de hocher la tête. Il glisse un bras autour de mes épaules. Je ne fais rien pour le repousser. À quoi bon ?

— Je n'aime pas te voir comme ça, Charline.

Ces mots sont murmurés près de mon oreille. Il me souffle son envie de vouloir me donner le plaisir que je mérite. Je ne suis plus sûre de mériter quoi que ce soit.

— On peut se trouver un coin plus tranquille.

Je n'en ai pas envie. Mes désirs valent-ils d'être respectés ? Gabriel caresse maintenant la peau de mon cou, à l'aide de ses lèvres. Il fait preuve d'une telle douceur.

C'est du baratin. Il se moque complètement de mes états d'âme. Je sais qu'il n'a qu'une seule envie qui l'anime. Pour lui ce n'est qu'un jeu. Cela fait trop longtemps que je lui résiste. Je sais aujourd'hui que je ne vaux pas mieux que lui. Je ne mérite pas mieux. Les hommes bien ne sont pas faits pour moi. Alors, pourquoi lutter ?

— Charline ? intervient Cédric.

Gabriel se redresse vivement, sans doute contrarié par cette interruption.

— Il nous manque un joueur. Tu viens ?

Je lui réponds d'un maigre sourire et me lève pour le suivre. Je note le regard étrange de notre informaticien qui se porte sur Gabriel. Ont-ils un compte à régler tous les deux ? Étrange. Peu importe... Je ne suis pas sûre de connaître un jour le fin mot de l'histoire. Je passe le reste de notre escale à jouer aux cartes avec Mya, Hugo et Cédric. Le jeu choisi ne nécessite pas forcément quatre participants. Je soupçonne mes amis de veiller sur moi. C'est amusant. Je n'aurais jamais parié sur Cédric pour venir me sortir des griffes de Gabriel.

Ces quelques instants de jeu m'aident à ne pas ressasser ma détresse. Les plaisanteries d'Hugo sont toujours efficaces. Le vol suivant se passe loin de Gabriel. Peut-être a-t-il renoncé ? Enfin une bonne nouvelle ! De retour en France, nos chemins se séparent. Nous sommes tous en congés. Nous nous retrouverons l'année prochaine. Chacun monte dans un taxi. Certains partagent le même, comme Mya et Cédric. Même si nous ne vivons pas si loin les uns des autres, je suis contente de me retrouver seule dans le mien. Le chauffeur est silencieux. C'est parfait.

De retour dans mon appartement, revoir Flash me donne du baume au cœur. Ma tortue préférée se porte bien. Je trouve un petit mot sur le réfrigérateur qui m'indique qu'il a déjà mangé et qu'ils ont bien joué à la balle.

*Joué à la balle ? Il faut que j'essaye ça !*

La petite sœur de Mya a pris son travail très au sérieux.

*Je ferai appel à elle sans aucune hésitation la prochaine fois que je partirai sans Flash.*

N'y pense même pas ! Ce serait complètement stupide de retourner en Laponie.

*Je suis en congés. Je pourrai...*

Non. Demain je pars pour la Bretagne pour fêter Noël en famille. Il est ridicule de vouloir retrouver Elias. Rien de ce que je lui dirais ne changerait ce qu'il pense de moi. Il vaut mieux pour tout le monde que je reste loin de lui.

Je n'ai pas faim. Je vide ma valise, range tous ces vêtements que je ne remettrai jamais. À la place, je choisis mes autres tenues habituelles en cette saison. Lorsque tout est en ordre, je me sens prête pour partir dès demain. Je m'installe dans mon canapé, mon pc sur les genoux. Dès que l'appareil s'allume, je tombe sur mon tableau d'intention regorgeant de photos de Chris Evans. C'est bien trop dur. Sur un coup de tête, je supprime tout. Fini la visualisation, finis les mantras, finies les pensées positives pour attirer à moi ce bonheur illusoire. L'Univers n'y est pour rien. C'est moi qui ai tout gâché. Pourtant, j'abandonne. Lorsque toute ma pile de données se retrouve dans la corbeille, j'ai un instant d'hésitation. Le doigt sur la souris, je suis sur le point d'en vider le contenu. Définitivement.

Mon téléphone sonne. Sauvés par le gong ! Je prends l'appel. Je rassure ma grand-mère. Je suis bien rentrée et j'ai toujours l'intention de venir avec Flash. Mes parents sont déjà arrivés.

*Super !*

Allez, Charline ! Ça va bien se passer...

# Noël en famille

**R**éjouissons-nous ! Noël est un moment de fête pour tout le monde. C'est avec cette idée en tête que je prends la route vers la Bretagne. Flash barbotte joyeusement dans son aquarium sur le siège passager. La climatisation nous tient au chaud, indispensable pour mon reptile au sang froid. Nous subissons pas mal d'embouteillages, mais c'est un passage obligé. Je me dis que c'est pour la bonne cause, et puis mes parents ne sont pas si horribles que ça…

En fin de journée, nous arrivons à destination. Nous allons pouvoir installer mon compagnon dans son luxueux centre aquatique. Il aime ce genre de vacances.

— Quel déménagement pour une tortue ! fait remarquer mon père qui vient de me rejoindre dans le jardin tout en jetant un œil à l'intérieur de ma voiture.

*Ça y est, c'est parti !*

— Ça fait plaisir de te revoir, Charlie, ajoute ma mère en me volant une bise au passage.

Étrangement, entendre mon prénom ne me hérisse pas le poil autant que d'habitude. Peut-être est-ce parce que j'ai entendu Elias m'appeler de cette façon durant toute une semaine. Il m'a en quelque sort préparée à cette réunion de famille !

*Je continue de lui trouver des qualités et à me maudire de l'avoir fait fuir...*

Charlie Maury. Initialement, c'était le patronyme de mon grand-père. Allez savoir pourquoi, mes parents ont voulu lui faire plaisir en me donnant le même prénom. Et comme ils sont particulièrement joueurs, ils ne souhaitaient découvrir mon sexe qu'au moment de ma naissance. Il est évident qu'ils désiraient un fils. Mais ils se sont dits : *ce n'est pas grave, au pire Charlie, ça passe aussi pour une fille.* En théorie, oui. Sauf que c'est très difficile à porter.

J'ai accepté l'idée de les avoir déçus, car je n'ai pas été livrée avec le service trois-pièces habituel pour les petits garçons. Mais ce prénom... Même mes grands-parents ont trouvé ça étrange. Mon papy Charlie ne savait pas trop comment réagir. Ma mamie Simone ne m'a tout bonnement jamais appelée par ce prénom. Pour elle, Charlie, c'est son mari. Elle a constamment utilisé des surnoms tels que : ma chérie, ma belle... Le plus souvent, elle se sert d'un diminutif : Lilie. C'est joli. Et ça sonne féminin.

En général, les gens qui font l'appel ont toujours une expression de surprise en découvrant que je suis une fille. Si, si... du moins, c'est comme ça que j'interprète leur haussement de sourcils. J'ai connu ça durant toute mon enfance. Et ça m'a suivie également en tant qu'adulte. Le pire à l'école primaire, ce fut le jour où je suis venue avec mon nouveau pull rayé rouge et blanc. À aucun moment mes parents ont pensé mal agir en choisissant de m'offrir ce vêtement. Sauf que dans la cour de récréation, tous les enfants se sont amusés à jouer à « Où est Charlie ?[11] ». Si ce personnage de fiction a des lunettes rondes et des cheveux bruns, notre homonymie suffisait pour les distraire avec ce nouveau jeu... J'ai passé des heures à fuir tous ces gamins, parfois bien plus grands que moi, qui cherchaient à m'attraper et me donner une claque dans le dos. Puérile. Mais souvent, certaines expériences de l'enfance marquent jusque dans notre vie d'adulte.

Avec les années, même en changeant d'école, mes camarades s'amusaient encore à dire sur mon passage : *mais où est Charlie ?* Insupportable... J'ai grandi dans une petite ville de Bretagne. On se suivait d'un établissement à l'autre. Les étiquettes sont également tenaces dans une petite communauté. J'aurais pu penser connaître enfin le répit durant mes années de lycée. Pourtant, les plaisanteries furent d'un tout autre genre. À seize ans, je n'étais pas encore formée comme une femme. Pas de poitrine. Affublée d'un prénom généralement utilisé pour les hommes, certains étudiants aimaient faire courir la rumeur que j'étais en pleine transition pour changer de sexe. Les paris étaient lancés pour deviner vers quel genre je me dirigeais. J'en ai beaucoup souffert. Puis mes courbes ont fini par ne plus

---

[11] Série de livres-jeux britannique créée par Martin Handford où le lecteur doit réussir à retrouver un personnage, Charlie, à l'intérieur d'une image. La difficulté vient du fait que les endroits où se trouve Charlie sont très colorés, et surtout remplis de personnages et d'objets divers. Il y a également d'autres personnages déguisés comme Charlie, ce qui augmente encore la difficulté.

laisser de doute sur la question. J'ai donc utilisé tous les outils à ma disposition pour assumer et mettre fièrement en avant ma féminité.

Mon Bac en poche, j'ai changé de ville pour faire mes études de commerce. Enfin débarrassée de ce passé connu de tous, j'ai eu l'idée de me présenter directement comme *Charline* Maury. J'ai tout d'abord inventé une erreur commise sur ma carte d'identité pour faire taire les curieux. Bientôt, même mes professeurs ont pris le pli. La vie m'a semblé bien plus belle à partir de ce moment. J'ai même commencé à plaire aux hommes. Une toute nouvelle vie s'ouvrait à moi. J'en ai profité. C'était une renaissance.

Est-ce que j'en ai voulu à mes parents d'avoir choisi ce prénom ?

*Oui.*

Le plus difficile, ce fut après le décès de mon grand-père. Mon prénom identique au sien portait ainsi une empreinte funeste indélébile.

— Entre, ma Lilie, tu vas prendre froid ! m'invite mamie Simone en couvrant mes épaules d'un bras.

— Crois-moi, je suis conditionnée après ce que j'ai vécu en Laponie...

— J'espère que tu as plein de photos à nous montrer ! s'enthousiasme ma mère.

*Il y en a une prise par Mya de trois hommes devant des rennes qu'il me sera bien trop dur de regarder.*

Nous échangeons quelques banalités sur le temps, les diverses situations de crises mondiales, les joies des fêtes de fin d'année, la tristesse de mes parents de ne me voir qu'une fois par an... La routine. C'est toujours les mêmes sujets qui reviennent. Et toujours les mêmes questions.

— Elle roule bien ta voiture ? demande innocemment mon père.

— Très bien.

— J'espère que tu es prudente avec un tel engin, surenchérit ma mère.

— Ça fait dix ans que j'ai mon permis et je n'ai jamais eu d'accident, rappelé-je patiemment.

— On ne sait jamais avec un véhicule aussi puissant... Tu l'as fait réviser, au moins ?

— Oui, maman.

*T'inquiètes que le mécano s'est fait un plaisir de l'ausculter sur 20 km !*

Je garde les détails pour moi. C'est toujours le même schéma. Mon père lance un sujet. Il laisse ma mère creuser le propos avec ses questions à répétition. Puis il écoute, attendant le bon moment pour donner le coup de grâce :

— Je reste convaincu qu'il aurait été plus sage de prendre un crédit sur ton logement plutôt que de te ruiner dans cette auto... Tu vis encore en location. Il serait temps que tu deviennes propriétaire. Sinon, c'est de l'argent jeté tous les mois par les fenêtres !

— Et pour la centième fois, il s'agit de mon argent, mes choix, ma vie.

— On ne dit pas le contraire, Charlie, reprend ma mère. Mais tu sais que tu peux nous consulter si tu souhaites un avis éclairé. Tu dois profiter de notre expérience.

*Je m'en passerais bien...*

— Laissez là souffler un peu, coupe ma grand-mère.

*Ma sauveuse !*

La conversation continue sur des thèmes plus légers, bien loin de cette inquisition sur mes décisions de vie. Mamie Simone nous décrit ses quelques promenades effectuées sur la côte bretonne. C'est à environ une heure de route d'ici. Elle révèle sans y penser la présence de son ami Richard. Je suis la seule à noter ce détail. Je hausse un sourcil en lui adressant un petit sourire complice. Elle capte mon regard. Ses joues rosissent quelque peu. Ainsi donc, elle a revu ce bel octogénaire en dehors de la piscine...

Après plusieurs minutes, mes parents finissent par aller dans la salle à manger pour mettre le couvert. J'en profite pour aider ma grand-mère en cuisine. Maintenant que nous sommes seules, je pars en quête de détails croustillants :

— Alors comme ça, Richard et toi faites des balades en bord de mer... Je vois que tu as fait plus que prendre un café avec lui.

Son teint se colore maintenant de rouge alors que je fais référence à notre pari de cet été. Si je trouvais mon idéal Chris Evans, elle devait se lancer pour un café avec Richard. Elle ne m'a pas attendue !

— Ne dis rien à tes parents.

Je mime une fermeture éclair pour me zipper la bouche.

— Et toi ? Qu'a donné ton expérience avec la Loi de l'attraction ? As-tu rencontré ton acteur ?

Mon sourire s'efface.

— Oui. Ça a fonctionné.

— Oh ! C'est vrai ? Tu ne sembles pas heureuse pourtant.

J'élude sa dernière phrase en lui montrant la photo prise par Mya : l'unique preuve d'avoir vu le sosie de Chris Evans.

— Il est bel homme, complimente-t-elle.

— Oui... mais j'ai tout gâché. Je le voulais tellement que je l'ai fait fuir...

— Oh ! Ma Lilie, dit-elle en me caressant la joue pour chasser ma peine. Si l'Univers croit vraiment en votre histoire, il vous remettra sur le même chemin.

— J'en doute.

— Laisse-toi surprendre.

Je ne sais pas pourquoi, mais ses mots me font du bien.

Le dîner se passe sans effusion. J'ai encore le droit à différents sujets de conversation sur fond moralisateur de la part de mes parents, mais dans l'ensemble j'aurais pu m'attendre à pire. Le plus dur, ce sont les premières heures. Une fois les différents thèmes abordés, ils n'y reviennent plus. Il faut simplement faire preuve de patience.

J'ai donc droit à la traditionnelle question relationnelle posée par ma mère :

— As-tu quelqu'un dans ta vie ?

— Non, maman.

Je ne peux m'empêcher de lever les yeux au ciel, ce qui n'échappe pas à mon père.

— Il faut nous comprendre, se défend-il. On a hâte de devenir des grands-parents à notre tour !

— Encore un peu de patience. Tout n'est pas perdu, je n'ai que 28 ans. Et je ne suis pas du genre à faire un enfant toute seule.

— Je n'arrive pas à comprendre comment une belle jeune femme comme toi peut rester sans personne...

Mes doigts se resserrent sur ma serviette de table. Je ne tiens pas à entrer dans ce débat. Qu'attendent-ils ? Peut-être s'imaginent-ils me voir un jour leur annoncer que j'aime les femmes ? Ce serait pour eux sans doute moins choquant que la vérité. Si l'on ne rentre pas dans le moule dicté par la société, c'est qu'on a forcément un problème à solutionner.

— Allez, on passe au dessert ! enchaîne mamie Simone pour mettre un terme à ce débat stérile.

Une intervention efficace jusqu'au sujet suivant à la fin de notre dégustation :

— Tu ne fais plus de sport ? s'intéresse mon père.

— Si. Je cours.

— Ce n'est pas vraiment du sport, ça, commente ma mère qui n'a jamais chaussé de baskets pour faire un footing.

— Ça m'aide pourtant à garder une bonne condition physique. Je n'ai pas faibli une seule fois malgré les différentes randonnées faites en Laponie...

— Oui, mais tu ne voudrais pas plutôt...

— Stop ! J'n'ai pas envie d'en parler.

Je n'ai pas été agressive par ces mots. Mais trop, c'est trop. Je préfère que cela se termine maintenant, plutôt que de m'emporter avec trop de vigueur sur ce qui risque de suivre. Mon ton était sans appel. J'ai tout de même jeté un froid.

Heureusement que la télévision vient apporter des notes joyeuses grâce à une campagne de publicité. Sinon, on oublierait presque que c'est Noël !

# Les rouages de l'Univers

**N**ouvelle année, nouveau départ ! C'est ce que j'essaie de me dire. Mes vacances ont filé comme l'éclair. Ces instants en famille ont été agréables dans l'ensemble. Une fois l'avalanche de questions gênantes passée, mes parents deviennent bien plus amicaux. Nous sommes restés tous réunis jusqu'au 1ᵉʳ de l'an 2023. Et comme toutes bonnes choses ont une fin, l'heure du retour a sonné.

J'ai repris la route vers chez moi, accompagnée de Flash. Retrouver mon appartement me fait du bien. J'aimerais limite y passer plus de temps avant de revenir au travail. Mais la rentrée chez *Café Raffaello* est inévitable. Je suis contente de revoir certains collègues, d'autres non. C'est un sentiment contradictoire. Même si j'ai tout tenté pour oublier ma déception en Laponie, certaines questions ont continué de me titiller.

*Comment l'Univers s'y est-il pris ?*

Cela peut sembler stupide de s'acharner à comprendre. Pourtant, décoder les mécanismes de la Loi de l'attraction pourrait sans doute m'aider à faire mon deuil de *lui*. Si je me rends compte que rien n'est à l'œuvre, que seul le hasard a fait les choses, alors je saurai qu'Elias n'était pas fait pour moi. Fin du débat.

En ce lundi matin, je trouve un prétexte pour discuter avec Marco dans son bureau. Puis, d'un air tout à fait innocent, je lui demande comment il en est arrivé à choisir la Laponie pour destination de séminaire.

— Je ne sais plus trop comment l'idée m'est venue, avoue-t-il en se grattant le menton. Je crois que c'était une publicité dans mon moteur de recherche...

— Tu t'intéressais à la Norvège sur le net ?

— Non. Mais maintenant que j'y pense... C'est vrai que j'avais voulu trouver quelques informations sur le pays du père Noël. Ma fille n'arrêtait pas de me parler de sa lettre pour le vieux barbu, alors qu'on était encore qu'au mois d'octobre ! Elle est à un âge où elle pose beaucoup de questions...

Les algorithmes d'Internet ! Cela a dû fonctionner exactement de la même façon que pour mes messages de l'Univers sur TikTok...

— Pourquoi toutes ces questions, Charline ?

— Je suis juste curieuse. J'étais très surprise. Je me serais plutôt attendue à une destination plus exotique... en lien avec la culture du café, par exemple...

— J'ai toujours voulu faire du chien de traîneaux. Un rêve de gosse... Cela a dû influencer mon choix ! J'espère que tu n'as pas été déçue de ce voyage.

— C'était superbe.

Il semble se contenter de cette réponse. Je décide alors de le laisser pour retourner à mon bureau.

Si je fais le bilan, l'Univers a non seulement manipulé Marco pour l'inciter à nous emmener vers le Pôle Nord, mais en plus, il a cassé la jambe d'un guide pour pousser Elias à le remplacer... Et si on va plus loin, l'envie de nous embarquer en séminaire a été impulsée par ma dispute avec Gabriel. Notre boss souhaitait restaurer l'harmonie dans notre équipe. Est-ce que je dois remercier Gabriel d'avoir tenté de me voler mon client ? Sans cet acte de sa part, je ne me serai jamais emportée de cette façon.

*Hors de question de le remercier de quoi que ce soit, cet angelot de malheur !*

En milieu de matinée, nous nous retrouvons dans la salle de pause. Mya et Cédric y sont déjà présents. Accoudés à une table côte à côte, ils se tiennent bien plus proches qu'auparavant. Ils discutent paisiblement. Je note les doigts de Cédric caressant doucement le dos de la main de Mya serrant son habituel *cappuccino*.

*Ils sont tellement mignons tous les deux.*

Puis, lorsque Marco entre à son tour, notre informaticien se redresse, met fin à son geste et impose une distance entre Mya et lui.

*Serait-il gêné ?*

Notre patron va droit à la machine à café pour se servir son *espresso*, sans leur lancer le moindre regard.

Mon amie secrétaire baisse les yeux, sans doute peinée de cet éloignement soudain.

— J'ai du travail qui m'attend, annonce Cédric. Je... À tout à l'heure.

Elle lui adresse un maigre sourire et commence à se ronger un ongle après qu'il ait franchi le seuil. Son visage se décompose de seconde en seconde. Je m'approche d'elle pour en savoir plus :

— Hey, ça va tous les deux ? demandé-je en chuchotant.

— Oui. Enfin, je crois.

*Ça sent pas bon...*

— Où est-ce que vous en êtes ? Est-ce que vous avez... tu sais...

Mya se met à rougir violemment tout en bredouillant sa réponse :

— Non. On n'a... Enfin, on ne s'est pas revus depuis la Laponie. J'ai passé mes vacances avec ma famille, lui avec la sienne...

Mince, ils ne sont pas allés plus loin... Pourtant, ils étaient montés dans le même taxi à notre retour en France. Je vois déjà les démons de Mya la pousser à se remettre en question. J'aimerais la rassurer, mais l'entrée d'Hugo dans la salle capte notre attention à tous :

— Alors tout le monde ! Quelles sortes de résolutions avez-vous prévu de ne pas tenir ?

Le rire s'installe dans la pièce. Mon amie se contente d'un sourire forcé.

*Hors de question qu'on soit deux à déprimer à cause d'un homme !*

Je m'éclipse à mon tour pour me diriger vers le bureau de Cédric. Les yeux rivés sur la fenêtre, il ne me semble pas si occupé que ça, en fin de compte. Je me plante à côté de lui, armée de ma bonne humeur commerciale. Eh oui ! Il m'arrive de simuler ma joie de vivre en remisant mes problèmes au placard, le temps de conclure une vente...

— Je ne t'ai jamais dit... Tu as sauvé mon pc ! Je n'ai plus jamais eu d'écran bleu !

— Oh ! Ce n'est rien. Il ne faut pas grand-chose parfois...

— Les petites actions peuvent apporter beaucoup. Ça se perd de s'entraider...

— Oui, peut-être...

Il est mélancolique tout à coup.

— Ça n'a pas l'air d'aller, affirmé-je en prenant place sur le siège près de lui.

Son regard noisette se plonge dans le mien. Il sait que j'ai compris, mais je décide tout de même de mettre les pieds dans le plat :

— Ça ne va pas avec Mya ?

— Si, elle est géniale...

— Mais ?

— On travaille ensemble. Ce n'est pas facile. Je ne sais pas ce que Marco...

— Alors là, je t'arrête tout de suite ! Marco, il s'en fout complètement de votre histoire.

Il hausse les sourcils, peu convaincu.

— Je te jure ! Tant que le boulot est fait convenablement, les histoires personnelles ne l'intéressent pas du tout.

— Je n'en suis pas si sûr.

Je me redresse sur ma chaise pour exposer mes arguments.

— Tu crois vraiment qu'il laisserait Nicole nous balancer ses remarques acides à longueur de journée sans rien dire ? Il est assez intelligent pour noter ce genre d'embrouilles de bureau. Marco est un homme qui choisit ses combats. Il ne veut pas perdre son temps et son énergie inutilement. Il préfère ignorer tout ça tant que ça n'a pas d'impact sur notre travail. La seule fois où il est intervenu, c'était pour mon clash avec Gabriel. Là, cela concernait directement notre boulot. Il ne pouvait pas le permettre...

— Mouais... peut-être...

— Si, regarde. Ça l'a même poussé à nous offrir un séminaire en Laponie ! On dit merci qui ?

J'oriente mes pouces dans ma direction avec un sourire éclatant. Ma bille de clown a le mérite de lui arracher un rire.

— Plus sérieusement, fais attention avec Mya. Elle doute souvent d'elle-même. Et là, je suis certaine qu'elle se demande ce qu'elle a bien pu faire de mal pour te pousser à mettre de la distance entre vous...

Il écarquille les yeux, décontenancé par ce retournement de situation. Il passe sa main sur son visage, visiblement mal à l'aise.

— Ne panique pas, elle a juste besoin d'être rassurée. Et toi, oublie un peu Marco. Je ne te dis pas que Mya et toi pouvez vous sauter dessus dans la salle de pause sans problème. Vous êtes adultes. J'imagine que vous savez vous tenir... Ce séminaire visait à renforcer nos liens. Et vous l'avez fait admirablement. Je ne vois pas comment notre boss pourrait vous en vouloir !

Il retrouve le sourire, amusé par ma façon de présenter les choses.

— Merci, Charline.

— De rien. C'était un minimum après que tu aies sauvé mon pc...

Et quand on parle du loup... Mya s'approche à pas feutrés, pas certaine d'être la bienvenue. Je me lève en assurant que nous avons terminé de régler notre problème *informatique*. Et je m'éloigne en les laissant seuls. Je m'installe à mon bureau pour reprendre mes commandes en cours.

Après quelques minutes, j'aperçois Mya qui s'assoie devant son ordinateur, un large sourire aux lèvres. Comme il nous arrive parfois de le faire, elle sort son téléphone pour m'écrire un message en toute discrétion :

> **Mya**
> Cédric vient de me proposer un resto avec Théo pour ce soir ! 😍 🥰 😍

*J'assure grave en Cupidon !*

# Les potins de Mya

Si Mya et Cédric semblent avoir retrouvé une parfaite harmonie, moi je me plonge dans mon travail pour oublier ma peine. Ce petit couple a su renforcer sa complicité durant ce dîner. Cela se ressent au sein de *Café Raffaello*, dans le bon sens. Je ne vois pas comment Marco pourrait s'opposer à leur liaison. Ils sont plus efficaces pour la boîte qu'avant !

Pour ma part, je n'ai pas compté les heures supplémentaires durant la semaine. De cette façon, le temps file plus vite. Je n'ai rien vu passer que le week-end s'est déjà installé. J'ai commandé mes courses en ligne, sans avoir le courage de sortir. Je ne suis même pas allée courir. C'est dire à quel point je suis démotivée de tout ! Je reste chez moi, enroulée dans mon plaid à regarder des films et séries en tout genre.

Dimanche matin se lève et je suis toujours dans cet état végétatif. Flash mâchouille un bout de mon plaid qui dépasse au sol. Il aimerait bien me rejoindre sur le canapé. Est-ce qu'il ressent mon humeur morose ? Peut-être.

Mon téléphone émet sa mélodie habituelle pour annoncer un message. Je laisse passer une poignée de secondes avant de le consulter.

> **Mya**
> Coucou ! Ça fait longtemps qu'on ne s'est pas fait une pause sucrée... 😊

Mince. Comment lui répondre ? Je n'ai pas envie de casser son air enjoué. Et je suis encore moins motivée pour sortir chez *l'Artisan Chocolaté*, notre repère pour nos dégustations. Je tente une alternative :

> **Charline**
> J'ai la flemme de bouger... Ça t'irait de venir chez moi ? 😕

Sa réponse ne tarde pas à arriver. Elle semble déterminée à me voir cet après-midi, en rapportant même quelques gâteaux secs préparés par son fils. Lui ne sera pas là. Un instant entre filles. Cela fait longtemps, en effet... J'ai un peu de temps devant moi pour ranger quelques affaires dans l'appartement. En ce qui me concerne, je reste telle que je suis. Je n'ai personne à impressionner.

Mya n'est pas venue chez moi depuis un moment. Malgré tout, elle se souvient du code d'accès pour entrer dans ma résidence. Une fois dans le local à boîtes aux lettres, elle n'a plus qu'à me retrouver sur l'interphone pour lui faire chanter sa présence. Je décroche le combiné :

— *C'est moi !*

Ces deux mots me font rire. Je me demande si cela fait office de mot de passe auprès de tout le monde. J'appuie sur le bouton pour lui déverrouiller l'accès. Lorsque je l'entends frapper, j'ouvre ma porte pour lui permettre de me rejoindre dans mon antre. Elle marque un temps d'arrêt en me coulant un regard surpris.

— Ça fait drôle de te voir comme ça !

Je comprends sa réaction. Je suis encore en pyjama avec une sorte de robe de chambre pelucheuse et mes cheveux relevés en un chignon sauvage.

— Désolée. Même pour les fringues, j'avais la flemme...

— Ne t'excuse pas ! s'enthousiasme-t-elle. Le style pilou-pilou te va à ravir !

— Merci ! dis-je en mimant une petite révérence.

Je lui propose une boisson chaude pendant qu'elle sort sa boîte de gâteaux. Flash ne perd pas de temps pour rappliquer sur le comptoir.

— Tu as une mine radieuse, Mya. J'imagine qu'un certain informaticien n'est pas innocent dans cette histoire...

— Si tu savais...

*Bingo !*

— Alors, ça y est ? L'affaire est conclue ?

Pour toute réponse, elle se mord la lèvre inférieure en fermant les yeux.

— Je suis contente pour vous. J'étais convaincue que vous aviez sauté le pas dès notre retour en France. Comme vous aviez partagé le même taxi...

— Ça aurait pu, mais non. Ce soir-là, je n'avais pas Théo donc j'ai proposé à Cédric de monter chez moi. Mais il a refusé. Il m'a dit que j'étais trop importante à ses yeux pour qu'il précipite les choses...

— Oh ! Trop mignon.

Je cale mon menton dans le creux de mes mains, accoudée à la table haute, avide d'en apprendre plus.

— Comme je te l'ai dit, on a passé nos vacances de Noël chacun dans nos familles, poursuit-elle. On s'écrivait tous les jours. Je m'endormais en lisant ses mots, je me réveillais en en découvrant d'autres. C'était fou ! J'avais l'impression de redevenir amoureuse comme une adolescente...

Je suis tellement heureuse pour elle.

*Pourquoi entendre tout ça me fait également mal ?*

— Puis, on s'est retrouvés au travail. C'était pareil et différent à la fois. Je ne savais plus comment me comporter. Il m'a invitée au restaurant avec Théo ce soir-là. C'était génial ! D'habitude, je préfère préserver mon fils de ma vie sentimentale. Là, Cédric et lui se connaissaient déjà. On a passé une super soirée. Et, à la fin... Théo nous a dit : « ne vous gênez pas pour moi, vous pouvez vous embrasser » !

— Bien souvent, les enfants comprennent plus vite que les adultes.

— C'est exactement ça ! confirme Mya. Je lui ai demandé si ça l'embêtait de me savoir avec quelqu'un. Il m'a répondu que son père ne lui avait pas demandé son avis pour se trouver une femme. Il a ajouté qu'il aime bien Cédric, car lui au moins s'intéresse à ce qu'il crée. Il a aussi dit que s'il avait droit de passer du temps avec Milo, on pouvait se voir autant de fois qu'on veut !

Je me souviens bien que le jeune Théo souhaite avoir un chien depuis longtemps. Tout semble si parfait à présent.

— Mon fils est retourné auprès de son père pour le week-end, poursuit Mya. J'ai donc passé mon vendredi soir chez Cédric... et également mon samedi...

Je lui adresse un petit sourire taquin. Son teint se colore joliment.

— Et on dirait que ça s'est bien passé...

— Ce que j'ai ressenti, c'était incroyable !

— Ravie d'apprendre que Cédric n'est pas doué de ses mains que sur un clavier d'ordinateur...

— Pas seulement ses mains, avoue Mya en devenant rouge écrevisse.

Je libère mon rire. J'aimerais la questionner plus encore pour obtenir des détails croustillants, mais elle doit avoir tellement de sang à la tête qu'elle risque sans doute de me faire un AVC !

— C'est quand même dingue ! reprend-elle. J'ai eu un enfant. Ce n'est pas comme si c'était la première fois que je le faisais. Pourtant, je suis certaine de ne jamais avoir ressenti ça.

— Pour une femme, ce n'est pas mécanique. Il faut un peu de subtilité pour vraiment connaître le plaisir. Le bon partenaire, c'est la base.

En lâchant ces mots, je me rends compte que je n'ai peut-être jamais connu le bon partenaire. Le silence nous répond pendant que l'on boit quelques gorgées en méditant ces pensées.

— Et tu n'as pas souhaité finir le week-end avec lui ?

— Il fallait que je te parle, annonce-t-elle. Je n'ai pas été une bonne amie ces derniers temps. Je n'ai pas vraiment prêté attention à ce que tu vivais en Laponie. Et je vois bien que ça ne va pas.

— Ne dis pas de bêtises. C'est juste un petit blues d'après Noël. Toi, il était plus que temps que tu vives ton histoire avec Cédric. Tu mérites que quelqu'un de bien prenne soin de toi.

— Ça n'excuse pas tout. Je sais que tu as craqué sur Elias. Et ça ne s'est pas passé comme tu l'aurais voulu.

— C'est la vie.

L'éclat qui brillait dans ses yeux, lorsqu'elle me parlait de son informaticien, est en train de s'éteindre rien qu'à me voir aussi déprimée.

*Ce n'était pas une bonne idée de venir me trouver dans cet état.*

— Avec Cédric, on a parlé de toi.

Sa phrase me fait rire.

— Vraiment ? Je pense que vous aviez mieux à faire...

Elle ne rit pas avec moi.

— J'ai appris des choses qui se sont passées durant le séminaire.

Son ton est grave. J'ai peur de ce qu'elle pourrait m'annoncer, mais la curiosité est plus grande :

— Quel genre de choses ?

— Il faut que tu me promettes de ne pas t'énerver. Je ne voudrais pas être à l'origine d'une nouvelle crise envers Gabriel...

Je soupire.

— Qu'a-t-il encore fait ?

— Promets-le-moi, Charline.

Je prends une gorgée de mon *macchiato* avant de poursuivre :

— Tu sais, je réagis au quart de tour. Ma colère éclate au moment où le forfait a lieu. Là, tu vas me parler d'un truc qui s'est passé il y a deux ou trois semaines. Ça ne vaut plus le coup de crier sur tout le monde... Donc oui, c'est promis, je ne m'énerverais pas. Je ne suis même plus sûre d'en avoir la force.

À voir sa tête, je crois qu'elle préférerait m'entendre hurler. Je suis bien plus combative habituellement. Mya se ronge un ongle, le temps de mettre ses idées en ordre.

— Cédric était seul présent quand Gabriel a dit des choses à Elias. Ce n'était pas très flatteur...

Voyant que je ne réagis pas, elle poursuit :

— Il a dit que tu étais une allumeuse. Et que, ce qui est bien avec toi, c'est que tu es toujours partante pour faire ça n'importe où. Dans des endroits les plus improbables. Et que vous l'aviez même fait dans les locaux de *Café Raffaello*... sur son bureau...

*L'enfoiré !*

Je cache mes yeux de mes mains, les coudes sur la table. J'ai envie de disparaître.

— Il ne faut pas que tu t'inquiètes, assure Mya sans réussir à dissimuler une note de désespoir. Cédric n'en a pas cru un mot. Elias n'a pas pu gober ça.

Je glisse mes doigts dans ma chevelure, la tête basse. Je ne veux pas croiser le regard de mon amie.

— On sait toutes les deux que Gabriel n'arrête pas de mentir à tout va pour obtenir ce qu'il veut.

J'ai un rire amer.

— Il a menti. N'est-ce pas ?

— Je n'en suis pas fière, avoué-je finalement à contrecœur.

— Charline !

— C'est arrivé une fois. Il était tard. On était seuls. Je me suis laissée emporter. Crois-moi que j'aimerais par-dessus tout effacer cette histoire...

Sa bouche reste grande ouverte durant un instant.

— Marco est au courant ?

— Non. Tu te doutes bien que Gabriel ne s'en vantera pas auprès du patron. Mais l'avouer à Elias... c'était sans doute une façon pour lui de me nuire tout en laissant entendre que je lui appartenais...

— Je ne sais pas si notre guide s'est laissé convaincre par tout ce qu'ils lui ont dit.

— *Ils...* au pluriel ? demandé-je alarmée.

Mya se mord carrément le doigt à présent.

— Gabriel n'a pas été le seul à dire des saloperies. C'est Hugo qui a entendu Nicole dire à Elias que tu n'étais qu'une *Marie couche-toi là.*

— Mais de quoi elle se mêle, celle-là ?

— Hugo t'a défendu en répondant : « c'est bizarre parce qu'elle ne s'appelle pas Marie » !

Je souffle un rire léger. Tourner en dérision cette attaque. Il est trop fort !

— Gabriel et Nicole, soupiré-je. Ils vont vraiment bien ensemble tous les deux...

— Non ! Tu crois ? Elle a quoi... 25 ans de plus que lui !

— Il y en a que ça n'arrête pas. Je suis convaincue qu'elle serait partante. Lui, c'est moins sûr...

— Heureusement qu'elle ne peut plus enfanter, parce que le fruit de leur union engendrerait un être démoniaque !

Je me contente d'un sourire triste.

— Tu sais ce qui m'énerve le plus dans tout ça ? C'est que j'ai agi exactement de la bonne façon avec Elias pour donner du crédit à leurs propos. Je ne vois pas comment il a pu ne pas les croire après ce que j'ai fait...

Je lui relate tous ces sous-entendus et ce dernier instant dans le couloir lors de notre ultime soirée. Cette envie de lui sans respecter son refus. Et ce regard quand il m'a vue dans les bras d'Hugo.

Mya se couvre la bouche d'une main.

— Je ne savais pas tout ça.

— C'est du passé, soupiré-je. Je comprends beaucoup de choses maintenant. Mais il n'y a plus rien à faire. Je ne peux quand même pas prendre un billet d'avion pour la Laponie afin de lui présenter des excuses. Ce serait carrément flippant pour lui de me revoir débouler dans sa vie !

Mon amie retire sa main pour dévoiler un petit sourire énigmatique.

— Elias a bien sympathisé avec Cédric. Il était très secret sur sa vie privée. Mais il a laissé échapper une information qui pourrait t'intéresser... Notre guide lui a demandé de ne pas l'ébruiter, mais là, c'est un cas de force majeure !

Je fronce les sourcils.

— Il vit en France. En Région parisienne. Dans les Yvelines.

Je suis médusée.

— Mais... sa mère est gérante de l'hôtel.

— Oui. Et son père est français. C'est pour ça qu'il parlait aussi bien notre langue.

— C'est complètement fou !

— Oui ! Tu vois. Tout n'est pas perdu.

— Mais... je... je ne connais que son prénom. C'est impossible de le retrouver...

— Verdier, révèle triomphalement Mya. Il s'appelle Elias Verdier...

## *Les macarons du pardon*

lias Verdier. Après la visite de Mya, ce nom n'a pas arrêté de résonner dans ma tête comme une douce mélodie d'espoir. Tout à coup, il n'a plus rien du Norvégien inaccessible vivant près du Pôle Nord. C'est incroyable. Est-ce que grâce à mon amie, l'Univers serait en train de me prouver qu'il avait vu juste ?

Dès que je me retrouve seule, j'entame des recherches. Facebook, Instagram, LinkedIn et même TikTok. Elias est introuvable. Il ne possède aucun compte sur ces différents réseaux sociaux. Je me souviens qu'il avait demandé à ce que sa photo n'aille pas sur Internet. Cela tombe sous le sens. Sa ressemblance avec Chris Evans pourrait être source de harcèlement. Il souhaite protéger sa vie privée. Alors, comment le trouver ?

La réponse s'impose à moi. Je décide de mener mon enquête par la bonne vieille méthode : *les pages blanches* ! Je me connecte sur le site, entre le nom, le prénom, ainsi que le département des Yvelines. Je clique sur la petite loupe pour lancer la recherche. Un seul résultat apparaît sous mes yeux ébahis.

Il vit à Achères ! C'est tout bonnement insensé ! Cette ville se situe à une quinzaine de kilomètres de chez moi ! L'Univers est quand même diablement tordu ! N'était-ce pas plus simple d'organiser notre rencontre en France plutôt qu'en Laponie ? Là, il a fallu influencer mon boss et casser la jambe d'un pauvre Norvégien pour nous réunir dans le cercle arctique. Je n'arrive pas à m'en remettre. Seulement 15 km nous séparent...

Bon. J'ai maintenant son adresse. Là. Sur mon écran. Je n'ai plus qu'un pas à faire pour...

*Pour quoi ?*

Le revoir !

*Et lui dire quoi ?*

Que... que je ne suis pas la traînée décrite par Gabriel et Nicole. Que je regrette mon comportement. Que je souhaiterais une seconde chance...

*Voudra-t-il seulement m'écouter ?*

Je referme la page Internet. Je ne suis plus sûre que ma démarche soit légitime. Je manque de courage.

Ma course reprend sur une nouvelle semaine de travail. Chez *Café Raffaello*, rien ne change. Je surprends les sourires assurés de Gabriel, comme si rien ne pouvait l'atteindre. Je note les regards dédaigneux de Nicole en direction de Mya et Cédric. Souhaite-t-elle anéantir leur bonheur après le mien ? Je ne le permettrai pas. Pourtant, j'ai déjà laissé faire tellement de choses. L'un comme l'autre, ils ont réussi à obtenir le résultat qu'ils voulaient. Ils ont détruit mon image. Et j'en ai piétiné involontairement les derniers lambeaux avec fougue. Oui. Ils ont gagné. Crier sur eux n'a plus d'utilité. Je ne souhaite pas mettre Mya en porte à faux après toutes ces révélations que je ne suis pas censée connaître.

En ce vendredi, la goutte d'eau vient faire déborder ce vase de tolérance, m'éclaboussant au passage d'un liquide au goût amer. Une remarque anodine, un sous-entendu déplacé.

*Ça suffit !*

Je ne peux pas les laisser victorieux. La meilleure vengeance qu'il me reste serait de renouer avec Elias. Tout faire pour effacer ce qui a été dit. Prouver à quel point ils ont tort.

*Il faut que je le revoie.*

De retour chez moi, cette idée danse dans ma tête. Je me souviens de cette phrase donnée par l'Univers :

> Tout ce que vous désirez vous désire également, mais vous devez passer à l'action pour l'obtenir.

Il n'y a pas de hasard. L'Univers nous a rassemblés dans le cercle arctique, convaincu qu'Elias est celui qu'il me faut. Qui suis-je pour douter ?

*Il existe. Il est réel. Il me respecte. Il m'aime pour ce que je suis.*

Je prends une feuille blanche et un stylo. Je réfléchis, compile mes idées. Je commence à rédiger quelques phrases. Je déverse sur le papier tout ce que mon cœur déborde comme émotion. Je me vide, me purge, drainant cet amour à travers l'encre de cette plume. Cela me fait un bien fou. Je me confesse, comme à un ami. Humblement. Les mots s'associent pour se faire avocats de mon cœur meurtri et blessé. Jusqu'au point final.

La lettre est rédigée. La poster est un autre débat. Je suis épuisée. Je vais me coucher.

Au samedi matin, je vois les choses sous un tout autre jour. J'ai l'impression que tout est possible. Je me sens bien. Tout en prenant mon petit déjeuner, je relis ma lettre. Les excuses sont habilement formulées. Je rajoute mon adresse postale, ainsi que mon numéro de téléphone, pour lui laisser l'opportunité de revenir vers moi. Par contre, le courrier seul me semble un peu fade. Une idée s'invite dans mon esprit. Laissons l'Univers me guider.

Sortant faire quelques courses, sur une intuition je m'arrête chez *l'Artisan Chocolaté*. J'ai l'intention de choisir quelques douceurs. Une boîte de macarons. Une valeur sûre. Je sélectionne la plus fournie en désignant tous les parfums possibles et imaginables. Les couleurs variées ainsi rassemblées savent faire saliver. Cela me semble parfait.

Ces sucreries ne pourront se conserver indéfiniment. Je ne peux donc pas envoyer le tout par courrier. Il y a une meilleure option : les apporter moi-même jusque chez lui. Cette idée m'effraie autant qu'elle m'enthousiasme.

*Je vais le revoir.*

Je poursuis mes courses, prends le temps de déjeuner. Ce n'est qu'en milieu d'après-midi, que je m'installe au volant de ma *Mini*. J'entre l'adresse d'Elias sur mon smartphone pour connaître l'itinéraire. C'est parti ! Une quinzaine de kilomètres plus tard, je cherche à me garer au cœur de la résidence de destination. L'endroit est moderne, au pied de la gare Achères-Ville. Je crois que mon trajet aurait été limite plus rapide par le RER.

Je trouve une place au plus près de la porte principale. Je prends une grande inspiration. Je m'avance vers ce bâtiment. Je ne connais pas le code pour entrer, mais quelqu'un me tient la porte ouverte. Maintenant dans le sas aux boîtes aux lettres, je cherche son nom sur l'une d'entre elles.

Elias Verdier. Il est là. Deuxième étage. Appartement 207.

Le mieux serait de lui remettre mon cadeau en mains propres. En dernier recours, je pourrais laisser le tout dans sa boîte, mais il est fort probable qu'il ne l'ouvre que lundi soir... La fraîcheur des pâtisseries ne sera plus garantie.

Au moment où je me décide à utiliser l'interphone, un autre résident sort en me tenant la porte. La chance est avec moi ! J'entre et me dirige vers l'escalier. Deux étages plus tard, j'arpente le couloir en quête de l'appartement 207.

Ça y est. J'y suis. Je presse la sonnette. Le cœur battant, j'attends de croiser à nouveau ses prunelles. Mais lorsque la porte s'ouvre, je ne vois rien. Je suis obligée de baisser la tête pour découvrir une petite fille blonde d'une dizaine d'années, aux grands yeux bleus. Elle est vêtue d'un sweat mauve avec une tête de licorne à la crinière arc-en-ciel, saupoudrée de paillettes.

— Whoua ! J'adore ta licorne !

Je n'ai rien trouvé d'autre à dire. Je m'attendais à tout, sauf à tomber sur cette petite puce.

— Merci, répond l'enfant de sa voix fluette.

— Hum... J'ai dû me tromper d'appartement. Je cherche Elias Verdier.

— Mon papa n'est pas là.

— Ton papa...

*Oh ! Non ! Je savais bien que ces grands yeux bleus me disaient quelque chose. S'il a une fille, il a forcément une femme...*

Derrière l'enfant, je distingue une paire de chaussures à talons aiguilles, négligemment laissée dans le passage.

Un indice qui confirme brutalement mes soupçons. Une femme vit là.

*Je dois prendre la fuite au plus vite !*

J'amorce un pas en arrière. Ma place n'est pas ici.

— T'as quoi dans la main ? demande la fillette en désignant ma boîte de douceurs.

Sa question avorte mon évasion.

— Ce sont des macarons. Pour me faire pardonner...

Je ne pense plus que ce soit une bonne idée de les donner. Et cette lettre... encore moins.

— T'as fait une bêtise ?

— Disons que je n'ai pas été très gentille, bredouillé-je armée d'un sourire gêné.

— Moi aussi, ça m'arrive. Mais papa me pardonne toujours. Je suis sûre que ce sera pareil pour toi.

Je ris doucement. Elle est trop touchante. Un détail m'intrigue. Est-elle vraiment seule dans cet appartement ?

— Tu ne devrais pas parler à une inconnue. Je pourrais avoir de mauvaises intentions.

— Tu aimes les licornes, donc j'ai pas peur de toi. Tous les gens qui aiment les licornes sont forcément de bonnes personnes.

Cette gamine est adorable. J'aime sa vivacité d'esprit. Sa logique est implacable.

— Comment tu t'appelles ?

— Charline. Et toi ?

— Amalie.

— Enchantée.

— Si tu veux, je peux prendre ta boîte de macarons et les donner à mon papa.

J'hésite. C'est vrai que je suis venue pour ça, mais Elias a une famille. Je ne souhaite pas devenir une briseuse de ménage. J'ai bien trop souvent endossé ce rôle, la plupart du temps sans le savoir...

— Je te promets de ne pas tous les manger avant son retour, assure Amalie la main sur le cœur.

Elle me fait rire. Je ne peux pas lui résister. Le temps du regret viendra me cueillir plus tard. Je lui confie la boîte, ainsi que la lettre piégée par son ruban rose.

Le sort en est jeté.

# Tout fout le camp !

Qu'est-ce que je peux être stupide ! Un homme tel que lui... bien sûr qu'il n'est pas célibataire ! À aucun moment, cette idée ne m'a traversé l'esprit. C'était pourtant clair. J'ai demandé à l'Univers un idéal masculin qui me respecterait, qui m'aimerait pour ce que je suis. Mes visualisations étaient limpides et plus qu'explicites sur la nature de la relation recherchée. Pas une seule fois je n'ai imposé la condition qu'il soit disponible pour moi. La Loi de l'attraction est vicieuse. Il faut à tout prix préciser chaque détail pour éviter ce genre de situation. Malheureusement pour moi, je me suis attachée à Elias. Un être qui ne peut pas m'appartenir.

Mon cœur saigne tandis que je quitte cette résidence où je n'ai plus l'intention de mettre les pieds. Je dois tout oublier. Il n'y a pas d'autre solution. Peut-être me pardonnera-t-il à la lecture de mes mots. Faire la paix, ce serait déjà beaucoup. Mais tout s'arrête ici. Je n'aurais pas la force de tenir le rôle de l'amie, surtout en l'imaginant dans les bras d'une autre durant ses nuits...

J'ai mal dormi. Je me lève ce dimanche matin le cœur en berne. Je n'aime pas être comme ça. Cela ne me ressemble pas. Il faut que ça change. Maintenant, je sais ce qu'il en est. J'ai une bonne raison pour tourner la page. Et c'est exactement ce que je vais faire. J'attends que le jour soit bien levé au-dehors pour revêtir ma tenue de sport. Cela fait trop longtemps que je me laisse aller. Je dois me reprendre. Courir pour évacuer. Ça, c'est une bonne idée !

En ce mois de janvier, le froid est présent, mais bel et bien sec. On est loin du climat neigeux de la Laponie. Malgré tout, je dois me préserver des 5 °C. Mon legging étudié pour la course hivernale est efficace. Mon haut à manches longues est respirant et fourré à certains endroits stratégiques, pour assurer un effort sans coup de froid. Toujours mes chaussures roses à paillettes, mes écouteurs Bluetooth vissés dans mes oreilles, mon téléphone fixé dans sa pochette à scratch, je suis prête pour mon tour habituel.

Je pars telle que je suis. Les cheveux relevés en queue haute, le visage non maquillé pour permettre à ma peau de transpirer sans entrave. Je me suis toujours dit que je courais trop vite pour qu'on puisse voir mes imperfections !

Après 500 mètres de course, la musique qui emporte mes foulées s'arrête brutalement. Sur l'instant, cela me fait l'impression de sauter dans le vide sans élastique. Cela peut sembler bête, mais je me sens tout à coup bien seule sans ce son pour guider ma cadence.

*Maintenant que je suis lancée, je continue...*

Tant pis si mes écouteurs n'ont plus de batterie. Je vais poursuivre mon tour, comme d'habitude. Les bruits qui me parviennent de cette forêt ont une note angoissante. C'est déstabilisant. C'est comme si je marchais sur un fil à plusieurs mètres d'altitude sans rien pour m'aider dans mon équilibre. Mes pas en pâtissent. Je sens quelques cailloux qui roulent sous mes baskets, ce qui n'aide pas pour l'adhérence au sol.

J'allonge mes foulées. Sans musique pour me guider, de sombres pensées viennent obscurcir mon trajet. Je ne veux pas une fois de plus devenir la maîtresse d'un homme. Pourtant, c'est tout à fait la démarche que j'ai eue en laissant cette boîte de macarons à Elias. Il ne m'a pas appelée. Peut-être préférera-t-il m'ignorer ? Ce serait la plus sage des décisions.

*Je ne le reverrai plus...*

Cette pensée me serre le cœur. Je sens comme une faiblesse. Je lève un peu moins haut mon pied. Il cogne contre un obstacle. La racine d'un arbre. Je la connais bien celle-là ! D'ordinaire, je sais l'éviter. Pourtant, aujourd'hui, elle m'est fatale ! C'est tout mon équilibre qui s'en trouve troublé. Je n'arrive pas à reprendre pied. Je m'écroule sur cette terre sèche et parsemée de cailloux. Certains sont plus tranchants que d'autres. Je m'en rends compte à mes dépens ! Par réflexe, mes mains ont amorti l'essentiel de ma chute. Pour le reste, la douleur ne tarde pas à se faire sentir.

Rien de cassé. Enfin, je crois. Je tâtonne parmi les herbes sauvages gorgées de rosée pour retrouver l'un de mes écouteurs sans fil et sans batterie qui s'est sauvé de mon oreille. Il me faut sans doute plusieurs minutes pour remettre la main dessus ! Je me relève péniblement. Mes mains me font mal. Mon genou ne doit pas être beau à voir non plus. Je me sens tellement vulnérable à cet instant.

*La course est finie.*

Je rebrousse chemin, d'une démarche incertaine. Non. Je n'ai rien de cassé. Sinon je ne pourrais pas avancer à cette allure. Après une traversée qui me semble interminable, j'entre dans ma résidence.

*Pour une fois, j'ai bien mérité de prendre l'ascenseur !*

J'appuie sur le bouton. Rien ne se passe. Il a fallu qu'il tombe en panne la seule fois où je décide de l'utiliser ! C'est incroyable ! Rien ne va, aujourd'hui ! Je suis obligée de monter par l'escalier tout en boitant...

*Génial !*

C'est laborieux. Mine de rien, mon genou est douloureux. J'entre chez moi comme dans un cocon pour y trouver du réconfort. Flash barbotte tranquillement dans son aquarium sans se préoccuper de ma détresse. D'un coup de pied, je claque la porte d'entrée et me dirige vers la salle de bain. Je fouille dans le placard pour y dénicher du matériel de soin. D'un coup d'œil, je capte mon reflet. J'ai une tête à faire peur ! Le teint rougi par l'effort, pas de maquillage pour unifier le tout, mes cheveux en vrac... Je suis bien loin de l'image parfaite que j'offre habituellement à mon entourage.

Reste positive, Charline. Cette chute aurait pu être bien plus grave. Je ne me suis pas éclaté la tronche sur le sol. Il aurait été dommage de tordre encore plus mon nez. Mya est l'une des rares personnes à m'avoir déjà vue sans maquillage. Elle ne trouve pas que mon nez soit asymétrique. Moi, je ne vois que ça dans le miroir ! D'ordinaire, je corrige cette imperfection grâce à un habile jeu de lumière avec mon fond de teint. En cet instant, sans ça, je me trouve affreuse...

J'arrive enfin à mettre la main sur ce dont j'ai besoin. Alcool, coton, sparadrap, compresses, ciseaux... Je prends avec moi tout ce qui pourrait servir. J'étale tout mon attirail sur le comptoir de ma cuisine qui s'ouvre sur le salon. Flash n'ose même pas me rejoindre. Il doit sentir mon agacement. Je relève mes manches qui sont trouées. Mes paumes de mains ne sont pas belles à voir ! Le sang ne coule pas abondamment, mais la chair est à vif. Je me souviens de Mya disant qu'il fallait éviter de mettre de l'alcool directement sur ce genre de plaie, mais je n'ai rien d'autre. Tant pis. Je vais danser à cause de la douleur...

Tandis que je me bagarre avec une bande qui a décidé de se dérouler jusque sur le sol, mon portable sonne. Je lâche tout pour en regarder l'écran.

*Un numéro inconnu.*

Je presse l'icône de téléphone vert pour accepter l'appel.

— Allo ?

— *Charlie. Elias Verdier. Je suis en bas de chez vous. Je peux connaître le code pour entrer ?*

*Cette voix.*

Le moment est clairement mal choisi. Son ton est sec, pas vraiment amical. Ça ne sent pas la visite de courtoisie... Pourtant, par réflexe, je lui donne ce qu'il demande :

— 9503.

*Bon sang ! Mais qu'est-ce qui ne tourne pas rond chez moi ?*

Tout fout le camp aujourd'hui et il faut que j'en rajoute... Je voulais le revoir, oui, mais pas dans ces conditions. Après avoir crié quelques jurons dont j'ai le secret, je décroche l'interphone pour ouvrir le sas à mon invité-surprise. Je n'ai clairement pas le temps de me rendre plus présentable.

*Quelle journée de merde !*

J'entends frapper. J'ouvre la porte et découvre Elias la mine renfrognée. Il n'est plus engoncé dans une combinaison anti-froid comme en Laponie. Il porte une veste en cuir sur un pull bleu clair, rappelant ses yeux. Le tout épousant son torse, laissant deviner une carrure enviable.

*Qu'est-ce qu'il est beau ! Même dans la colère.*

— Salut, Charline !

Je baisse la tête pour voir la petite puce dont les mèches blondes dépassent de son bonnet à paillettes.

— Salut, Amalie.

Je sens qu'Elias souhaitait me sortir un discours bien huilé, mais à me découvrir ainsi, ses mots restent bloqués dans sa gorge.

— Vous tombez un peu mal, mais... peu importe. Entrez.

Je m'efface pour leur libérer le passage. Amalie pénètre plus vite que son père. Il semble sur la réserve ; il n'avait sans doute pas prévu de franchir le seuil. Je referme l'appartement et vais ramasser la bande qui traîne au sol pour la replacer avec ses sœurs sur le comptoir.

— Que vous est-il arrivé ? demande prudemment Elias.

— Je suis tombée. Rien de grave. Une journée bien pourrie... Si vous êtes ici, j'imagine que vous avez lu ma lettre.

— En effet. Qu'est-ce qui vous est passé par la tête pour venir chez moi et donner des pâtisseries à une enfant de 8 ans ?

— 8 ans ? m'étonné-je. Whoua ! T'es une grande fille !

Amalie me montre fièrement ses doigts en en pliant deux. C'est bien normal qu'elle soit aussi grande. Elle tient de son père.

— Je suis désolée. En venant chez vous, je voulais réparer les choses, pas les compliquer. Je ne m'attendais pas à découvrir votre fille.

Il s'apprête à répondre, mais Amalie s'exclame tout à coup :

— Oh ! Regarde, papa ! Une tortue !

Tout le monde se tourne vers l'aquarium où mon compagnon entame une petite bronzette sous son spot de lumière. Je m'avance vers l'enfant avant qu'un drame ne survienne.

— Évite les caresses. Une tortue, ce n'est pas comme un chat ou un chien. Tu risques de te faire mordre...

— Elle est trop belle !

— Il s'appelle Flash.

— Il court si vite que ça ? s'étonne l'enfant.

— Si je lui sors une tranche de jambon, il peut atteindre des records...

Le rire d'Amalie chante agréablement à nos oreilles, apaisant nos cœurs. Je retourne vers l'îlot central et triture mes bouts de coton gorgés d'alcool. Je m'active à la tâche tout en présentant mes excuses, fuyant le regard d'Elias.

— Je suis profondément désolée. Pour mon intrusion dans votre vie privée.

— Vous pouvez l'être. J'ai eu bien du mal à expliquer tout ça à Viviane.

Son ton est peut-être moins sec. L'épisode Flash l'a sans doute adouci.

— Pourquoi ne pas m'avoir dit en Laponie que vous aviez femme et enfant ?

— Cela vous aurait-il arrêtée ?

— Évidemment ! Croire l'inverse, c'est vraiment mal me connaître.

Il soupire et reprend :

— J'estime ne pas avoir à me cacher derrière femme et enfant pour que mon consentement soit respecté.

— Vous avez raison. Je vous présente une fois de plus toutes mes excuses. Je vous promets de ne plus jamais tenter quoi que ce soit. Vous n'entendrez plus parler de moi.

Je continue de me débattre avec mes compresses pour essayer de soigner mes paumes abîmées. Cet exercice m'aide surtout à fuir son regard.

— Laissez-moi faire, s'impatiente-t-il en prenant mes mains dans les siennes afin de prodiguer ses soins.

Elles sont douces, habiles, délicates. Je dois faire un effort colossal pour ne pas les imaginer parcourir d'autres parties de mon corps. Une danse caressante qui saurait me donner le frisson. Sans cette table haute qui nous sépare, je ne serais pas certaine de pouvoir tenir la promesse que je viens juste de formuler.

— C'est comme chez nous ! Toi aussi t'habites à côté d'une gare, relève Amalie.

Je réponds par automatisme, distraite par les mains d'Elias qui soignent les miennes.

— Oui. Le terminus du RER A : Cergy-le-Haut.

— Nous aussi, on a le même train !

Il a terminé. Le dernier bout de sparadrap est collé. Serait-ce mon imagination qui me joue des tours, ou retient-il ma paume deux secondes de plus que nécessaire ?

*Je rêve les yeux ouverts !*

Ne lui ai-je pas à l'instant promis de ne plus rien tenter ? Qu'il n'entendrait plus parler de moi ? Il faut que j'arrête de me faire des films...

— Si tout est clair, on va y aller.

— Déjà ? s'offusque Amalie. Mais on vient juste d'arriver !

Elias pose un genou au sol pour se retrouver à la même hauteur que sa fille.

— On ne peut pas rester. On nous attend pour déjeuner. On va tous les trois au restaurant, comme promis.

— D'accord, cède la petite sans la moindre gaieté.

Ils sont trop mignons tous les deux, mais c'est le chiffre trois prononcé qui réduit mon cœur en lambeaux.

— Au revoir, Flash ! Au revoir, Charline !

— Au revoir, Amalie.

Elias et moi n'échangeons qu'un simple regard, en guise d'adieu.

# La licorne de l'amitié

Retour à ma vie d'avant. Les jours défilent. Quelque part, je suis contente d'avoir revu Elias. Même si avec mon allure de chien renversé par une voiture, j'ai dû lui faire peur. J'ai pu lui présenter mes excuses et ne pas rester sur cette fausse note jouée en Laponie. Il s'écoule ainsi près de trois semaines, loin de lui. J'ai retrouvé une hygiène de vie acceptable. Je sors à nouveau pour des instants shoppings, afin de combler ce vide béant qui m'habite. J'ai même repris la course, de façon moins chaotique que l'autre fois. Mes mains ont pu guérir, tout comme mon genou écorché. J'ai investi dans de nouvelles tenues de sport pour remplacer celles déchirées par ma lamentable chute. Il fallait que cet événement survienne le jour où Elias s'est décidé à venir me voir. Quel triste tableau je lui ai offert !

*C'est du passé. N'y pense plus.*

En ce premier week-end de février, je ne verrai pas Mya. Elle n'a pas son fils, alors elle en profite pour passer son temps avec Cédric. Tout semble aller pour le mieux entre eux.

Ce samedi après-midi, j'avais tout d'abord envie de flâner dans divers magasins, mais l'épisode d'une série Netflix a réussi à me figer dans mon canapé. Il fait encore beau dehors. Je sortirai plus tard.

J'entends frapper à ma porte. Étrange. C'est peut-être ma voisine qui vient me demander si j'ai du sucre ou autre...

Lorsque j'ouvre le battant, je suis estomaquée. Sous son bonnet à paillettes, je reconnais Amalie. Seule.

— Salut, Charline !

— Salut, ma puce... mais... tu es toute seule ?

— Oui ! J'ai pris le train, annonce-t-elle fièrement. C'était facile, on a le même.

*Sérieusement ? Elle ne peut pas avoir que 8 ans pour être aussi débrouillarde !*

— Rentre, ne reste pas dehors.

Je m'écarte pour l'inviter à me rejoindre au chaud. Elle s'avance, tout sourire, son sac à bandoulière aux couleurs arc-en-ciel autour d'elle. J'ai peur de la réponse à la question que je vais lui poser :

— Ton papa sait que tu es là ?

— Non. Mais il fallait que je te voie. J'ai un cadeau pour toi. Et pour Flash aussi !

*Elle est trop mignonne. Mais je sens que je vais avoir de gros problèmes avec Elias !*

Elle fouille dans son petit sac pour en sortir deux bracelets aux perles multicolores. Trop surprise, je me laisse tomber dans le canapé, recevant ces bijoux dans ma main ouverte.

— C'est une licorne de l'amitié, explique-t-elle en me désignant l'une des breloques en forme de tête de licorne. C'est moi qui les ai faits !

*C'est tellement touchant ! Je n'ai pas les mots.*

— Tu peux choisir ton préféré, l'autre sera pour Flash.

— C'est adorable, ma puce. Tu as fait tout ce trajet pour m'apporter ce présent ?

— Oui. Tu avais l'air triste l'autre jour. Et je pouvais pas t'appeler, j'ai pas ton numéro. Elle a attendu que papa regarde pas pour jeter ta lettre...

*Il l'avait gardée ? Étonnant.*

Amalie a une drôle de façon de parler de sa maman. À moins que... remettons les théories à plus tard. Il y a urgence là.

— Je suis très touchée. On ne m'a jamais fait un aussi beau cadeau !

Je choisis le bracelet aux tons les plus roses et le passe à mon poignet droit.

— J'imagine que tu as peur de te faire disputer par ton papa, mais je crois qu'il faut lui dire que tu es ici. Sinon il risque de te chercher et s'inquiéter...

— Il ne rentre qu'en fin de journée. Je pensais revenir à la maison avant lui.

*La petite chipie ! Elle a tout prévu...*

En d'autres circonstances, elle me ferait mourir de rire !

— Je me doute bien que tu préfères ne rien lui dire, mais il était déjà fâché contre moi avant. Et ma boîte de macarons n'a pas aidé... Là, tu me rends complice de ton crime ! Tu m'as dit l'autre fois qu'il te pardonnait toujours. Je pense que ce serait mieux de le prévenir.

Elle me fait une moue boudeuse, mais finit par hocher la tête comme si elle comprenait ma position délicate.

— Ça te va si je l'appelle ?

— D'accord.

*Je sens qu'il ne va pas me croire si je lui annonce que je n'y suis pour rien dans cette histoire...*

Je fouille dans mon téléphone. Même si je n'avais pas prévu de le rappeler, j'ai enregistré son numéro la dernière fois qu'il est venu chez moi. Je presse l'écran pour lancer la communication. Les tonalités se répètent inlassablement. Je ne tombe même pas sur la messagerie. A-t-il rejeté mon appel ?

*Ça ne va pas être simple...*

Il me vient alors une idée.

— Ça te dit qu'on fasse une photo toutes les deux pour l'envoyer à ton papa ?

— Oh, oui !

Mode selfie activé ! On prend la pause, sourire aux lèvres. Je regarde le résultat. On est trop belles ! Pour accompagner ce cliché, je rajoute du texte. Je suis certaine que ça va lui ôter l'idée de filtrer mes appels...

> **Charline**
> Non, je n'ai pas kidnappé votre fille. 😁
> Amalie est venue toute seule chez moi !

Je vois l'icône du message délivré, puis le mot « lu » qui confirme la lecture de ce MMS. Dans ma tête, je commence le décompte à partir de 5, 4, 3... Mon téléphone sonne ! Il a été plus rapide que je ne le pensais !

— *Qu'est-ce que vous foutez avec ma fille ?*

— Bonjour à vous aussi, Elias. Votre petite puce m'a fait la surprise de venir jusque chez moi pour m'offrir un bracelet licorne de l'amitié.

— *Quoi ? Passez-la-moi.*

Je tends le smartphone à Amalie en lui murmurant ces quelques mots :

— Courage, ma belle.

Sa mine n'a plus rien de joyeux, mais elle a la force d'affronter l'autorité paternelle. Rien que pour ça, je lui ferai des gaufres en attendant de le voir arriver, sauf s'il me demande de la ramener chez lui. À ce moment-là, je lui offrirai une glace en chemin... Mais pour l'instant, je n'entends que les mots d'Amalie pour son papa :

— Allo... Oui... Oui, avec ta carte Navigo qui était dans l'entrée...

Je cache ma bouche d'une main pour dissimuler mon rire contenu.

— Non... Je sais pas. Elle est pas à la maison... Je m'ennuyais toute seule... Pourquoi tu l'appelles Charlie ?... Il est pas drôle votre jeu...

*À moi non plus, ça ne me fait pas rire de l'entendre m'appeler Charlie...*

— D'accord, je te la passe...

Elle me tend mon téléphone portable ; je lui mime un baiser dans le vent pour la remercier.

— Oui...

— *J'ai un problème*, soupire Elias. *Je suis coincé au travail jusqu'à 18 h. Et je ne peux pas vous demander de ramener Amalie chez nous. Je n'aime pas l'idée qu'elle reste toute seule...*

— Elle peut passer l'après-midi avec moi, le temps que vous finissiez votre journée.

— *Je ne veux pas vous demander un tel service.*

— Je ne vous le proposerais pas si cela me posait problème. Ça me ferait plaisir de passer du temps avec ma nouvelle meilleure amie !

J'appuie mes propos en lançant un clin d'œil à la petite puce assise près de moi. Son sourire est éclatant d'espoir.

— *D'accord...* cède-t-il à contrecœur. *Je ferai au plus vite pour venir la chercher.*

— Ne risquez pas un accident en quittant votre travail, hein. Elle est entre de bonnes mains.

Après un silence, il termine l'appel par un simple « merci ».

— Bon. Maintenant que le plus difficile est fait, on va s'amuser un peu ! Est-ce que tu aimes les gaufres ?

Ma recette ne vaut certainement pas celle de Théo, mais je pense pouvoir contenter son petit estomac. Avant toute chose, Amalie se dirige vers l'aquarium pour offrir à Flash son bracelet licorne de l'amitié. Sous ma surveillance, elle lui passe délicatement le bijou autour du cou. Ma tortue se laisse faire, curieuse de recevoir ce nouveau jouet.

*J'adore sa tête !*

J'immortalise l'instant, d'un cliché animalier pour le publier sur Instagram.

— Toi aussi tu utilises Instagram ?

— Oui. C'est pour partager de belles photos avec mes amis. Il n'y a que Flash sur mon compte.

— Viviane aussi elle met des photos. Papa n'a jamais regardé. Ça l'intéresse pas.

— On n'est pas obligé d'aimer ça.

Elle semble songeuse pendant une poignée de secondes. Puis je lui propose de s'installer sur une des chaises hautes du comptoir. Pendant que je prépare la pâte à gaufres, nous discutons de choses et d'autres, comme deux bonnes copines. Je comprends alors que même si cela semblait enfantin pour elle, prendre ce RER toute seule relevait d'un défi particulièrement angoissant. Mais elle n'a pas abandonné son objectif. Elle a su dépasser sa peur. Elle m'impressionne.

Rapidement, la première fournée bien chaude sort de mon appareil. Un coup de chantilly et c'est parti !

— Tu sembles ne pas vraiment t'entendre avec ta maman, demandé-je poussée par la curiosité.

— Viviane, c'est pas ma maman. Ma maman, elle est morte.

Un terrible frisson d'effroi me parcourt l'échine.

— Oh, ma chérie ! Je suis tellement désolée.

— C'est pas grave. Tu savais pas. Ça fait deux ans maintenant qu'elle est plus là. Elle me manque toujours.

— Ma petite puce...

Je ne cherche pas à réclamer plus de détails. Je suis incapable d'imaginer ce qu'elle ressent. Comme nos assiettes sont vides, je propose une nouvelle activité pour effacer ce sujet délicat.

— Tu aimes le vernis à ongles ?

*Gagné !*

Ses yeux brillent à nouveau. Nous nous installons sur le canapé pour une séance de manucure improvisée. Je lui recommande une teinte rose poudré. Je préfère éviter les couleurs trop tape-à-l'œil. Je ne voudrais pas rendre à Elias une fillette maquillée comme une voiture volée. Nous parlons mode, licornes, arcs-en-ciel et paillettes... C'est léger, frais. Ça fait du bien !

Puis la conversation tourne sur des questions plus personnelles. Je ne cherche pas à connaître la vie privée d'Elias, mais il y a certaines choses qui m'intriguent. Au téléphone, il ne me paraissait pas très enthousiaste à l'idée de ramener sa fille chez eux pour qu'elle y reste seule. Pourtant, le jour où je l'ai rencontrée, Amalie semblait livrée à elle-même dans cet appartement.

L'enfant m'explique qu'en temps normal, son père ne travaille pas le samedi. Mais comme il est parti en Laponie pendant une semaine, son patron a exigé de lui qu'il vienne bosser les cinq premiers samedis de l'année pour compenser son absence de fin décembre. Aujourd'hui, c'est son dernier jour. Elias n'a jamais souhaité laisser sa fille toute seule. Viviane l'a convaincu qu'Amalie et elle passeraient ces journées ensemble, comme deux bonnes copines. Un odieux mensonge. Cette pouffe minaude devant Elias, mais préfère sortir on ne sait où lorsqu'il a le dos tourné, laissant l'enfant toute seule.

Durant le séminaire en Laponie, Amalie est restée en France avec cette fameuse Viviane. Le père ne voulait pas qu'elle manque l'école en partant avec lui. Et comme il a toujours cru que les deux s'entendaient à merveille, il ne s'est jamais méfié. Sur cette semaine-là, la Viviane n'avait pas d'autre choix que de s'occuper correctement de la petite. Elles ont ensuite rejoint notre guide en Norvège pour les fêtes de Noël. Et d'après ce que j'ai compris, même la grand-mère d'Amalie n'aime pas trop cette femme... Seul Elias est trop aveuglé pour voir la réalité.

— Elle lui dit tout le temps qu'on est les meilleures amies. Mais c'est pas vrai. Elle aime pas licornes. C'est pas une gentille personne.

Ces révélations me serrent le cœur.

— Pourquoi tu ne le lui dis pas ?

— Je veux pas faire de la peine à mon papa. Et puis, Viviane est tout le temps là. Je peux pas lui parler toute seule...

Elle baisse la tête.

— C'est ma faute s'il était fâché contre toi. J'ai voulu lui donner tes macarons discrètement, mais Viviane, elle a tout vu. Ils se sont disputés.

*Mince... J'ai vraiment mis le bazar dans leur vie !*

— Tu ne dois pas t'en vouloir, ma puce. C'est moi qui n'aurais pas dû te laisser la lettre avec la boîte...

— Si, c'était une bonne idée ! affirme Amalie. Comme ça on a su où tu vis !

Je lui réponds d'un sourire et souffle sur ses petits doigts pour aider à faire sécher le vernis.

— Tu sais, je ne connais pas très bien ton papa, mais je pense qu'il préférerait te savoir heureuse. À mon avis, tu devrais lui dire que ça ne va pas si bien que ça avec elle...

*Cette pouffiasse !*

— Si tu veux, lorsqu'il viendra te chercher tout à l'heure, je pourrai te laisser seule avec lui pour vous permettre de discuter.

Elle tortille ses lèvres de gauche à droite, pesant le pour et le contre.

— Je ne veux pas te forcer. Et je sais que ce n'est pas facile de dire tout ça. Mais vous serez tous les deux. L'occasion semble idéale.

— D'accord.

— Tu es courageuse. Une grande fille.

— Je suis la plus grande de ma classe, confesse Amalie. Je dépasse même les garçons. Ils se moquent de moi tout le temps...

— J'ai connu ça aussi, avoué-je en glissant une de ses mèches blondes derrière son oreille. Ne les écoute pas. Tu verras. Un jour, tu deviendras une belle jeune femme et ils regretteront ce qu'ils t'ont dit.

— J'espère devenir belle comme toi.

*Oh ! Mais quel amour ! Comment l'autre pétasse peut vouloir l'abandonner ?*

Les gens agissent parfois de façon bien étrange.

Le reste de l'après-midi défile à toute vitesse. On continue d'échanger dans la bonne humeur. Je sens qu'elle avait grand besoin de parler. Besoin d'une amie. Et c'est peut-être aussi ce qui me manquait. Cette petite est passionnée et elle semble heureuse d'avoir trouvé en moi une oreille attentive.

Il doit être 18 h 30 lorsqu'elle me détaille combien elle aime pratiquer le tir à l'arc.

— Tu dois te sentir comme Artémis.

— C'est qui ?

— La déesse de la chasse. Elle est souvent représentée avec un arc et un cerf.

— Je n'ai pas envie de chasser des animaux, mais être une déesse... ça, c'est trop bien !

L'interphone nous fait sursauter. On dirait qu'Elias a retenu le code de la porte d'entrée. Lorsque je place le combiné à mon oreille, j'entends un « c'est moi ». Mot de passe infaillible. Je lis dans les yeux d'Amalie qu'elle redoute un peu ce moment. Je sais que tout cela ne me regarde pas, mais j'ai tout de même l'intention d'intervenir pour calmer le jeu si une dispute éclate.

Lorsque j'ouvre la porte, je décèle sur le visage d'Elias une vive inquiétude. Cela me touche en plein cœur. Je m'efface pour le laisser passer. Il s'avance directement sur sa fille et se baisse pour la serrer dans ses bras. Je sens qu'il attendait cet instant depuis notre appel. Un profond soupir de soulagement survient. Puis il prend son petit visage entre ses mains pour croiser ses yeux identiques aux siens.

— Il faut arrêter de me faire peur comme ça, jeune fille.

— Oui, murmure-t-elle.

Il se redresse et se passe la main sur son visage, cherchant sans doute à effacer ces dernières heures de tension.

— Vous voulez un café ? proposé-je avec douceur.

— Oui, fait-il par réflexe.

— *Longo.* Café allongé, un sucre.

— Comment vous savez ça ? s'étonne Elias en me lançant un regard soupçonneux.

— Vous aviez pris un café au restaurant, en Laponie. C'est mon métier. C'est normal que je sois attentive à ce genre de détails...

J'ignore s'il se contente de cette explication. Je mets en marche ma machine qui s'active pour préparer le liquide d'un noir intense dans une tasse. Pendant qu'elle se remplit, Elias s'accoude au comptoir et pose son téléphone à côté de son coude. Il semble épuisé. Nerveusement. Son smartphone s'allume en émettant une mélodie. Je note Amalie qui se fige. Le visage d'une belle jeune femme brune apparaît sur l'écran, accompagné d'un prénom : Viviane. Elias pose ses yeux sur cette photo et rejette l'appel d'un mouvement de doigt.

*C'est donc comme ça qu'il a fait pour mon coup de fil de tout à l'heure !*

Je me garde bien de le lui faire remarquer. Je suis curieuse de savoir s'il l'a tout de suite appelée pour lui demander des comptes sur sa désertion. Peut-être préfère-t-il la faire mariner un peu.

*Ça a dû lui faire tout drôle d'entrer dans un appartement vide, à la pouffiasse !*

Le café est prêt. Je le remue et le lui tends. Il s'en saisit, sans que nos doigts se touchent, et trempe directement ses lèvres pour en avaler une gorgée brûlante. Son regard étonné se concentre sur cette boisson fumante.

— Qu'est-ce qu'il est bon !

— On vend de la qualité chez *Café Raffaello*, confirmé-je d'un sourire.

Il observe mon poignet où le bracelet est immanquable. Il semble songeur. Et moi je tente d'oublier mes mains dans les siennes à cette même table, trois semaines plus tôt.

— J'espère qu'Amalie ne vous a pas ennuyée.

— Vous plaisantez ? Si un jour j'ai une fille, j'aimerais qu'elle soit comme elle, affirmé-je en lançant un clin d'œil à ma complice.

— Une petite fugueuse ?

Elias prononce ces mots en se tournant vers sa fille. Il semble très sérieux, mais j'arrive à deviner un léger sourire en coin. Amalie ne fait pas la fière, encore incertaine du sort qui lui sera réservé. Elle a préféré jusqu'ici se tenir en retrait, dans l'attente d'un verdict. J'échange un regard avec elle. Elle me valide d'un hochement de tête qu'elle se sent prête à avoir cette fameuse discussion.

— Je vais vous laisser tous les deux. Je crois que vous avez besoin de parler un petit peu...

Une fois de plus, Elias est surpris. Il observe son enfant qui prend place sur le canapé, tandis que j'emmène un manteau avec moi et me réfugie sur mon balcon avec mon smartphone pour m'occuper. Il fait étonnamment doux en ce début février. Je ne souffre pas du froid. J'ai refermé la porte-fenêtre coulissante pour leur assurer une totale intimité. Du coin de l'œil, je vois Elias qui s'assoie près d'Amalie.

Je traîne sur Instagram pour lire les différents commentaires laissés sous la photo de Flash et son bracelet licorne de l'amitié. Je réponds à certains d'entre eux. Pendant un instant, je prends conscience que, si l'envie lui prenait, Elias pourrait tout à fait m'enfermer sur mon balcon et vider mon appartement en toute quiétude !

*Il faut vraiment que j'arrête d'imaginer n'importe quoi !*

Grâce à sa fille, le vent va sans doute tourner entre nous.

*Oublie ! Il n'y a pas de nous qui tienne !*

L'espoir est aussi bon que douloureux. Même s'il y a de l'eau dans le gaz avec sa pouffe, il n'a peut-être pas l'intention de rompre avec elle.

*Ce n'est qu'une question de temps. Les révélations d'Amalie vont lui ouvrir les yeux.*

Je suis mauvaise d'avoir de telles pensées. C'est sa vie privée. Cela ne me regarde en rien. Père et fille ont dû déjà bien souffrir. Il n'y a qu'à voir l'inquiétude qu'il a manifestée en entrant chez moi. Après tout, Amalie est tout ce qu'il lui reste d'*elle*. Cette femme qu'il a dû aimer assez fort pour vouloir d'elle un enfant. L'a-t-il également épousée ? Sa disparition l'a certainement affecté. Peut-être cache-t-il encore quelques rémanences de cette douleur ?

Je jette des regards, de temps en temps. Elias semble se décomposer à l'écoute du discours de sa fille. J'aimerais être une petite souris pour découvrir ce qu'ils se disent, mais je reste à ma place. Et pour continuer de me faire fondre le cœur, je vois maintenant ce papa prendre sa petite puce dans ses bras. Un câlin qui me donne presque les larmes aux yeux. Je me détourne complètement de peur de craquer.

Après quelques minutes, j'entends la porte-fenêtre s'ouvrir.

— On va y aller, murmure Elias.

Je le sens bouleversé. Je pénètre dans mon salon pendant qu'il s'avance vers la sortie.

— Au revoir, Charline ! me chante Amalie qui a remis son manteau et son bonnet à paillettes.

Je m'accroupis pour lui faire une bise. Sans que je m'y prépare, elle vient entièrement se réfugier dans mes bras. J'accepte cette embrassade avec bonheur. Cela me fait tellement de bien. Il vaut mieux oublier que la dernière étreinte sincère de ce genre, je l'ai reçue d'Hugo. Un tragique instant où je pensais avoir perdu Elias pour toujours.

Lorsque la petite s'écarte, elle s'extasie :

— Tu sens trop bon !

Sa spontanéité m'arrache un rire.

— Attends une minute.

Je m'éclipse rapidement dans ma salle de bain et me saisis d'un flacon rond avec un reste de liquide vert et un bouchon rouge. De retour dans l'entrée, j'offre ce parfum de pomme à Amalie.

— Tiens, prends-le.

— Oh ! Merci !

Cette eau de toilette pour enfant, il m'arrive de temps en temps de la porter, tout comme aujourd'hui. Étrange de l'avoir choisie ce matin. C'est un vestige, car *Pomme d'Api* n'est plus vendu dans le commerce. Mais peu importe. Ça me fait plaisir de lui donner quelque chose de

précieux. Elle devine que c'est un beau cadeau, sans toutefois en

connaître la rareté. La valeur d'un présent n'est parfois régie que par l'intension qui va avec.

La porte d'entrée s'ouvre. Le père et la fille en franchissent le seuil. Il fuit mon regard, sans doute encore perturbé par cet entretien privé avec Amalie. Son timbre libère dans un filet ces trois mots :

— Au revoir, Charline.

Je me fige sur place. Ils s'en vont. C'est la première fois qu'Elias m'appelle ainsi.

*J'aime tellement le velouté de sa voix, caressant mon prénom.*

Je reste peut-être toute une minute seule, face à un couloir vide. Je suis tout aussi ébranlée qu'eux de cette entrevue.

# Les roses du pardon

En ce dimanche pluvieux, je me sens toujours troublée par cette expérience. J'ai appris tellement de choses sur la famille Verdier, père et fille. Qui aurait pu penser que je passerai un aussi bon moment avec une petite puce de 8 ans ? Je ne suis pas la seule à être tombée sous le charme. Flash traîne son bracelet partout où il va. C'est incroyable ! Je ne lui ai jamais connu de jouet fétiche. Si je fais des vidéos de lui, je sens que je vais faire le buzz !

Alors que je suis sur Instagram, mon doigt ripe et je clique sur la loupe. J'accède à l'élément de recherche que je n'utilise pratiquement jamais. Je suis assez curieuse du résultat. Cette page me propose plusieurs clichés et vidéos qui sont sensés coller avec mes centres d'intérêt.

*Je vous le donne en mille : Chris Evans !*

Cela faisait longtemps que je n'avais pas visualisé des photos de l'acteur. J'ai tout supprimé après la Laponie. Tout ce que je peux dire, c'est que ça fait du bien aux yeux ! Cela me ramène en pensée, directement vers

Elias. Je n'ai pas eu de nouvelles depuis hier soir. Dois-je m'attendre à en recevoir ? Pas sûr.

*Il est peut-être occupé à remplir les cartons de sa grognasse pour la mettre dehors !*

Je recommence à être méchante... Je m'arrête tout à coup sur une photo. Il y a quelque chose qui m'interpelle. Je vois Chris Evans... mais ce qui me fige, c'est cette femme auprès de lui, sur ce cliché. Une brune ravissante. Pourtant, je ne suis pas sûre que l'acteur ait quelqu'un dans sa vie en ce moment.

Mon sang se glace dans mes veines. Il ne s'agit pas de Chris Evans. Et cette femme. Si je la reconnais, c'est parce que son visage s'est affiché sur le smartphone d'Elias. Je clique sur le post. La description relate une soirée en amoureux, comme les autres. Il y a de nombreuses réactions envieuses en commentaire, plusieurs centaines de cœurs qui accompagnent le tout.

Je presse maintenant le pseudo - *ChrisEvans&Moi* - pour en lire la biographie :

*Pardon ?*

J'ai dû manquer un épisode ! Ce n'est pas possible. Il ne peut s'agir d'Elias Verdier. Pourtant, même si je préfère lui donner des noms d'oiseaux, je reconnais le prénom de cette greluche. C'est impensable !

*Je croyais qu'il n'aimait pas les réseaux sociaux ?*

Je fais défiler toute cette mosaïque de photos. Elle y est souvent présente, avec lui. Parfois, il est seul. Un instant capturé. Un moment volé. Oui, volé. Parce que plus j'observe, et plus j'ai l'impression qu'elle se sert de lui pour avoir le plus d'abonnés possible pour la suivre ! Ils sont déjà nombreux : plus de 25 000 ! Faire le buzz, mais à quel prix ? Toute cette série d'images me donne la nausée. Il y en a plus de 600 comme ça. On sent ces tranches de vie saisies à la va-vite. Il y en a même certaines où Elias se trouve torse nu. Il est tout bonnement magnifique, mais je suis dégoûtée de le découvrir de cette façon.

*Comment peut-il cautionner ça ?*

Les mots d'Amalie me reviennent brutalement :

« Viviane aussi elle met des photos. Papa n'a jamais regardé. Ça l'intéresse pas. »

Une flopée d'insultes sort de ma bouche avec colère. J'espère ne jamais la croiser. Je serais sans doute capable du pire. Si j'avais presque des scrupules pour avoir mis le bazar dans leur vie, je suis maintenant soulagée d'imaginer Elias la foutre à la porte.

Je ne suis pas abonnée à ce compte. Pourtant, je peux tout voir sans problème. Cette page est donc en mode public. Tout le monde peut se rincer l'œil sans aucune entrave. J'ai moi-même un pofile Instagram, mais je n'y poste pour l'essentiel que des photos de ma tortue. Une zone privée pour laquelle je sélectionne ceux de mon cercle qui peuvent voir mes publications. Là, ce profil, *ChrisEvans&Moi*, c'est du voyeurisme gratuit...

Je m'arrête sur une dernière image. Le couple est tout sourire avec une phrase d'accroche : *Ma vie avec l'homme élu le plus sexy 2022 !*

Je préfère fermer cette application pour résister à l'envie de balancer mon téléphone à travers la pièce. À la place, je commence à rédiger un message pour Elias. Pourtant, je renonce à l'envoyer. Cela ne me regarde pas. J'en ai déjà assez fait. Et je lui ai promis de ne plus rien tenter, qu'il n'entendrait plus parler de moi. Il vaut mieux le laisser gérer ses affaires. Au fond, une grande part de moi se sent révoltée parce que je suis tout simplement jalouse de cette femme qui a eu la chance de vivre auprès de lui, comme je l'ai rêvé.

De retour au boulot, je me confie à Mya sur certains éléments du week-end. L'épisode visite-surprise d'Amalie est relaté, mais je garde pour moi la partie Instagram de l'autre pouffiasse. Je ne souhaite pas attirer l'attention sur ces photos plus que personnelles... Mon amie est d'accord avec moi, il est temps qu'Elias lâche sa greluche, ne serait-ce que pour le bien de sa fille ! Cet échange de potins ne dure que le temps de notre pause, j'ai encore pas mal de travail qui m'attend, et je n'aime pas les oreilles indiscrètes que certains pourraient laisser traîner.

Mardi après-midi, je suis en rendez-vous avec un potentiel client. En tête à tête dans son bureau, cela fait un moment que je lui présente nos produits, mais je n'arrive pas à trouver les bons arguments. Tout ce que j'avance l'indiffère. Soit je suis trop perturbée pour jouer mon rôle de commerciale, soit cerner cet individu restera hors de ma portée. Mon étude comportementale habituelle est inopérante. Cet homme ne laisse rien transparaître. Je lui propose une machine de prêt pour une démonstration qui s'organiserait avec Hugo. Même là, il reste sur la réserve.

Je me redresse sur mon siège et relève mes manches en quête d'un nouvel angle d'attaque. Son regard s'illumine lorsqu'il se fixe à mon poignet.

— Vous avez des enfants ? demande-t-il alors, réellement surpris.

Mon bracelet licorne ne passe pas inaperçu ! Je préfère jouer la carte de la franchise. Les clients ont tendance à sentir lorsque l'on ment. Je suis certaine qu'à cause de ça, Gabriel a dû manquer des ventes, malgré son baratin bien étudié...

— Je n'ai pas encore cette chance, avoué-je. Je me suis fait une copine de 8 ans à qui je suis bien incapable de dire non !

Un large sourire efface l'air austère de son visage. Ça y est ! J'ai trouvé notre lien commun. Il sera plus facile de revenir à ce qui nous réunit aujourd'hui. Il me parle alors de ses enfants qui animent ses journées déjà bien remplies. Malgré les bêtises, les petits bobos, les frayeurs, il ne changerait sa vie pour rien au monde. Sans entrer dans les détails indiscrets, je lui confirme avoir passé un excellent après-midi à manger des gaufres avec une adorable fillette tout en parlant licornes, arc-en-ciel et paillettes… Il sourit ; nous sommes sur la même longueur d'onde.

Il se gratte alors le menton et revient de lui-même sur la thématique du café. Il accepte mon offre de louer un appareil sur trois mois avant de partir sur un futur contrat en fonction des retours de ses collaborateurs. Je quitte cette entreprise sur une victoire.

Le pas léger, je remonte en voiture et décide de rentrer directement chez moi. Il est près de 18 h 30 et le ciel s'obscurcit. Dans mon appartement, Flash se promène sur le parquet tout en traînant avec lui son bracelet. Peut-être que, pour lui aussi, ce bijou fait office de porte-bonheur !

Tandis que je passe la serpillière pour effacer toute l'eau laissée par ma tortue facétieuse, l'interphone s'active. Je décroche le combiné et reconnais la voix d'Elias. Je ne m'attendais pas à une visite de sa part. Je range à la va-vite mon nécessaire à ménage pour faire oublier ce côté Cendrillon.

*Il a toujours le chic pour tomber au bon moment !*

Lorsque ça frappe à la porte, je déverrouille le battant et trouve Elias seulement accompagné d'un bouquet de roses. Ma bouche s'ouvre largement, me coupant les mots. Je l'invite à entrer d'un charabia désordonné. Il me suit jusqu'au salon.

— Je voulais vous remercier comme il se doit, commence-t-il en me tendant ces fleurs d'un rose pastel.

J'accepte ce présent sans pouvoir ajouter quoi que ce soit. Il comprend que je suis émue.

— Il ne fallait pas, arrivé-je enfin à prononcer d'une voix enrouée.

— Si. C'est un minimum. Je suis parti comme un voleur l'autre jour. J'étais perturbé. Vous ne vous êtes pas seulement bien occupée de ma fille. Vous avez réussi à la mettre en confiance et la convaincre de me parler. C'était très important pour moi. On n'avait pas échangé de cette façon depuis...

Il marque une pause.

— Depuis longtemps, achève-t-il.

Je sais pertinemment ce qui se cache derrière ce « depuis ».

*Depuis qu'elle n'est plus là...*

Son manque d'elle est évident. Je suis spectatrice de sa douleur encore bien vive. Et moi, je suis là, les fleurs en mains, les larmes noyant mes yeux verts.

*Qu'est-ce qui ne va pas chez moi ?*

Je comprends alors que ce n'est pas tant ce cadeau qui m'émeut. Des bouquets, j'en ai déjà reçu plein. En revanche, c'est la première fois qu'on m'en offre sans arrière pensée lubrique en retour. Un échange de bons procédés que chaque homme a toujours pu obtenir de ma part, comme une évidence. Là, il est juste question de politesse, de respect. Et ça, cela fait toute la différence. Ce geste revêt une délicatesse à laquelle je ne suis pas habituée, à laquelle je n'étais pas préparée.

Elias fronce les sourcils, sans doute gêné de mon malaise.

— Je ne voudrais pas que vous vous fassiez des films sur mes intentions, dit-il la mine inquiète.

Mon regard ne trompe pas, mais il se méprend sur les émotions qui me gagnent.

— Ne vous inquiétez pas. Les films, je me les suis déjà tous faits !

Mon humour atteint son objectif. Son rire franc inonde la pièce et gorge mon cœur de bonheur. Qu'il est beau ! Nos yeux se croisent, se lient sans attache. Quel regard ! Cela vibre délicieusement dans mon bas-ventre.

*Et merde ! Je suis amoureuse...*

Un détail m'interpelle. J'ai peur tout à coup :

— Amalie n'est pas avec vous ?

— Je l'ai laissée à son cours de tir à l'arc.

— Petite Artémis... Merci, murmuré-je dans un souffle en portant les roses au plus près de mon visage pour en humer toute la fragrance.

Il s'en est fallu de peu, mais j'ai réussi à ravaler mes larmes. Je n'ai pas envie de mettre mon mascara waterproof à l'épreuve. Je commence à détacher mes fleurs de leur papier de présentation.

— Vous portez son bracelet au quotidien ? s'étonne Elias, les yeux rivés sur mon poignet.

— Bien sûr. C'est un cadeau rempli d'amour. Elle a bravé la colère de son père pour me l'offrir...

Il me répond d'un sourire amusé. Je suis sous le charme.

— Vous voulez un café ? proposé-je tout en sortant un vase pour y mettre de l'eau.

— Non, merci. Je ne veux pas m'imposer. Je souhaitais surtout vous présenter mes excuses et vous remercier. Les choses iront bien mieux à partir de maintenant. Nous avons pris le temps de discuter avec Viviane. Nous avons mis le doigt sur ce qui posait problème. Ce n'était pas à elle de s'occuper de ma fille. Je n'avais pas à me servir d'elle comme d'une nourrice. Tout est clair à présent. Je suis sûr que notre relation s'en trouvera renforcée.

*Quoi ?*

Je lâche la dernière rose sur le comptoir.

— Vous plaisantez, j'espère ? Vous n'avez pas l'intention de rompre avec cette pouffiasse ?

Ses yeux semblent comme sortir de leur orbite.

— Je rêve où vous venez de la traiter de *pouffiasse* ?

*Oups ! J'ai vraiment dit ça à voix haute ?*

Il faut vraiment que j'apprenne à faire le tri entre mes pensées et ce que je dis tout haut... Je ferme les paupières, tentant de me contrôler. L'ambiance s'est subitement alourdie dans cette pièce à vivre. Mon silence accentue sa mauvaise humeur.

— Je...

— Vous souvenez-vous seulement de son prénom que j'ai pourtant prononcé il y a quelques secondes ?

— Si... c'est... euh...

*Bon sang ! Comment elle s'appelle cette pouffe ?*

— Viviane ! crache Elias les dents serrées.

— Oui ! C'est ça ! confirmé-je d'un geste impatient de la main.

De toute évidence, Amalie n'a pas tout dévoilé à son père. La pauvre enfant a dû manquer de courage. Me voilà maintenant en équilibriste sur un fil tendu au-dessus d'un gouffre sans fond. Tout cela me révulse. Et je ne suis plus capable de faire semblant.

— Vous êtes jalouse. Avouez-le !

— Oui ! Bien sûr que je le suis ! Mais c'est surtout la colère qui m'anime à cet instant !

— Il s'agit de MA vie privée !

Je sens que je vais regretter mes prochaines paroles...

— On est bien d'accord ! Mais je ne peux plus me taire ! Que vous soyez trop stupide pour réfléchir autrement qu'en dessous de la ceinture, ça je veux bien le comprendre. Mais ce qui me révolte dans cette histoire, c'est Amalie au milieu de tout ça qui préfère souffrir plutôt que de vous faire de la peine !

— Vous passez seulement un après-midi avec ma fille et vous pensez déjà tout connaître ? Espérez-vous tout détruire dans ma vie ? Je ne le permettrai pas. Je vous interdis de parler de nous de cette façon !

*Une fois de plus, je gâche tout.*

— Je n'ai plus rien à faire ici... conclut Elias.

Il amorce son départ.

*Au point où j'en suis, autant vider mon sac !*

Je le retiens d'une phrase.

— Je vous trouve très présent sur les réseaux sociaux pour quelqu'un qui tente absolument à les fuir !

Il s'arrête dans sa lancée, se retourne lentement, le visage marquant l'incompréhension.

— De quoi parlez-vous ?

— Elle ne vous a rien dit ? Évidemment...

Maintenant que j'ai dégoupillé la bombe, je n'ai plus qu'à la jeter...

— Vous devriez vous intéresser au compte Instagram de votre très chère *Viviane* ! Le pseudo est facile à trouver : *ChrisEvans&Moi* ! Cela fourmille de photos de vous. C'est libre d'accès ; sa page est publique. Tout le monde peut se rincer l'œil.

— Vous mentez, fait-il d'une voix faible.

— Je serais vous, j'irais vérifier. Vous n'êtes pas très habillé sur certains clichés...

À cet instant, il devient tellement blanc qu'on pourrait le croire au bord du malaise.

— Mais vous avez raison. C'est *votre* vie privée. Cela ne me regarde pas. On peut me reprocher beaucoup de choses, excepté mon honnêteté.

Il pointe faiblement un doigt dans ma direction.

— Je ne veux plus jamais vous voir.

Cette phrase me terrasse, mais je suis encore trop énervée pour en ressentir la douleur. Il part d'un pas vif et claque ma porte derrière lui.

# Avant que tout se fane

Ai-je bien agi ? Le doute ne me laisse aucun répit. Le sommeil me fuit, tout comme *lui*. Je cajole mes fleurs, les jours suivants, pour qu'elles vivent le plus longtemps possible. Témoignage d'une délicate attention avant que je ne vienne tout gâcher. Elias a lu en moi si facilement. La jalousie est un vilain poison. Ma colère a rendu mes mots bien acides. J'ai plusieurs fois voulu lui écrire un message, sans jamais aller jusqu'à appuyer sur le bouton d'envoi. J'en ai déjà trop fait.

*Je l'aime. Et cela complique tout.*

La mi-février approche et avec elle une fête ridicule que je déteste au plus haut point : la St Valentin. Je passerai la soirée en tête à tête avec Flash et ce bouquet de roses qui sent toujours aussi bon.

— C'est triste une belle jeune femme seule, le soir de la St Valentin, fait remarquer Gabriel.

— Trouve-toi quelqu'un d'autre à mettre dans ton lit.

— Tu manques d'imagination, Charline.

— Dans ton lit ou ailleurs, je ne veux pas le savoir...

Va-t-il me lâcher un jour, celui-là ? Peut-être qu'une salade de phalanges en plein visage saurait le calmer... Il ne vaut mieux pas prendre le risque d'essayer, il pourrait aimer ça ! Tout le monde semble se préparer à vivre une belle soirée romantique. Cédric et Mya se sont prévu un petit dîner sans prétention, chez lui. Même Nicole a retrouvé le sourire. Peut-être aura-t-elle droit à son coït annuel avec son mari... Notre patron a voulu partir plus tôt que d'habitude. Mya m'a révélé lui avoir réservé une table dans un restaurant gastronomique.

Oui... Il y a de l'amour dans l'air. Et cela me donne la nausée ! Sera-t-il encore avec elle pour vivre cette soirée dédiée à l'amour ? A-t-elle trouvé un moyen quelconque pour justifier ses odieuses activités sur Instagram ? J'aime sans doute me faire mal, mais j'ai cherché le compte *ChrisEvans&Moi*. Sans succès. Deux solutions possibles. Soit elle a supprimé son compte à la demande d'Elias, et ils ont fait la paix. Soit elle a supprimé son compte à la demande d'Elias, et ils ont quand même rompu. Quelle que soit la réponse, cela ne me concerne pas. Il faut que j'arrête de me torturer avec toute cette histoire.

Cette soirée, je la passe en célibataire, mais je me fais plaisir malgré tout. Je commande un repas japonais et me lance un bon film d'action gorgé d'humour. Mon choix se porte sur un vieux long-métrage des années 90' : *Demolition Man*. L'histoire d'un flic cryogénisé qui se réveille dans un futur déjanté et utopique à l'extrême, pour attraper un dangereux criminel lui aussi mystérieusement libéré de son hibernation ! Un peu de légèreté pour mettre en sommeil ce mal qui me ronge.

Lorsque le vendredi après-midi arrive, je continue de travailler sur ordinateur de chez moi. Je ne vois pas les heures défiler. J'ai besoin de ça pour m'occuper l'esprit. Il faudra attendre que mon appareil m'indique une batterie faible pour me résoudre enfin à lâcher prise. Je regarde mes fleurs sur le point de se faner. On ne peut lutter contre le temps qui passe.

La sonnerie de mon téléphone retentit. Mon cœur manque un battement lorsque je vois le prénom Elias s'afficher sur mon smartphone. D'un doigt tremblant, je coulisse le logo vert pour accepter la communication.

— Allo ?

— *Bonjour, Charline. Je... je ne sais pas par où commencer.*

Son ton semble gêné. Toute confiance en lui l'a abandonné. C'est touchant de l'entendre comme ça. Je reste muette pendant une seconde. Je ne m'attendais pas à ce qu'il revienne vers moi. Dix jours se sont écoulés depuis qu'il est parti fâché.

— *Vous aviez raison. Sur toute la ligne. Je me mentais à moi-même. J'ai plusieurs choses à réparer... J'aimerais me faire pardonner.*

— Je ne vois pas ce qu'il y a à pardonner, énoncé-je mollement.

— *Si. Je n'avais pas à m'emporter de cette façon. Je compte passer du temps avec ma fille. Il y a une fête foraine éphémère dans le coin. J'aimerais l'y emmener demain et... je souhaiterais vous inviter également.*

— Oh !

Ma réaction est un peu faible. Je ne m'y attendais pas.

— *Je comprendrais que vous ne souhaitiez plus me revoir après la façon dont je suis parti l'autre jour. Et je m'y prends n'importe comment... Je vous appelle la veille pour le lendemain. Vous avez certainement des choses de prévues.*

Une fois de plus, je vis un nouvel ascenseur émotionnel. Comment fait-il pour affoler mon cœur de cette façon ?

— Non, je n'ai rien prévu. Je... Est-ce que Viviane sera là ?

Il se met à rire ce qui m'attache un sourire aux lèvres.

— *Non. Elle, je ne veux plus la revoir. Elle ne mérite même plus d'être mentionnée. Je l'ai fait sortir de ma vie le soir où j'ai claqué votre porte...*

Nous demeurons silencieux pendant une poignée de secondes.

— À quelle heure et où dois-je vous retrouver ?

— *Je pensais venir vous chercher. Disons, à 14 h ?*

— C'est parfait.

— *Bonne soirée, Charline.*

— À demain.

# Tournez manège !

**B**on sang ! Je ne sais pas quoi mettre. J'ai l'impression de ne pas avoir assez de vêtements alors que mon dressing en est plein ! Cela doit faire plus d'une heure que je fais des essayages. Je veux rester moi-même, tout en cherchant quelque chose de confortable. Quelles sortes d'attractions peut-on trouver à une fête foraine ? Même si j'aime les sensations fortes, je ne suis pas sûre de me mettre la tête à l'envers.

*Amalie a 8 ans.*

Oui. On fera des trucs assez soft. Ce n'est même pas sûr qu'on monte dans l'un des manèges après tout. On pourrait simplement la regarder s'amuser. Il faut que je me détende. C'est la première fois que je vais participer à une activité avec Elias sur *son* initiative. Jusqu'ici, l'Univers nous a poussés l'un vers l'autre sans qu'on ait réellement notre mot à dire. Là, c'est différent. Il souhaite ma présence. Cela veut peut-être dire que...

*Que rien du tout. Il espère simplement se racheter pour m'avoir claqué la porte au nez.*

C'est vrai. Et j'ai peur une fois de plus de tout faire foirer... Le temps est assez doux dehors, mais ce n'est pas encore le printemps. J'opte pour un legging sur lequel j'enfile une robe classique à manches longues. Pas de décolleté ostentatoire. J'entends bien lui faire oublier le côté « allumeuse » décrit par Gabriel ou « Marie couche-toi là » par Nicole.

Ma montre indique 14 h pile lorsque je sors du local à boîtes aux lettres de ma résidence. Juste devant l'entrée, il est là adossé à un véhicule noir. Une Peugeot 208 GTI ! Monsieur a du goût. Ce bolide est sans doute du même gabarit que ma Mini John Cooper Works. Quoique... la mienne est peut-être un peu plus puissante. Ce serait sympa qu'on se fasse une petite course un jour...

Je garde mes pensées pour moi. On n'est pas dans *Fast and Furious*[12] ! Après une salutation timide, il m'ouvre la porte passager. Je monte à bord et accueille une embrassade chaleureuse d'Amalie qui est installée à l'arrière. J'imagine qu'elle ignore tout de l'altercation que j'ai eue avec son père. Elias fait le tour de sa voiture et s'assoie au volant. Le moteur gronde généreusement ; j'en ai des frissons. Contre toute attente, la conduite qu'il adopte est lente et beaucoup trop souple à mon goût.

*Même ma grand-mère est plus vive !*

Pourquoi investir dans un tel engin si ce n'est pas pour en profiter un minimum ? Je ne dis pas qu'il faut être constamment pied au plancher, mais là... je m'ennuie. Je me tortille les doigts sans savoir quoi faire. Amalie

---

[12] Série de films d'action basés sur des voitures de course.

monopolise la conversation à notre place. C'est agréable. Elle fait disparaître toute gêne entre nous.

Lorsqu'on arrive à la fête foraine, la petite princesse influence nos pas vers un carrousel. Elle espère pouvoir monter sur la seule licorne présente de l'attraction. Il ne saurait en être autrement ! Pendant qu'Amalie tourne joyeusement sur son fidèle destrier à corne, Elias et moi restons à l'écart pour discuter.

— C'est gentil à vous de m'avoir conviée. Je suis gênée. Je vous ai vraiment mal parlé l'autre soir.

— Faites-vous référence au « trop stupide pour réfléchir autrement qu'en dessous de la ceinture » ?

Je ferme les yeux en espérant disparaître sous terre.

— Entre autres choses…

Son rire fait une percée pour me rassurer.

— Ce n'est rien, confirme-t-il.

— Je ne sais même pas pourquoi j'ai dit ça.

— On va dire que je me suis vengé en claquant la porte… Je ne suis pas masochiste. Pourtant, je suis convaincu que c'était exactement comme ça qu'il fallait me parler pour que j'ouvre enfin les yeux. Après la perte d'Eeva - la mère d'Amalie -, je me suis persuadé qu'une présence féminine était indispensable pour ma fille. Viviane était une erreur. Ça n'allait plus depuis longtemps, mais je persistais malgré tout.

J'aimerais garder le silence, mais ma curiosité est plus grande :

— Elle vous manque toujours, Eeva.

Son regard se trouble.

— Bien plus que je ne veux l'admettre.

Je ressens sa peine. Ses mots émiettent également mon cœur. Je n'ai pas ma place dans le sien, car il l'aime encore.

— C'est toujours terrible de perdre une sœur.

*Attends, quoi ?*

La mère d'Amalie est la sœur d'Elias ? Ils ont fait un enfant ensemble ?

— Eeva est votre sœur ? demandé-je sans pouvoir me retenir.

— Oui.

Je garde la bouche entrouverte, la respiration coupée. Il tourne la tête vers moi, ferme les yeux en soupirant et rajoute :

— Non, je ne suis pas le père biologique d'Amalie.

— Oh ! Bah, oui... bien sûr...

*Qu'est-ce que je peux me sentir cruche parfois !*

Je tortille nerveusement une mèche de cheveux entre mes doigts, particulièrement mal à l'aise du sous-entendu que je viens de laisser planer.

— Je suis désolée. Qu'est-ce que je peux être stupide !

— Ne vous inquiétez pas. Il m'arrive d'oublier que ça peut paraître confus. Maintenant que je l'ai adoptée, elle est effectivement ma fille. Les choses sont rarement simples.

— Et son père, il est...

— Inconnu. Ma sœur voulait à tout prix un enfant. Elle s'est tournée vers un laboratoire pour obtenir ce qui lui manquait. Je ne suis pas très fan de cette pratique, mais je ne l'ai pas jugée. Le donneur était anonyme. On ne saura jamais. Malgré tout, j'étais très heureux que notre famille s'agrandisse. J'étais souvent présent. Amalie sait parfaitement que je suis son oncle, mais le jour où elle m'a demandé si elle pouvait m'appeler papa, je n'ai pas pu lui dire non. Je sentais qu'elle en avait besoin. Tout aurait pu être parfait, si Eeva n'avait pas eu une leucémie. Cette maladie n'était pas prévue au programme.

— C'est terrible...

— C'était trop bien ! s'exclame Amalie qui court vers nous et saute dans les bras d'Elias. On peut faire le train fantôme ?

Voir la vivacité de cette enfant après toutes ces révélations me transperce le cœur. Je renifle bruyamment pour tenter de contenir mon émotion. Je sors un mouchoir de mon sac à main et me détourne pour me moucher et essuyer une larme fugace.

— T'es malade ? s'inquiète la petite blondinette.

— Non, tout va bien. Allons faire peur aux fantômes !

Tournée de cette façon, ma proposition la pousse à ricaner. Nous prenons le chemin de cette attraction qui a plus tendance à m'amuser qu'à m'effrayer. Pendant que je me baisse pour refaire le lacet d'Amalie, Elias en profite pour acheter trois tickets. Loupé ! Je compte bien les inviter pour le prochain manège. Nous attendons notre tour, tout en discutant. Amalie nous parle de l'école de manière générale.

— Tout le monde n'est pas très gentil dans ma classe. Ce sera mieux quand j'aurai un travail comme une adulte. C'est quoi ton métier, Charline ?

— Je vends du café. Et tout comme toi à l'école, tout le monde n'est pas très gentil au boulot.

— Pourquoi ?

— Il y a des gens qui sont jaloux, ou peut-être simplement malheureux. Alors ils disent des méchancetés sur moi pour se sentir mieux.

Je devine Elias particulièrement attentif à mes mots. Il sait à qui je fais référence. Pour effacer la mine inquiète de la fillette, je termine sur une note plus joyeuse.

— Mais on rencontre aussi des gens merveilleux ! Mya est maintenant ma meilleure amie. Et Hugo n'arrête pas de faire des blagues pour faire rire tout le monde. Il voit tout de suite quand je vais mal. Il est devenu le grand frère que je n'ai jamais eu.

Je prononce ces derniers mots en regardant Elias droit dans les yeux. C'est plus fort que moi, je me sens obligée de clarifier ce câlin qu'il a surpris en Laponie.

— Vite, vite ! C'est notre tour de monter !

À trois dans le même wagon, Amalie se tient entre nous. Durant le voyage, elle m'agrippe la main et se colle tout contre son père pour affronter les fantômes. Sortis de là, elle fait sa grande en disant ne pas avoir eu peur du tout !

— Je t'ai entendue crier pourtant, relève Elias.

— Non, c'était moi ! assuré-je en lançant un clin d'œil à ma complice pour la couvrir.

Le rire d'Amalie chante agréablement à nos oreilles. Nos pas nous mènent vers une nouvelle attraction très courante : la chenille. Les différentes nacelles avancent les unes derrière les autres autour d'un axe central sur une piste ondulée.

— Ça, c'est trop rigolo ! s'enthousiasme l'enfant.

Une fois de plus, Elias s'avance au guichet pour sans doute prendre trois billets. Je sors mon portefeuille.

— Rangez-moi ça.

— Mais... je ne vais pas vous laisser tout payer ! m'indigné-je.

— J'avais l'intention de vous inviter sur toute la journée. Et je commence à croire que j'ai plus de choses à me faire pardonner que prévu...

*Fait-il référence au crédit qu'il a dû accorder aux commérages de Gabriel et Nicole ?*

Sûrement... Le regard qu'il m'offre à cet instant me semble changé, d'une certaine manière. J'aime tellement ce qui se dégage de lui, là maintenant. Comme si... le champ des possibles était à notre portée. J'en frissonne avec délice.

Cette fois-ci, Amalie est la première à monter dans notre compartiment. Je la suis et Elias s'installe après moi pour se trouver sur l'extérieur. J'ai une petite idée de ce qui nous attend. Je sais que ce placement n'est pas choisi au hasard. Il pose son bras sur notre dossier commun, derrière mon dos.

*Oh, bon sang ! Ça va être difficile !*

Et c'est parti ! Le manège commence à tourner et la force centrifuge vient faire son œuvre. Amalie se laisse glisser contre moi. Je m'agrippe à la barre pour lutter à mon tour. Je ferai tout pour ne pas me retrouver dans les bras d'Elias, et ce, même si j'en meurs d'envie. Coûte que coûte, je résiste.

*Non ! On ne dira pas de moi que je profite de la situation !*

Mes mains deviennent blanches par l'effort. Mes cheveux virevoltent jusqu'à lui, le chatouillant inévitablement. Amalie rit aux éclats. L'attraction se termine enfin ! Nous regagnons la terre ferme et cheminons sans but précis.

— J'espère que vous n'avez pas trop mangé mes cheveux.

— Ils étaient délicieux ! s'amuse-t-il. Vous faisiez votre possible pour vous retenir. Pour quelle raison ?

Il s'est sensiblement rapproché de moi pour me poser cette question. Cette proximité est une douce torture.

— Je vous ai fait une promesse, vous vous souvenez ? Plus jamais je ne tenterai quoi que ce soit. Et je suis prête à lutter contre les lois de la physique pour la respecter. Vous savez parfaitement ce qu'il en est me concernant. S'il doit se passer quelque chose entre nous, ce sera sous votre seule initiative.

Le regard qu'il me porte après ces mots pourrait à lui seul faire céder toute barrière érigée avec peine.

*Non. Je veux que cela vienne de lui.*

— Mon estomac fait du bruit, annonce Amalie. Oh, papa ! Regarde, il y a des churros...

Nos yeux se délient. L'intervention de cette petite chipie a rompu notre délicieuse connexion. Nous nous rapprochons de ce stand de ravitaillement.

— Est-ce que vous... hésite-t-il.

— Avec plaisir. Des churros également.

Il semble réellement surpris.

— Est-ce si étonnant ?

— Non, je... Je ne sais pas trop. J'aurais imaginé que vous suiviez un régime, ou quelque chose comme ça.

— Impossible, réfuté-je. J'aime trop le sucre ! Pour garder la ligne, il vaut mieux miser sur le sport...

Il me sert un sourire que je qualifierai de conquis. À notre tour de passer notre commande, je glisse ma main dans mon sac pour attraper mes sous. Mais trop tard. Elias a déjà dégainé sa carte bleue. Je lui promets de trouver une occasion de les inviter à mon tour, un jour prochain.

Nous dégustons nos cornets chauds avec bonheur. Une fois ces douceurs englouties, je sors mon petit miroir pour évaluer les dégâts. Avec mon tube de rouge à lèvres, j'entends bien retrouver un sourire éclatant.

— Vous n'en avez pas besoin, commente Elias en m'observant attentivement.

— Vous dites ça parce que vous ne m'avez jamais vue sans maquillage.

— Je pensais pourtant avoir eu un aperçu la première fois que je suis venu chez vous, après votre chute...

Je suspends mon geste.

*Oups... J'avais complètement effacé de ma mémoire cette chaotique entrevue !*

— Raison de plus pour vous faire oublier cette horrible vision.

Je termine mon tracé pendant qu'il hausse les sourcils bien haut, paupières closes, tout en secouant la tête. Je ne veux pas faire ma starlette, j'ai simplement besoin de ça pour avoir confiance en moi. Une information que je n'ai pas l'intention de révéler.

Le reste de l'après-midi se ponctue de tir à la corde ou à la carabine pour Amalie. Je ne suis que simple spectatrice, mais le plaisir est là. Et avant que la nuit ne tombe, nous remontons en voiture. Elias me conduit jusque chez moi, comme prévu. Amalie nous raconte des histoires de licornes. Cela donne un peu de magie à l'atmosphère du véhicule.

— Viviane, elle dit que ça peut pas exister parce qu'on en n'a jamais vu des licornes, se désole-t-elle.

— Pour moi, cet argument n'est pas recevable, réfuté-je. Il y a une folle quantité de personnes sur Terre qui croient en Dieu sans même l'avoir vu, et ça ne choque pas ! Si pour toi les licornes sont réelles, alors elles le sont.

D'un coup d'œil, je la vois retrouver le sourire.

*Quelle peau de vache, l'autre ! Quel plaisir peut-on trouver à détruire les rêves d'une enfant ?*

Je ne rajoute rien de plus. Je suis bien contente qu'elle soit sortie de leur vie...

Elias se gare devant l'entrée de ma résidence.

— Merci beaucoup pour ce bel après-midi. J'ai passé un excellent moment avec vous.

Mes mots sont sincères.

*J'espère qu'on n'attendra pas d'avoir de nouvelles choses à nous faire pardonner pour se revoir.*

Cette phrase, je la garde pour moi en pensée, mais peut-être arrive-t-il à la deviner malgré tout ?

— Au revoir, Charline ! chantonne Amalie.

Elle s'avance pour m'offrir notre câlin de séparation. Je me faufile entre les deux sièges avant, pour obtenir cette étreinte. Je lui claque une bise sur sa joue rebondie. En exécutant cette contorsion, je me suis rapprochée d'Elias. Et lorsque je fais machine arrière pour retrouver ma place, mes yeux se plantent dans les siens, nos corps à quelques centimètres l'un de l'autre.

*J'ai tellement envie de capturer ses lèvres des miennes...*

Mais je tiens bon. Il s'humecte la bouche furtivement, prend une grande inspiration et déglutit avec difficulté. Cherche-t-il à lutter tout comme moi à cette envie ?

*Je ne céderai pas. Et je sens que pour lui, c'est encore trop tôt.*

— Au revoir, Elias.

— Merci, Charline. Au revoir.

# Graine d'Artémis

C'est incroyable la différence ! J'ai le cœur si léger. Et pourtant, il ne s'est rien passé entre nous. Le mystère entourant la mère d'Amalie est d'une terrible tristesse. Mais je sais à présent que l'amour qu'il porte à cette femme disparue ne sera pas une entrave. C'est fou, toutes ces histoires que l'on s'imagine tant que l'on ne connaît pas la vérité. Je sais désormais que même ses sentiments pour Viviane n'étaient pas si profonds que ça. Il l'a révélé à demi-mot. Il forçait les choses pour offrir un équilibre à sa fille.

J'ai capté son regard sur moi : ses œillades changées, brillantes d'un éclat nouveau. Je souhaite maintenant le laisser venir à moi. J'ai été très claire. C'est à lui de choisir le bon moment pour *nous*. Ce nous est tellement délicieux.

*Il existe. Il est réel. Il me respecte. Il m'aime pour ce que je suis.*

Nous y sommes.

Plusieurs jours s'écoulent. Je jette de temps à autre des coups d'œil à mon téléphone, dans l'espoir de voir apparaître le prénom d'Elias. Un appel, un message, n'importe quoi... Rien. Serait-il en train de tester ma capacité à tenir cette promesse ?

C'est au moment où je m'y attends le moins que mon portable chante son coup de fil, en semaine, en milieu de matinée... Si j'aime entendre sa voix, son ton laisse planer une demande particulière :

— *Seriez-vous disponible à partir de 18 h 30, aujourd'hui sur Achères ? Je ne veux pas que vous vous sentiez obligée. Une fois de plus, je vous préviens à la dernière minute...*

Je consulte mon agenda qui m'indique un rendez-vous client à 18 h. Cela risque d'être compliqué.

— Oui. À quel propos ?

— *Amalie a son cours de tir à l'arc et je l'ai trouvée un peu découragée en l'emmenant à l'école ce matin. Ils organisent un petit tournoi en interne... Rien de sérieux. Malgré tout, cela doit avoir de l'importance pour elle. Cela lui ferait certainement plaisir d'être soutenue.*

— Envoyez-moi l'adresse. J'y serai.

— *Merci, Charline. À ce soir.*

— À ce soir.

Je fais exprès de ne pas prononcer son prénom. Je n'aime pas les oreilles qui traînent chez *Café Raffaello*.

— Un rendez-vous galant ?

— Rien qui te concerne, Gabriel.

*Non, il n'arrivera pas à effacer le sourire que je porte à mon visage.*

Bon, il faut maintenant que j'appelle mon client pour décaler notre rendez-vous de 18 h… Je ne pourrai pas me couper en deux. Et si je devais choisir, ce serait vite fait ! La chance est avec moi, ou plutôt l'Univers. Mon interlocuteur m'annonce qu'il n'est tout compte fait pas disponible pour moi ce soir. Il est évident que la Loi de l'attraction me pousse dans les bras d'Elias. Je ne récite plus de mantras, je ne pratique même plus de visualisation. Du moins, je ne le fais plus consciemment avec des photos. Tout ce que je ressens en fixant mes pensées sur lui doit suffire à le mener vers moi, ou moi vers lui.

En fin de journée, coincée dans les bouchons, je sens que je vais avoir quelques minutes de retard. J'envoie un petit message à Elias pour les convaincre de commencer sans m'attendre.

Il est 18 h 45 lorsque je me gare sur le parking. J'entre dans le bâtiment sportif. Le cours a été installé dans un gymnase. Cela fourmille de parents et d'enfants, mais je les repère bien vite. Au moment où Amalie me voit, son visage s'illumine, tout comme celui de son père. Elle est équipée d'un petit carquois à la taille.

*C'est trop mignon !*

Après une embrassade d'encouragement, je la libère de mes bras pour la laisser commencer l'échauffement. J'échange avec Elias sur quelques banalités. Amalie décoche une flèche pour s'entraîner sans atteindre sa cible. J'aperçois un petit garçon lui faire une remarque en riant, avant de s'éloigner. Elle se décompose. D'un mouvement, on se rapproche d'elle.

— Qu'est-ce qui ne va pas ? C'est pas grave si tu as manqué la cible, tente de dédramatiser Elias.

— Mon coude il est tordu.

— C'est ce qu'il t'a dit ? demandé-je.

— Oui. Et il a raison. La corde vient tout le temps taper et passe même sous ma protection du bras...

Je m'accroupis et observe son articulation légèrement bombée et rougie par l'impact.

— Je ne vois rien d'anormal.

— Si, lui il a pas de bosse là.

Je crois avoir compris.

— Regarde.

Je me relève pour faire face à Elias.

— Pouvez-vous tendre vos bras devant vous, manches retroussées ?

Il est surpris, mais exécute tout de même ma demande. Je fais glisser mes doigts le long de sa peau pour épouser ce parfait alignement.

Est-ce que j'en profite un peu ?

*Assurément !*

— Papa non plus n'a pas de bosse.

— C'est vrai ! Mais regarde quand moi je le fais...

Je lui présente mes membres dans la même position, la peau mise à nue. Amalie s'étonne de trouver la forme arrondie de mon coude, tout comme elle.

— Oh ! On est pareilles !

— Ce n'est pas une malformation, ma chérie. En règle générale, les femmes ont les os des avant-bras légèrement plus en rotation. Cela amène le coude à se vriller tout naturellement vers l'intérieur. Il faut juste que tu penses à tourner ton articulation sur l'extérieur quand tu te positionnes.

Je lui montre le mouvement. Elle essaie de le reproduire avec succès.

— C'est génial ! Pourquoi ça fait ça ?

— Une différence de morphologie entre hommes et femmes. Il doit y avoir une histoire génétique là-dedans... Je n'en sais pas plus.

Sourire aux lèvres, la petite puce se remet en position pour tirer sa prochaine flèche. Je peux pratiquement voir les rouages de son cerveau s'activer pour exécuter chaque phase du placement d'archère. Son tir est plus adroit. La flèche n'arrive pas au centre de la cible, mais on sent un réel progrès. Et la corde de son arc n'a pas frappé son coude. Nous la félicitons joyeusement.

— Avez-vous déjà pratiqué le tir à l'arc ? interroge Elias.

— Non. C'est un truc qu'on m'a expliqué, il y a longtemps...

Je n'ai clairement pas envie d'aborder ce sujet. Peut-être qu'il sent que je ne dis pas tout. Les souvenirs ne méritent pas toujours d'être racontés.

Nous passons l'heure suivante à encourager Amalie, la féliciter et à discuter de choses et d'autres. Parfois, ce sont les moments les plus simples qui sont les plus appréciables. À la fin du cours, notre petite graine d'Artémis n'a pas fini victorieuse, mais son instructeur nous confirme qu'elle progresse.

Amalie rend le matériel et met son manteau. Elias porte son cartable. Je me fige, observant ce sac de classe. Une large tête de licorne y est représentée avec une crinière flottant réellement en une mèche arc-en-ciel filasse. Je suis certaine d'avoir déjà vu ce cartable quelque part…

*Oui !*

Une sortie d'école. Une fillette blonde qui courait en traversant la route. C'était il y a une éternité. Je crois que j'étais en voiture. Se pourrait-il que j'aie déjà croisé le chemin d'Amalie ?

*Non ! Impossible !*

Ce sac est tellement fun que de nombreux enfants doivent le posséder. Ce n'est qu'une simple coïncidence… rien de plus. Elias me ramène à la réalité :

— Nous sommes venus en bus. J'ai eu un problème de voiture qui a dû rester au garage…

— Oh ! Rien de grave ?

— Non. Comme on dit, ce sont les cordonniers les moins bien chaussés.

Je ne suis pas sûre de saisir le sens de sa phrase. Mes mots sortent spontanément :

— Vous n'allez quand même pas rentrer en transports en commun. Je peux vous déposer chez vous.

— Je... commence-t-il.

— Oh oui ! C'est une bonne idée, approuve Amalie sans laisser l'occasion à son père de s'y opposer.

— C'est gentil, merci.

Nous sortons du complexe sportif et avançons sur le parking en direction de ma Mini Cooper. Je presse ma clé, les voyants s'allument pour indiquer le déverrouillage. Elias arrête subitement de marcher. Il semble choqué en découvrant mon véhicule. Je me tourne vers lui en ayant peur de comprendre sa réaction.

— Vous aussi vous n'imaginez pas une femme comme moi au volant d'une voiture sportive ? soupiré-je.

— Non, ce n'est pas ça, marmonne-t-il. Je connais cette voiture.

— Comment ça, vous *connaissez* cette voiture ?

— L'avez-vous emmenée au garage en novembre dernier ?

— Oui... confirmé-je avec prudence.

— Je suis le mécanicien qui s'est occupé de la maintenance, révèle Elias d'un sourire gêné.

Il me faut quelques secondes pour raccrocher les wagons. Lui, mécanicien ? C'est vrai que je ne lui ai jamais demandé quel était son métier. Je suis restée sur « guide de Laponie ».

Puis, la lumière se fait dans ma tête quand les souvenirs reviennent au galop !

— C'est vous qui avez roulé avec ma caisse sur 20 bornes ?

Il ferme les yeux et se cache la bouche d'une main. Il semble confus, amusé et embêté à la fois.

— Je plaide coupable.

— C'est incroyable ! Vous savez que j'ai failli faire demi-tour pour exiger de voir le mécano et lui passer un savon !

— Vous seriez tombée sur moi, confirme-t-il en affichant une fossette particulièrement sexy.

Je n'en reviens pas ! Tout s'éclaire ! L'Univers n'a pas attendu la Laponie pour nous pousser l'un vers l'autre. Cela fait des mois que cela dure. Des mois que l'on joue au chat et à la souris, sans le savoir...

*Il n'y a pas de hasard.*

Ce cartable, c'était forcément celui d'Amalie. Cette petite fille blonde, c'était elle. Peut-être que ce jour de sortie d'école, si j'avais tourné la tête, j'aurais vu Elias sur le trottoir, attendant sa fille.

*Depuis le tout début, l'Univers conspire à me mener vers lui...*

Je n'ai plus les mots. Il se lance dans une plaidoirie pour donner sa version des faits :

— C'était une sale journée pour moi. Je m'étais méchamment disputé avec Viviane. Alors quand mon chef m'a remis les clés de cette petite bombe, je n'ai pas pu résister ! Je suis allé m'amuser un peu durant ma pause déjeuner...

— Sur 20 km ! Cela vous arrive souvent ?

— Non ! C'est même la seule et unique fois ! Je ne sais pas ce qui m'est passé par la tête ce jour-là... Mais j'en ai pris le plus grand soin. Je l'ai bichonnée votre voiture.

— C'est vrai qu'on ne me l'a jamais rendue aussi propre... Il fallait au moins ça pour éliminer les preuves de votre crime. Comme je ne suis pas rancunière, je vais quand même vous déposer chez vous. Par contre, cette fois-ci c'est moi qui serai derrière le volant, ajouté-je en lui adressant un clin d'œil.

Amalie s'installe à l'arrière. Je mets le contact et place mon téléphone sur le tableau de bord. Je sélectionne l'adresse entrée en mémoire sur le **GPS**. Je commence à rouler.

*Je suis curieuse de savoir à quelle date j'aurais pu le rencontrer avant la Laponie...*

Je marque l'arrêt à un feu rouge et me tourne vers Elias, sentant son regard amusé sur moi.

— Mince, vous trouvez que je roule trop vite ? demandé-je en jetant un coup d'œil à Amalie dans mon rétroviseur.

— Non. J'aime beaucoup votre conduite.

— Vraiment ? Elle est différente de la vôtre...

— Vous pouvez le dire, je me traîne comme un papy !

Mon rire danse dans l'habitacle pour confirmer sa phrase.

— Viviane n'arrêtait pas de me demander de lever le pied. J'ai une allure plus sportive quand je suis seul.

— Vous n'aurez pas ce genre de remarque avec moi, marmonné-je tout en accélérant.

— Moi, j'aime bien comment tu roules ! approuve Amalie.

À mon grand regret, notre destination est bien trop proche.

*J'aurais peut-être dû adopter l'allure d'une mamie...*

Le véhicule à l'arrêt, Amalie se glisse entre nos sièges pour m'embrasser.

— À bientôt, Charline ! chante-t-elle.

Elias sort pour basculer son siège et libérer sa fille de ma voiture trois portes. Il replace le dossier et, contre toute attente, se rassoit. Mon cœur palpite à folle allure tandis qu'il se penche vers moi. Fidèle à mon serment, je ne bouge pas d'un millimètre. Sa main sur mon épaule, il me fait une bise sur la joue. C'est doux, délicat. Trop sensuel et trop lent pour n'être qu'amical.

*Si ça, ce n'est pas de la torture !*

En s'éloignant, son parfum m'électrise les sens. Ses yeux brillent d'un éclat de désir où je ne m'y connais pas ! C'est grisant. Je le laisse par je ne sais quel miracle s'écarter de moi.

— Merci, Charline. À très bientôt.

— Quand vous voulez.

Avant qu'il ne referme ma portière, j'entends la question d'Amalie :

— Tu lui as fait un bisou ?

# À dos de poneylicorne

ui ! C'est de la torture. J'ai envie de lui. Et lui de moi. Il n'y a plus aucun doute sur la question. Je dois être clairement masochiste, car j'aime ce petit jeu entre nous. Un rapport de force. Une sorte de bras de fer pour découvrir qui sera le premier à craquer...

Cela fait deux jours que je n'ai pas eu de ses nouvelles. Je me demande dans quelles circonstances nous nous reverrons... Je me perds sur les pages de recherche Internet au boulot, pour en apprendre plus sur l'un de mes clients. Les pensées tournées vers Elias, ce n'est pas facile de se concentrer.

Une publicité retient mon attention. Un poneyclub ouvre ses portes ce week-end. Je clique sur cette annonce. Cette sortie se présente comme une occasion idéale de découvrir ces animaux...

Sur un coup de tête, je rédige un SMS pour Elias :

> **Charline**
> Une journée portes ouvertes dans un poneyclub. Ça plairait à Amalie ? 🦄

Je compte moins d'une minute avant de recevoir une réponse :

> **Elias**
> Certainement. Et encore plus si l'on y croise une licorne...

Sa réponse me fait sourire. Je jette un œil au site pour connaître les modalités. Faire un tour de poney sera payant.

> **Charline**
> Laissons-nous surprendre !
> Cette fois-ci, c'est moi qui vous invite.

Je vois s'afficher les trois points de suspension sur mon téléphone pour indiquer qu'il est en train de rédiger une réponse...

> **Elias**
> Vraiment ? Mais je dois encore me faire pardonner pour votre voiture...

*Hummm... J'ai plusieurs idées qui me viennent tout à coup !*

> **Charline**
> On trouvera bien autre chose pour ça...

Voilà ! Je le laisse libre d'imaginer ce qu'il veut avec ma réponse. Je lui indique le lieu et la date de l'événement. Il me confirme avoir hâte de m'y retrouver.

*Et moi donc...*

En relisant notre conversation, je me rends compte que nous sommes restés au vouvoiement. Cela ajoute un je ne sais quoi de sexy à notre rapport. Passer au tutoiement nous offrirait sans doute une relation plus intimiste. Pourtant, entre lui et moi le *vous* demeure. Une manière bien à nous de ne pas franchir une certaine ligne. Allons-nous faire céder cette barrière imaginaire qui s'est déjà bien fêlée au fil de nos échanges. Je le lui ai promis. Je ne tenterai plus rien, même si cela devient de plus en plus difficile de résister. C'est lui qui mène la danse.

L'attente est à la fois longue et savoureuse, mais le fameux samedi arrive. Une journée pleine de promesses. C'est avec un peu d'avance que je gare ma *Mini* sur le parking visiteur du poneyclub, cet après-midi-là. Je m'observe dans mon petit miroir sous tous les angles. Je tiens à être parfaite. Le cœur battant, je vois sa voiture se stationner juste à côté de la mienne. Je sors de mon auto, sourire aux lèvres. Telle une petite furie, Amalie saute hors du véhicule pour me serrer dans ses bras. Je l'accueille chaleureusement tout contre moi.

*Si seulement papa pouvait en faire autant !*

Il s'avance vers nous, une petite lueur brillante dans les yeux. Je décide de le taquiner un peu :

— Je m'attendais à vous voir avec un bouquet de fleurs pour vous faire pardonner. Mes roses sont fanées...

Il se contente d'un petit sourire.

— Pour information, j'ai toujours préféré les tulipes, continué-je.

— C'est pas la saison des tulipes, intervient Amalie.

Sa remarque a le don de me surprendre.

— Vous pouvez lui faire confiance, elle s'y connaît en fleurs, confirme Elias.

— Ah oui ?

— C'est en mangeant des fleurs que les licornes ont une crinière arc-en-ciel, m'explique cette petite princesse très sûre d'elle.

— Voilà une fascinante théorie !

— J'ai tout voulu savoir sur la botanique. Papa m'a même emmenée au parc floral l'année dernière. C'était trop bien ! Les dahlias étaient énormes !

*Non ! Ce n'est pas vrai !*

— Le parc floral ? Derrière le château de Vincennes ?

— Oui.

*Il n'y a pas de hasard…*

— Quand y êtes-vous allés ?

— Le week-end du 10 septembre, précise Elias.

— Pour mon anniversaire !

— C'est incroyable ! On aurait pu s'y croiser. J'étais là-bas pour la *Paris Coffee Show*. Une exposition sur le café…

Je feins un ton banal, mais intérieurement je suis toute chamboulée. À cette période, cela faisait à peine un mois que je m'étais lancée dans mon travail de visualisation pour attirer mon idéal. L'Univers m'avait déjà entendue et parfaitement comprise. La Loi de l'attraction est d'une redoutable puissance.

—Je suis vraiment désolé, me sort Elias un peu confus. Nous ne pourrons pas rester très longtemps cet après-midi. Ma mère m'a fait la surprise de vouloir passer quelques jours chez nous. Il faut que j'aille la chercher à l'aéroport tout à l'heure…

*Quel dommage !*

— C'est une bonne nouvelle ! Vous allez pouvoir passer du temps en famille.

— Oui.

Il manque clairement d'enthousiasme. Cette visite semble contrarier ses plans. Qu'avait-il en tête ?

— Ne perdons pas de temps, dans ce cas ! dis-je en amorçant quelques pas vers l'entrée du poneyclub.

Je me faufile entre les différents visiteurs pendant qu'Elias et Amalie observent certains chevaux derrière l'enclos. Je m'avance vers l'un des membres du personnel pour demander comment on procède pour mettre des paillettes dans les yeux d'une puce de 8 ans fan de licornes. Ma requête l'amuse. Il m'accompagne pour se présenter à Amalie et lui proposer de s'équiper pour monter l'un des poneys en toute sécurité. Ils s'approchent ensuite du destrier dont la robe est restée indécise entre le blanc et le marron. Même si l'animal n'a pas de corne, Amalie n'en demeure pas moins impressionnée. Désormais installée sur la bête, elle se tient bien droite avec un joli port de tête. On pourrait presque croire qu'elle a fait cela toute sa vie.

— Il ne lui manque plus que son arc et ses flèches pour vivre de grandes aventures, commenté-je en immortalisant l'instant d'une photo.

Une fois les consignes de sécurité énoncées, Amalie s'élance accompagnée de l'animateur sur un terrain un peu boueux. L'enfant rayonne de bonheur. De loin, on dirait qu'elle pose une montagne de questions à cet instructeur. Je lance un regard à Elias. Toute son attention n'est maintenant plus tournée que sur moi.

— Merci, dit-il.

— Ça me fait plaisir. Merci à vous d'être venus.

Un vent glacial nous saisit. Je remonte mes épaules comme si je cherchais à me cacher du froid. Les températures ont grandement diminué ce week-end. J'aurais dû mieux me couvrir. À l'approche du mois de mars, j'ai cru que le printemps était déjà parmi nous. Je remue mes doigts pour en faire revenir le sang, mais sans succès. Elias prend mes mains dans les siennes pour les réchauffer. Elles sont brûlantes ! Comment fait-il ?

Je plonge dans ses yeux. Il m'offre un simple petit sourire en coin. Je lui réponds d'une même expression. Il devine sans mal ce que je ressens. Je le laisse mener la danse. Il caresse mes mains avec douceur. Un geste bien trop lent pour servir à les réchauffer en toute innocence. Il approche mes phalanges près de sa bouche pour souffler dessus. Les embrasse-t-il par la même occasion ? Sans doute. Je ferme les paupières un instant, savourant cette délicate source de chaleur.

Lorsque j'ouvre à nouveau les yeux, c'est pour croiser ses prunelles claires. Mon cœur s'emballe et fait naître avec lui un brasier dans mon bas-ventre. Il place maintenant mes mains sur son torse. Je sens son muscle palpitant tambouriner dans sa poitrine, même à travers son pull. Est-il sur le point de craquer ? Il avance son visage près du mien. Il m'est pratiquement impossible de ne pas exterminer les quelques centimètres qui nous séparent. Il tient encore une poignée de secondes avant d'ancrer ses lèvres aux miennes.

Tout n'est que tendresse. C'est tout bonnement délicieux. Maintenant que j'ai le droit, il m'en faut plus. Je remonte mes mains pour placer mes bras autour de sa nuque et le mener encore plus près. Je le sens sourire sans pour autant mettre fin à notre ballet buccal. Il m'entoure d'un bras pour me serrer tout contre lui. Sa deuxième main vient se perdre dans ma chevelure. Ses doigts caressants sont tellement doux. C'est trop bon ! Je ne veux plus jamais qu'il me lâche.

Sa langue sait trouver la mienne, jouer avec elle. Nos lèvres ne sont pas les seules à se gonfler, assaillies par le désir. Je sens son corps ferme durcir contre le mien. À cet instant, il n'y a plus que nous. Tout le reste a disparu. L'Univers conspirait à nous unir. C'est maintenant chose faite. Je ne suis plus que gratitude, reconnaissance et amour, tout simplement.

Il nous est tellement difficile de revenir à la réalité. Nos bouches se délient après s'être délicieusement goûtées. Nos regards aux pupilles dilatées se trouvent et se découvrent sous un tout nouveau jour. J'ancre dans ma mémoire cette première vision de ses yeux caressant les miens. Une lueur d'amour qui leur donne de l'éclat. Je l'observe entièrement tout en mordillant ma lèvre inférieure. Mon rouge à lèvres ne l'a pas épargné. Je ne peux qu'imaginer le massacre sur mon propre visage. Ma suspicion se confirme lorsque je le vois sourire à son tour.

— J'en ai partout ? demandé-je.

— Oui. Moi aussi, j'imagine...

Je caresse sa bouche de mes doigts pour effacer les preuves de notre laisser-aller. Il s'adonne au même exercice.

— Pourquoi est-ce que tu mets ça ?

— Je trouve mes lèvres inexistantes sans ça. Elles me semblent invisibles, avoué-je.

— Pas pour moi.

Pour sceller ses mots, il m'offre un nouveau baiser plus tendre encore que les précédents. Il resserre ses bras autour de moi avec force. Puis il réfugie son visage dans ma chevelure en prenant une profonde inspiration.

— Humm... Amalie a raison. C'est vrai que tu sens bon.

Cette remarque me décroche un rire. Il m'accompagne dans mon euphorie. Je me laisse aller sur son épaule. Le froid m'a définitivement quittée. J'ignore combien de temps nous restons là, tout simplement. Je le sens pousser un soupir de lassitude. Je relève la tête pour le questionner du regard.

— Je n'ai pas envie que ma mère vienne, révèle-t-il avec une moue boudeuse.

— Ce n'est pas très gentil de dire ça de sa maman.

— J'aurais voulu passer plus de temps avec toi...

— Tu aurais dû te lancer plus tôt, le grondé-je. Au lieu de ça, tu préférais me torturer en testant mes limites...

— Je plaide coupable. C'était amusant. Dommage que ma mère ne veuille plus voir mon père depuis leur divorce. Sinon, je l'aurais convaincue de dormir chez lui...

— Ce qui veut dire ? le taquiné-je.

— Je te laisse imaginer... Eh oui, j'ai fait traîner les choses pour nous. C'était particulièrement difficile. Ce que tu ne sais pas, c'est qu'Amalie me travaillait au corps quotidiennement pour que je cède.

— La chipie ! Je te jure que je ne l'ai pas soudoyée pour tirer profit de son talent de négociatrice !

— Vraiment ? À la voir sur son poney, il m'est permis de douter...

D'un coup d'œil, je vois Amalie toujours sur le dos du coursier alors que son tour est terminé. Elle pose une cascade de questions à son accompagnateur pour sans doute trouver des preuves sur l'existence des licornes. Il finit par la faire descendre de l'animal. Après une caresse pour son destrier, la petite revient vers nous, tout sourire. Son expérience équestre l'a pleinement satisfaite. Peut-être est-elle également heureuse de nous retrouver enlacés ?

— Ah bah, enfin ! s'exclame-t-elle. Vous êtes trop beaux tous les deux ! Le monsieur, il m'a dit que ma théorie sur les licornes est possible !

*Elle est trop mignonne ! J'adore sa façon de passer d'un sujet à l'autre aussi rapidement.*

— Quelle théorie ?

— C'est tellement rare une licorne que pour éviter les chasseurs, elles ont volontairement perdu leur corne pour leur échapper ! Donc je ne suis pas montée sur un poney, mais sur un poneylicorne !

*Quelle imagination !*

Nous poursuivons notre petit tour pour découvrir d'autres chevaux et poneys. Je me sens tellement bien. Ma main reste scellée à la sienne. Puis l'heure de la séparation arrive. Bien trop vite, à notre goût à tous. Elias ronchonne même qu'aucune grève ne soit intervenue pour retarder le vol. C'est donc sur un délicieux baiser qu'il me quitte, promettant de me retrouver au plus vite.

*Les prochains jours risquent d'être bien longs...*

# Une pizza pour Flash

Il me manque. Néanmoins, j'ai comme l'impression que c'est encore plus difficile pour lui que pour moi. Nous passons notre temps à nous envoyer des petits messages. Cela fait tellement de bien de savoir que j'occupe autant ses pensées. Je crois qu'il regrette de ne pas avoir capturé mes lèvres après le cours de tir à l'arc.

*On dirait que le karma se charge de lui !*

Même si je ne l'ai toujours pas revu après une semaine, je suis sur un petit nuage. L'avant-goût que j'ai eu dans ses bras au poneyclub me promet de beaux moments à vivre. J'étais de bonne humeur chez *Café Raffaello*. Seule Mya sait où j'en suis. Personne d'autre n'est au courant que je fréquente Elias. Sauf peut-être Cédric, si mon amie se livre à lui. S'il est dans la confidence, il fait preuve d'une totale discrétion.

En ce vendredi soir, je glande devant une série Netflix. J'ignore combien de temps compte rester la mère d'Elias. Deux ou peut-être trois semaines. Passer du temps en famille, c'est important.

En ce qui me concerne, j'ai la flemme de tout. Même de me faire à manger...

Mon téléphone m'indique l'arrivée d'un nouveau message. Comme à chaque fois, je saute dessus pour lire le contenu avec empressement :

> **Elias**
> Amalie m'a abandonné pour une soirée pyjama avec ses copines !

Le pauvre petit papa-poule. Je ne vais pas lui en remettre une couche. Je réponds gentiment :

> **Charline**
> Elle a bien raison d'en profiter ! Ça me rappelle des souvenirs.

Plus rien après ça. Il doit sans doute passer la soirée avec sa mère. J'imagine que la perte d'Eeva doit être un sujet délicat et encore douloureux pour eux. Cela doit leur faire du bien de se retrouver.

Une demi-heure plus tard, je reçois un nouveau SMS :

> **Elias**
> Tu aimes la pizza ?

*Quelle question ! Qui n'aime pas la pizza ?*

Ma réponse fuse presque aussi vite que ma pensée. Pas de retour. Pourquoi me demande-t-il ça au juste ?

Une poignée de secondes plus tard, mon interphone sonne. Je décroche le combiné et reconnais le mot de passe :

— *C'est moi !*

Mon cœur danse de bonheur. Lorsque j'ouvre ma porte d'entrée, je le découvre avec deux boîtes à pizza dans les mains.

— Tu tombes bien, j'ai faim !

Je le laisse imaginer ce que j'aimerais dévorer. Je lui offre un baiser en guise de bienvenue. C'est une belle surprise de le trouver chez moi ce soir. On entre dans le salon en déposant notre festin sur la table basse. Je me rends compte qu'il m'a demandé si j'aimais ce plat certainement après avoir passé commande.

— Et si j'avais répondu non pour la pizza, tu aurais fait quoi ?

— J'aurais investi ta cuisine pour te faire à manger.

— Humm... La prochaine fois j'ai hâte de te voir à l'œuvre... Au fait, tu m'as dit pour Amalie, mais j'aurais cru que tu passerais la soirée avec ta mère.

— Je l'ai convaincue que ça ne me gênerait pas qu'elle dîne chez une de ses anciennes amies. Par contre, je ne sais pas si cela se terminera en soirée pyjama pour elle aussi !

— Certaines choses ne valent peut-être pas d'être imaginées...

J'apporte des boissons, serviettes et couverts, avant de m'installer à ses côtés sur le canapé. Une pizza au chorizo, l'autre aux 4 fromages. Ce n'est pas possible ! Il lit dans mes pensées pour viser aussi juste... Je prends une part et commence à la dévorer avec bon appétit.

— Je n'imaginais pas « de nourriture » quand tu disais avoir faim.

— Vraiment ? À quoi pensais-tu ? demandé-je en feignant l'ingénue.

Il devine mon petit jeu à double sens et me répond d'une expression carnassière. Je suis tellement heureuse de passer cette soirée avec lui. Nous discutons de choses et d'autres, tout en appréciant notre repas. Un instant des plus simples et tellement agréable. J'adore sentir son regard caressant sur moi. Et ce sourire... il pourrait me faire dire oui à tout. En a-t-il seulement conscience ?

C'est au moment où notre dîner touche à sa fin que je surprends ma tortue dans une nouvelle escapade. Flash a réussi à grimper sur la table basse en utilisant le couvercle de la boîte à pizza comme rampe d'accès.

— Oh ! Attends, il faut que je prenne une photo !

Je dégaine mon téléphone pour immortaliser l'instant. La petite tête de mon compagnon non loin de cette pâte richement garnie est parfaitement cadrée.

— Je l'enverrai à Hugo, expliqué-je.

Elias me sert un regard circonspect.

— C'est un délire qu'il a depuis longtemps. Hugo n'arrête pas de me dire qu'en donnant de la pizza à Flash, il pourrait enfin devenir une Tortue Ninja !

Il rit, mais conserve néanmoins un air perplexe. Peut-être s'interroge-t-il sur ma relation avec mon collègue excentrique ? Pourtant, je lui ai déjà dit que ce n'était qu'un lien fraternel.

— Pourquoi une tortue ? demande-t-il alors.

— Pourquoi pas une tortue ?

Un éclat malicieux brille dans ses yeux. J'aime bien la tournure que prend notre conversation. Il semble réellement vouloir tout connaître sur moi et j'aime ça. Il est temps de me dévoiler un peu...

— Flash fait partie de la famille depuis toujours. Il a presque mon âge.

— Vraiment ? Je ne pensais pas qu'une tortue pouvait vivre si longtemps ?

— Dis que je suis vieille !

Je simule un air boudeur.

— Je te rappelle que j'ai cinq ans de plus que toi.

— Bien vu. Eh oui, une tortue de cette espèce peut largement dépasser les cinquante ans !

Elias est impressionné.

— Tu sais qu'aujourd'hui c'est illégal de posséder une tortue de Floride en France ?

Il semble réellement surpris.

— Tu n'as pas peur de me confier une telle information ?

— Non. Je possède un document certifiant que je suis une adulte responsable et capable de m'occuper de cet animal. Ça n'a pas toujours été comme ça ; la réglementation a changé. Dans les années 90', énormément de parents ont voulu faire plaisir à leurs enfants en adoptant une tortue de Floride. C'est mignon quand c'est bébé. À peine plus gros qu'une pièce de 2 € ! Mais les gens ne se sont pas renseignés plus que ça. Beaucoup ne savaient pas que ça peut dépasser les 25 cm de diamètre en grandissant. Ça demande également beaucoup d'entretien. Ces animaux de sang froid ont besoin d'une bonne source de chaleur et d'un aquarium propre... Ces nouveaux propriétaires peu informés ont cru bien faire en relâchant dans la nature ces petites tortues dès qu'elles devenaient un peu trop gênantes. Sauf qu'en temps normal, elles viennent des bords du Mississippi. Leur prédateur est l'alligator. Et, je te le donne en mille, il n'y en a pas beaucoup par chez nous...

Elias boit mes paroles et s'amuse de cette montagne d'informations que je lui livre.

— Si tu rajoutes à ça que ces tortues sont omnivores, elles perturbaient fortement l'équilibre de nos écosystèmes. D'où l'interdiction d'en importer en France. Flash faisait déjà partie de la famille. Il était hors de question de l'abandonner. Il vivait chez mes grands-parents. Il a grandi en même temps que moi.

Je poursuis ensuite avec un peu moins d'entrain :

— À la mort de mon grand-père, cela devenait trop difficile pour ma grand-mère de s'en occuper toute seule. C'est comme ça que j'ai adopté Flash ! terminé-je avec un sourire quelque peu faussé.

Ce changement d'expression ne lui a pas échappé.

— Je suis désolé pour ton grand-père.

— Merci.

J'accueille ses mots avec un sentiment d'apaisement. Cela me donne la force de poursuivre :

— Il s'appelait également Charlie.

— Tes parents t'ont appelée comme ton grand-père ? s'étonne-t-il après une seconde médusé.

— Oui. Personne n'a compris. Ce serait sans doute mieux passé si j'avais été un homme. Mais... Surprise ! Je ne suis pas arrivée équipée comme ils l'attendaient ! Ils ont voulu savoir mon sexe à ma naissance. Et, au final, ils ont gardé ce prénom majoritairement masculin.

— Je comprends beaucoup de choses.

— Amalie a raison. Les gens peuvent être très cruels dans leurs moqueries. Durant mes études, beaucoup aimaient faire courir la rumeur que j'étais en pleine transition... perdue entre deux genres. Ce n'est pas facile de faire front, jour après jour. J'ai souhaité me présenter avec une lettre de plus pour que cela sonne plus girly. Charline. En revanche, j'ai toujours été incapable de faire les démarches pour changer définitivement de prénom. Cela reste malgré tout un lien avec mon grand-père. Le dernier lien tangible qu'il me reste. En contrepartie, j'ai fini par assumer et mettre en avant ma féminité pour qu'il n'y ait plus aucun doute sur la question.

— Je suis sûr que même sans tout ça, tu es très féminine.

Ses yeux me couvrent d'une chaleur dévorante. Et comme pour authentifier ses mots, il fait disparaître ce petit espace qui nous sépare. La douceur de son regard devient envie. Ses bras se resserrent autour de moi. Ses lèvres trouvent les miennes pour danser avec elles cette chorégraphie amoureuse.

*Quel délice !*

Je m'agrippe à lui, souhaitant sentir plus de lui contre moi. Répondant à cet appel des sens, je l'attire encore plus à moi. Je le sens sourire en réponse tout contre mes lèvres. Emporté par ce tourbillon de plaisir, il se couche sur moi, suivant mon mouvement. Je me délecte de ses mains caressantes, même à travers le tissu de ma robe. J'ouvre mes cuisses pour l'inviter à se rapprocher plus encore. Mes doigts explorent sa chevelure tandis qu'il abandonne mes lèvres. Il plonge son nez dans mon cou et semble inspirer à pleins poumons. Il parsème ensuite cette zone d'une pluie de baisers.

*S'il savait combien j'aime qu'on cajole cette partie de moi !*

Je crois qu'il le devine, car sans rien contrôler, je libère un gémissement de contentement tout en exécutant un mouvement de bassin tout contre le sien. Et même si je sens sa fermeté tout contre moi, il détourne la tête, distrait de cet instant. Il se met à pouffer.

— Je crois qu'on nous regarde, commente-t-il.

Sur la table basse, Flash ne semble plus du tout intéressé par la pizza. Ses yeux verts aux fentes noires sont rivés sur nous. J'accompagne mon homme dans son rire.

— Je n'ai pas pour habitude d'avoir un public, se confond Elias en excuses.

— Moi non plus, le rassuré-je. Je ne me suis jamais donnée en spectacle devant lui. Cela doit l'intriguer. Dommage que cela t'ait coupé toute envie...

— Cela ne m'a rien coupé du tout ! J'ai une meilleure idée...

Il glisse ses bras sous mon dos et me ramène auprès de lui. Avec une force que je n'aurais jamais soupçonnée, il me porte et se relève du canapé pour entamer sa marche dans le couloir. Par réflexe, mes bras et jambes se sont croisés tout autour de lui pour ne plus le lâcher. Je le laisse pousser quelques portes avant de trouver la bonne. Mon rire l'accompagne sans pour autant l'aider dans sa quête. Une fouille qui nous conduit jusqu'à ma chambre. Il me dépose délicatement sur le lit et décide de reprendre où nous en étions restés dans le salon.

Nous nous aidons l'un l'autre à nous effeuiller de nos vêtements. Je savoure cette chance de le voir se révéler à moi. Les photos de lui odieusement rendues publiques sur Instagram par l'autre pouffiasse ne rendaient pas justice à sa réelle plastique. Je peux apprécier ses larges épaules, ses bras musclés qui me serrent. Il est parfait. Selon mes critères. Parfait pour moi. Certaines pourraient ne pas aimer ce torse imberbe ou peut-être ces quelques abdominaux légèrement camouflés par son ventre. Il n'a pas l'allure photoshopée de l'acteur. Il est vrai, authentique. Ce n'est plus un simple fantasme visualisé pendant des mois sur des clichés retouchés. Lui, il existe.

Je me dévoile également pour lui offrir mes courbes. Des formes qu'il caresse à n'en plus finir, auxquelles il s'accroche tout en douceur. Ses lèvres jouent avec ma peau frissonnante sous ses baisers enfiévrés. Bientôt, je le vois fouiller dans la poche de son jean tombé au sol. Il s'équipe prestement avant de revenir vers moi, pour plonger en moi et nous unir de la plus belle des façons. Cet instant, je l'ai désiré dès lors que j'ai croisé ses prunelles en Laponie. Je le vis pleinement. Je danse avec lui par ondulations coordonnées, une parfaite harmonie sans concertation préalable. Le rythme est changeant, mais nous nous associons intuitivement, attentifs l'un à l'autre.

*C'est tellement bon !*

Jusqu'au final où, les yeux liés sans attache, nous plongeons ensemble dans cette volupté inégalée qui nous arrache un cri de plaisir partagé.

*Je crois que je n'oublierai jamais ce regard.*

J'ai du mal à revenir à la réalité. Et peut-être parce que cette communion était si parfaite, je souffre brutalement lorsqu'il s'écarte de moi et me tourne le dos. Le vide, le froid et le manque me cueillent et malmènent mon cœur sans le moindre ménagement, pendant qu'il retire sa protection.

*Je suis pourtant habituée. Cela ne devrait pas me faire aussi mal...*

Contre toute attente, il revient près de moi et glisse ses bras tout autour de mon corps encore transpirant. Il me rapproche tout contre lui. Je me love sur sa peau, cale ma tête dans son cou, le cœur toujours battant avec force. Je perçois les pulsations du sien qui ne semblent pas vouloir se calmer. Je savoure cette étreinte. Et je tremble.

*Qu'est-ce qui m'arrive ?*

Mes sursauts sont de plus en plus prononcés alors que je pleure littéralement contre lui. En a-t-il conscience ? Oui. Il me serre alors encore plus fort, mais cela ne suffit pas.

*Pourquoi ?*

C'est avec effroi que je réalise à quel point tout est différent de ce que j'ai déjà connu. Contrairement à Mya qui a eu une révélation avec Cédric, moi, je connais l'orgasme. Cette expérience n'était pas nouvelle. De manière générale, lorsqu'un homme atteint son but, le jeu s'arrête également. Pour ne pas me sentir lésée, j'ai dû apprendre à trouver mon plaisir et à l'obtenir avant mon partenaire. Un moyen d'éviter toute frustration.

*C'est la première fois que je vis un orgasme synchronisé.*

Oui. Cela change de tout ce que j'ai connu. Mais ce n'est pas la raison qui me pousse à lâcher ses larmes d'on ne sait où. Non. L'explication vient après. Après chaque acte que j'ai eu, ces messieurs se retournaient pour s'endormir, allaient à la salle de bain pour se rafraîchir ou se rhabillaient pour vaquer à d'autres occupations.

*Je n'étais qu'un trou dans lequel ils se vidaient.*

Cette réalité me frappe violemment et me déchire le cœur. Comment ai-je pu accepter cela durant toutes ces années ? Venant d'un homme tel que Gabriel qui n'a toujours cherché qu'à tirer son coup, je pourrais presque me dire que c'est normal. Mais j'ai aussi connu d'autres histoires plus longues. Deux hommes avec lesquels notre relation a duré sur plusieurs longs mois. Pour ces deux-là, j'ai eu la déception de comprendre qu'ils me cachaient une femme. Je n'étais que leur maîtresse sans même le savoir. Pourtant, malgré ce rôle qu'ils m'avaient imposé je pensais notre aventure basée sur une forme de passion. Je prends seulement conscience qu'aucun d'eux n'a voulu me conserver tout contre eux après leur besoin assouvi. Aucune tendresse après qu'ils aient obtenu ce qu'ils recherchaient.

J'ignore combien de temps je pleure ainsi tout contre Elias. Ses bras sont toujours serrés autour de moi, comme s'il refusait de me voir m'enfuir. Il me faut sans doute de longues minutes avant que ma respiration retrouve un flot régulier. Je n'ose plus bouger, honteuse de cet étrange spectacle que je lui offre.

*Piètre cadeau pour ce moment magique.*

Lorsqu'il le juge bon, il écarte légèrement la tête pour me regarder.

— C'était si mauvais que ça ? demande-t-il avec une moue amusée.

Son expression associée à ses mots m'arrache un rire. Il a trouvé la parfaite formule pour m'aider à affronter cet instant plus que gênant. Il a compris que la performance n'est pas à remettre en question. Il a lu dans mes yeux comme j'ai lu dans les siens. Il fait preuve de patience pour découvrir la véritable raison qui m'a poussée ainsi aux larmes. Je réfléchis pour rassembler mes idées.

— Non. C'était parfait. Je... je me rends seulement compte à quel point aucun homme ne m'a respectée avant toi.

Une légère ride se place sur son front. Il cherche sans doute à lire entre les lignes.

— D'habitude, une fois que c'est fini... ils ont toujours mieux à faire, précisé-je en fuyant son regard.

Peut-être par réflexe, ses bras se resserrent autour de moi. Il doit certainement faire le lien avec la façon dont Gabriel s'est amusé à lui parler de moi, en Laponie : *une allumeuse toujours partante pour faire ça dans des endroits les plus improbables.*

— Je ne vois pas ce que je pourrai faire de plus intéressant, dit-il en caressant mon dos.

Ses doigts remontent jusqu'à mon épaule. Je frissonne, offrant à ma peau un relief impossible à dissimuler. Je vois Elias sourire.

— C'est incroyable. Je n'ai jamais connu de femme aussi réceptive à mon contact.

Cet aveu me touche plus que je ne l'imagine. Je suis unique pour lui, comme il est unique pour moi. Une chose est sûre, l'Univers ne s'est pas trompé sur *nous*.

# La mère Noël

Elias a passé la nuit chez moi. On a beaucoup parlé... fait l'amour également. À plusieurs reprises. Et la même magie s'est manifestée à chaque fois. Nous avons ensuite partagé un copieux petit déjeuner. Il s'est délecté de mon café. Je sens qu'il va bientôt me demander s'il peut commander la même machine que moi, en provenance de *Café Raffaello*.

Nos bols sont à présent vides. Accoudé à la table haute, il ne me lâche pas du regard. Je crois que je pourrai fondre sur place.

— Quoi ? sondé-je dans un souffle.

— La première fois que j'ai croisé tes yeux, dans le hall de l'hôtel, j'ai tout de suite su que ce serait compliqué.

— Compliqué ?

Je ne sais pas trop comment le prendre. Son sourire se veut tout de même rassurant.

— Oui... Tu me plaisais beaucoup trop.

*Bien rattrapé !*

— J'avais laissé Viviane en France avec ma fille, et moi, j'étais là à te dévorer des yeux. Je me sentais comme le dernier des salauds.

— Je comprends mieux les signaux contradictoires. Et tu n'as pas à t'en vouloir. Tu es resté très sage...

— Détrompe-toi. Mes pensées n'avaient rien de sage...

Je n'arrive pas à croire qu'il me sorte ça, là, maintenant, alors que j'ai certainement une tête à faire peur, sans maquillage, les yeux cernés par le manque de sommeil.

*Parce que oui... nous n'avons pas beaucoup dormi cette nuit...*

Pas effrayé pour autant par mon allure, il s'approche de moi, m'enlace et cherche à me donner un aperçu de cesdites pensées... Un nouvel instant à s'aimer qui nous amène jusqu'en fin de matinée... Je suis tellement heureuse de l'avoir rien qu'à moi. Un moment précieux, rien qu'à nous. Je sens qu'il aimerait faire durer ce tête-à-tête sur tout le week-end, mais il faut savoir être raisonnable. En bon papa, il ne peut pas laisser sa fille indéfiniment chez sa copine. Et sa mère doit certainement se demander pourquoi il n'est pas rentré de la nuit. Notre histoire est encore trop récente pour qu'il ait pris la peine de lui parler de nous.

*Ça fait sans doute mauvais genre, moins d'un mois après sa rupture avec l'autre vipère...*

Sur le pas de la porte, il me promet qu'on se reverra très rapidement. Sa mère repart bientôt et il a bien l'intention de ne plus me lâcher. Ce sont ses mots !

*Prisonnière de ses bras... je ne demande que ça !*

Même s'il n'est plus là, je ne me sens pas seule pour autant. Il continue de m'envoyer plein de petits messages pour me parler de tout et de rien, comme si nous étions encore l'un avec l'autre. Il doit passer son temps le nez sur son téléphone. J'imagine que ce n'est pas très agréable pour ses proches. Pourtant en milieu d'après-midi, je découvre son nom associé à un appel entrant.

— Je te manque déjà ? supposé-je en décrochant.

— *Question rhétorique. J'ai une proposition particulière à te faire. Surtout, sens-toi libre de refuser. Je ne veux pas que tu te sentes obligée à quoi que ce soit.*

*Il m'intrigue... J'ai peur de deviner.*

— Lance-toi.

— *Voilà... Je me suis fait griller. En rentrant, la première chose que ma mère m'a demandé c'est :* comment elle s'appelle ?

Seul mon rire ose lui répondre.

— *Et c'est Amalie qui lui a chanté ton prénom ! Bref... Je ne peux plus me défiler. Ma mère repart mardi et... je me demandais si tu souhaiterais venir manger chez nous demain midi pour des présentations officielles...*

*Et merde ! Pas du tout angoissant comme plan...*

— Je... oui ! Avec plaisir.

Comment j'ai pu répondre un truc aussi éloigné de ce que je ressens ?

— *Tu es sûre ?*

Il doit sentir mon hésitation voilée. Et je persiste pour le rassurer :

— Ce n'est pas comme si elle ne m'avait jamais vue, ironisé-je.

En vérité, il y a très peu de chance qu'elle se souvienne de moi. J'imagine qu'elle reçoit de nombreux clients dans son hôtel à Tromsø. Et même si l'équipe de *Café Raffaello* était très animée, je n'étais qu'une étrangère parmi d'autres. Je ne me rappelle même pas lui avoir adressé un mot durant notre séjour. J'étais bien trop intéressée par son fils... notre guide. Je ne sais rien de cette femme. Si ce n'est qu'elle ne pouvait pas encadrer l'autre pouffe, d'après les confidences d'Amalie. Est-ce que cette mère a su voir que l'autre greluche n'était pas faite pour son fils ? Ou peut-être n'aime-t-elle pas les amantes d'Elias de manière générale ? Qu'en sera-t-il de moi ?

Je doute cruellement. Cela ne me ressemble pas. D'habitude, je ne prête pas attention à l'opinion des gens dès lors que je me sens armée d'un parfait maquillage. Pour autant, c'est la première fois qu'on souhaite me présenter à une belle-mère... Aucun de mes ex n'a eu assez d'estime pour moi pour franchir cette étape.

— *J'avais peur que tout cela aille un peu trop vite*, poursuit-il. *Mais je ne sais pas quand ma mère reviendra en France...*

— Je serai là, Elias, même si cette invitation peut sembler effrayante. Tu souhaites me faire entrer dans ton cercle familial, et j'en suis très touchée.

— *C'est normal. Tu sais, cette soirée avec toi... cette nuit... tout... c'était parfait. Tu comptes beaucoup pour moi.*

Cette dernière phrase me coupe le souffle.

*Bon sang ! Je l'aime déjà tellement...*

Je n'ai pas le temps de répondre quoi que ce soit. La petite voix d'Amalie résonne en arrière-plan, sans que je puisse en distinguer les mots.

— *Oui, ma puce. J'arrive. Je te dis à demain alors ?* demande-t-il cette fois-ci pour moi.

— À demain.

Voilà ! Maintenant que j'ai raccroché, laissons la place aux problèmes. Que vais-je me mettre ? Est-ce que je m'attache les cheveux ? Avec ou sans rouge à lèvres ? Elias préfère sans. Il me l'a confirmé ce matin en découvrant mon visage mis à nu. J'en tremblais d'angoisse ! Pas seulement pour ma bouche, aussi pour le reste... Pourtant, tout comme Mya, il ne trouve pas que mon nez soit tordu.

*Ils ont vraiment un problème de vue tous les deux...*

Revenons à nos moutons. Bien entendu, je ne vais pas venir les mains vides. Peut-être un bouquet de fleurs pour sa maman ? Lesquelles ?

*Arf. Mauvaise idée si elle doit prendre l'avion dans deux jours...*

Une boîte de macarons ? Ça devrait passer et faire un clin d'œil tout particulier au jour où j'ai rencontré

Amalie. La seule et unique fois où je suis venue chez Elias.

*Le jour où j'ai ruiné sa vie de couple !*

Suis-je méchante de n'avoir aucun remords ? Peu importe. Seul demain compte à présent. Je n'ai pas le droit à l'erreur...

La dernière fois que je me suis retrouvée devant cette porte, c'était il y a un mois et demi. J'avais l'espoir de me faire pardonner. J'étais loin de me douter de ce qui m'attendait.

Lorsque le battant s'ouvre, mon cœur palpite en découvrant Elias, mon homme. Ses yeux s'éclairent d'une lueur impossible à feindre.

— Tu es superbe, me glisse-t-il avant de me voler un baiser délicat.

J'ai fait un compromis entre mon besoin de me cacher derrière du maquillage et ses certitudes quant à ma beauté naturelle. Un effet nude discret et juste une pointe de rose sur les lèvres.

À peine le seuil franchi, une petite puce court vers moi en chantant mon prénom. Je m'accroupis pour l'enlacer. Puis en me redressant, mon regard s'accroche à la silhouette d'une très belle femme à la chevelure blonde et aux yeux clairs. Elle semble attentive à mon entrée, notant sans doute chaque détail. Je me sens analysée de la tête aux pieds. Un sourire s'invite sur son visage, ce qui a le don de m'apaiser quelque peu. Elias glisse une main dans mon dos et s'emploie à nous introduire :

— Maman, je te présente Charline. Charline, voici Iselin.

— La fameuse Charline, commente-t-elle sans se départir de son air bienveillant.

Elle reste dans la retenue. Je me souviens qu'en Norvège on ne se fait pas la bise.

— Enchantée. Merci de m'avoir invitée. Je vous ai apporté quelques douceurs, ajouté-je en lui tendant mon petit sac fraîchement acheté chez *l'Artisan Chocolaté*.

Iselin s'en saisit avec une agréable surprise sur le visage. Elle en sort la boîte de macarons.

— Tu verras, mamie, les macarons de Charline y sont trop bons ! s'enthousiasme Amalie.

— Je confirme, certifie Elias.

— On dirait... toute une histoire, reprend Iselin avec hésitation. Pardon, mon français n'est pu bon assez... pas comme avant.

— On peut passer en anglais, si c'est plus simple pour vous ? proposé-je spontanément.

— C'est gentil. Mais je veux m'entraîner... pour mieux parler avec Amalie. Merci. On partage au café, dit-elle en désignant les pâtisseries.

Je sens Elias se tendre quelque peu. J'imagine qu'il n'est pas très motivé pour me servir *son* café. J'ai bien envie de le taquiner un peu en lui demandant un *macchiato* après le repas. Je crois qu'il a deviné ma pensée d'un regard. Cet échange furtif témoigne de notre complicité muette. Cela n'a pas échappé à sa mère.

Amalie me prend la main et commence à jouer avec mon bracelet licorne que je porte toujours. Elle me propose de découvrir sa chambre. Pendant cette visite, Elias reste avec sa mère pour sans doute recueillir ses premières impressions. Je préfère ne pas y penser, même si cela semble bien se passer pour l'instant. La pièce de sommeil d'Amalie est à son image. C'est coloré, fleuri, avec des paillettes et des licornes. Il y a aussi des figurines d'archères. J'aime beaucoup son univers. Mon regard s'attarde sur une photo représentant une mère et sa petite fille. Aucun doute possible, il s'agit d'Eeva. Elle ressemble à son frère avec ses cheveux châtains et ces mêmes yeux bleu clair. La petite doit avoir à peine trois ans sur ce cliché. Je devine un lien très fort les unissant. Après quelques minutes, nous décidons de revenir dans le salon. En chemin, j'ai pu voir plusieurs portes. L'appartement semble grand.

Le repas se passe bien. J'aime particulièrement cette ambiance animée. Iselin parle très peu, mais je suppose qu'elle comprend parfaitement nos échanges. Je vois beaucoup de tendresse lorsque ses yeux se posent sur sa petite-fille. Amalie joue les pipelettes et révèle une information intéressante. L'anniversaire d'Elias approche. Je garde cette donnée dans un coin de ma tête pour plus tard...

L'heure du café arrive. Je choisis de ne pas critiquer ma boisson, pourtant préparée avec amour. J'apprendrai à Elias quelles sont les bonnes proportions de lait crémeux pour un *macchiato* réussi. Avec son appareil à dosettes, il est difficile de faire mieux. Iselin me confirme que Marco lui a laissé ses coordonnées pour éventuellement investir dans une de nos machines. Sans y avoir goûté, elle n'a pas donné suite. Un jour peut-être. En ce qui me concerne, je suis contente de faire passer ma boisson à l'aide d'un macaron.

— On est quatre, fait judicieusement remarquer Amalie.

Elias affiche un large sourire. Il doit deviner ce que sa fille a derrière la tête.

— On peut jouer à *Mario Party* sur la *Switch* ?

Il me jette un coup d'œil pour me sonder sur cette question.

— Moi j'adore ! J'y ai beaucoup joué avec Mya et son fils Théo.

— Dans ce cas, allons-y !

Nous prenons place sur le canapé du salon. Tandis qu'Amalie chante de plaisir !

— C'est trop bien ! Viviane, elle voulait jamais lancer de partie...

— Ouais, mais elle n'est plus là. Donc on fait ce qu'on veut, conclut Elias en réunissant les manettes.

Je vois Iselin pincer les lèvres. Comme moi, elle s'abstient de tout commentaire. Je vois clairement qu'elle ne la porte pas dans son cœur l'autre pouffe.

Le jeu commence. Nous choisissons chacun un personnage. Sur un plateau, nous avançons les uns après les autres pour collecter un maximum d'étoiles. Entre chaque tour, nous avons droit à des petits jeux d'adresse lancés au hasard. C'est soit collaboratif ou chacun pour soi. Je me suis toujours demandé quelle tête on a en agitant nos manettes comme des fous pour gagner ! Nos rires s'entremêlent. Nous passons un agréable moment de complicité.

*J'ai presque envie de dire : en famille.*

Oui. Je me sens parfaitement incluse. Un bonheur simple, mais tellement bienfaisant. Pendant qu'Elias cherche à lancer un autre jeu sur les conseils d'Amalie, Iselin me glisse quelques mots :

— J'avais peur de les trouver malheureux en venant ici. Ça fait longtemps que j'ai pas vu Amalie aussi épanouie. Elle rit et parle bien plus qu'avant. Elle ressemble de plus en plus à Eeva.

Je sens sa peine. Sa voix tremble en prononçant le prénom de sa défunte fille. J'ignore quoi dire. Je ne lui prête que mon oreille attentive et un regard de sollicitude.

— Je suis heureuse qu'ils vous aient vous, poursuit-elle en m'adressant un sourire. Je vais pouvoir repartir confiante. Merci.

# Les fous du volant

ela te va tellement bien d'être amoureuse, me glisse Mya durant notre pausé café du lundi, après que je lui aie relaté toutes mes aventures du week-end.

Je lui réponds d'un sourire. Oui, je suis complètement amoureuse. Il serait idiot de nier l'évidence. J'ai l'impression de flotter à chacun de mes pas et mon cœur danse curieusement dès que je reçois un de ses petits messages. Jusqu'ici, Cédric nous a laissé un peu d'intimités en restant à l'écart. Mais, n'y tenant plus, il s'approche de moi et me demande en toute discrétion :

— Comment va-t-il ?

Je devine qu'il parle d'Elias.

— Très bien.

— Oh ! Ce serait super qu'on se fasse un truc tous ensemble ! s'enthousiasme Mya. Les beaux jours vont revenir avec le printemps. On pourrait passer un après-midi au jardin...

L'idée est séduisante. Nous bloquons une date provisoire qui tombe une semaine après l'anniversaire d'Elias. Et justement, pour cet anniversaire, j'ai une idée en tête qui devrait lui plaire. Du moins, je l'espère...

Après le départ d'Iselin, je n'ai pas attendu les week-ends pour revoir Elias. Je suis souvent venue chez lui en semaine. Il fallait simplement que je m'organise pour nourrir Flash correctement. Et le plus fou dans tout ça, c'est que mon reptile ne m'en tient même pas rigueur ! Je me souviens parfaitement qu'il m'avait snobée après ma dernière nuit passée chez Gabriel. Je me faisais l'effet d'une adolescente prise en faute par l'un de ses parents après avoir découché. Là, Flash n'a pas du tout le même comportement. Aurait-il approuvé qu'Elias entre dans ma vie ?

Il est déjà arrivé qu'Elias et Amalie viennent dormir chez moi, mais seulement durant le week-end. Je n'ai qu'une seule chambre. C'est un peu le camping pour la petite puce de trouver le sommeil sur le canapé du salon, même déplié en lit. Pas viable en semaine avec l'école... L'appartement d'Elias est bien plus grand. Il compte trois chambres en tout.

*De toute façon, c'est toujours dans ses bras que je dors le mieux.*

Il vient ainsi combler cette place que je laissais volontairement vacante à côté de moi, durant toutes mes nuits à l'attendre...

Je sens une réelle implication de sa part dans notre histoire. Il cherche à tout connaître de mes habitudes pour me comprendre. Il a aussi l'ambition de partager toujours plus d'instants en ma compagnie. C'est tout nouveau pour moi. Cela m'aide à prendre conscience à quel point mes ex ne répondaient présent que pour la bagatelle.

Elias a même été jusqu'à vouloir courir avec moi. J'ai adoré ce moment. Ce n'était jusqu'à présent qu'un exutoire solitaire. Pourtant, j'ai aimé qu'il me suive. Il était également impressionné de me voir faire quelques séries de traction. Il sait maintenant d'où me vient mon endurance. Je lui ai simplement dit en ressentir le besoin. Il n'a pas insisté. C'est très bien comme ça. Lui seul sait que je cours. Je le laisse doucement entrer dans mon univers puisque je fais désormais partie du sien.

Je comprends à présent beaucoup de choses. Elias se donne à 200 % dans une relation. Dès qu'on fait partie de son cercle intime, il est d'une loyauté et d'une dévotion sans faille. C'est certainement pour cette raison qu'il a mis autant de temps à ouvrir les yeux sur le comportement nocif de son ex. Je suis infiniment reconnaissante envers l'Univers de m'avoir offert cette place dans son cœur.

À la mi-mars, je décide d'emmener Elias et Amalie dans un endroit mystère. À bord de ma *Mini*, je me contente d'un air espiègle tout en avalant les kilomètres vers le sud des Yvelines. Mon homme n'est pas dupe. En cette journée d'anniversaire, il se doute que la surprise est pour lui. Il tente de cuisiner sa fille…

— Ne te fatigue pas, coupé-je. Je n'ai rien dit à Amalie pour lui éviter de céder sous la pression de son papa...

— J'ai droit à un indice.

— J'ai l'impression que c'est toi l'enfant à bord... hein, Amalie !

La petite se contente de ricaner tout en serrant sa peluche licorne contre elle.

— Moi aussi, j'ai envie de savoir, avoue-t-elle.

Je cède trop facilement. J'ai pourtant essayé de fuir le regard d'Elias. Il semble excité et avide à la fois. Un vrai gamin. Je tente de résister, en vain...

— D'accord... un seul indice. *Les fous du volant.*

Ses yeux me scrutent. Je pourrais presque sentir les rouages de son cerveau réchauffer l'habitacle de mon auto. Il cherche à déchiffrer les expressions de mon visage.

— Le dessin animé ? s'étonne-t-il. Avec Satanas et Diabolo...

Je conserve un ton neutre.

— Tu m'as toujours fait penser à Pénélope Joli-Cœur, dit-il en glissant une main sur ma cuisse.

À ces mots, je visualise très bien cette belle blonde pilote d'une voiture rose. Un engin dans lequel elle n'a qu'à utiliser un levier pour faire apparaître un bras articulé qui l'aide à mettre automatiquement son rouge à lèvres.

— Les flatteries ne t'aideront pas.

Il suspend son geste et regarde tout autour de lui.

— C'est lié aux voitures, murmure-t-il. On roule vers Trappes là, non ?

Je plisse les lèvres. Il brûle dangereusement...

— Il y a un circuit là-bas...

Un soupir s'échappe de ma bouche.

— C'est ça ?

— Tu es trop intelligent pour ton propre bien, ça gâche tout, commenté-je d'un air faussement dépité.

— Ça veut dire quoi ? demande Amalie.

— Tu m'emmènes piloter une voiture de course ?

Je ne vais pas m'en sortir avec les deux qui m'oppressent de cette façon. Malgré tout, l'enthousiasme d'Elias fait vraiment plaisir à voir. Rien que pour ça, je ne regrette pas d'avoir déboursé plus de 600 balles dans ce cadeau... Une folie hors de prix selon Mya. Pour moi, rien n'est trop beau pour ce que je vis auprès de lui.

Je me gare effectivement sur le parking du circuit automobile de la ville de Trappes. Lorsque je suis venue pour procéder à la réservation, je ne suis pas passée inaperçue. Un brin de femme comme moi au volant d'une Mini John Cooper Works... ça suffisait à faire ouvrir quelques bouches et donner des airs rêveurs. Alors que nous approchons de l'accueil, je décèle des regards désireux sur moi, puis envieux sur Elias. Ce dernier ne s'en rend même pas compte. Il a encore du mal à réaliser ce qui l'attend.

Je me présente pour la formule déjà payée au nom de Charline Maury. Je rappelle qu'il s'agit de l'anniversaire de mon compagnon. Le gérant nous guide sur la piste pour nous laisser entre les mains du pilote qui encadrera Elias.

— On va commencer par la Porsche.

— Commencer ? s'étonne mon homme.

— Oui. Avec cette formule, vous aurez droit de conduire trois voitures de course différentes. On passera ensuite à l'Aston Martin Vantage, puis à l'Alpine...

On dirait qu'il vient de tomber dans les Fjords gelés de Norvège.

— C'est de la folie, Charline !

— Oui, mais c'est de toi dont je suis folle. Bon anniversaire, chantonné-je avant de lui voler un baiser.

Je m'éloigne ensuite de la piste avec Amalie pour prendre des photos et admirer le spectacle. Il a droit de faire six tours de piste au volant de chaque véhicule. Dans tous les cas, le pilote reste avec lui. Je les vois échanger avec animation. Elias demande même s'il est possible d'ouvrir le capot de ces engins pour en admirer la mécanique. S'il y a quelqu'un qui sait apprécier ces moteurs mis à nu, c'est bien lui ! Le découvrir conduire de cette façon me procure des frissons sans même monter à bord. Une facette de lui que je n'avais encore jamais vue s'exprimer. Cette expérience lui donne une allure féline diablement excitante.

À la fin de ce rêve éveillé, Elias m'offre un baiser passionné en m'adossant à ma *Mini*. Il écarte son visage du mien pour me murmurer quelques mots :

— Si tu savais à quel point je t'aime.

# Rêve perdu

Tout est parfait. Un peu trop sans doute. J'ai parfois peur de me réveiller de ce doux rêve. Elias m'a dit qu'il m'aimait. Mais ce n'est pas seulement le son de sa voix qui l'a certifié. Son regard ne mentait pas, tout comme les battements de son cœur que je sentais résonner à travers sa veste. Tout son être me criait son amour. Il me l'a ensuite prouvé dans l'intimité. Je n'ai jamais été très démonstrative en clamant ces mêmes mots. Pourtant, je lui ai confirmé mes sentiments dans sa chambre, blottie dans ses bras.

Comme prévu, le week-end suivant nous nous rendons dans le jardin de Mya pour profiter d'un après-midi ensoleillé. Elias est particulièrement enthousiaste de retrouver Cédric après tout ce temps. En entrant dans ce petit coin de nature savamment entretenu par mon amie, Amalie a les yeux qui brillent.

— Elles sont trop belles les fleurs !

Mya s'attendrit instantanément en recevant ce beau compliment venant du cœur. Pour l'occasion, Théo est aussi présent, jouant avec le chien de Cédric. Nous avons rapporté les boissons et nous pouvons apprécier quelques pâtisseries confectionnées par notre petit chef en herbe. Un délice qui sait ravir nos papilles.

— Alors comme ça, tu travailles avec mon grand frère, amorce mon amie.

Elias fronce les sourcils une seconde avant de comprendre à qui elle fait référence.

— Silvio Rameaux ?

— Lui-même.

— Le monde est petit ! Je n'avais jamais fait le rapprochement. Il y a tellement de Rameaux en France...

— C'est grâce à cette connaissance commune que j'ai souhaité apporter ma *Mini* dans ce garage, ajouté-je.

Les yeux de Mya s'écarquillent. Elle prend conscience de la portée qu'a la Loi de l'attraction sur nos vies. Une donnée que nous gardons pour nous.

*On pourrait nous prendre pour des folles à décrire les pouvoirs de l'Univers !*

Ces retrouvailles sont appréciables. Le soleil nous caresse agréablement. C'est comme si l'été souhaitait s'inviter plus tôt que prévu. Je suis contente de pouvoir à nouveau porter mes petites robes légères.

Milo appuie ses pattes avant sur ma cuisse et dépose sa balle de tennis baveuse sur ma robe. Je me fige, les mains en l'air.

— Milo, viens ici, ordonne Cédric.

Le chien obéit tout de suite à son maître en allant vers lui. Mais cela ne m'aide pas à me détendre. Mes yeux sont toujours rivés sur cette balle que je me refuse de toucher.

Elias fronce les sourcils. Il prend le jouet détourné de sa fonction première pour le lancer plus loin. Je pousse un soupir de soulagement. Il reste quelques taches baveuses sur moi, mais c'est bien le cadet de mes soucis.

— Ça va ? me demande mon homme d'un murmure près de mon oreille.

— Oui, pourquoi ? rétorqué-je un peu trop rapidement.

Est-il capable de lire ma douleur à cet instant ? Je prends une profonde inspiration en toute discrétion pour effacer ce moment de panique. Pour les autres, c'est passé inaperçu. Pas pour Elias. Pourtant, il ne cherche pas à me questionner plus longuement. Et je l'en remercie silencieusement.

Le reste de l'après-midi s'écoule dans la bonne humeur. Je vois Théo qui montre à Amalie des photos sur son téléphone. Il lui présente tout ce qu'il est capable de créer comme desserts.

— Avec la pâte d'amande, on peut réaliser n'importe quelle forme... explique-t-il.

— Si ton fils lui dit qu'il est capable de faire des licornes, Amalie va tomber amoureuse, annoncé-je discrètement à Mya.

Ma remarque ne s'est pas glissée dans l'oreille de son père. Elias est bien trop occupé à montrer à Cédric la vidéo de sa course de la semaine dernière.

En fin de journée, nous décidons de nous séparer. C'était un très agréable moment passé tous ensemble. On a hâte de pouvoir renouveler ce genre d'activité. Comme presque chaque week-end, Elias et Amalie viennent chez moi pour la nuit. Pris d'une flémingite aiguë, nous commandons un repas en route que l'on partage sur ma table basse avec enthousiasme. Amalie tient à m'aider pour nourrir Flash. Mon petit reptile est loin de s'en plaindre. Peut-être que sa ration est légèrement plus importante lorsque cette demoiselle est de la partie ! Après avoir visionné un film tous les trois, je prépare le lit de notre princesse. Elias prend le temps de la border et vient ensuite me rejoindre dans ma chambre.

— C'était une très bonne idée de revoir Mya et Cédric, commente-t-il.

— Oui. Ils sont tellement mignons tous les trois. Enfin... tous les quatre si l'on compte Milo !

Elias glisse ses bras autour de ma taille et plonge son regard irrésistible dans mes prunelles. Il laisse filer quelques secondes, puis se lance :

— Tu n'as pas peur des chiens.

La voilà... la fameuse conversation que je redoutais d'avoir.

— Je ne crois pas que la bave t'indispose non plus, poursuit-il.

Je demeure muette, comme si devenir aphone pouvait m'éviter ce qui va suivre.

— Par contre, les balles de tennis...

Je me crispe malgré moi. Il lit si facilement à travers mes yeux.

— Tu veux m'en parler ?

Je fuis son regard pénétrant. Ses mains caressent maintenant mon dos, comme pour m'encourager.

— As-tu envie que je te raconte la plus grosse déception de toute ma vie ?

Il fronce les sourcils et porte une main sur ma joue pour relever mon visage. Souhaite-t-il s'assurer que je n'ai pas de larmes ? Je n'en suis pas très loin pourtant. Tout cela me remue encore douloureusement. Je l'invite à s'asseoir avec moi sur le lit. Et je me lance...

— Quand j'étais adolescente, j'ai fait du camping avec mes parents dans les Landes. Je me suis fait un groupe d'amis. Et pour occuper notre temps, nous nous sommes mis à jouer au tennis. Mais sans raquettes !

J'imagine qu'il ne voit pas vraiment ce que cette histoire vient faire là-dedans, mais il partage mon sourire que me procure ce souvenir.

— On utilisait des poêles à frire ! C'était un truc de fou ! Je me souviens encore parfaitement du bruit des balles résonnant sur ce métal. Qu'est-ce qu'on a pu rire ! Mais outre l'amusement, je me suis découvert une passion naissante. Après les congés, j'ai voulu m'inscrire dans un petit club de mon village. Je me suis mise à jouer avec le bon matériel. J'adorais ça. J'étais assez douée. J'apprenais vite toutes les techniques. J'ai gagné pas mal de matchs en interne. Suffisamment pour attirer l'attention d'un coach. Il était convaincu que je pouvais aller loin. Il parlait de moi comme la nouvelle Amélie Mauresmo...

Je marque une pause. Repenser à tout ça me secoue plus que je ne le voudrais.

— Pour être inscrit, il faut une licence grâce à laquelle tous les résultats remontent automatiquement à la Fédération Française de Tennis. L'accumulation de mes victoires me permettait de disputer un match régional qui se déroulait dans un autre club. Je me suis préparée pendant des mois. J'y ai cru tellement fort. Mais le jour J... quand je me suis présentée, on m'a dit qu'il y avait un problème. Mon inscription initiale pour ma licence s'est faite dans la catégorie homme.

Il entrouvre la bouche et ferme les yeux, comprenant enfin mon malaise.

— Cela ne s'est pas remarqué tant que je restais dans mon club. À l'époque, mon inscription s'est faite en deux temps. La personne qui a entré informatiquement les données n'était pas la même que celle que j'ai vue. Elle a fait une erreur de saisie. En lisant Charlie Maury sur le dossier, elle a cru que j'étais un homme... Elle n'a pas vérifié le sexe sur la copie de ma carte d'identité. Toute ma progression, tous mes résultats de match de pool... Tout cela n'avait plus de valeur, car pour la Fédération, Charlie Maury est un homme qui ne peut disputer de match dans la catégorie féminine...

Elias porte une main pour couvrir sa bouche, me laissant aller au bout.

— J'avais tout perdu à cause de ce fichu prénom. J'ai tout arrêté. Je me suis juré de ne plus jamais toucher une balle de tennis de ma vie. Peu de temps après, j'ai commencé à me faire appeler Charline. C'était il y a dix ans...

Il garde le silence pendant encore de longues secondes. Puis il ose :

— C'était il y a dix ans. Peut-être qu'aujourd'hui tu pourrais...

— Non. Je n'en ai pas la force. C'est derrière moi tout ça. Ce n'est qu'un rêve perdu...

# Petit match entre amis

Je n'avais plus jamais raconté cette histoire à qui que ce soit. Personne chez *Café Raffaello* n'est au courant. Pas même Mya. Étrangement, me confier à Elias était tellement facile, tellement évident. Je ne sens aucun jugement de sa part. Il respecte mon choix. Et c'est tant mieux. J'ai déjà assez de mes parents qui insistent sur cette question pour me voir un jour reprendre une raquette. Je ne peux pas leur en vouloir. Mon coach de l'époque leur avait promis monts et merveilles sur ma future carrière professionnelle de joueuse de tennis.

*Les rêves n'ont de sens que pour ceux qui dorment...*

On est dans le vrai monde. Il faut se réveiller ! Je préfère rester lucide pour ne pas souffrir. D'ailleurs, j'ai parfois l'impression que tout est trop parfait. Ma relation avec Elias est tellement belle. Il devine mes états d'âme d'un regard. Une connexion mutuelle. J'ai peur que quelque chose vienne tout gâcher. Quelque chose ou quelqu'un. Peut-être qu'un jour, il va se réveiller justement et prendre conscience que je ne suis pas celle qu'il lui faut.

*Il va me quitter.*

Non ! Il faut que je chasse cette idée parasite. La Loi de l'attraction est le fruit de nos pensées. Je dois prendre garde à ce que je laisse résonner dans ma tête. Cet écho de mes propres peurs ne doit pas devenir un souhait à réaliser. Profitons simplement du moment présent.

Depuis quelques jours, je n'ai plus droit aux remarques douteuses de Gabriel. Se serait-il assagi ? Je dois avouer que cela m'étonne autant que cela m'effraie. Il a bien compris que je n'étais plus célibataire. Normalement, il ignore avec qui je suis en couple. Et s'il l'apprenait ? Irait-il trouver Elias pour encore lui donner des détails croustillants sur ces instants qu'on a partagé ? J'ai essayé d'en toucher deux mots à Elias pour ne pas lui cacher mon passé débridé. Il m'a rapidement arrêtée en m'assurant que les anciennes histoires appartenaient à une autre vie. Ce qui l'importe, c'est ce que nous vivons aujourd'hui.

*Il est trop parfait.*

C'est pourtant ce que j'ai demandé à l'Univers. Alors, pourquoi paniquer comme ça ? Ces sombres pensées viennent de temps à autre me hanter. Puis, tout disparaît dès que je croise ses yeux. Pour chasser mes peurs, je dois passer chaque seconde auprès de lui...

En milieu de semaine, je suis intriguée par les propos de mon amie :

— Le seul indice qu'il m'a donné, c'est de prévoir des baskets, m'indique Mya.

Je remue mon *macchiato* en salle de pause tout en réfléchissant. Cédric est resté à son bureau. Nous en profitons pour mener notre enquête en catimini.

— Une randonnée en forêt ? proposé-je.

— Oui, c'est aussi ce que j'ai pensé. Ce sera sympa avec Milo et les enfants.

Nos hommes se sont entendus pour organiser notre prochaine sortie du week-end. Pour changer, Mya et moi n'avons rien à préparer, simplement nous laisser surprendre...

Comme prévu ce samedi en début d'après-midi, Elias vient me chercher chez moi. Je monte dans sa 208 GTI et me laisse envahir par cette vague de bonne humeur portée par Amalie. La petite puce semble très contente de retrouver Théo. Pour respecter les recommandations, j'ai chaussé une vieille paire de *Converses* basses qui ne craignent plus rien. Il a plu cette nuit, je n'aurais pas peur de les abîmer si le terrain est boueux. Pour le reste, je me suis drapée d'une petite robe légère et d'une veste cintrée toute simple. Pour un mois d'avril, les températures sont assez clémentes. J'en profite pour faire un pied de nez au dicton en me découvrant de quelques fils...

Après une poignée de kilomètres, je me rends compte qu'on ne prend pas la direction boisée suspectée.

— On ne va pas en forêt ?

Elias se contente d'un petit sourire en coin. Je décide de jouer au même jeu que lui :

— J'ai droit à un indice...

— Non.

— Pourquoi ça ? m'étonné-je.

— Parce que ce n'est pas ton anniversaire...

Je fronce les sourcils, puis me tourne vers Amalie.

— Je n'ai rien dit à ma fille.

Je lève les yeux au ciel. C'est un goût de déjà-vu où je ne m'y connais pas... Je prends donc mon mal en patience. Puis nous arrivons enfin à destination. Elias se gare sur le parking d'un complexe sportif.

*C'est pas vrai ! Il a osé !*

Je distingue des gens qui vont et viennent avec des sacs à la forme bien particulière.

— Tu plaisantes, j'espère ?

Je suis sûre que mes yeux pourraient lancer des éclairs. Moi qui le croyais compréhensif après lui avoir révélé mon histoire...

*J'ai eu tout faux !*

Ses doigts s'accrochent aux miens avec douceur.

— Cédric était très enthousiaste sur cette idée de louer un court. On va juste passer un moment sympa entre amis.

Je serre les mâchoires et ravale ma rage. Comment arrive-t-il à rétablir un semblant de calme en moi rien qu'en me prenant la main ? Je soupire bruyamment. Amalie reste silencieuse, sentant sans aucun doute ma contrariété. Elle se fait oublier. Une attitude qui lui était bien coutumière lorsqu'Elias était en couple avec l'autre...

— T'es conscient que je ne jouerai pas.

— C'est très bien. Jamais je ne te forcerai à quoi que ce soit, Charline.

Et pour appuyer ses mots, il me dépose un baiser sur le bout de mes doigts. Je me dégage doucement de son emprise pour lui signifier que je n'aime pas trop ce genre de manœuvres. Puis je sors de la voiture en claquant la porte un peu plus vivement que d'habitude. Pourtant, ma colère s'arrête là. Mya et Cédric descendent de leur véhicule. Je me compose une humeur neutre pour les saluer.

— Bon bah, pas de forêt aujourd'hui, en conclut Mya.

Je lui réponds d'un sourire tout ce qu'il y a de plus faux et reste muette. Je me laisse menée par cette joyeuse petite troupe. Je vais certainement plomber l'ambiance. C'est plus fort que moi. Cela fait tellement longtemps que je me refuse la fréquentation d'un tel endroit. Trop de souvenirs. Le goût amer de l'échec.

Nous passons par l'accueil pour obtenir raquettes et balles. Je conserve mes bras croisés, bien décidée à ne pas proposer mon aide pour porter quoi que ce soit. Personne ne semble remarquer mon attitude répulsive. Puis nous prenons la direction du court réservé. Il se situe en extérieur. Si je n'avais pas autant de réticence envers ce sport, je pourrais presque admettre que c'est une bonne idée. Le temps est idéal.

Théo et Amalie se ruent déjà en fond de court pour entamer quelques échanges sans même s'embarrasser du filet.

— On se fait un deux contre deux ? propose Cédric tout sourire. Si je dis les filles contre nous, ça risque de ne pas être équitable...

— Moi, je ne joue pas, affirmé-je pour mettre un terme à tout suspens.

— Bah, jouez tous les deux, les garçons, assure Mya. Nous, on va vous regarder...

Je m'installe sur une des chaises disposées sur le côté extérieur, en milieu de terrain ; un endroit parfait pour avoir une vue idéale du jeu en cours.

— Je suis bien contente que tu ne veuilles pas participer, me confesse mon amie. Je n'ai pas envie de me ridiculiser. J'ai toujours peur de me prendre une balle en pleine tête. Le sport à l'école, c'était toujours l'enfer pour moi...

Je l'écoute d'une oreille peu attentive. J'abaisse mes lunettes de soleil sur mon nez pour camoufler mes yeux. Mes verres sont suffisamment teintés pour qu'on ne puisse deviner ce que je regarde. Elias lance une pièce de monnaie pour déterminer qui aura le premier service. Ça tombe sur lui. Les deux hommes se mettent d'un bout à l'autre du court. Je plisse les lèvres. Le placement d'Elias n'est vraiment pas bon. Son bras n'accompagne pas son mouvement, il casse son poignet. À lancer de cette façon, il va finir par se faire mal.

*Il pourra toujours courir pour un massage de ma part !*

Cédric, quant à lui, a une posture plus alerte. Il est mobile sur ses appuis. Au fil des échanges, il semble toujours prêt à partir d'un côté ou d'un autre du terrain. Je sens qu'il a déjà pris des cours. Il renvoie la balle gentiment. Trop gentiment sans doute. On dirait qu'il se retient. J'imagine qu'il a compris qu'Elias est novice. Il cherche sans doute à le ménager pour que le jeu soit plus amical. Dommage. J'aurais bien aimé le voir dans l'effort, analyser sa technique.

— Après 30, c'est 40, c'est ça ? demande Elias.

— Oui. C'est 0, 15, 30, 40 et Jeu. Il faut 6 Jeux pour gagner 1 Set. Puis 3 ou 5 Sets pour remporter un Match, résume Cédric.

— Logique... J'ai toujours eu du mal à compter les points...

— J'ai jamais su d'où ça venait, avoue notre informaticien.

*Le jeu de paume... Il s'agissait d'un nombre de pieds pour avoir le droit de se rapprocher du filet.*

— Peu importe, on en est à 40 - 0.

*Mais non ! C'est 0 - 40. On annonce toujours le score de celui qui sert en premier...*

Je bouillonne intérieurement à force de garder le silence. Mon genou se met à bouger nerveusement. De temps à autre, Mya fait quelques commentaires auxquels je ne réponds même pas. Je suis bien trop concentrée sur le jeu en cours. Niveau cardio, Elias arrive à tenir la route. Il y a quelques échanges sympa, mais uniquement parce que Cédric la joue cool. Par contre, mon homme a désormais 2 Jeux de retard. Si l'on compte les points correctement, c'est un véritable massacre.

Amalie et Théo ont délaissé leurs raquettes pour jouer les ramasseurs de balles. Ils sont mignons. On se croirait presque à un tournoi professionnel.

— T'es sûre que ça va ? me demande Mya, la mine inquiète.

Il faut dire qu'en plus de secouer nerveusement mon genou, je suis maintenant en train de me ronger les ongles. Je crois que c'est la première fois qu'elle me voie faire ça ! Je vais clairement ruiner ma manucure...

— Ouais... marmonné-je pour seule réponse.

Je sais que ce n'est pas très convainquant. Je change de position pour me calmer. Les coudes en appui sur mes genoux, je cache une partie de mon visage de mes mains. Elias est sur le point de perdre son quatrième Jeu. Je ne suis pas sûre qu'il fasse exprès de mal jouer. C'est un sport très technique dans les placements. On a tendance à vite se fatiguer sans avoir une formation de base.

Amalie passe devant moi en sautillant.

— T'as un élastique, ma puce ? demandé-je sans même réfléchir.

La fillette retire de son poignet un chouchou rose bonbon et me l'offre avec un large sourire. Je relève grossièrement mes cheveux au-dessus de ma tête pour les retenir en une queue de cheval haute. Puis, cédant à cette pulsion dévorante, je m'avance sur le court pour me diriger tout droit sur Elias.

— Donne-moi ta raquette.

Il me la tend sans faire d'histoire, ou même me montrer un air victorieux. Peut-être qu'il savait que je finirais par craquer. Malgré tout, il ne s'en vante pas...

— Oui, ma chérie.

Mes doigts se referment sur le manche. J'expire l'air de mes poumons en tremblant légèrement. En s'approchant de moi, Elias me dépose un furtif baiser sur ma tempe et me murmure quelques mots :

— Je t'aime.

*Mouais... on en reparlera...*

— Ha ? Je change de challenger ? s'étonne Cédric.

J'amorce des mouvements amples du bras pour essayer de réveiller quelques muscles.

— Tu veux servir ? me propose mon collègue.

— Le Jeu n'est pas gagné. Le service est toujours à toi. On est à 40 - 0.

Mes phrases ont suffi à lui faire comprendre que le niveau ne sera pas le même. Je me penche légèrement en avant, souple sur mes pointes de pieds, prête à recevoir la balle. Je renvoie son service effectué aussi gentiment que pour Elias. Il tient peut-être à ménager la demoiselle que je suis.

*Il va très vite le regretter !*

Lorsque la balle cogne les cordes de ma raquette, ce choc résonne dans tout mon membre. Cela fait un bien fou ! Ça raisonne jusque dans ma poitrine ! Je l'ai renvoyée en coup droit. Le projectile retombe à quelques centimètres de la ligne blanche. Cédric n'a même pas cherché à la rattraper. Il devait sans doute penser qu'elle serait hors du terrain.

— 40 - 15, annoncé-je avant de retrouver ma position en attendant le prochain lancer.

Il faut quelques secondes à mon adversaire pour comprendre ce qu'il vient de vivre. Il me sert un petit sourire amusé avant de m'envoyer une autre balle. Cette fois-ci, il est prêt à me la retourner. Elle me revient sur la gauche. Je la reprends en revers à deux mains pour garder un meilleur contrôle sur la direction donnée. Notre échange se poursuit. Je suis un peu rouillée, mais je gagne une fois de plus le point. Je perçois des applaudissements de notre public. J'imagine nos échanges plus passionnants à regarder. Le suspens est là, même si j'ai l'impression que Cédric cherche à me laisser remonter pour revenir à égalité.

— 40 partout.

*C'est parti ! Maintenant, le vrai jeu commence.*

Pour assurer le coup, cette fois-ci j'utilise un effet pour ralentir la balle et la faire tomber juste derrière le filet. Cédric tente de revenir du fond de court, mais en vain.

— Bien joué, Charline. 3 Jeux à 1. À toi de servir.

Amalie me lance une balle en sautillant sur place. Je m'en saisis sans mal et la fais tourner entre mes doigts. Sentir la surface pelucheuse de cette sphère jaune sous la pulpe de ma peau me donne des frissons. Dix ans que je n'en avais plus touché une.

Je la jette dans les airs et effectue un saut pour la frapper en plein vol au-dessus de ma tête. La balle arrive avec force sur mon adversaire. Il se place de profil pour me la retourner. Je le trouve moins tendre sur cette suite de partie. Je vais maintenant découvrir son vrai visage et l'étendue de ses capacités. Peut-être a-t-il plus d'années d'apprentissage que moi ?

*Ne jamais sous-estimer son adversaire.*

Une phrase que me répétait sans cesse mon coach. Même si j'ai des facilités, le tennis est avant tout une question de mental. Et n'oublions pas que j'ai un homme en vis-à-vis. Il aura peut-être plus de force que moi. Une puissance qu'il pourra libérer sans ménagement lorsqu'il comprendra que je ne lui ferai aucun cadeau.

J'espère bien le pousser à courir un peu. Mes effets de balle pour ralentir, lifter ou smasher reviennent sans mal. On dirait que le tennis, c'est comme le vélo !

— Bravo, Charline ! s'enthousiasme la petite voix d'Amalie.

Son petit cri me fait chaud au cœur et m'arrache un sourire. Au fil des échanges, je rattrape le retard d'Elias. Cédric gagne quelques points. C'est parfois serré. Mais je remporte toujours le Jeu... jusqu'au Set !

Ma remontée est fulgurante. On s'étonne l'un l'autre et rit ensemble des coups inattendus que l'on se porte. C'est bon enfant. Je n'imaginais pas mon collègue de travail pratiquer ce sport. Comme tout le monde au boulot, Cédric semblait ému l'année dernière lors des adieux de Roger Federer face à Rafael Nadal. Une retraite bien méritée après une brillante carrière. Si j'ai choisi de tirer un trait sur ma participation, j'ai toujours gardé un œil attentif sur les différents matchs professionnels. C'était un fait d'actualité impossible à manquer. Je comprends seulement maintenant à quel point Cédric a dû être sensible au final de ce champion mondial. Tout comme je l'étais...

Aujourd'hui, c'est à nous de jouer. Je finis par remporter ce Set à 6 - 3. Nous avons eu de très beaux échanges. Bien qu'essoufflés, nous décidons de poursuivre cet affrontement. On fait tout de même une pause pour nous hydrater.

— Si j'avais su que t'étais aussi déterminée à sauver l'honneur d'Elias, je l'aurais un peu plus ménagé tout à l'heure, fait remarquer Cédric entre deux gorgées d'eau.

Je me contente de sourire. Je ne sais pas encore si j'ai toujours de la rancune envers mon homme pour m'avoir poussée à jouer aujourd'hui. Dans tous les cas, il fait profil bas. Ce dont je suis sûre en revanche, c'est à quel point j'aime jouer. À chaque fois que je frappe la balle, c'est comme si mon corps tout entier me remerciait. Toutes ces années, j'étais frustrée, en manque. Il me fallait rejouer pour m'en rendre compte.

Nous décidons de poursuivre la partie sur 3 Sets. Cela peut aller jusqu'à 5 Sets, mais uniquement dans la catégorie masculine. Nos échanges sont de plus en plus intenses, de plus en plus passionnés. Les acclamations de notre public nous portent. Si jouer contre un homme est pour moi un désavantage, je demeure malgré tout plus endurante que lui. De toute évidence, il n'a plus pratiqué ce sport depuis un long moment. Et moi, je cours encore deux à trois fois par semaine. Mon cardio est donc bien meilleur.

— Allez, Charline ! m'encourage Mya.

— Hey ! T'es pas sensée être de mon côté ? s'indigne Cédric en lui adressant un regard malicieux.

— Solidarité féminine ! se justifie mon amie.

— Mouais... on réglera ça à la maison...

— Ne vous battez pas pour moi, les amoureux, m'opposé-je. Je termine le match vite fait, et on n'en parle plus !

Je fais la maline et Cédric gagne le point suivant. Je ne vais pas me laisser distraire maintenant. J'ai déjà 2 Sets en ma faveur. Il ne me manque plus que quelques points pour remporter notre duel.

Je ne suis pas mauvaise joueuse, mais j'aime gagner. Le tennis, c'est *mon* sport. J'ai bien l'intention de revenir avec éclat. J'utilise toutes les astuces possibles dont j'ai le souvenir. Je sens que Cédric est fatigué. Je le fais alors courir d'un bout à l'autre du terrain, sans le moindre ménagement. Je le balade. Il comprend que je ne lâcherai rien. Il se résigne. Je remporte le dernier point qui me rend victorieuse.

Mon adversaire s'avance jusqu'au filet pour me serrer la main. Bon joueur. Il semble tout de même heureux que cela prenne fin. Pourtant il m'avoue avoir passé un très bon moment. Sa technique est bonne. S'il travaillait son endurance, il pourrait remporter de très belles victoires.

— Bravo, Charline. Tu as fait combien d'années de tennis ? demande-t-il.

— Pas assez.

Il ne cherche pas plus loin. Il a dû deviner qu'il s'agit pour moi d'un retour aux sources inattendu. Nous nous mettons d'accord pour aller boire un verre dans un petit café du coin. Nous allons tous nous y rendre avec nos véhicules respectifs.

Lorsque je m'installe dans la 208, Elias reste muet sur les premiers instants. Nous n'avons pas échangé un seul mot depuis que je lui ai réclamé sa raquette. Il finit par poser la question qui le démange :

— Tu m'en veux ?

Je laisse filer quelques secondes pour trouver la meilleure formule à répondre.

— Non. Je n'arrive même pas à t'en vouloir... La vache ! Que c'était bon ! J'ai adoré ! Comment tu savais que j'allais craquer ?

Je lui porte un regard intense pour tenter de déchiffrer les mécanismes de son cerveau machiavélique.

— Je n'en avais aucune idée, avoue-t-il en toute honnêteté. Je me suis simplement dit que si ce sport avait vraiment de l'importance pour toi, alors tu ne pourrais pas faire autrement que de rejouer.

Je suis estomaquée par ses mots.

— J'ai respecté ton choix de ne plus pratiquer le tennis, mais lorsque je t'ai vue courir l'autre jour, j'ai vraiment senti cette fougue que tu avais. Je l'avais déjà vue, mais là, je l'ai perçue autrement. Comme si tu avais une frustration.

*Ce vide béant qui m'habite depuis si longtemps...*

— Je ne te forcerai à rien, Charline. Je voulais que tu mesures à quel point ce sport a de l'importance au fond de toi. Maintenant, tu es libre de faire ce que tu souhaites. Si suite à cet après-midi tu n'as plus l'intention de toucher une raquette, alors c'est parfait. Je ne t'en parlerai plus. Aujourd'hui, je t'ai trouvée merveilleuse sur ce court. Mais je ne cherche pas à t'influencer. Je veux que tu t'épanouisses sur tous les plans de ta vie. Quel que soit ton choix, je te soutiendrai.

Il lâche la route du regard pendant deux secondes pour accrocher ses yeux aux miens en guise de promesse.

# Retour sur le court

L e jour de reprise chez *Café Raffaello*, j'observe Cédric se déplacer d'une démarche gauche. Je lui sers un sourire amusé en devinant les différentes courbatures dont il doit être victime. On échange un regard de connivence lorsqu'il s'appuie à la même table haute que moi, dans la salle de pause. Je fais la maligne, mais je souffre en silence. Même en étant sportive grâce à mes footings, jouer au tennis m'a réveillé plusieurs muscles endormis depuis longtemps...

— Eh bah dis donc ! commente Hugo. Ce n'est pas très gentil, Mya, de fatiguer ton homme comme ça...

— T'es jaloux ? demande-t-elle pour entrer dans son jeu.

Notre collègue se met à rire. Il n'est pas habitué à une telle répartie venant de notre secrétaire. Une contre-attaque qui a permis d'éviter le sujet principal.

— Oh ! Tu sais... rien qu'avec mes jumelles, j'ai de quoi faire du sport en leur courant après !

Suite à notre tournoi de tennis entre amis, nous avons bu un verre tous ensemble. L'occasion de se rafraîchir, mais aussi pour moi de leur révéler mon histoire avec ce sport. Je n'y étais pas obligée, mais je leur devais bien ça. Ils ont été très compréhensifs. On dirait qu'ils ont l'intention de garder mes révélations pour eux.

Personne ne m'a posé de question sur ce que je compte faire maintenant. C'est parfait. Et en même temps... angoissant. Je ne suis pas habituée à ça. Bien sûr, je n'ai pas dit à mes parents que j'ai disputé un super match ce week-end. Sinon, mon père serait déjà en train de me visualiser comme prochaine joueuse de Roland-Garros !

Non. Cette fois-ci, je suis seule face à moi-même. Elias voulait simplement m'ouvrir les yeux. Je suis libre de faire ce que je souhaite.

Je laisse filer quelques jours en pensant retrouver ma routine. Faire comme si le tennis n'avait pas sa place dans ma vie. Pourtant, après ma dernière course à pied pendant une pause de midi, j'ai de nouveau ce sentiment de manque. Un besoin inassouvi.

*Il faut que j'arrête de faire ma forte tête !*

Sans préméditation, j'entre dans le club sportif. Je me présente à l'accueil comme si je souhaitais simplement connaître les modalités d'inscription. Au fond, mon choix est fait. Je sors ma carte d'identité et un justificatif de domicile. Il ne me manquera plus qu'un certificat médical ne spécifiant aucune contre-indication à la pratique du tennis et ses dérivés.

*Autant ne se mettre aucune limite...*

— C'est Charlie Maury, dans la catégorie féminine, précisé-je d'une voix tremblante.

L'hôtesse d'accueil me jette un regard perplexe.

— Oui. Ça se voit que vous êtes une femme. Et c'est écrit sur votre pièce d'identité.

Je me sens ridicule de signaler l'évidence.

— Ce n'est pas la première fois que je m'inscris pour avoir une licence. La dernière fois, il y a eu une erreur...

— Vraiment ? Vous devriez vous rapprocher de la Fédération. Peut-être qu'ils pourraient vous rapatrier vos précédents résultats sur cette nouvelle licence.

— J'y ai déjà pensé, mais comme l'erreur ne vient pas de leur fait...

— Qui ne tente rien...

Elle a raison. Ne pas se renseigner, c'est peut-être passer à côté d'une solution. Au fond, ce serait trop douloureux de me rendre compte que j'ai perdu toutes ces années à m'entêter. Un simple coup de téléphone aurait sans doute pu tout solutionner. À l'époque, j'avais refusé que mon père s'en mêle. J'étais majeure. C'était mon histoire, ma bataille... que je n'ai pas menée.

Après cette première étape administrative, j'arrive chez *Decathlon* pour faire quelques achats qui vont faire chauffer ma carte bleue. Quelques tenues adaptées, et surtout, une raquette. Je ne veux pas mettre trop cher. Je n'en ai pas les moyens de toute façon. Je compte reprendre ce sport gentiment. On verra où cela me mènera...

Les jours suivants, je trouve un nouvel équilibre de vie. Toujours épanouie dans mon travail, plus qu'heureuse en amour et mes cours de tennis qui viennent en plus ajouter une touche de « je ne sais quoi ». Un petit quelque chose qui me manquait cruellement depuis dix ans. Je m'entends bien avec mon nouveau mentor. Il ne me met pas la pression. Je lis pourtant dans son regard qu'il est impressionné. Mais il a compris comment je fonctionne. Je ne veux pas entendre parler de compétition.

— Je sais très bien que la déception que j'ai connue ne risque pas de se reproduire. J'ai suffisamment insisté pour que mon inscription soit dans la bonne catégorie. Pourtant, j'ai peur que cet épisode me porte malheur.

Elias m'écoute avec attention. Puis il me partage son regard externe :

— Tu penses vraiment que ton prénom était le seul obstacle ?

— Comment ça ?

— S'il n'y avait eu aucun souci sur ta licence à l'époque, crois-tu que tu aurais disputé ce fameux match ?

— Bien sûr ! Je...

Un doute s'invite. Je prends quelques secondes pour réfléchir.

— C'est vrai que j'avais peur de l'échec, avoué-je. Tout le monde fondait tellement d'espoir dans mon jeu. Mais je n'en étais pas réduite au point de me chercher une excuse pour tout plaquer.

— Parfois, quand tout se passe trop bien, on peut paniquer et agir à contre-courant pour tout détruire...

— Parce qu'on ne croit pas mériter toutes les bonnes choses qui nous arrivent, terminé-je. C'est de l'autosabotage. Je n'avais jamais vu les choses sous cet angle.

— Je ne veux pas t'influencer pour les compétitions, reprend Elias. Il faut que tu en aies envie, que cela t'apporte quelque chose de bénéfique. Je n'y connais pas grand-chose. Pourtant, tu as une façon de jouer très aérienne. C'est très beau à voir.

Ses mots me touchent bien plus qu'il ne peut l'imaginer.

# Chris Evans

En cette fin mai, c'est un peu la course chez *Café Raffaello*. Plusieurs personnes sont malades. C'est plutôt mal tombé, car notre société a été choisie pour couvrir un événement spécial à Paris. Agathe et Julien absents, il ne reste plus qu'Hugo de l'équipe technique. Je suis donc mobilisée en renfort pour l'aider à l'installation du matériel. Cela promet une grosse journée de préparation et une autre pour la désinstallation.

Je n'ai pas suivi ce dossier. C'est Marco lui-même qui était sur le coup. Je ne sais donc pas vraiment sur quel thème se porte cet événement. Tout ce que je devine, c'est que les places sont chères.

*En même temps, tout est cher à Paris !*

Sans doute un peu stressée, je me suis levée avant Elias et je suis partie de chez lui quand le soleil faisait enfin l'effort de nous fournir quelques rares rayons de lumière. J'ai fait un saut à mon logement pour nourrir Flash. Ce genre d'aller-retour n'est pas pratique, mais je ne peux plus me passer de dormir avec Elias.

Avec tout ça, je n'ai même pas pris le temps d'avaler un café. Un comble ! Et sans cette boisson pour démarrer la journée, je me sens toujours un peu déphasée. Malgré tout, je ne commets aucune bourde en m'attelant à cette nouvelle tâche qu'est la mienne. Avec Hugo comme partenaire, nous formons un binôme de choc diablement efficace. On pourrait presque croire que ce sont ses plaisanteries qui me tiennent éveillée et me dynamisent durant toute cette matinée.

En cherchant les toilettes, je m'aventure dans différents couloirs de ce complexe. Encore un peu vaseuse, je me laisse guider plus par mon intuition que par ma logique. Dans une salle déserte, je me fige en découvrant Elias, dos à moi. Ce n'était pas prévu qu'il vienne. J'avance droit sur lui, glisse une main caressante jusque sur son épaule et amorce une approche pour l'embrasser. Étrangement, il a un mouvement de recul qui avorte ma tentative.

— *What the...*[13]

Je fronce les sourcils. On dirait qu'il s'est rasé. Et il y a quelque chose d'autre dans ses yeux que je ne reconnais pas. Ma main est toujours sur son épaule. Je suis à quelques centimètres de lui. Il ne se défile pas, pourtant, j'ai l'impression qu'il n'est pas favorable à cette proximité. C'est alors que je comprends.

*Ce n'est pas Elias !*

— Vous êtes Chris Evans ? demandé-je d'une voix faible.

---

[13] Qu'est-ce que... - en anglais.

Il plisse les yeux, sans comprendre mes mots. Sa réaction me donne la réponse attendue, mais je pose une nouvelle fois ma question dans sa langue :

— *Are you Chris Evans?*[14]

— *Yeah, of course. Who do you think I am?*[15]

Je retire ma main de son épaule, choquée.

— Oh ! Bon sang ! Je suis désolée. *I'm so sorry. I thought you were my boyfriend!*[16]

— *Really?*[17]

Il semble suspicieux. Je ne peux pas lui en vouloir. Il a besoin de preuves...

— *Look.*[18]

Je sors mon smartphone de ma poche et commence à chercher une photo d'Elias et moi pour apporter la preuve de mon histoire insensée. Il a la patience d'attendre tout en me dévisageant avec soin. Je lui révèle alors un selfie de mon homme et moi. Comme si l'acteur voulait à s'assurer que tout ceci soit bien réel, il prend mon téléphone entre ses mains pour mieux observer le cliché.

— *His name is Elias Verdier.*[19]

---

[14] Êtes-vous Chris Evans ? - en anglais.
[15] Ouais, bien sûr. Qui pensez-vous que je sois ? - en anglais.
[16] Je suis tellement désolée. Je pensais que vous étiez mon petit ami ! - en anglais.
[17] Vraiment ? - en anglais.
[18] Regardez. - en anglais.
[19] Son nom est Elias Verdier - en anglais.

— *I didn't think I had a look-alike*[20], dit-il avec une lueur impressionnée dans le regard.

Il me rend mon appareil en prenant soin de ne pas toucher mes doigts. Mon cœur s'emballe malgré tout à cent à l'heure !

*C'est complètement fou ! Je suis en train de parler à l'acteur Chris Evans !*

— *I'm sorry. I didn't know you were there today*[21], ajouté-je mortifiée de honte.

— *It doesn't matter. He's lucky to have you.*[22]

Ses mots me vont droit au cœur. Il me sert un sourire désarmant et amorce quelques pas pour s'éloigner. Je le retiens d'une phrase :

— *Do something for me. Don't wear the moustache anymore. It doesn't suit you at all!*[23]

Il part dans un rire, penchant la tête en arrière, la main sur le torse. Puis il m'adresse ces derniers mots :

— *I don't like it either! Your man is definitely very lucky to have you.*[24]

Et il me laisse seule, encore sous le coup de l'émotion de cette incroyable rencontre. J'avais pourtant visualisé cet instant sous différentes formes pendant plusieurs

---

[20] Je ne pensais pas avoir un sosie – en anglais.
[21] Je suis désolée. Je ne savais pas que vous seriez là aujourd'hui. – en anglais.
[22] Ce n'est pas grave. Il a de la chance de vous avoir. – en anglais.
[23] Faites quelque chose pour moi. Ne portez plus la moustache. Cela ne vous va pas du tout ! – en anglais.
[24] Je n'aime pas ça non plus ! Votre homme est définitivement très chanceux de vous avoir. – en anglais.

mois. Jamais je n'aurais cru que la Loi de l'attraction était toujours à l'œuvre pour nous offrir cette entrevue.

*Quelles étaient les chances ?*

Je suis impressionnée. Pas de garde du corps ou de tierce personne. Juste lui et moi. Je reste sur mon petit nuage durant toute la journée, sans même recroiser cette célébrité.

*Il n'y a pas de limite à ce que l'on souhaite.*

Cela doit pouvoir s'appliquer à tout. Je n'ai plus qu'à préparer mon prochain vœu ! Je conserve cet échange improbable pour moi. Je ne suis pas une groupie qui va hurler à pleins poumons et se vanter d'une telle conversation. Je garde juste ce souvenir comme un moment précieux et une nouvelle preuve de ce que l'Univers est capable de donner.

À l'issue de cette journée, j'attends qu'Amalie soit couchée pour partager mon expérience avec Elias.

— Tu ne devineras jamais qui j'ai rencontré aujourd'hui...

Il plisse les paupières, cherchant à trouver ce qui se cache dans ma tête.

— Je le connais ?

— Oui et non.

— Ta réponse ne m'aide pas du tout ! rit-il de bon cœur.

Je décide de mettre fin au suspens.

— Chris Evans.

— L'acteur ?

— Oui ! Il était présent à cet événement.

Il fronce les sourcils.

— Est-ce que je dois être jaloux ?

— Bien sûr que non ! J'ai cru que c'était toi au début.

— Hum... Je ne sais pas trop comment le prendre, avoue Elias en se grattant sa barbe de quelques jours. Tu n'arrives pas à voir la différence ?

— Si. Mais il était de dos. Sur le moment, je me suis demandé pourquoi tu t'étais rasé... Je trouve que tu n'as rien à lui envier.

— Bien rattrapée.

Je me glisse dans ses bras et m'installe à califourchon sur ses cuisses.

— Sans me vanter, il a dit que tu étais chanceux de m'avoir...

— Ça, je le sais, me souffle-t-il avant de capturer mes lèvres des siennes.

Sa douceur est délicieuse. J'ai bien l'intention de lui prouver que quoi qu'il arrive, c'est pour lui que mon cœur bat le plus fort.

# Tout s'effondre

Les semaines ont défilé jusqu'à nous amener à la fin juin. J'adore cette routine qui s'est installée dans ma vie. Tout est parfait. J'essaie de taire cette petite voix qui me murmure combien cela demeure fragile. Tout va bien, alors pourquoi s'en faire ?

Je ne cherche pas à tout détruire, mais certaines questions restent posées. L'attitude d'évitement de Gabriel par exemple. Il n'a plus une seule fois fait d'allusion lubrique d'aucune sorte. J'en suis enchantée, mais j'aimerais comprendre.

Je le vois reboutonner le haut de sa chemise alors qu'il revient des toilettes. On dirait une rougeur dans son cou. Un suçon ? J'observe notre nouvelle petite stagiaire en marketing qui remet de l'ordre dans ses cheveux tout en regagnant son bureau. L'ange de service a visiblement trouvé une partenaire pour jouer avec lui. Cela explique peut-être qu'il se soit désintéressé de moi.

— On dirait que tu as trouvé chaussure à ton pied, commenté-je.

— Cela te rappelle sans doute de bons souvenirs...

Je plonge dans ses prunelles d'un noir d'encre.

— Tu as changé, affirmé-je pour me détourner de sa remarque.

— C'est toi qui as changé, Charline. Tu es devenue bien trop sage. Ne te vexe pas, mais tu n'es plus le genre de femmes avec lesquelles j'aime jouer.

Ce serait donc ça la réponse ? Je ne suis plus à la recherche de quoi que ce soit, parce que je suis comblée. Je n'envoie plus de signaux de manque. Il ne veut donc plus perdre son temps avec moi. *Trop sage.* C'est comme ça qu'il a toujours qualifié Mya pour justifier son désintérêt d'elle. Avant, je ne me croyais pas mériter mieux que lui. Aujourd'hui, je suis heureuse. J'ai trouvé l'homme qui me respecte et qui m'aime pour ce que je suis.

C'est avec cette délicieuse idée en tête que j'arrive chez Elias. J'ai déjà fait un crochet chez moi pour prendre soin de Flash. Ce passage obligé rallonge mes journées, mais je suis tellement heureuse de retrouver mon homme et Amalie. Lorsque la puce trouve le repos dans les bras de Morphée, je me blottis dans ceux de son père. Un film tourne à la télévision. Le moment est simplement parfait. C'est paisible. Je savoure les petits ronds effectués par ses doigts sur ma peau.

— Tu sais, mon appartement est grand, commence Elias. Le salon est assez vaste pour accueillir l'aquarium d'une tortue…

Je relève la tête pour croiser son regard. Il semble très sérieux.

— Tu es en train de me proposer de vivre chez toi ?

— On dirait.

Je ne sais pas quoi répondre. Est-ce qu'il lit une pointe de panique dans mes yeux ? C'est la première fois qu'on me fait une telle proposition. Je n'ai aucun mot qui me vienne à lui offrir.

— Je suis propriétaire de mon logement, poursuit-il. Je trouve ça dommage que tu payes un loyer pour passer si peu de temps chez toi. Et j'aime bien quand tu es là.

Je me mords nerveusement la lèvre inférieure. Je ne sais toujours pas quoi répondre. N'est-ce pas un peu précipité ? Mya a fini par aller vivre chez Cédric. J'ignore quel a été le déclic de cette décision, mais leur histoire n'est pas la mienne.

— Je ne veux pas te forcer, enchaîne Elias pour étouffer mon absence de réponse. Je comprendrais que tu souhaites garder une certaine indépendance. Juste... penses-y.

— Je vais y songer.

Je lui dépose un bref baiser sur ses lèvres pour le rassurer, puis je reprends ma place tout contre lui, la tête au creux de son cou. Ses mots tournent dans mon esprit.

*Qu'est-ce qui me retient ?*

Venir vivre chez lui, c'est une étape importante. Cela me fait peur. Et si je n'étais pas à la hauteur de ses attentes ? Je manque de courage tout à coup.

Je laisse filer plusieurs jours sans revenir sur le sujet. Elias n'a pas osé réitérer sa proposition. Il me donne le temps. J'y ai pensé, c'est vrai. Tout serait bien plus simple. J'aime mon indépendance, mais je préfère encore plus être auprès de lui. Pourtant, un autre événement vient perturber mes pensées. Juste avant que ne commencent les vacances estivales, un petit tournoi de tennis va s'organiser. Mon mentor m'a fait comprendre que ma participation serait plus que bienvenue. Et sur un coup de tête, j'ai accepté de m'y inscrire. Sur le moment, cela n'avait rien d'effrayant. Et maintenant que la date se rapproche, je suis terrorisée. Elias m'a promis de venir pour que je ne sois pas seule. Il est d'un soutien sans faille. Sans lui, je crois que je serais incapable d'y aller.

En ce week-end, il ne me reste plus qu'une semaine avant cette petite compétition. Gagner ce genre de match n'aura pas une très grande retombée, mais j'angoisse malgré tout. Il faut que je me sorte tout ça de la tête. Profiter du moment présent. C'est ça la clé du bonheur. Pas vrai ?

Nous sommes tous les trois chez moi. Le temps est pluvieux. Nous avons décidé de rester à l'abri pour aujourd'hui. Amalie rit de bon cœur en utilisant un chronomètre pour évaluer les performances de Flash à la course. Je suis en train de préparer une pâte pour faire des gaufres. Elias me montre une carte SD qu'il avait rangée dans sa poche de jean.

— J'ai retrouvé ça dans une ancienne veste. Je ne sais plus ce qu'il y a dessus, avoue-t-il.

— Prends mon pc, si tu veux voir, proposé-je tout naturellement.

Avec ma permission, il allume mon appareil vieillissant et branche sa mystérieuse carte mémoire. Son regard change du tout au tout. Il passe de curieux à chargé d'une vive émotion.

— Ce sont des photos de...

Il ne termine pas sa phrase, mais ses yeux se portent sur Amalie. Je devine qu'il s'agit de sa sœur pour qu'il soit aussi bouleversé.

— Merde ! Qu'est-ce que j'ai foutu ? Tout a disparu...

— Regarde dans la corbeille, proposé-je tout en versant une louche de ma pâte dans le gaufrier.

— Qu'est-ce que c'est que tout ça ? s'étonne-t-il.

— De quoi ?

Je reste concentrée sur ma tâche. Son silence a quelque chose d'alarmant. Je finis par me retourner pour le découvrir le visage transformé par une sorte de colère sourde.

— Toutes ces photos de... c'est une véritable obsession.

Je ne vois pas de quoi il parle. Je suis obligée de contourner l'îlot central pour observer mon écran. Sous mes yeux défile ma série de clichés et mantras que j'ai utilisés pour faire entrer Elias dans ma vie, grâce à la Loi de l'attraction. Tous ces fichiers que j'avais rageusement envoyés dans ma corbeille à mon retour de Laponie. Je n'ai jamais eu le cœur de définitivement supprimer ces données. Elles reposaient là, en attendant d'être à nouveau mises en lumière. Je suis rassurée ; j'ai cru qu'il avait vu quelque chose de grave.

— Oh ! Ce n'est rien, éludé-je un sourire aux lèvres.

— Rien ?

Son regard interloqué n'est vraiment pas rassurant. Amalie se tient en retrait, silencieuse.

— Tu nourris une véritable obsession pour lui...

— Mais non, réfuté-je. Tous ces visuels m'ont juste servi pour utiliser la Loi de l'attraction.

— La loi de quoi ?

Plus j'apporte des précisions et plus il semble se perdre. Je soupire malgré moi.

— De l'attraction. Je sais que ça peut sembler fou. Ces mantras m'ont aidée à faire ma demande à l'Univers pour nous guider l'un vers l'autre. Tous ces signes. Ce n'étaient pas des hasards. On était destinés à se rencontrer. Parce que c'était mon souhait...

Je sais que mes explications sont décousues et sans doute bien difficiles à accepter pour un non-initié, mais pour l'heure, je ne vois pas comment décrire les choses autrement. Je n'aime pas ce que je lis dans ses yeux. Une méfiance. J'ai l'impression d'être revenue bien des mois en arrière. Une époque où il me voyait comme une menace pour lui et son cercle intime.

— Ton souhait...

— Je sais que c'est dingue présenté comme ça. Mais c'est comme ça que cette loi fonctionne. On attire à soi ce qu'on désire.

— Si je comprends bien, c'est cet acteur que tu voulais faire entrer dans ta vie.

— Non, pas nécessairement... je... C'était un point de départ pour visualiser un idéal. Et cela m'a menée à toi.

C'est maintenant lui qui n'a plus les mots. Je pourrais presque voir les rouages de son cerveau s'activer. Je ne vois pas quoi rajouter pour l'aider à faire la lumière sur tout ça. Je passe mes mains dans mes cheveux pour essayer de défaire ce quiproquo qui nous divise.

— Dis-moi une chose, Charlie, as-tu vraiment fait que parler avec Chris Evans quand tu l'as rencontré l'autre jour ?

Je ne sais pas ce qui me donne le plus de répulsion dans sa phrase. Le fait qu'il m'appelle à nouveau par mon prénom ou qu'il sous-entende mon infidélité.

— Comment peux-tu oser me demander ça ? articulé-je d'une voix tremblante de douleur.

— Tu ne réponds pas à ma question.

— Bien sûr que NON ! Il n'y a que toi qui comptes. Je m'en fous complètement de cet acteur.

— Ce n'est pas ce que ton ordinateur nous montre aujourd'hui.

Je porte une main à ma bouche, tout en prenant conscience à quel point cette conversation est en train de mal tourner.

— Je t'aime, marmonné-je lamentablement.

— Si c'était le cas, tu aurais accepté de venir vivre chez moi dès que je te l'ai proposé.

— Mais non... je... j'ai peur. C'est tout.

— Peux-tu imaginer ce que je ressens en voyant tout ça ? demande Elias en désignant mon écran. Je ne veux pas faire deux fois la même erreur.

— Tu crois vraiment que je suis comme *elle* ?

— Là, tout de suite, je ne sais plus.

— Elias...

Je m'avance d'un pas, il se recule de deux.

— Amalie, on s'en va.

— Mais, papa...

— J'ai dit, prends tes affaires, on s'en va !

Les yeux de l'enfant se noient de larmes, mais elle obéit malgré tout à l'ordre donné.

— Tu ne peux pas partir comme ça...

— Ce n'est pas la peine de m'appeler, tranche-t-il en évitant mon regard.

Je n'ai pas le temps de comprendre ce qui m'arrive. Ils quittent mon appartement, sortant ainsi de chez moi et de ma vie.

# Rien sans toi

omment les choses ont-elles pu dériver à ce point ? Ce n'est pas ce que je voulais. Ce n'est pas ce que je désirais. Ce n'est pas ce que j'ai demandé. C'est pourtant arrivé.

*Il m'a quittée.*

Je récolte le fruit de ces pensées nocives qui m'ont empoisonné l'esprit durant ces dernières semaines.

*Ce n'était pas mon souhait.*

Mais cette voix résonnait en moi tel un mantra puissant. La Loi de l'attraction est le résultat de nos croyances profondes. Je ne me sentais pas légitime à vivre un tel amour. Alors, il est parti. Je ne suis plus rien sans lui. Cette vérité me déchire le cœur. J'ai tout gâché. J'aurais dû lui faire confiance, tout lui raconter calmement.

Comme sortie d'un ancien rêve, j'observe les documents qui ont causé sa fuite. Près de six mois ont passé sans que je les aie visualisés. Un étrange frisson me traverse en détaillant mon tableau d'intention. Des photos de Chris Evans, bien évidemment, mais ce sont les autres ajouts qui m'interpellent. Des petits plus pour apporter une touche de romance à cette fresque. Des macarons colorés, comme ceux que je lui ai donnés par le biais de sa fille. Des roses en tout point similaires à celles qu'il m'a offertes. Les arcs-en-ciel et paillettes me font penser à Amalie. Il n'y a qu'une chose que je n'ai pas reçue. Des tulipes. Tout ne s'est pas déroulé comme souhaité. Loin de là... À retardement, je supprime tout de mon ordinateur. Je fais comme si toute cette phase de ma vie n'avait jamais existé. Je veux oublier, faire taire cette douleur acide qui me ronge de l'intérieur.

Je ne suis plus que l'ombre de moi-même. Je ne sais plus exactement depuis combien de temps je me suis murée chez moi. Je n'ai pas bougé, me nourrissant à peine. À en juger par les différents messages reçus, cela doit inquiéter mes proches. Je répondais évasivement au début. Prétextant être malade pour tenir tout le monde éloigné de ma détresse. Je n'ai pas envoyé d'arrêt maladie à Marco. Il a fini par me dire qu'il réglerait ça en sans solde.

*S'il savait comme je m'en fous... Plus rien ne compte.*

Je sais que ses menaces visent surtout à me réveiller, à me secouer. Mais cela ne marche pas. Je préfère abandonner. Les mots d'Elias m'ont fait tellement mal. Je ne le mérite pas. Le plus terrible, c'est que je sais comment fonctionne l'Univers. J'ai pleinement conscience d'être désormais plongée dans une spirale autodestructrice. À voir le malheur tout autour de soi, c'est exactement ce reflet qui nous revient en plein cœur. On attire à soi ce qu'on émet. Impossible de trouver une issue. Je vais maintenant aimanter encore plus de douleur, parce que c'est tout ce que je vois.

Pourtant, il y a de la lumière en ce monde. Mya est bien trop perspicace. Elle n'a pas voulu croire en une simple maladie. J'ai sous-estimé un point : les gens parlent entre eux. Et comme je n'ai pas été très cohérente dans mes excuses données, j'imagine qu'Hugo et mon amie se sont rendu compte que la situation n'avait rien de normal.

Jeudi soir.

J'ai un sursaut de lucidité. Cela fait cinq jours que je me suis enfermée dans ma souffrance. Une éternité loin de lui. On vient frapper à ma porte. Je ne crois pas avoir entendu l'interphone. J'aimerais ignorer cette intrusion, mais peut-être est-il revenu ? Je m'avance dans le couloir et observe à travers l'œilleton. Ce n'est pas Elias. Ni même Amalie. Le souvenir de cette petite puce plantée sur mon palier me comprime la poitrine.

— Je sais que t'es là, Charline. Ouvre-moi ! m'ordonne Mya.

Je reste figée. Je ne veux pas lui raconter. Lui décrire ma douleur ne ferait que la rendre plus réelle, plus vive. Elle frappe une nouvelle fois. Puis elle sonne. Mya est petite et ne paraît pas si impressionnante, mais elle est diablement têtue. Lorsqu'elle presse le bouton, c'est en restant appuyé dessus qu'elle s'y emploie. Je soupire de capitulation et lui ouvre enfin ma porte. La première seconde où son regard se porte sur moi, je lis le choc.

Puis elle fronce les sourcils et me pousse pour pénétrer chez moi de force.

Je tombe lamentablement dans ses bras. Les seuls mots qui sortent servent à dire qu'il est parti. Elle a compris et me berce doucement comme la maman qu'elle est. Je ne sais pas combien de temps il me faut pour me calmer, m'apaiser. C'est toujours aussi douloureux, mais je ne suis pas seule. C'est du moins ce qu'elle me répète inlassablement. Je lui parle alors de cette fichue Loi de l'attraction qui m'a menée à ma perte. De tous ces documents qui ont fait paniquer l'homme que j'aime. Cette accumulation de malentendus.

Tout. Je lui raconte tout. Cela va de la véritable identité de la maman d'Amalie, à l'odieuse trahison de Viviane sur Instagram. Je décortique chaque pan de cette histoire pour montrer comment Elias en est arrivé à douter de moi. Je n'ai pas réalisé sur l'instant combien toutes ces photos de Chris Evans pouvaient remuer en lui un goût de traîtrise.

Après quelques minutes, Mya me regarde avec émotion. Toutes ces révélations semblent la secouer. Ou bien est-ce l'état dans lequel je me trouve qui l'émeut ?

— Je me doutais bien que ton absence était liée à un problème de cœur, commence-t-elle. Cédric m'a dit que si c'était le cas, il ne valait mieux pas que je m'en mêle. Je lui ai gentiment rappelé que si tu n'étais pas intervenue pour nous, lui serait encore en train de se demander si me fréquenter sous le nez de Marco est une bonne idée... Et moi, je serais toujours convaincue qu'il est homosexuel !

Sa remarque m'arrache un léger rire. Puis ma vague de tristesse recouvre mon cœur, une fois de plus...

— Il n'y a rien à faire pour moi.

— Tu n'as pas essayé de le joindre ?

— Non. Ces derniers mots ont précisé que ce n'était pas la peine de l'appeler.

— Tu ne peux pas abandonner, contredit mon amie. Votre lien n'a vraiment rien de commun. Je n'ai jamais vu ça. C'est comme si vous vous compreniez d'un regard. Je n'arrive toujours pas à croire qu'il ait deviné ton malaise vis-à-vis du tennis juste avec la balle de Milo ! Une telle connexion entre vous ne peut pas se briser aussi soudainement.

— Pourtant, c'est arrivé...

— Tu ne m'enlèveras pas l'idée que vous êtes faits l'un pour l'autre. Déjà, tu vas me confier cette carte SD. Peut-être que Cédric pourra en sauver les données. Si ce sont bien des photos de sa sœur, cela pourra l'apaiser de les récupérer. Ensuite, je veux que tu me promettes de reprendre une vie normale. Tu ne peux pas rester enfermée comme ça.

— Je n'en ai pas la force, réfuté-je.

— Je n'y crois pas. Pas d'excuse. Je veux te voir chez *Café Raffaello* lundi au plus tard.

Je souris. Cet ultimatum est identique à celui que je lui avais posé pour la pousser à se sortir de la détresse d'une ancienne rupture. Les rôles sont aujourd'hui inversés. Je mentirais si je disais ne pas apprécier tout ce qu'elle fait pour moi. Son énergie me fait un bien fou. Juste après son départ, je tombe dans un profond sommeil. Toute cette discussion à brasser cette vase de souffrance m'a exténuée.

Le lendemain, je ne me sens toujours pas assez forte pour revenir au boulot. J'allume tout de même mon ordinateur pour répondre aux messages les plus importants et décaler mes rendez-vous manqués de la semaine. Pour me vider la tête, je nettoie intégralement l'aquarium de Flash. Le pauvre a subi ma dépression de plein fouet. Il ne semble pas m'en tenir rigueur. Est-il capable de sentir mes émotions ?

Quand les premières lueurs du samedi s'invitent dans mon salon, une nouvelle angoisse s'immisce dans mes tripes. Cela fait une semaine que je ne dors plus dans ma chambre. Sans lui à mes côtés, cela m'est devenu impossible. Un plaid pour couverture, allongée sur mon canapé plié, je n'offre pas de meilleur confort à mes membres endoloris. J'ai bien conscience d'avoir maltraité mon corps sur cette semaine écoulée... Cela ne jouera pas en ma faveur aujourd'hui.

Mon match de pool a lieu dans quelques heures. Un goût amer me remonte en bouche. Pour passer le temps, je fais défiler inlassablement les vidéos de TikTok. Est-ce que l'Univers a un message à me donner en cette heure aussi sombre ?

> **Pensez que vous pouvez ou pas. Dans les deux cas, vous avez raison.**

Une citation de Henry Ford. Cela fait écho à la Loi de l'attraction. Nos pensées influencent notre destinée. Je dois reprendre pied. J'ai promis à Mya de retrouver une vie normale. Il faut que je me concentre sur ce que j'aime pour faire à nouveau entrer la lumière dans mon quotidien. Je ne peux pas me laisser abattre. Je vais disputer ce match.

Je ne compte pas le temps passé en salle de bain. Il y a du boulot après m'être laissé aller aussi longtemps. Ces dernières semaines, j'avais limité mon maquillage au strict minimum. Je me sentais belle à ses yeux. Cela me procurait toute la confiance en moi qui me faisait défaut. Sans lui, je suis de nouveau vulnérable. Il faut aussi que je camoufle toutes ces heures passées à pleurer. Je ne veux rien laisser paraître. Lorsque je me crois prête, je caresse le manche de ma raquette en l'observant d'un regard vague. Quelle joie c'était de la tenir entre mes mains, la toute première fois ! Le jour de mon anniversaire, Elias s'était renseigné auprès de mon coach pour m'offrir le modèle parfait qui s'adapterait à mon style de jeu. Un petit bijou qui doit très certainement valoir plusieurs centaines d'euros ! Une folie...

— *C'est de toi dont je suis fou*, m'a-t-il dit pour faire écho au jour de son propre anniversaire.

Tout cela semble si loin. Une part de lui m'accompagnera donc aujourd'hui. Comme promis...

Mon sac de sport sur l'épaule, ma raquette dans sa sacoche, je monte dans ma voiture pour prendre la route vers le complexe sportif. J'ai un peu d'avance. Cela pourra m'aider à m'échauffer. Je risque d'en avoir grandement besoin. Lorsque je me présente à l'accueil, j'annonce mon nom d'une voix tremblante.

— Oui. Vous êtes bien inscrite. Je vous laisse entrer pour vous préparer, m'annonce la jeune fille derrière son guichet.

Mon cœur pulse furieusement dans ma poitrine. J'ai l'impression d'être revenue dix ans en arrière, au bord d'un gouffre. Sauf que cette fois-ci, il n'y a plus rien pour m'empêcher d'avancer. Pourtant, je suis paralysée. Elias avait raison. Mon prénom n'était qu'une excuse déguisée. Je suis littéralement terrifiée à l'idée de disputer ce match.

— Je...

Impossible de finir ma phrase. Mon souffle se coupe. J'ai besoin d'air. Je fais demi-tour pour tenter d'atteindre la porte et respirer le doux vent d'été. Ma course s'arrête à une poignée de mètres de la sortie. Quelqu'un entre. Il est là. Une apparition presque irréelle. Pourtant, c'est bien lui.

Je note son bouquet de tulipes rose pâle en mains. Mon tableau d'intention semble désormais complet. Mais ce n'est qu'un détail. À cet instant, mes yeux s'ancrent aux siens. Pouvons-nous encore converser sans un mot ? Je déchiffre toute une cascade d'émotions à travers ses iris. Ces derniers jours n'ont pas été de tout repos pour lui non plus. Aucun maquillage pour sa part ne peut dissimuler sa détresse. Je le vois sans mal, cela n'offre aucune place à l'hésitation. Je lis de la tristesse, de la peur sans doute, peut-être même de la honte aussi, mais surtout de l'amour... Suis-je en train de rêver ce dernier sentiment ?

Nous sommes à quelques pas l'un de l'autre. Mon cœur palpite de le retrouver si près de moi, mais pourtant si loin. C'est comme si un mur invisible divisait désormais notre unité autrefois si évidente.

— Je me sens tellement ridicule avec ce bouquet, révèle Elias à demi-mot. Comme si ces fleurs avaient le pouvoir de te faire oublier toutes ces horreurs que je t'ai dites...

Je brûle d'envie de me blottir dans ses bras, comme avant. J'aimerais tant par une caresse effacer sa douleur tout comme la mienne, mais je me tiens en retrait. Mon cœur ne supporterait pas la moindre forme de rejet. Pourtant, il est là. Devant moi. Il est venu. Alors j'écoute ses paroles décousues qu'il me débite en un flot discontinu. Je sens en lui cette peine que je partage depuis notre dernière entrevue.

— Retrouver ces photos d'Eeva m'a chamboulé. Je ne me cherche pas d'excuses. Je n'en ai aucune. Je me mets une telle pression pour offrir ce qu'il y a de mieux pour Amalie. Pour respecter la volonté de ma sœur. Ta place dans nos vies était tellement évidente, tellement parfaite. Je...

Il reprend une grande inspiration pour avoir la force de poursuivre. J'actionne mes paupières à répétition pour éviter à mes yeux de se noyer.

— Je me suis jeté sur le premier détail incongru que j'ai pu trouver. Et j'ai tout bousillé...

Certains mots de sa part me reviennent. Une discussion sur le tennis... Je récite de mémoire ce qu'il m'a déjà dit :

— Parfois, quand tout se passe trop bien, on peut paniquer et agir à contre-courant pour tout détruire...

— Parce qu'on ne croit pas mériter toutes les bonnes choses qui nous arrivent, termine-t-il à son tour.

Nous laissons un silence s'inviter. Notre connivence est intacte. Cela sera-t-il suffisant ?

— Cédric a pu sauver les photos. Mya est passé me voir pour me les remettre. Elle a fait du chantage à son grand frère pour obtenir mon adresse...

Nous partageons un sourire.

— Elle m'a dit que j'étais un crétin. Enfin, je crois... Elle parlait à moitié en espagnol.

Je libère un rire nerveux. Une Mya en colère est toujours impressionnante. Même si Elias dépasse le mètre quatre-vingt-dix, j'imagine qu'il a dû reculer d'un pas face à mon amie.

— Après sa visite, j'ai passé ma nuit à lire plein de trucs sur cette fameuse Loi de l'attraction. Cela semble insensé. Et pourtant...

— Oh, Elias ! Je suis tellement désolée. J'aurais dû te dire toutes ces choses. Te faire découvrir cette histoire autrement. Je voulais fuir les relations sans lendemain auxquelles j'étais irrémédiablement abonnée. Je n'y croyais pas à toutes ces histoires sur l'Univers. Alors j'ai demandé l'invraisemblable ! Un physique parfait c'est vrai, mais avant tout un homme qui me respecterait et qui m'aimerait pour ce que je suis.

Mes mots ont la force de l'émouvoir et je poursuis ma tirade pour aller au bout de ce que je veux lui révéler. Lui ouvrir mon cœur sans restriction.

— Je mentirais si je disais que je n'étais pas heureuse de ta ressemblance avec l'acteur. Cela m'a attirée au début, c'est vrai. Et j'ai été pressante en Laponie parce que j'étais convaincue de ne plus te revoir après ce séjour. Mais c'est de toi dont je suis tombée amoureuse. Je me fiche complètement de ton physique parce que je t'aime pour ce que tu es. Pour ta dévotion sans faille. Pour ton instinct protecteur. Je me sens si précieuse à tes yeux. Tu m'apportes une telle confiance en moi. Cela ne m'était pas arrivé depuis... Depuis toujours, je crois. Tu m'aides à avancer pas à pas pour devenir la meilleure version de moi-même. Je ne pourrais jamais assez te remercier pour cela.

— Me remercier ? Charline, tu es incroyable. Je ne mérite pas tes mots après ce que je t'ai dit. Je ne sais même pas pourquoi je t'ai balancé tout ça. Remettre en question ta fidélité... Je n'ai pourtant jamais douté de toi.

J'avance de quelques pas. Nous sommes maintenant si près l'un de l'autre. Je glisse mes doigts dans sa main libre. Ce contact avec sa peau est chaud et apaisant.

— Amalie voulait fuguer pour venir te retrouver, révèle-t-il. Je crois que me surprendre en train de pleurer lui a retiré tout courage. Je ne suis rien sans toi.

Mes doigts se pressent plus fortement pour empêcher sa main de trembler.

— Je veux vivre avec toi, Elias. Avec vous. J'avais peur parce que c'est la première fois qu'on me fait une telle proposition. J'étais terrifiée à l'idée de ne pas être à la hauteur. Terrorisée qu'un jour tu te réveilles en réalisant que je n'étais pas celle qu'il te faut.

— Non, soupire-t-il pour contrer mes mots en collant son front contre le mien.

— Je suis prête à vaincre mes démons, si tu as toujours envie de m'accueillir, moi et ma tortue...

— Oui, murmure Elias avant d'enfouir son visage dans ma chevelure pour en humer le parfum à pleins poumons.

Je passe mes bras autour de son cou pour le tenir tout contre moi. Je crois que je ne serai plus jamais capable de le lâcher. Je suis de nouveau entière, de nouveau moi-même. Lui et moi, nous ne faisons plus qu'un.

Combien de temps restons-nous là, enlacés ? Je ne saurais le dire. Plus rien ne compte autour de nous. Je me gorge à nouveau de sa force et lui de la mienne. Puis une question s'invite dans mon esprit embrumé :

— Amalie n'est pas avec toi ?

— Je l'ai laissée chez Cédric et Mya. Je crois qu'elle fait des cupcakes arc-en-ciel avec Théo...

Cette vision me décroche un sourire attendri.

— Tu voulais partir ? me demande-t-il alors, faisant référence à ma fuite avortée.

— Tu avais raison. Ce n'est pas un problème de prénom. Je ne me sens pas capable de disputer cette compétition.

— Tu n'es pas seule, affirme Elias en plongeant ses prunelles dans les miennes. Je serai avec toi pour ce match et tous les suivants... si tu veux de moi...

*Oh ! Oui !*

Par je ne sais quelle magie, il arrive à m'insuffler la force d'avancer. Je le sais désormais. Avec lui à mes côtés, je suis capable de tout.

# Jeu, Set et Match

Face à mon adversaire, je donne tout ce que j'ai. Je sais ce match important. Cela fait tellement longtemps que je m'y prépare. Je compte bien repousser mes limites pour peut-être remporter la victoire.

Deux années se sont écoulées depuis que j'ai de nouveau touché une raquette. L'une des meilleures décisions prises dans ma vie. Tout comme celle de venir m'installer chez Elias et Amalie. Accompagnés de Flash, nous formons une belle petite famille. Nous sommes soudés et passionnés. Nous savourons pleinement chaque seconde offerte par l'Univers.

Je sens la morsure du soleil sur ma peau transpirante. La garce sait me pousser à courir, mais j'ai encore pu travailler mon endurance ces derniers mois. Je ne compte pas la laisser remporter ce Set final. En position, j'attends qu'elle m'envoie son service. Je fais tourner ma bague à mon annulaire. Un nouveau geste fétiche qui vient m'apporter l'apaisement dont j'ai besoin. Un cadeau brillant du même éclat que les yeux d'Elias lorsqu'il m'a demandé ma main, quelques jours plus tôt. Un instant que je n'avais même pas espéré visualiser. Une marque d'amour incommensurable. Pour la première fois de ma vie, je vais devenir la femme qu'on épouse. Si l'on m'avait raconté cette histoire, le jour où je me suis intéressée à la Loi de l'attraction, je n'aurais jamais cru tout cela possible. Il n'y a vraiment aucune limite !

Je renvoie la balle en fond de court à plusieurs reprises, puis je casse sa course pour la faire retomber juste derrière le filet. Mon adversaire se précipite, mais en vain... Je perçois des exclamations impressionnées de la foule qui nous regarde. Je sais que parmi eux se trouvent mon homme et Amalie. Il y a également mes parents qui ont fait le déplacement. Plus de disputes à répétition. Tout s'est apaisé entre nous depuis bien longtemps. Ils me soutiennent et ont adopté Elias et sa petite princesse comme s'ils faisaient déjà partie de la famille Maury.

*Oui, la Loi de l'attraction fait des miracles !*

La seule personne absente, c'est Mya. La pauvre ! Elle arrive au terme de sa grossesse. Par ordre du médecin, elle doit rester alitée. Cédric est aux petits soins auprès d'elle. C'est tellement touchant de les voir comme ça. En bon fils aîné, Théo s'est fait un devoir de préparer toutes sortes de desserts pour contenter les envies de sucre de sa maman. Il s'est également renseigné pour intégrer un jour une école de pâtisserie. Même si l'abondance de dons reçus sur son compte TikTok pourrait faire tourner la tête de n'importe qui, il a su garder les pieds sur Terre.

Mon regard balaye le terrain. La grande banderole publicitaire de *Café Raffaello* m'arrache un sourire. Marco

a cru bon de sponsoriser mon club de tennis. Tout est parfaitement aligné : vie privée, professionnelle et mon loisir. Quoique... Mon boss devra bien accepter de me mettre à mi-temps si je veux un jour passer joueuse professionnelle. Le Grand Chelem... mon prochain rêve.

La chaleur est écrasante. Nous profitons d'une pause pour nous hydrater. Du coin de l'œil, je vois Elias et Amalie s'approcher du terrain pour m'encourager. Je m'avance vers eux. Je n'ai que très peu de temps. Je fais une bise à la petite puce et glisse mes doigts au creux des mains de mon homme.

— Tu vas l'avoir, assure-t-il.

— Peut-être.

— Si tu le visualises, c'est certain.

Sa confiance m'apporte une force nouvelle. Il dépose ses lèvres sur les miennes en une douce caresse et me libère ces derniers mots :

— Écrase-la !

Son injonction me décroche un rire bienfaisant. Je retourne sur le terrain, plus déterminée que jamais. J'entends bien obtenir les points qui me manquent avec ce match. Un résultat qui remontera directement à la Fédération pour un jour m'ouvrir les portes de Roland-Garros.

J'en ressens déjà toute la gratitude, tout le bonheur que m'apportera cette victoire. Je visualise parfaitement ce moment. Je n'ai plus qu'à agir pour que ce souhait se concrétise...

# Mot de l'Auteure

Et voilà ! Vous pouvez désormais sortir de la tête de Charline ! Maintenant, je crois que la Loi de l'attraction n'a plus de secret pour vous. J'espère que cette dose de bonne humeur était aussi plaisante à lire que pour moi à écrire.

Un grand merci à ma maman à qui j'ai posé de nombreuses questions pour construire certaines parties de l'intrigue...

Merci infiniment à mes fidèles bêta-lectrices de choc, Aurélie Dhuy et Laurence Lopez-Hodiesne, pour leurs conseils et regard avisés sur l'histoire et coquillettes que l'on préfèrerait trouver dans nos assiettes ! Aurélie, si Hugo est comme un frère pour Charline, tu es devenue la grande sœur que je n'ai jamais eue. Laurence, merci encore pour cette si belle amitié littéraire qui nous a offert nos si belles alliances.

J'étais loin de me douter que cette histoire prendrait une telle ampleur. Lorsque les personnages parlent, je n'ai plus qu'à faire silence et écrire leurs bêtises...

Je vous offre une belle énergie positive. Que vos rêves les plus précieux se réalisent, tout comme les miens grâce à cette folle aventure qu'est ma vie de romancière !

# Biographie

Après une plongée dans l'univers magique *Harry Potter*, un urgent besoin d'écrire se fait sentir.

Depuis 2014, Morgane se laisse guider par sa plume en relatant ce que ses personnages veulent bien lui révéler. Passionnée par les étoiles, elle se présente comme Auteure Nébuleuse - dans son nuage où ses histoires prennent vie…

**Scientifique et littéraire**

Parce qu'elle ne veut pas se contenter d'une seule cas, lorsque Morgane raccroche sa blouse de chimiste, c'est pour prendre en main sa plume d'auteure…

Des textes riches en sensibilité, parfois bien loin du milieu scientifique qui la passionne également.

**Une douzaine de livres publiés en 8 ans !**

Morgane s'aventure dans différents genres pour faire rêves, voyager et éprouver des émotions aussi variées qu'intenses…

Nouvelles, fantasy, romances contemporaines et Historiques, anticipation, science-fiction...
Entre romances et émotions, venez toucher les étoiles...

Une auteure à suivre sur son site, Facebook et Instagram :

http://morganepinon.fr

# Né de poussière d'étoiles

*Nouvelles contemporaines*

Romance et rencontres du quotidien avec *Né de poussière d'étoiles*. Des instants de vie riches en émotions. Un recueil qui a suscité l'intérêt de nombreux lecteurs...

*C'est ainsi, nés de poussière d'étoiles que nous sommes...*

# Les Orakles

### Trilogie Fantasy illustrée

Magie et fantasy avec la trilogie *Les Orakles*, dévoilant le pouvoir des éléments en suivant le personnage principal sur toute une vie à travers différents univers...

Un travail en collaboration avec le dessinateur *Ludovic Leondi* pour proposer 5 illustrations par tome.

# Les grains de sable du temps

*Nouvelles Historiques*

Histoire où Morgane a fait de nombreuses recherches pour présenter un recueil de nouvelles Historiques : *Les grains de sable du temps.*

Des anecdotes écrites du point de vue du personnage dont l'identité n'est révélée qu'à la toute fin de chacune des nouvelles. Les surprises sont au rendez-vous...

# L'espace d'un instant

*Romance*

Romance avec *L'espace d'un instant*. Deux inconnus partagent un moment de tendresse dans un bus avant de se quitter sans un mot. Leurs souffrances respectives vont être dévoilées au grand jour alors qu'ils gardent l'espoir de se retrouver...

# AirCaps

*Roman d'anticipation*

Que se passe-t-il lorsqu'après une phase d'amnésie, une auteure adopte l'identité de son personnage principal ? C'est ce qui se passe pour Émilie. Pour elle, nous sommes en 2070 et l'air n'est plus respirable sans masque de protection développé par la multinationale AirCaps...

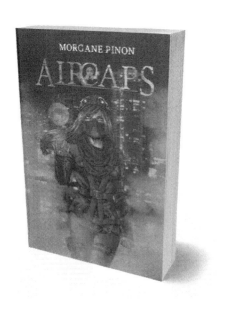

# Armance

*Romance contemporaine et Historique*

Lorsque Florian Brunet, nouveau propriétaire du Manoir de Bellieu, se retrouve confiné dans cette ancienne demeure, il ne s'attendait pas à trouver une pièce secrète dissimulée derrière un miroir. Il va découvrir le journal intime d'Armance de Bellieu et voyager au cœur du XIXe siècle...

# Alliances écossaises

*Romances Historiques co-écrites avec Laurence Lopez Hodiesne*

Ettrick McKeyll est bien embêté lorsqu'il trouve en forêt une petite fille livrée à elle-même. Qu'importe qu'elle appartienne à un clan ennemi, la menace anglaise rôde dans la lande. Elinor McSoillse cherche désespérément sa sœur, sans se douter de la rencontre à venir...

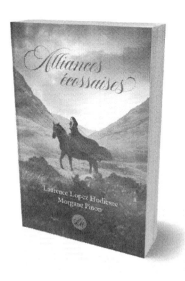 

# Système Aurora : Aeria 1 nouvel espoir Veneria 2 retour aux sources

*Science-fiction*

Maintenant que la vie se meurt sur la planète Veneria, est-ce que son peuple saura trouver le courage de fuir en colonisant sa jumelle Aeria ?

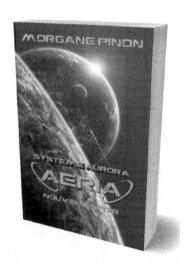 

Morgane_Pinon_Auteure

http://morganepinon.fr/

Devenez ma poussière d'étoiles pour suivre mon écriture en cours…

Dépôt légal : Janvier 2023
Impression à la demande par Kindle Direct Publishing.

Printed by Amazon Italia Logistica S.r.l.
Torrazza Piemonte (TO), Italy